Der Schlüssel zum Cottage am Meer

WEITERE TITEL VON LIZ EELES

Heaven's-Cove-Serie

Das Geheimnis vom Cottage am Meer
Sehnsucht nach dem Cottage am Meer
Ein Wiedersehen im Cottage am Meer
Der Schlüssel zum Cottage am Meer

In englischer Sprache
Heaven's-Cove-Serie

Secrets at the Last House Before the Sea
A Letter to the Last House Before the Sea
The Girl at the Last House Before the Sea
The Key to the Last House Before the Sea

The-Cosy-Kettle-Serie

New Starts and Cherry Tarts at the Cosy Kettle
A Summer Escape and Strawberry Cake at the Cosy Kettle
A Christmas Wish and a Cranberry Kiss at the Cosy Kettle

Salt-Bay-Serie

Annie's Holiday by the Sea
Annie's Christmas by the Sea
Annie's Summer by the Sea

LIZ EELES

Der Schlüssel zum Cottage am Meer

Übersetzt von Michaela Link

bookouture

Die Originalausgabe erschien 2022 unter dem Titel
„The Key to the Last House Before the Sea"
bei Storyfire Ltd. trading as Bookouture.

Deutsche Erstausgabe herausgegeben von Bookouture, 2023
1. Auflage Mai 2023

Ein Imprint von Storyfire Ltd.
Carmelite House
50 Victoria Embankment
London EC4Y 0DZ

deutschland.bookouture.com

Copyright © Liz Eeles, 2022
Copyright der deutschsprachigen Ausgabe © Michaela Link, 2023

Liz Eeles hat ihr Recht geltend gemacht,
als Autorin dieses Buches genannt zu werden.

Alle Rechte vorbehalten.
Diese Veröffentlichung darf ohne vorherige schriftliche
Genehmigung der Herausgeber weder ganz noch auszugsweise in irgendeiner
Form oder mit irgendwelchen Mitteln (elektronisch, mechanisch, durch
Fotokopie oder Aufzeichnung oder auf andere Weise) reproduziert, in einem
Datenabrufsystem gespeichert oder weitergegeben werden.

ISBN: 978-1-83790-204-0
eBook ISBN: 978-1-83790-203-3

Dieses Buch ist ein belletristisches Werk. Namen, Charaktere, Unternehmen,
Organisationen, Orte und Ereignisse, die nicht eindeutig zum Gemeingut
gehören, sind entweder frei von der Autorin erfunden oder werden fiktiv
verwendet. Jede Ähnlichkeit mit tatsächlichen lebenden oder toten Personen
oder mit tatsächlichen Ereignissen oder Orten ist völlig zufällig.

Für alle, die sich gern in ein Buch flüchten

PROLOG
20. MÄRZ 1946

Das Mädchen riss die Haustür auf und schnappte nach Luft, als der heftige Wind ihm entgegenschlug. Dachziegel von den umliegenden Cottages flogen durch die Luft, und der sonst dunkelblaue Himmel war gelblich verfärbt.

»Mum!«, rief die Kleine in den brüllenden Sturm hinein. »Mummy, komm zurück!«

Doch ihre Mutter hörte sie nicht und lief weiter, zum Meer, zu den hoch aufgepeitschten schwarzen Wellen, die an Land krachten.

So hatte das Mädchen Sorrel Cove noch nie erlebt. Sie fuhr sich mit der Hand über die Augen und wischte nadelspitze Regentropfen weg. Das kleine Dorf Sorrel Cove, eingebettet in die Bucht am Fuß der Landzunge, war sonst immer ruhig, schön und sicher.

Doch heute lag das Dorf inmitten eines tobenden Mahlstroms. Heute erinnerte es das Mädchen an eine alte Wandmalerei in der Kirche in Heaven's Cove. Sie vermied es immer, das Bild anzusehen, mit dem dunklen Himmel, dem züngelnden Höllenfeuer und den sich qualvoll windenden Gestalten.

Von panischer Angst erfüllt holte das Mädchen tief Luft und rief noch einmal: »Mum, du musst zurückkommen. Bitte!«

»Ruth, geh von der Tür weg.« Plötzlich stand ihre Großmutter neben ihr und legte ihr den Arm um die Schultern. »Draußen ist es zu gefährlich.«

Die alte Frau schrak zusammen, als ein durch die Luft wirbelnder Metalleimer gegen die Hauswand eines Nachbarcottages prallte. Dann spürte Ruth, wie ihre Großmutter sich versteifte. »Wo ist deine Mutter?«

Sie konnte es nicht sagen. Stattdessen zeigte sie auf das Meer, das die Bucht überflutete und die ufernahen Cottages umspülte.

»Du lieber Gott.« Ihre Großmutter schlug sich die Hand vor den Mund, dann rief sie über die Schulter: »Seth, Mariana ist draußen im Sturm. Sie wird nach seinem Boot Ausschau halten.«

Ruth hatte ihre Großmutter noch nie verängstigt erlebt. Auch ihren Großvater nicht, der zu ihnen geeilt kam und die Füße in die großen schlammschweren Stiefel stieß.

»Dumm«, murmelte er wieder und wieder, während er mit den Schnürsenkeln kämpfte. Dann eilte er ohne seinen Mantel hinaus in den Sturm.

Ruth sah zu, wie er ihrer Mutter nachrannte.

»Mum!«, rief sie wieder. »Bitte, komm zu mir zurück.«

Für eine Sekunde wurde alles von einem Blitz erhellt, der ins Wasser einschlug. Ruths Mutter drehte sich um und sah Ruth an. Über ihr krachte der Donner, und eine riesige dunkle Welle türmte sich hinter ihr auf. Ruths Mutter hob die Hand und schien zu lächeln, als die Welle sich über ihr wie das aufgerissene Maul einer wilden Bestie krümmte, bevor sie herabkrachte und sie verschlang.

EINS

GEGENWART

NESSA

Die See war heute ruhig. Wasser plätscherte sanft ans Ufer, darüber schwebten Möwen. Nessa atmete tief ein und schmeckte Salz am Gaumen, während sie sich umschaute.

Dieser lange verlassene Ort war ein vertrauter Anblick. Rechts stand das verfallene Cottage ihrer Familie. Vor ihr lagen eingestürzte Mauern und verstreute Steine – die Ruinen der Siedlung, die es einst hier gegeben hatte. Das Dorf, das von der Sturmflut vertilgt worden war, als ein Orkan das Meer eines Tages zu einer bösartigen Macht aufgepeitscht hatte. An einem so friedlichen Tag wie heute konnte man sich das kaum vorstellen.

Nessa ging bis zum Spülsaum des steinigen Strandes und blickte zum Horizont. Die Sonne ging gerade auf. Weiße Wolkenfetzen hingen am hellblauen Himmel, und weit draußen hüpften Boote auf den Wellen. Es war ein Sommertag, wie ihre Großmutter ihn geliebt hatte. Und nie wieder erleben würde.

Nessa schluckte und öffnete das schlichte Kästchen, das sie bei sich trug. Es war erstaunlich schwer – auf dem Weg zu diesem vergessenen Geisterdorf war es eine Last gewesen, für ihre Arme und auf ihrem Herzen.

Plötzlich sehnte sie sich verzweifelt nach Gesellschaft. Sie sollte heute nicht allein sein.

Rosie, ihre gute Freundin, hatte ihr mehr als einmal angeboten, sie zu begleiten. Doch Rosie hatte immer viel zu tun und half ihr ohnehin schon, wo sie konnte. Und Lily ... Nessa lächelte bei dem Gedanken an ihre fünfjährige Tochter, die eine halbe Stunde zuvor in die Schule gehüpft war.

Lily war noch zu jung für die Aufgabe, die Nessa heute bevorstand, und sie hatte in letzter Zeit schon genug verkraften müssen. Innerhalb eines Monats hatte sie ihre geliebte Great-Granny und ihr Zuhause verloren. Nur Rosies Angebot, ein Zimmer in Driftwood House, ihrer Frühstückspension, zu beziehen, hatte sie beide vor einem ungewissen Schicksal bewahrt.

Nessa beschirmte die Augen gegen die grelle Sonne und blickte die Küste entlang. Nicht weit entfernt schmiegte sich das Dorf Heaven's Cove ans Ufer, und oben auf dem Kliff, das sich über den malerischen Cottages erhob, stand Driftwood House.

Es war ein schönes altes Haus, das nach vorn einen herrlichen Blick aufs Meer bot und nach hinten eine Aussicht auf die weite Landschaft bis hin zum Dartmoor. Doch Nessa und Lily konnten nicht lange dort bleiben. Es wäre der gutherzigen Rosie gegenüber nicht fair, denn sie führte ihr Haus als Pension und konnte es sich nicht leisten, dauerhaft Waisen und Streuner aufzunehmen.

Nessa erschauderte und richtete ihre Aufmerksamkeit wieder auf die vor ihr liegende Aufgabe. Es würde schwer werden, aber ihre Großmutter hatte es so gewollt und Nessa darum gebeten von ihrem Krankenlager aus, einem Pflegebett, das weiße Haar auf dem Kissen ausgebreitet.

»Mein letzter Wunsch«, so hatte sie es mit dem Anflug eines Lächelns beschrieben.

Es war seltsam, dachte Nessa, während sie das Kästchen in ihrer Hand langsam in die sanfte Brise neigte. Ihre Gran hatte sich fünfundsiebzig Jahre lang geweigert, einen Fuß an diesen Ort zu setzen, doch wie es schien, hatte sie immer vorgehabt, am Ende nach Hause zurückzukehren.

»Lebewohl, geliebte Gran«, flüsterte Nessa, während die Asche aus dem Kästchen rieselte und vom Wind weggetragen wurde. Die Asche tanzte hinaus aufs Meer. »Lebewohl, Ruth Mariana Paulson. Ruhe in Frieden, du wunderbare Frau.«

Ein Teil der Asche fiel auf die Steine des Strandes, doch das meiste rieselte ins Wasser, das die Ruinen von Häusern umspülte, die sich eines Nachts vor langer Zeit die See geholt hatte – in der Nacht des großen Sturms, der das Leben ihrer Familie für immer verändert hatte.

Der Sturm hatte ihrer Großmutter die Mutter und das Zuhause genommen, und jetzt, Jahrzehnte später, befand Nessa sich in der gleichen Lage.

Mit einem erstickten Schluchzen kippte sie den Rest der Asche aus, die von ihrer geliebten Großmutter geblieben war, während die Sonne sich funkelnd in dem goldenen Armreif an ihrem Handgelenk brach.

Sie strich über das ungewöhnliche Armband – ein Goldreif mit sich überlappenden Enden, ein Schlangenkopf an einem und der Schwanz am anderen Ende. Als Kind war sie davon fasziniert gewesen und hatte gar nicht oft genug der Geschichte lauschen können, wie ihre Urgroßmutter es hier in Sorrel Cove gefunden hatte.

Doch jetzt würde es keine Geschichten aus alten Zeiten mehr geben.

»Du wirst mir fehlen, Gran«, schluchzte Nessa über dem Kreischen der Möwen, die am Himmel ihre Kreise zogen. »Ich werde gut auf Lily aufpassen, das verspreche ich dir. Du kannst jetzt bei deiner Mum ruhen.«

Sie senkte kurz den Kopf, überwältigt von Trauer. Dann wischte sie sich die Tränen weg und drehte sich zu dem Cottage um, das einst das Zuhause ihrer Familie gewesen war.

Nessa stellte sich vor, wie ihre Großmutter als Kind in der Tür stand und sich an das Bein ihrer Mutter schmiegte. Der Mutter, die sie nur wenige Jahre später verlieren sollte, als das Wetter umschlug.

Fünf Menschen waren in jener Nacht hier im Heulen des Orkans und dem Toben des schwarzen Meeres gestorben. Kein Wunder, dass der Name des Dorfes nur selten ausgesprochen wurde und die meisten Einheimischen es »das Geisterdorf« nannten.

Kinder mieden die Ruinen, weil sie Angst hatten, dass es dort wirklich spukte. Für Nessa hingegen war es trotz der Geschichten ihrer Großmutter immer ein Ort des Trostes gewesen, vor allem an Tagen wie diesem, wenn das Leben fast unerträglich schien.

Sie strich über die raue Steinmauer des Cottages, das ihre Großmutter einst ihr Zuhause genannt hatte. Da es am weitesten vom Meer entfernt und geschützt vor einer Anhöhe lag, war es ihm im Laufe der Jahre besser ergangen als seinen Nachbarn. Mauern und Dach waren noch intakt, aber Jahre des Leerstands und der Vernachlässigung hatten ihren Tribut gefordert. Die Haustür war aufgequollen und ließ sich nicht mehr öffnen, und die Fenster waren mit Brettern vernagelt.

In einem Brett war ein Spalt, durch den Nessa in das ehemalige Wohnzimmer spähte. Sonnenstrahlen, die durch Holzritzen fielen, warfen Licht auf den alten Steinboden und den gemauerten Kamin. Eine Holzleiter lag vor einer Wand, und in der Ecke konnte Nessa eine Steintreppe erkennen.

Früher hatten in dem Cottage die Gespräche von Erwachsenen und Kinderlachen widergehallt. Jetzt jedoch war es düster, stumm und leer.

Nessa verstand, warum ihre Großmutter nicht mehr hierher hatte zurückkehren wollen. Sie hatte mit großen Augen zugehört, wenn ihre Gran ihr von der Flucht vor dem Meer erzählt hatte, das alles auf seinem Weg verschlungen hatte. Ihr war klar geworden, dass es in Sorrel Cove zu viele Erinnerungen an das gab, was die junge Ruth verloren hatte.

Doch zumindest am Ende war ihre Großmutter zurückgekehrt. Die Anwesenheit der alten Dame an diesem stillen Ort würde Nessa in den kommenden Monaten ein Trost sein.

»Lebewohl, Gran«, sagte sie ein letztes Mal und wischte sich weitere Tränen vom Gesicht. Dann ging sie fort von dem Geisterdorf, fort von den Erinnerungen an die Vergangenheit und zurück in ihr jetziges Leben mit seinen vielen Problemen.

ZWEI

NESSA

»Wie war es?« Rosie nickte in Richtung Küche. »Eine Tasse Tee? Oder möchtest du vielleicht etwas Stärkeres?«

»Um halb elf am Vormittag?« Nessa verzog das Gesicht und schob sich das dunkle Haar über die Schulter. »Das würde Valeries Meinung über mich als Mutter bestätigen.«

Sie dachte kurz an ihre Ex-Schwiegermutter und Lilys Großmutter, die davon überzeugt war, dass Nessa eine miserable Mutter war.

»Valerie würde es nicht erfahren«, entgegnete Rosie mit einem Grinsen.

»Irgendwie würde sie es herausfinden. Die Frau hat hellseherische Fähigkeiten, was mich als Mutter betrifft. Also kein Alkohol für mich, aber ein Tee würde mir das Leben retten.«

Sie folgte Rosie in die große helle Küche und setzte sich an den Tisch, während sie darauf warteten, dass das Wasser im Kessel brodelte.

Nessa liebte diesen Raum mit den alten Terrakottafliesen und den salzverkrusteten Fenstern, die zur Steilküste hinausgingen. Für sie war er das Herz des Hauses, das Lily und ihr derzeit als Zuflucht diente.

KAPITEL ZWEI

»Ist Lily gut in die Schule gekommen?«, fragte Rosie und stellte ihrer Freundin eine dampfende Tasse auf den Tisch. Dann ließ sie sich auf den Stuhl gegenüber gleiten.

Nessa nickte. »Als wir dort ankamen, ging es ihr gut, aber auf dem Weg die Kliffstiege hinunter hat sie ein wenig geklammert. Das ist auch kein Wunder bei dem, was in letzter Zeit alles passiert ist.« Sie beugte sich über den Tisch und legte Rosie die Hand auf den Arm. »Ich weiß, dass ich es dir schon gesagt habe, aber ich bin dir wirklich dankbar, dass du uns bei dir wohnen lässt. Ich verspreche auch, dass wir nicht lange bleiben werden.«

Rosie zuckte die Achseln. »Ich könnte den Gedanken nicht ertragen, dass du mit Lily in eine meilenweit entfernte, schäbige Einzimmerwohnung ziehst. Ehrlich, ich verstehe diesen Mr Aston nicht. Er muss doch gewusst haben, dass du und Lily bei deiner Gran gewohnt habt. Es ist einfach eine Gemeinheit, das Haus sofort zu verkaufen.«

»Geschäft ist Geschäft«, antwortete Nessa resigniert. »Wir haben ihn aber auch nie richtig um Erlaubnis gefragt, bei Gran einziehen zu dürfen. Vermutlich war es ihm egal, solange die Miete bezahlt wurde. Außerdem wird er ein Vermögen verdienen, wenn er das Cottage an einen Fremden verkauft, der ein Ferienhaus daraus macht.«

»Wahrscheinlich. Aber ich finde immer noch, dass es unmöglich war, dich und Lily so schnell vor die Tür zu setzen.«

»Er weiß ja nicht, dass ich pleite bin und mir nur eine Bruchbude leisten kann.«

»Hmm.« Rosie kniff die Augen zusammen. »Du wärst nicht so blank, wenn Jake seiner Verantwortung als Vater gerecht würde und regelmäßig den Unterhalt für Lily zahlte. Freigeist, dass ich nicht lache.«

Nessa nickte und nippte an ihrem Tee. Sie war Rosie dankbar für ihre moralische Unterstützung, aber sie hatte den Zorn auf ihren Ex-Mann hinter sich gelassen. Sie hatte sich an seine Ausreden und Abwesenheit gewöhnt, seit er sie und Lily vor vier Jahren mit der Begründung hatte sitzen lassen, er sei ein Freigeist, der sich nicht »binden« ließe. Er war zweihundertfünfzig Meilen weit weg gezogen und schien seine Zeit damit zu verbringen, von einem Job zum nächsten zu wechseln und bei verschiedenen Protestgruppen mitzumachen.

»Wie dem auch sei«, sagte Rosie und schenkte Nessa ein strahlendes Lächeln, »ich finde es schön, dich und Lily hierzuhaben, daher könnt ihr so lange bleiben, wie ihr wollt.«

Nessa erwiderte ihr Lächeln, obwohl sie wusste, dass ihr Aufenthalt hier, hoch oben über Heaven's Cove, nur vorübergehend sein konnte.

Das stand fest. Rosie betrieb eine Pension, und da der Hochsommer vor der Tür stand, würde sie bald jedes Zimmer für zahlende Gäste brauchen. Sie konnte es sich nicht mehr lange leisten, Nessa und Lily zuliebe auf ein Zimmer zu verzichten. Sie würden irgendwo in eine seelenlose Einzimmerwohnung ziehen müssen, und Nessa würde ihr Leben wieder auf die Reihe kriegen müssen.

Nessa spürte, dass ihre Unterlippe zitterte, aber glücklicherweise wurde Rosie vom Klingeln an der Haustür abgelenkt. Als sie aufstand, um zu öffnen, sah sie die Tränen nicht, die auf das lackierte Holz tropften.

Nessa wischte sich über die Augen, aber die Tränen flossen weiter. Sie war nicht nur obdachlos und trauerte um ihre Gran, sie hatte auch keinen Job. Desmond Scaglin, der Besitzer von Shelley's, dem Eisenwarenladen, in dem Nessa arbeitete, hatte mit denkbar schlechtem Timing beschlossen, sein Geschäft zu schließen und in den Ruhestand zu gehen.

Nessa neigte normalerweise nicht zu Selbstmitleid. Sie hatte sich immer große Mühe gegeben, optimistisch zu sein, selbst in den schweren ersten Wochen nach Jakes Auszug.

Doch allmählich gewann sie den Eindruck, dass das Leben ihr einen Streich spielte. Sie tupfte sich mit einem Papiertaschentuch die feuchten Wangen ab. Auch eine dreißigjährige Frau kam irgendwann an ihre Belastungsgrenzen, aber aufgeben war wegen Lily keine Option.

Als Nessa im Geiste das vertrauensvolle Gesicht ihrer Tochter vor sich sah, versiegten ihre Tränen. Weinen würde nichts bringen, und sie durfte ihre Tochter nicht im Stich lassen.

Mit einem Seufzer stand Nessa von ihrem Stuhl auf. Sie würde in ihr Zimmer gehen und etwas Nützliches tun, zum Beispiel Bewerbungen schreiben – obwohl in sechs Wochen die Sommerferien begannen und Lily eine Betreuung brauchen würde.

Immer ein Problem nach dem anderen, dachte sie, stopfte das durchweichte Taschentuch in die Tasche und öffnete die Küchentür.

Sie hielt inne. Rosie stand in der sonnendurchfluteten Eingangshalle und unterhielt sich mit einem hochgewachsenen Mann in grauem Anzug.

»Nun, wenn das so ist, können Sie mir dann eine andere Unterkunft im Dorf empfehlen?«, fragte er und schob die Hornbrille weiter die Nase hinauf.

»Haben Sie es bei dem Bed and Breakfast gegenüber dem Pub versucht?«

»Ja. Ich habe es in jedem B&B in Heaven's Cove versucht, und sie sind alle belegt. Man hat mir gesagt, dass Sie vielleicht noch ein Zimmer frei hätten, und deshalb bin ich zu Fuß hier heraufgekommen, aber wie es scheint, habe ich meine Zeit verschwendet.« Er stieß einen frustrierten Seufzer aus.

»Das Dorf ist zu dieser Jahreszeit immer sehr beliebt, daher ist es ratsam, im Voraus zu buchen«, erwiderte Rosie sanft. »Es tut mir leid.«

Nessa sank das Herz. Rosie musste ihretwegen einen zahlenden Gast abweisen. Als sie sich räusperte, drehten Rosie und der Mann sich zu ihr um und sahen sie an.

»Entschuldigung, dass ich unterbreche, aber könnte ich kurz mit dir reden, Rosie, über die ... ähm, die Zimmersituation? Bitte«, fügte sie hinzu, als Rosie zögerte. Dann, als Rosie zu ihr ging, bat Nessa den Mann: »Könnten Sie noch einen Moment warten? Danke.«

Der Mann sah sie einen Augenblick lang an, das Gesicht nach dem Aufstieg aufs Kliff in der Sonne gerötet, und zuckte die Achseln. »Meinetwegen, aber ich habe nicht den ganzen Tag Zeit.«

Unnötig unhöflich, dachte Nessa, während sie Rosie in die Küche zog und die Tür hinter sich schloss.

»Ich weiß, was du sagen willst«, kam Rosie ihr zuvor, »und die Antwort ist Nein. Ich bin nicht bereit, dich und Lily hinauszuwerfen.«

»Das ist lieb. Du bist lieb – wahrscheinlich der netteste Mensch der Welt. Aber ich bin nicht bereit zuzusehen, wie du unseretwegen auf einen zahlenden Gast verzichtest. Er kann unser Zimmer haben.«

Rosie schüttelte den Kopf. »Auf keinen Fall. Ich habe gesagt, dass ich dir und Lily helfe, und genau das werde ich tun. Wo wollt ihr denn so kurzfristig hin? Zu Valerie?«

Bei dem Gedanken überlief es Nessa kalt. Valerie würde Lily mit Freuden aufnehmen und am liebsten ganz dabehalten. Aber Nessa? Wohl kaum. Valerie war nie einverstanden gewesen mit der Frau ihres geliebten Sohnes, die in einem Eisenwarenladen im Dorf arbeitete und deren Großmutter in einem gemieteten Cottage lebte.

Valerie war Jake eine hingebungsvolle Mutter und obendrein ein Snob. Nessa würde ihren hohen Ansprüchen niemals genügen. Sie würde nie den Ausdruck unverhohlenen Entsetzens auf Valeries Gesicht vergessen, als Jake sie mit nach Hause gebracht und seiner Familie vorgestellt hatte. Von allen Frauen, die ihr geliebter Jacob sich hätte aussuchen können, hatte er sich ausgerechnet für die perspektivlose Nessa aus dem Dorf entschieden.

Doch Nessa war inzwischen klar geworden, dass sie genau die Art Frau war, die Jake sich immer aussuchen würde – jemanden, der vom Leben gebeutelt war und nicht zu viel von ihm verlangen würde.

Rosie machte Anstalten, zurück in die Eingangshalle zu gehen, aber Nessa hielt sie am Arm fest. Rosie hatte recht, dass sie und Lily nirgendwo anders hinkonnten, aber sie konnten auch kein Zimmer belegen, das für zahlende Gäste gedacht war.

»Was ist mit der Abstellkammer?«, fragte sie.

»Was soll damit sein?« Rosie runzelte die Stirn. »Wie der Name schon sagt: Es ist eine kleine Kammer, in der man Sachen abstellt. Sie ist voll mit Gerümpel und Spinnen.«

Nessa überhörte bewusst die Erwähnung der Spinnen. Über diese Tiere wollte sie lieber nicht nachdenken.

»Die Kammer ist wirklich voll, aber ich könnte Platz für uns schaffen. Lily und ich könnten darin übernachten, bis ich eine andere Bleibe gefunden habe.«

Als Rosie zögerte, griff Nessa nach ihrer Hand.

»Rosie, du warst wunderbar zu mir und zu meiner Tochter. Aber du führst eine Pension, und du sparst für deine Hochzeit. Außerdem, wo soll der Mann diese Nacht schlafen? Am Ende campiert er am Strand! Belinda würde ausflippen und die Polizei rufen.«

Bei dem Gedanken an Belinda musste Rosie grinsen. Belinda war Heaven's Coves Klatschbase, die sich in alles einmischte.

»Bist du dir sicher, dass ihr in dem kleinen Raum zurechtkommen werdet? Ich habe irgendwo noch zwei Feldbetten, aber die sind bestimmt nicht bequem.«

»Wir kommen schon klar, ehrlich. Also, geh und sag dem

Mann, dass er bleiben kann, bevor er vor Hitze eingeht. Wie kann man bei dem Wetter einen Anzug tragen!«

Rosie grinste. »Unter den Umständen nicht die beste Kleiderwahl.« Dann machte sie ein langes Gesicht. »Bist du dir wirklich ganz sicher, Nessa?«

»Absolut sicher.«

»Na dann, wenn es dir nichts ausmacht, vielen Dank.«

Nessa deutete eine Verbeugung an. »Gern geschehen, und ich sollte diejenige sein, die dir dankt.«

Sie folgte Rosie zurück in die Halle, wo der Mann die Standuhr betrachtete, während er wartete. Als er sich umdrehte, war ihm die Ungeduld ins Gesicht geschrieben.

»Entschuldigen Sie bitte die Verzögerung.« Rosie lächelte ihn an. »Tatsächlich ist gerade ein Zimmer frei geworden, wenn Sie immer noch bleiben möchten, Mister ...?«

»Gantwich«, stellte der Mann sich vor. Er schwitzte leicht in seinem Hemd und der Krawatte. »Gabriel Gantwich. In dem Fall werde ich wieder ins Dorf gehen und meinen Wagen holen. Gibt es noch eine andere Straße hier herauf? Ich bin zu Fuß gekommen, weil ich das Fahrwerk meines Wagens nicht ruinieren wollte.«

Rosie schüttelte den Kopf. »Ich fürchte, nein. Wir sind hier oben Wind und Wetter ausgesetzt, und kaum haben wir die Straße geflickt, sind die Schlaglöcher wieder da. Aber es sollte nichts passieren, wenn Sie langsam fahren.«

Bei der Bemerkung zog Mr Gantwich eine Braue hoch, drehte sich dann aber wortlos um und ging.

Während Rosie sich um den Papierkram kümmerte, eilte Nessa nach oben, um sämtliche Spuren ihrer und Lilys Existenz aus dem sonnigen Zimmer mit Blick aufs Meer zu tilgen.

Nessa brauchte nicht lange. Sie hatte den großen Koffer, den sie unters Bett geschoben hatte, noch gar nicht ganz ausgepackt, weil sie sich in Rosies gemütlicher Pension nicht zu häuslich einrichten wollte. Das hätte den späteren Umzug nur noch schwerer gemacht.

Sie räumte ihre wenigen Sachen weg, dann zog sie das Doppelbett ab, holte frisches Bettzeug aus dem Wäscheschrank im Flur und öffnete das Fenster, um die frische Brise hereinzulassen.

Nach zehn Minuten harter Arbeit trat sie zurück und stemmte die Hände in die Hüften. Das Zimmer war bereit für den neuen Gast. Nichts wies darauf hin, dass sie und Lily hier gewesen waren und sich das Bett geteilt hatten.

Nessa zog den Koffer durch den Flur zu einem Raum ganz hinten im Haus. Sie öffnete die Tür, schaltete das Licht an und trat ein.

Rosie hatte nicht übertrieben, als sie gesagt hatte, das Zimmer sei klein und voll. Pappkartons stapelten sich an den Wänden und in der Mitte des Raumes.

Die Kammer diente als Lager für persönlichen Krimskrams, den Rosie aus der Pension verbannt hatte, aber nicht wegwerfen wollte. Nessa strich über ein altes Fotoalbum auf einem verstaubten Regal, neben dem ein Stapel Bücher über Bräuche und Sagen aus Devon lag. Sie hatten wahrscheinlich Sofia gehört, Rosies verstorbener Mutter, die stets einen Hang zum Seltsamen und Sonderbaren gehabt hatte.

Das war der Auslöser für die Freundschaft zwischen Nessa und Rosie gewesen – die traurige Tatsache, dass sie beide ihre Mum verloren hatten. Nessa, als sie noch zur Schule gegangen war, und Rosie erst vor Kurzem. Der Verlust hatte sie einander näher gebracht.

Nessa schüttelte den Kopf. Selbstmitleid half ihr nicht weiter. Es war zwar ein Lagerraum, aber mit ein paar Handgriffen könnte sie genug Platz schaffen, damit Lily und sie hier einziehen konnten.

Für einige Nächte würde es gehen, während sie ihnen eine

andere Bleibe suchte. Es musste etwas halbwegs Anständiges sein, egal wo. Nessa machte es nichts aus, in einer armseligen Wohnung zu leben, aber sie durfte wegen Lily nicht zu trostlos sein. Es gab nur wenige freie Zimmer im Dorf, vor allem zu dieser Jahreszeit.

Die meisten waren an Urlauber vermietet, und die privaten Vermieter waren nicht gerade scharf auf arbeitslose alleinerziehende Mütter. Die Warteliste für Sozialwohnungen war deprimierend lang. Also musste die Abstellkammer fürs Erste genügen.

Nessa machte sich an die Arbeit. Sie schob Kartons beiseite und stellte die Feldbetten auf, die sie vom Dachboden geholt hatte. Nessa prüfte die Betten, indem sie sich daraufsetzte. Dann nahm sie Lilys *Eiskönigin*-Bettwäsche aus dem Koffer und legte sie auf das bequemere Bett, damit es etwas einladender aussah.

Als sie fertig war, machte der Raum einen viel besseren Eindruck, und die beiden einzigen Spinnen, die sie gefunden hatte, hatte sie unter einem Glas gefangen und durch das Fenster aufs Dach kriechen lassen. Für eine Weile würde es genügen.

Anschließend ging sie wieder nach unten, wo Rosie mit einer aufgeschlagenen Kladde am Küchentisch saß.

»Meine Buchführung«, sagte sie zu Nessa, als sie hereinkam. »Langsam denke ich, dass ich mit der Pension wirklich Erfolg haben kann, wenn die Gästezahlen so bleiben und mir nichts mehr vom Dach fällt. Der Sturm letzten Monat hat mich ein Vermögen für Dachziegel gekostet, aber ich mache trotzdem einen guten Gewinn.« Sie verzog das Gesicht. »Entschuldige, Nessa. Es ist unsensibel von mir, darüber zu reden, wie gut alles läuft, während ...«

»Während mein Leben ein Scherbenhaufen ist?« Nessa lachte. »Ich gönne dir jeden Augenblick deines Glücks, Rosie. Du verdienst es.«

»Du auch. Ich wünschte nur ...« Sie schüttelte den Kopf.

»Ja. Aber hey, es wird sich schon etwas ergeben«, unterbrach Nessa ihre Freundin und versuchte, munter zu klingen. »Und bis dahin werde ich dir hier helfen, um mir Kost und Logis zu verdienen. Was muss gemacht werden?«

»Wenn du dir sicher bist, hätte ich ein paar Aufgaben für dich, bevor du Lily von der Schule abholen musst.«

»Valerie holt sie ab und nimmt sie zum Tee mit zu sich nach Hause, daher gehöre ich für den Rest des Tages ganz dir.«

»Okay.« Rosie kniff die Augen zusammen. »Aber vielleicht solltest du es langsam angehen lassen, nachdem du dich gerade von deiner Gran verabschiedet hast. Möchtest du nicht für eine Weile die Füße hochlegen und die Ruhe genießen?«

»Nein, es geht mir gut. Und ehrlich gesagt ist es besser, wenn ich mich mit Arbeit vom Nachdenken ablenken kann.«

Nessa schwieg, überwältigt von einer Welle der Trauer – um ihre Großmutter und ihr altes Leben. So hatte sie sich ihr Leben zu diesem Zeitpunkt nicht vorgestellt. Wo waren der erfüllende Beruf, das gemütliche Zuhause und der liebevolle Partner?

Aber ich habe Lily, ermahnte sie sich streng, *und Lily wird immer mehr als genug sein. Also Schluss mit dem Selbstmitleid.*

»Bist du dir sicher, dass es dir gut geht?«, fragte Rosie voller Mitgefühl.

Nessa zwang sich zu einem Lächeln. »Ja, du kennst mich doch. Mir geht es immer gut, und ich brenne darauf, loszulegen. Also, was soll ich tun?«

DREI

NESSA

Nessa zupfte sich die Gummihandschuhe von den Fingern und nahm eine Teekanne und eine Tasse mit Unterteller aus dem Küchenschrank. Während der letzten Stunden hatte sie von außen die Fensterrahmen des Wintergartens gestrichen, und jetzt, am späten Nachmittag, half sie Rosie bei der Hausarbeit und bereitete Snacks für die Gäste zu.

Rosie war sehr dankbar für die Unterstützung, und Nessa war dankbar dafür, dass die Beschäftigung ihr geholfen hatte, ihre Trauer zu lindern und ihre Zukunftssorgen zu verdrängen. Die gleichförmigen Bewegungen – ganz gleich, ob sie etwas lackierte oder eine Arbeitsplatte blank polierte, beruhigten sie irgendwie.

Sie hatte nur eine halbe Stunde Mittagspause gemacht, um online nach Jobs zu suchen. Das hatte sich jedoch als fruchtloses Unterfangen entpuppt, und sie hatte ein Badezimmer von oben bis unten putzen müssen, um das Gefühl der Verzweiflung abzuschütteln.

»Was soll ich nur tun, Gran?«, fragte sie und schaltete den Wasserkocher ein.

Doch Ruth Mariana Paulson antwortete nicht. Sie würde ihr nie wieder antworten.

Nessa blinzelte hektisch gegen Tränen an und konzentrierte sich darauf, eine Tasse Tee für Mr Gantwich zuzubereiten, den Neuankömmling, der sein Zimmer verlassen hatte und sich nun im Wohnzimmer der Gäste aufhielt.

Lily würde bald nach Hause kommen, und das Lächeln ihrer Tochter würde Nessa wie immer aufmuntern.

Sie stellte ein Milchkännchen auf das Tablett neben die Teekanne und die Tasse, dann setzte sie ein Lächeln auf und trug es zu dem neuen Gast von Driftwood House.

Mr Gantwich saß am Fenster, ohne die Aussicht aufs Meer eines Blickes zu würdigen, und blätterte stattdessen in einem Stapel Unterlagen.

Er trug noch immer seinen Anzug und wirkte in dem sonnigen Wohnzimmer fehl am Platz. Als Nessa hereinkam, bemerkte er sie nicht, daher hatte sie Gelegenheit, ihn sich richtig anzusehen.

Der Mann, der sie und ihre Fünfjährige, ohne es zu ahnen, aus ihrem Zimmer verbannt hatte, war etwa Mitte dreißig. Nein. Nessa revidierte ihre Schätzung seines Alters. Der graue Anzug, die ordentliche Frisur und seine Brille ließen ihn älter wirken, als er wahrscheinlich war. Dreißig oder Anfang dreißig, höchstens. Er hatte lange Finger, mit denen er einen Aktenordner durchging, und blasse Haut, als würde er den größten Teil seines Lebens in einem Büro zubringen.

Er sah auf und deutete mit dem Kopf auf den kleinen Tisch neben ihm.

»Stellen Sie es einfach da hin«, sagte er schroff und zog einige Papiere aus dem Ordner.

Immer noch unhöflich, dachte Nessa und stellte das Tablett ab. Als sie sich aufrichtete, fiel ihr ein Name von dem obersten Blatt ins Auge: *Sorrel Cove.* Sie reckte den Hals und versuchte, über seine Schulter hinweg mehr zu lesen.

»Kann ich Ihnen helfen?«, fragte er scharf und drehte das Blatt um.

»Nein, nein. Rosie dachte, Sie möchten vielleicht eine Tasse Tee, daher habe ich ... ähm ...« Ihre Stimme verlor sich, und sie kam sich unbeholfen vor.

»Aha. Nun, dann sollte ich mich wohl bei Ihnen bedanken, nehme ich an.«

Nehme ich an? Er hatte wirklich nicht den geringsten Charme.

»Gern«, sagte Nessa so eisig sie konnte.

Gabriel seufzte und lehnte sich auf dem Sessel zurück. »Arbeiten Sie hier?«, fragte er und hörte sich dabei so an, als könne es ihm nicht gleichgültiger sein.

»Eigentlich nicht. Ich gehe Rosie ein wenig zur Hand. Sie ist die Eigentümerin und eine Freundin von mir.«

Gabriel schob die Papiere zurück in den Ordner und steckte ihn in den Aktenkoffer zu seinen Füßen. »Dann stammen Sie aus Heaven's Cove?«, fragte er.

»Ich habe mein ganzes Leben hier verbracht.«

Gabriel setzte sich aufrecht hin. »Das ist interessant.«

Wirklich? Nessa machte die Augen schmal. War er sarkastisch? Es war schwer zu sagen.

»Woher kommen Sie?«, fragte sie.

»London. Waren Sie mal da?«

Jetzt war er wirklich sarkastisch. Nessa errötete und strich mit der Hand über ihr altes »Rettet die Robben«-T-Shirt. Sie sah zwar aus wie ein Landei, aber natürlich war sie in London gewesen.

Zugegeben, nur ein paar Mal, und sie hatte die Schnelllebigkeit der Stadt beängstigend gefunden. Das würde sie Gabriel gegenüber jedoch nicht zugeben, der wie ein Mann wirkte, der in einer geschäftigen und aufregenden Großstadt in seinem Element war.

»Ja, ich war in London, aber ich lebe lieber am Meer.«

»Tatsächlich?«, fragte er naserümpfend.

»Tatsächlich«, bestätigte Nessa mit Nachdruck. »Lassen Sie sich Ihren Tee schmecken.«

Sie ging zur Tür und schäumte innerlich vor Wut. Ihre Vorliebe für frische, salzige Luft statt Abgasen hatte aus dem Mund des hochnäsigen Gabriel Gantwich wie eine Charakterschwäche geklungen. Was um alles in der Welt machte er dann im Anzug in Heaven's Cove und las einen Text über Sorrel Cove?

Nessa sollte wieder in die Küche gehen und auf Lilys Rückkehr warten. Sie sollte diesen nervigen Gast in Ruhe seine wichtigen Papiere lesen lassen. Doch Sorrel Cove nahm in ihrem Herzen einen Sonderplatz ein. Also blieb sie stehen und fragte ihn: »Machen Sie hier Urlaub?«

Er schaute von der Tasse Tee auf, die er sich gerade eingeschenkt hatte, und schien überrascht zu sein, dass sie noch da war. »Nicht direkt.«

»Sind Sie wegen Sorrel Cove hier?«

Gabriel nahm einen Schluck von seinem Tee, bevor er antwortete. »Wie kommen Sie darauf?«

Nessa spürte, wie ihr erneut die Röte ins Gesicht stieg. »Ich wollte nicht neugierig sein, aber ich habe zufällig den Namen auf den Papieren gesehen, die Sie gelesen haben.«

»Und Sie kennen Sorrel Cove?«

»Ja. Ich kenne es sehr gut.«

»Hm.« Gabriel sah ihr zum ersten Mal, seit sie den Raum betreten hatte, in die Augen und hielt ihren Blick fest, bis sie sich unbehaglich fühlte. Dann sagte er: »Ich würde es mir gern ansehen.«

»Warum?«

Gabriel zog eine Braue hoch. »Brauche ich einen Grund? Ich interessiere mich für die Geschichte des Dorfes und habe gehört, es sei einen Besuch wert.«

»Es ist ein ganz besonderer Ort.«

»Ja.« Gabriel stellte die Tasse behutsam wieder auf den Untertelller. »Tatsächlich interessiere ich mich für ganz Heaven's Cove.« Er nahm seinen Stift und tippte sich damit einen Moment lang gegen die Lippen, als denke er nach. »Und ich brauche jemanden, der mich herumführt.«

»So groß ist das Dorf nicht. Im Gemeindesaal gibt es eine Touristeninformation, da können Sie eine Karte bekommen.«

»Eine Karte ist jedoch nicht das Gleiche wie ein Begleiter, der sich in der Gegend auskennt, nicht wahr?« Er tippte den Stift noch zwei, drei Mal, dann sagte er: »Ich werde es wahrscheinlich bereuen, aber hätten Sie Lust, morgen meine Reiseführerin zu sein?«

Damit hatte Nessa nicht gerechnet. Sie öffnete den Mund und schloss ihn wieder. Nein, sie hatte keine Lust, morgen seine Reiseführerin zu sein. *Ich werde es wahrscheinlich bereuen,* hatte er gesagt. Sie würde es ganz sicher bereuen.

Gabriel sah sie an. »Sie werden doch wahrscheinlich morgen hier arbeiten.«

»Eigentlich arbeite ich hier gar nicht. Ich suche gerade nach einem Job«, sagte Nessa und verpasste sich im Geiste einen Tritt. Warum erzählte sie diesem Mann etwas von sich selbst?

»Also, können Sie mich nun morgen herumführen oder nicht?«, fragte er mit einem Anflug von Ärger in der Stimme.

Nessa zögerte. Lily brauchte neue Schuhe, die sie sich aber nicht leisten konnte. »Würden Sie mich für meine Zeit bezahlen?«

Er zuckte die Achseln. »Selbstverständlich. Was verlangen Sie?«

Nessa biss sich auf die Lippe. Es würde unangenehm sein, Zeit in der Gesellschaft dieses Mannes zu verbringen, aber sie kannte die Gegend wie ihre Westentasche – und sie war vollkommen pleite.

»Ich berechne fünfzehn Pfund pro Stunde«, antwortete sie und bemühte sich um eine feste Stimme. Das war mehr, als sie im Laden verdient hatte, aber Gabriel Gantwich in seinem gut geschnittenen Anzug sah aus, als könne er es sich leisten.

Ihre Vermutung wurde bestätigt, als er sofort nickte.

»In Ordnung.«

Nessa rechnete im Kopf nach. Eine Führung durch Heaven's Cove würde mindestens eine Stunde dauern, wenn sie ihm alle Sehenswürdigkeiten zeigte. Hinzu kam der Spaziergang über die Landzunge zum Geisterdorf, und es würde auch einige Zeit in Anspruch nehmen, ihm die Geschichte des Ortes in allen Einzelheiten zu erzählen.

Wahrscheinlich konnte sie vierzig Pfund verdienen. Damit hätte sie genug Geld für Lilys Schuhe und ein paar neue T-Shirts. Die Kleine wuchs aus allem heraus, und Jake hatte sein Versprechen, seiner Tochter neue Sachen zu kaufen, nicht gehalten.

»Also gut«, willigte Nessa ein, bevor sie es sich anders überlegen konnte. »Um wie viel Uhr morgen?«

»Punkt neun.«

»Geht auch viertel nach neun?« Vorher musste sie Lily zur Schule bringen.

Er verdrehte fast unmerklich die Augen. »Meinetwegen. Wie heißen Sie?«

»Nessa. Nessa Paulson.«

»Schön.«

Er runzelte die Stirn, als aus dem Flur plötzlich lautes Fußgetrappel erklang. Lily, die nie zu überhören war, war zu Hause. Sie kam hereingestürmt und schlang Nessa die Arme um die Taille.

»Hallo!«, quiekte sie und drückte sie fest.

Nessa strich ihrer Tochter das dunkle Haar glatt. »Hallo, Süße. Hattest du einen schönen Tag in der Schule?«

»Es war lustig. Marcus hatte Nasenbluten und sein T-Shirt ist jetzt ganz rot und fleckig.«

»Oje, der arme Marcus. Geht es ihm wieder gut?«

»Ja. Miss Jones hat ihm in der Pause eine Extraportion Obst gegeben und ihm erlaubt, sein Buch zu lesen, anstatt auf den Spielplatz zu gehen.«

»Das war sehr klug von Miss Jones. Und war es schön bei Granny?«

Lily nickte glücklich, während Nessa über ihren Kopf hinweg Valerie ansah, ihre Ex-Schwiegermutter, die Lily ins Haus gefolgt war und jetzt in der Wohnzimmertür stand.

»Vielen Dank, dass du für Lily Tee gemacht und sie hergebracht hast«, sagte sie höflich.

Valerie nickte leicht. »Nichts zu danken. Ich bin gern mit Lily zusammen, und es ist kein Problem, sie ... nach Hause zu bringen.«

Da war eine kurze Pause vor den Worten »nach Hause«, als sei eine Pension Valeries Ansicht nach kein geeignetes Zuhause für ihre geliebte Enkelin.

Wahrscheinlich hatte sie recht, dachte Nessa erschöpft. Doch Valerie würde sie vermutlich selbst dann nicht akzeptieren, wenn sie und ihre Tochter in einem Herrenhaus lebten.

Eins zumindest hatte sie in Valeries Augen richtig gemacht. Nessa schaute Lily an und hielt sie fest an sich gedrückt. Egal, was Valerie von ihr hielt – die gemeinsame Liebe zu diesem Kind würde sie immer verbinden.

Als sie aufblickte, sah Gabriel sie an.

»Ihr Kind, nehme ich an?«, war alles, was er sagte.

»Ja, eindeutig meins«, antwortete Nessa und drückte ihre geliebte Tochter noch einmal fest.

Ein Ausdruck blitzte über Gabriels Gesicht, so schnell, dass Nessa ihn nicht deuten konnte. War es Trauer? Ärger? Gleichgültigkeit?

Er hatte wahrscheinlich erkannt, dass Lily der Grund war, warum seine Dorfführung morgen nicht um neun Uhr beginnen konnte, und war deswegen verärgert, dachte Nessa. Bestimmt war er der Typ Mann, der Vorurteile gegenüber alleinerziehenden Müttern hatte und gleichzeitig jede Möglichkeit nutzte, so wenig Steuern wie möglich zu zahlen.

Sie wandte den Blick ab, damit er die Feindseligkeit in ihren Augen nicht sah. So unhöflich Gabriel Gantwich auch war und so ungern sie Zeit in seiner Gesellschaft verbringen wollte, sie brauchte das Geld von der morgigen Führung.

Also würde sie Lily zuliebe lächeln und nett sein.

»Nochmals vielen Dank, dass du Lily abgeholt hast«, sagte sie zu Valerie, die immer noch in der Tür stand und keine Anstalten machte, zu gehen. »Möchtest du … möchtest du eine Tasse Tee, bevor du fährst?«

Sie würde auch zu Valerie weiterhin nett sein, ganz gleich, wie schlecht ihre Schwiegermutter sie behandelte. Auch das tat sie Lily zuliebe .

Wie schwer das Leben auch werden mochte, dachte Nessa mit einem tiefen Atemzug, solang ihre geliebte Tochter bei ihr war, konnte sie mit allem fertig werden.

VIER

VALERIE

Valerie musste zugeben, dass es Rosie erfolgreich gelungen war, Driftwood House in eine Pension zu verwandeln. Alle Räume waren frisch gestrichen. Kaffeeduft zog durchs Haus und vermischte sich mit dem Geruch von Kuchen im Ofen.

Es war trotzdem eine Schande, dass Rosie zahlende Gäste aufnehmen musste, um nach dem Tod ihrer Mutter über die Runden zu kommen. Wenigstens gehörte ihr die Pension. Nicht wie Nessa, die in dem vollgestopften kleinen Eisenwarenladen im Dorf nur angestellt war, bevor sie selbst diesen Job verloren hatte.

Der Laden war geschlossen worden, weil Mr Scaglin, der Besitzer, nach Tiverton in die Nähe seiner Familie gezogen war. Doch Valerie konnte sich des Gefühls nicht erwehren, dass Nessa an ihrer Arbeitslosigkeit irgendwie selbst schuld war.

»Das ist doch lächerlich«, hatte Alans Urteil gelautet, als sie ihm gesagt hatte, was sie dachte. »Es ist erstaunlich, dass der alte Scaglin den Laden überhaupt so lange betrieben hat.«

Doch wenn Valerie einmal eine Abneigung gegen jemanden gefasst hatte, fiel es ihr schwer, sich dieser Person gegenüber freundlich zu verhalten. Und für ihre Abneigung gegen ihre frühere Schwiegertochter hatte sie jeden Grund.

»Nochmals vielen Dank, dass du Lily abgeholt hast«, sagte Nessa. »Möchtest du ... möchtest du eine Tasse Tee, bevor du gehst?«

Valerie schüttelte den Kopf, aber als Nessa sie anlächelte, fühlte sie sich verpflichtet, das Lächeln zu erwidern. Sie wollte nicht unfreundlich erscheinen oder ihre schmutzige Wäsche in aller Öffentlichkeit waschen. Schon gar nicht vor dem Mann, der am Fenster saß und sie beide beobachtete.

Er war jung, sah gut aus und trug einen Anzug, wie Valerie anerkennend bemerkte – offenbar ein Geschäftsmann, der in der Gegend war, um einen Deal abzuschließen. Er erinnerte sie an Alan, als sie ihn kennengelernt hatte. Damals hatte er die Immobilienagentur gegründet, die er bis zum vergangenen Jahr geführt hatte. Dann war er in den vorzeitigen Ruhestand getreten und hatte sich verändert.

Valerie blieb stehen und wartete, bis Nessa sich an ihre Manieren erinnerte und sie dem Fremden vorstellte.

»Oh, das ist Mr Gantwich, der gerade in Driftwood House eingetroffen ist, und das ist Valerie, meine ... äh ...«

Valerie wartete ab, neugierig, wie Nessa sie vorstellen würde. *Sie ist die Mutter des Mannes, den ich aus Heaven's Cove vertrieben habe,* vielleicht?

Nessas sommersprossige Wangen röteten sich. »Sie ist die Großmutter meiner Tochter Lily.«

Lily, die Valerie von ganzem Herzen liebte. Lily, die nicht in diesem Haus leben sollte, wo Gäste kamen und gingen.

»Sind Sie geschäftlich hier oder zum Vergnügen, Mr Gantwich?«, fragte sie mit Blick auf Schnitt und Material seines teuren anthrazitfarbenen Anzugs.

»Sowohl als auch. Ihre ... Lilys Mutter hat sich bereit erklärt, mir morgen das Dorf zu zeigen.«

Darauf hätte Valerie wetten mögen. Sie bemühte sich, ihr

Lächeln beizubehalten, als sie spürte, wie sich ein säuerlicher Ausdruck in ihr Gesicht stahl. Zumindest schien dieser Mann zu vernünftig zu sein, um sich von Nessa an der Nase herumführen zu lassen.

Nicht, dass Jacob, ihr Sohn, kein vernünftiger Mann gewesen wäre. Doch er war eine sensible, vertrauensvolle Seele, was ihn empfänglicher für Nessas Manipulationen gemacht hatte. Und jetzt lebte Nessa in Heaven's Cove und Jacob nicht. Valeries Lächeln verrutschte nun doch.

So weit war Manchester eigentlich gar nicht entfernt. Jacob schien dort auch ein gutes Leben zu führen. Doch für regelmäßige Wochenendbesuche war es zu weit, und Valerie vermisste ihren Sohn. Lily war die Einzige, die sie genauso glücklich machen konnte.

Plötzlich wurde ihr bewusst, dass ihr das Atmen schwerfiel.

»Ich gehe dann besser mal«, sagte sie schroff und fuhr sich mit der Hand durch das ergrauende Haar. »Bis bald, Lily. Auf Wiedersehen, Mr Gantwich.« Sie überging Nessa, als wäre sie gar nicht da.

Während Valerie die Kliffstiege hinabging, atmete sie den Duft des Meeres ein und genoss die frühe Abendsonne auf dem Gesicht.

Sie bereute inzwischen ihre Flucht aus Driftwood House. Nessa hatte ihr einen seltsamen Blick zugeworfen, als sie davongeeilt war. Doch in letzter Zeit verspürte Valerie manchmal einen überwältigenden Drang zu fliehen – obwohl sie nicht wusste, wovor. Es war alles sehr merkwürdig.

Valerie blieb stehen, um einen Stein aus der Sandale zu schütteln, dann schaute sie aufs Meer. Die Sonne näherte sich langsam dem Horizont und verlieh dem Wasser einen orangefarbenen und goldenen Schimmer.

Das Bild war so schön, dass ihr Tränen in die Augenwinkel

traten, aber Valerie schenkte ihnen keine Beachtung und ging weiter. Sie war nie eine Heulsuse gewesen, und wenn sie jetzt damit anfing, würde das Abendessen nicht rechtzeitig fertig werden.

Sie hätte mit dem Auto nach Driftwood House fahren sollen, aber sie hatte es am Fuß der Steilküste an der Straße stehen lassen, weil sie es vermeiden wollte, die Kliffstiege hinaufzufahren.

Es war dumm, aber sie bekam es neuerdings mit der Angst zu tun, wenn der Wagen sich die Straße hinaufquälte, als könne er den Halt verlieren und rückwärts wieder hinunter ins Dorf rollen.

Sie war früher nie ängstlich gewesen, aber in letzter Zeit hatte sie manchmal das Gefühl, nicht mehr sie selbst zu sein. Vielleicht lag es daran, dass sie jetzt Mitte fünfzig war und das nahende Alter spürte. Vielleicht war das auch der Grund, warum sie abwechselnd Alan hätte ermorden können und dann wieder so traurig war, dass sie morgens kaum aus dem Bett kam. Sie dankte dem Himmel für Lily, dem einzigen Lichtblick in ihrem Leben.

Sie richtete ihre Gedanken wieder darauf, dass sie nach Hause musste, um für Alan zu kochen, der heute Abend gegrillte Makrelen und geröstetes Gemüse bekommen würde.

Sie träumte von dem Tag, an dem sie nach Hause kommen und Alan für sie kochen würde. Doch das hatte er in fünfunddreißig Ehejahren noch nie getan, daher war es unwahrscheinlich, dass er jetzt damit anfangen würde. Es sei denn, Valerie würde von einer schrecklichen Krankheit befallen werden. Obwohl er in dem Fall zweifellos Unfähigkeit in der Küche vorschützen würde und Valerie sich trotz allem aus dem Krankenbett quälen müsste.

»Ich weiß nicht, wo du die gemischten Kräuter aufbewahrst«, würde er sagen und sich wieder mit der Zeitung in seinen bequemen Sessel verziehen, obwohl sie seit zehn Jahren in dem Haus am Rand von Heaven's Cove lebten.

Valerie blickte noch einmal über das schimmernde Meer und versuchte positiver zu denken. Alles würde anders sein, wenn Lily einzog. Alan würde zwar anfangs nicht begeistert davon sein, aber es war die einzige Lösung.

Eine Pension voller Fremder oder eine schäbige Einzimmerwohnung waren keine Orte für eine Fünfjährige. Irgendwann würde Nessa zur Vernunft kommen und einsehen, dass Valeries Plan die einzige Möglichkeit war.

Valerie lächelte und beschleunigte ihre Schritte, denn plötzlich fühlte sie sich viel besser. Lily würde wieder Glück und Geplapper und Leben in ihr Haus bringen. Sie würde Valeries Leben wieder lebenswert machen.

FÜNF

GABRIEL

Gabriel stand vor dem Kleiderschrank in der Ecke seines Zimmers. Sein Vater hätte, wenn er hier gewesen wäre, darauf bestanden, dass er heute Anzug, Hemd und Krawatte trug, denn er war schließlich beruflich unterwegs.

Es schien ihm aber doch etwas übertrieben, sich im Anzug durch Heaven's Cove führen zu lassen, vor allem, da der Tag versprach, heiß und sonnig zu werden. Nicht, dass er viel Auswahl gehabt hätte, denn bis auf einen Anzug zum Wechseln, Unterwäsche und ein paar Hemden und Krawatten hatte er nichts eingepackt. Er war nicht der Typ für Freizeitkleidung.

Er trat in Unterhose ans Fenster und betrachtete das Meer. Es war heute kabbelig, aber von einem wunderschönen Azurblau. Ein Meer dieser Farbe hatte er seit seiner schicksalhaften Reise mit Seraphina nach Tobago nicht mehr gesehen.

Auf der Reise hatte ihn mit voller Wucht die Erkenntnis getroffen, dass er unmöglich den Rest seines Lebens mit einer Frau verbringen konnte, die zwei Stunden brauchte, um sich für den Strand fertig zu machen, und sich, kaum dass sie dort angekommen war, nur darüber beschwerte, dass er zu sandig war.

Seraphina schien ebenso verärgert über ihn zu sein, daher

hatte es ihn überrascht, dass sie die Trennung so schlecht aufgenommen hatte. Mit dem Zorn seines Vaters hatte er hingegen gerechnet.

Gabriel konnte dessen Stimme noch immer hören: *Was soll das heißen, du hast die Beziehung beendet? Bist du von allen guten Geistern verlassen? Seraphina ist die perfekte Frau für dich.*

Gabriel war davon überzeugt, dass Seraphina die Rolle der unterstützenden Ehefrau, die ihrem reichen Mann den Rücken freihielt, perfekt gespielt hätte – als Gastgeberin von Dinnerpartys, beim Small Talk mit seinen Kunden und bei der Einrichtung ihres Hauses, die ein Vermögen gekostet hätte.

Sein Vater wusste das ebenfalls und hatte sie deshalb mit offenen Armen willkommen geheißen. Die Tatsache, dass sie und Gabriel einander am Ende todunglücklich gemacht hätten, spielte keine Rolle. Für Billy Gantwich spielte überhaupt nichts eine Rolle, abgesehen von der Firma, aus der er im Laufe der Jahre einen millionenschweren Konzern gemacht hatte.

Für Billy Gantwich kam es nur darauf an, dass Seraphina die perfekte Vorzeigefrau für einen Mann war, der einmal das Familienunternehmen übernehmen würde.

Gabriel verdrängte die nagende Frage, die sich ihm gelegentlich aufdrängte: *Will ich es überhaupt übernehmen?*

Natürlich wollte er das. Er wäre ein undankbarer Idiot, wenn er anders denken würde. Tausende von Menschen würden für seine Chancen und Privilegien töten. Es war sein Schicksal und dem musste er sich wie ein Mann stellen.

Gabriel streckte die Arme aus und gähnte. Er würde die Sache hier schnell über die Bühne bringen, damit er nach London und zu dem Luxus zurückkehren konnte, an den er gewöhnt war. Es war nichts auszusetzen an dieser Pension – das Zimmer war gemütlich und die Aussicht prachtvoll. Doch er vermisste seine Powerdusche und die Fußbodenheizung.

Er grinste. Er war im Laufe der Jahre verweichlicht.

Plötzlich blitzte etwas Rosafarbenes auf und erregte Gabriels Aufmerksamkeit. Entsetzt stellte er fest, dass die Frau, die ihn heute herumführen sollte, gerade auf dem Kliff aufgetaucht war – und ihn in seiner halbnackten Pracht direkt ansah.

Hastig trat er zur Seite hinter den Vorhang. Toll. Damit hatte der Tag mit einer Peinlichkeit begonnen. Er war zwar im Schlafzimmer nicht prüde, aber er neigte auch nicht dazu, sich vor Fremden zu entblößen. Erst recht nicht vor pampigen Frauen, die mit ihren Kindern in einem Provinznest wohnten.

Das Bild von Nessa und Lily in inniger Umarmung kam Gabriel in den Sinn und ihm stockte der Atem. Er schüttelte es ab und zog sich an. Er musste sich auf seine Aufgabe hier konzentrieren und dann machen, dass er wegkam.

Fünf Minuten später trug Gabriel seinen schicken grauen Anzug, der ihm jetzt schon zu warm war. In einem Anfall von Rebellion lockerte er die Krawatte, zog sie sich über den Kopf und warf sie aufs Bett. Sein Vater war nicht hier, daher würde er es nicht erfahren.

Er trat in den Flur. Eine Brise wehte durch ein offenes Fenster und irgendwo schlug eine Tür zu. Das Geräusch hallte durchs Haus.

Als er am Fuß der Treppe angekommen war, gab sein Handy Laut. Es war eine Textnachricht von seinem Vater. Gabriel lief ein Schauer über den Rücken. Wusste sein Vater irgendwoher von seinem kleinen Akt der Rebellion?

»Mach dich nicht lächerlich«, murmelte er und öffnete die Nachricht:

Trödel nicht rum, Gabriel. Sieh es dir an, erledige es zügig und komm wieder zurück. Im Hauptquartier ist viel zu tun.

Im Hauptquartier, einem gläsernen Büroturm an der Themse, war immer viel zu tun. Doch würde es seinen Vater umbringen, ab und zu einmal Guten Morgen zu sagen?

Er schob das Handy zurück in die Hosentasche und ging in den Speiseraum im Wintergarten, um etwas zu frühstücken, bevor der Tag begann.

Ein ausgezeichnetes warmes Frühstück später stand Gabriel auf der Türschwelle von Driftwood House, wartete auf Nessa und fragte sich, ob sie ihn am Morgen am Fenster gesehen hatte.

Na, wenn schon. Er würde bald von hier verschwinden.

Er warf einen Blick auf die Armbanduhr. Ärgerlicherweise verspätete sie sich, doch das gab Gabriel zumindest Zeit, die schöne, einsame Lage dieses ungewöhnlichen Hauses zu bewundern. Sein Vater würde einen Mord begehen, um es in seinen Besitz zu bringen – obwohl er es sofort dem Erdboden gleichmachen und an seiner Stelle mehrere Luxusapartments bauen würde.

Das wäre eine Schande, befand Gabriel, während er die beeindruckende Architektur des Hauses bewunderte. Seit Jahrzehnten stand es schon hier und trotzte heftigen Winterstürmen und glühend heißen Sommern. Es hatte Charakter.

Plötzlich verspürte er den Drang, das, was er vor sich sah, zu malen: Das Haus mit seinen blendend weißen Mauern und dem rostroten Dach, den tiefblauen Himmel mit weißen Kondensstreifen, das azurfarbene Meer und die Wellen, die sich am Kliff brachen. Doch es war ein dummer Gedanke. Er hatte seit Jahren nicht mehr gemalt und würde jetzt nicht damit anfangen. Heute hatte er viel wichtigere Dinge zu tun.

»Guten Morgen.« Nessa erschien hinter ihm und versetzte ihm einen Schreck. »Entschuldigen Sie die Verspätung. Wollen wir los? Wo möchten Sie zuerst hin?«

Sie mied Gabriels Blick, entweder weil sie unhöflich war oder weil sie ihn halbnackt gesehen hatte. Der Grund interessierte ihn nicht. Ihm war auch ohne Krawatte zu warm.

»Vielleicht könnten Sie mir zuerst kurz die Highlights von

Heaven's Cove zeigen«, sagte er und öffnete den zweiten Knopf an seinem Hemd.

»Klar. Dann auf ins Dorf.«

Nessa setzte sich in Bewegung, und er folgte ihr. Sie ging mit sicheren Schritten die steile Kliffstiege hinunter, bekleidet mit blauen Shorts und einem rosafarbenen Neckholder-Top, das ihre gebräunten Schultern frei ließ. Das goldene Armband an ihrem Handgelenk glänzte in der Morgensonne.

Gabriel nahm an, dass er höfliche Konversation machen sollte, wusste aber nicht, worüber. Da es sie nicht zu stören schien, betraten sie Heaven's Cove schweigend.

Eine Stunde später hatte sie ihm die Dorfkirche gezeigt, vor der sich eine hübsche, von Bäumen und alten Cottages umstandene Grünfläche befand. Er hatte auch den Kai besucht – der nach Fisch roch – und die Burgruine besichtigt. Auch diese Motive schrien geradezu danach, auf Leinwand gebannt zu werden.

Erneut schüttelte Gabriel sich im Geiste. Was hatte dieser Ort nur an sich, dass er den Drang verspürte, nach Pinsel und Farbe zu greifen?

Doch die Zeit drängte, und sein Vater fragte per SMS immer wieder nach Updates. Als Nessa vorschlug, an den Strand zu gehen, schüttelte er daher den Kopf.

»Vielleicht ein andermal. Ich würde gern Sorrel Cove besuchen, wenn Sie mir den Weg zeigen könnten.«

Nessa war höflich gewesen und hatte ihm viel über Heaven's Cove erzählt, doch nun blieb sie stehen und sah ihn an.

»Warum interessieren Sie sich dafür?«, fragte sie unverblümt. »Die meisten Leute sparen sich den Besuch, weil es dort nicht viel zu sehen gibt. Die Häuser sind seit Jahrzehnten unbewohnt und die meisten sind verfallen.«

»Ich weiß, aber ich habe darüber gelesen, und es klingt interessant.«

Nessa sah ihn noch einen Augenblick an, dann blies sie die Wangen auf. »Wie Sie wünschen. Es ist Ihre Tour. Der Weg dorthin führt über die Landzunge da hinten, falls Sie sich dem gewachsen fühlen.«

»Oh, das könnte ich gerade so schaffen«, entgegnete er mit hochgezogener Braue und hoffte, dass es angemessen sarkastisch klang.

Er sah zwar nicht so kernig aus wie die muskulösen, wettergegerbten Fischer aus dem Dorf, die ihnen auf dem Kai begegnet waren, aber er war auch kein völliger Schwächling. Das schicke Londoner Fitnessstudio, in dem er dreimal die Woche trainierte, kostete ihn ein Vermögen.

Doch Nessa sagte nur: »Okay« und führte ihn aus dem Dorf und zu einem Landstück, das in das blaue Meer hineinragte. Er folgte ihr auf einem Pfad, der sich zwischen Bäumen die Flanke der Landzunge hinaufwand.

Gabriel betrachtete Nessa während des Aufstiegs. Die Sonne, die durch die Äste fiel, zeichnete Muster auf den Boden und tauchte ihr Gesicht in Schatten.

Sie war jung – vielleicht etwas jünger als er – und hübsch, mit langem dunklem Haar, das sie zu einem Pferdeschwanz zusammenband, als es heißer wurde. Sie hatte jedoch etwas Erschöpftes oder Zynisches an sich, das eine leichte Falte zwischen ihre Augenbrauen eingegraben hatte.

Er vermutete, dass sie eine müde alleinerziehende Mutter war. An ihrer linken Hand steckte kein Ring, und die mürrische Valerie hatte Driftwood House als Nessas Zuhause bezeichnet, als sie am vergangenen Tag das Kind zurückgebracht hatte. Es gab keinen Hinweis auf einen Partner, und Nessa und ihre Tochter würden sicher nicht in einer Pension leben, wenn sie in einer festen Beziehung wäre.

Ich arbeite doch nicht so hart und zahle exorbitante Steuern, nur um alleinerziehende Eltern zu unterstützen.

Gabriel hörte im Geiste die Stimme seines Vaters. Das tat

er oft, selbst wenn er versuchte, sie mit Alkohol zum Schweigen zu bringen. Er trank in letzter Zeit zu viel – eine Angewohnheit, die zu zutiefst unbefriedigenden One-Night-Stands mit Bekannten von Freunden geführt hatten, die Blind Dates für ihn arrangiert hatten.

»Haben Sie schon mal woanders gelebt, selbst für kurze Zeit?«, fragte er Nessa, die vorausging. Er sollte höflich sein und ein gewisses Interesse an ihrem Leben heucheln.

»Nein«, sagte sie über die Schulter hinweg, ohne stehen zu bleiben. »Bisschen langweilig, was?«

»Das würde ich nicht sagen«, entgegnete er, als sie oben auf der Landzunge aus den Bäumen traten. Um ehrlich zu sein, es klang in der Tat nicht besonders unternehmungslustig, aber das war vielleicht auch nicht weiter überraschend, dachte er, als er die Aussicht von hier oben betrachtete. Warum sollte man irgendwo anders leben wollen?

Die Sonne, die vorübergehend von Wolkenfetzen verschleiert wurde, warf zarte Lichtstrahlen aufs Meer, das aufs Dorf zurollte. Möwen glitten weißen Punkten gleich über die Wellen und stießen klagende Rufe aus.

Es war wirklich schön hier, wie geschaffen für einen Künstler – nur dass er Bauunternehmer war und nicht malte.

Gabriel schürzte die Lippen und betrachtete mit zusammengekniffenen Augen die Küste. »Also, wo liegt Sorrel Cove?«

»Man kann es von hier aus nicht sehen«, sagte Nessa und strich sich eine Haarsträhne aus den Augen. »Es liegt an einer geschützten Stelle auf der anderen Seite der Landzunge. Folgen Sie mir.«

Sie gingen weiter, vorbei an Touristen, die Picknickdecken auf dem Gras ausbreiteten, und einen steilen Hang hinunter, bis sie fast auf Meereshöhe waren. Und jetzt erkannte Gabriel die versteckten Ruinen einer kleinen Siedlung.

Das also war Sorrel Cove. Gabriel blieb stehen und beschirmte die Augen gegen die grelle Sonne.

Zweien der Cottages fehlte das Dach, sie waren schutzlos den Elementen preisgegeben. Die übrigen waren vollständig eingestürzt und nur noch verstreute Steinhaufen.

Ein einziges Haus war relativ unversehrt geblieben, am Ende des Dorfes, geschützt von einer Erhebung. Die Steinmauern und das Dach wirkten intakt, aber die Fenster waren mit Brettern vernagelt, und um das Cottage herum wuchsen hohes Gras und Wildblumen.

»Ich dachte, das Dorf wäre größer«, bemerkte er zu Nessa. Sie stand da und beobachtete ihn mit nachdenklicher Miene.

»Das war es früher auch. Kommen Sie mit.«

Er folgte ihr, während sie sich einen Weg nach unten in das Zentrum der zerstörten Siedlung bahnte und bis ans Wasser ging. Dort zeigte sie auf eine eingestürzte Mauer, die so nah am Meer war, dass sie vor Gischt glänzte.

»Dieses Haus stand früher mitten im Dorf.«

»Und wo sind die anderen?« Er folgte ihrem Blick zu den Wellen, die über die nahen Felsen schwappten.

»Einige sind in dem Sturm, der Sorrel Cove am 20. März 1946 verwüstet hat, versunken. Fünf Menschen sind damals umgekommen. Man hat nicht mit dem Sturm gerechnet. Es hieß, dass er das Landesinnere von Frankreich treffen würde, aber er änderte den Kurs und traf stattdessen hier auf die Küste. Die Wettervorhersage war damals noch nicht so gut wie heute.«

»Wie schrecklich.« Gabriel spähte ins Wasser und fragte sich, welche zerstörten Gebäude dort liegen mochten. Welche Leichen waren aufs Meer hinausgezogen worden? Er erschauderte. »Ich habe gelesen, dass die anderen Bewohner das Dorf wenig später verlassen haben.«

Nessa nickte mit ernstem Gesicht. »Es gab hier sehr viel Leid, und der Rest des Dorfes war nicht mehr sicher. Andere Gebäude, die in der Nacht nicht fortgerissen worden waren, sind später noch ins Meer gestürzt.«

»Wie ich höre, schützen die neuen Wellenbrecher etwas weiter die Küste entlang jetzt auch dieses Gebiet.«

Nessa kniff die Augen zusammen. »Stimmt, das ist ein willkommener Nebeneffekt. Woher wissen Sie das?«

»Ich habe es Ihnen doch gesagt. Ich habe mich über das Dorf informiert«, antwortete Gabriel und sah sich um.

Sein Vater hatte recht: Es war ein wunderschönes Fleckchen. Hinter den Ruinen erhob sich die Landzunge und davor schimmerte das Meer. Links vom Dorf war es weniger steil, dort ließe sich eine Straße anlegen. Hier könnte man einen ordentlichen Gewinn machen.

»Denken Sie nicht auch?«

Gabriel hörte auf, den Profit zu berechnen, und sah Nessa an. Was hatte sie gerade gesagt?

Nessa schenkte ihm ein verkniffenes Lächeln. »Sie waren meilenweit weg. Ich sagte, dass es hier sehr friedlich ist.«

Gabriel nickte, obwohl es mit der Ruhe vorbei sein würde, sobald die geplanten Bagger und Muldenkipper hier einträfen. Vielleicht könnte man einige der Originalsteine der erhaltenen Cottages verbauen. Das wäre ein schönes Detail in Sachen Marketing.

Sie waren vor dem am besten erhaltenen Cottage stehen geblieben, und Nessa strich über die raue Steinmauer.

»Hier hat meine Großmutter als Kind gelebt.«

Das erregte Gabriels Aufmerksamkeit. Er sah sie überrascht an. »Wirklich? Hat sie den Sturm miterlebt?«

Nessa nickte. »Ja. Ihre Mum starb in jener Nacht. Sie war nach draußen gegangen, um nach dem Boot ihres Mannes Ausschau zu halten, das nicht in den Hafen zurückgekommen war, und eine riesige Welle hat sie mitgerissen.«

»Meine Güte. Das tut mir leid«, sagte Gabriel und stellte sich vor, wie es gewesen sein musste in der Nacht, bei dem heulenden Wind und den hohen Wellen. »Ist ihr Mann ... ich meine, ist er ...«

»Nein, mein Urgroßvater hat zum Glück überlebt. Sein Boot war in einen Hafen weiter oben an der Küste eingelaufen, als das Wetter sich verschlechtert hatte. Er und seine Tochter – meine Gran – sind danach aber umgezogen, zusammen mit seinen Schwiegereltern, die bei ihnen in Sorrel Cove gewohnt hatten, und allen anderen im Dorf. Gran hat mir erzählt, sie hätten alle zu viel Angst gehabt und zu sehr getrauert, um dort zu bleiben.«

»Wohnt ihre Großmutter immer noch hier?«

»Sie hat hier gelebt, ist aber vor Kurzem gestorben.«

»Das tut mir leid«, entgegnete Gabriel, während Nessa schluckte, als würde sie gleich weinen. Ohne nachzudenken, berührte er sie am Arm, dann zog er die Hand schnell wieder weg.

Was dachte er sich dabei? Sie beide waren allein an einem abgeschiedenen Ort, nachdem sie ihn möglicherweise in Unterhose gesehen hatte. Was wäre, wenn sie es mit der Angst bekam und dachte, er wolle sich an sie heranmachen? Es würde dem Geschäft schaden, und sein Vater würde an die Decke gehen.

Du musst vorausdenken und auf jede Eventualität vorbereitet sein.

Das war wieder die Stimme seines Vaters in seinem Kopf. Gabriel holte tief Luft und sah Nessa an, die aufs Meer hinausschaute.

»Sollen wir zurückgehen?«, fragte er, aber sie rührte sich nicht von der Stelle.

»Ich bin gern hier im Geisterdorf«, murmelte sie leise. »Es ist ein Ort des Friedens und der Geschichte, der Familiengeschichte. Meine Gran hat mir von den Menschen erzählt, die früher hier gelebt haben. Die Männer, die mit ihren Booten rausgefahren sind, um Makrelen, Brassen und Kabeljau zu fangen, die Frauen, die im Licht von Gaslampen genäht haben, um etwas Geld dazuzuverdienen, die Kinder, die bei Sonnenuntergang Verstecken gespielt haben. Es gab hier eine enge Gemeinschaft.«

»Das Geisterdorf?«

»So nennen es die Leute hier. Nur Fremde sagen Sorrel Cove.«

Aus irgendeinem Grund traf es Gabriel, als Fremder klassifiziert zu werden, obwohl der Ausdruck zutraf.

Er zog die Nase kraus. »Es überrascht mich, dass nicht mehr Menschen hier sind. Lebende Menschen, meine ich.«

»Der Name Geisterdorf schreckt die Kinder aus dem Ort ab. Es ist auch nicht leicht zu erreichen, sodass die meisten Touristen gar nicht erst herkommen. Es gibt einen Trampelpfad, der vom nächsten Feldweg abgeht, aber keine richtige Straße.«

Das würde sich bald ändern, dachte Gabriel, und mehr Menschen herbringen, als Nessa sich vorstellen konnte. Ihr schöner, friedlicher Ort würde verschwinden.

Einen Augenblick lang war er traurig darüber, doch dann verschloss er sein Herz wieder. Es war eine geschäftliche Entscheidung, noch dazu eine, die ihm bei seinem Vater jede Menge Pluspunkte einbringen würde – falls er die Sache reibungslos durchzog. Sein Vater hatte das Land gefunden und sich gesichert, und jetzt war es Gabriels Aufgabe, das Projekt in Gang zu bringen.

»Warum sind Sie wirklich hier?«, fragte Nessa plötzlich. »Dieses zerstörte Dorf scheint Sie mehr zu interessieren als Heaven's Cove.«

Gabriel spielte kurz mit dem Gedanken, ihr die Wahrheit zu sagen, aber es war wahrscheinlich das Beste, sie so lange wie möglich unter Verschluss zu halten.

»Genau wie Sie«, antwortete er, »mag ich die Geschichte dieses Ortes.«

»Hm.«

Nessa sah ihn unverwandt an, während sie über den

goldenen Armreif an ihrem Handgelenk strich. Sie war nicht dumm und hatte gemerkt, dass mehr hinter seinem Interesse steckte.

»Ich habe auch viel für Kunst übrig«, fügte er hinzu, um sie abzulenken. »Dieser Ort schreit praktisch danach, gemalt zu werden, finden Sie nicht?«

Sie lächelte. »Meine Urgroßmutter war eine begeisterte Kunsthandwerkerin. Gran hat erzählt, ihre Mutter habe oft das Dorf und das Meer gezeichnet, und sie haben zusammen Collagen aus Treibholz und Muscheln vom Strand angefertigt.« Sie richtete den Blick ihrer seelenvollen braunen Augen auf Gabriel. »Malen Sie viel?«

Er schluckte. Mit der Frage hatte er nicht gerechnet. »Nein, nicht mehr, obwohl ich einmal einen Platz an einer Kunsthochschule hatte.«

Zu viele Informationen. Gabriel unterdrückte einen Fluch und wünschte, er hätte ihr nichts so Persönliches erzählt.

»Aber dann haben Sie doch nicht Kunst studiert?«

»Es war nicht das Richtige für mich«, antwortete er schnell. »Gut, überlassen wir diesen Ort den Geistern und kehren wir nach Heaven's Cove zurück, ja? Wir sind schon eine ganze Weile unterwegs, und ich bin nicht zum Vergnügen hier.«

Nessas Lächeln verschwand und sie schaute auf ihre Armbanduhr. »Keine Angst. Der Rückweg dauert nicht lange.«

Dann machte sie sich, ohne sich noch einmal umzudrehen, an den Aufstieg auf die Landzunge. Gabriel folgte ihr leicht schwitzend in seinem Anzug und fragte sich, warum er so durcheinander war.

Auf halbem Weg den Hang hinauf blieb er stehen und blickte über die Schulter auf Sorrel Cove. Der Wind frischte auf und wehte durch das hohe Gras, das um die Steinhaufen wuchs. Plötzlich wirbelte eine Böe um ihn herum, die wie ein Seufzen klang. Ein Schauer lief ihm über den Rücken.

SECHS

NESSA

Es half nichts. Nessa konnte nicht aufhören, über Gabriels Interesse an Sorrel Cove nachzudenken. Sie konnte zwar nicht mit Bestimmtheit sagen, was genau ihr zu schaffen machte, aber sie hatte ein ganz schlechtes Gefühl. Eine Ahnung.

»Für wen arbeiten Sie?«, fragte sie und bemühte sich um einen lässigen Ton, während sie vor Gabriel die Kliffstiege zu Driftwood House hinaufging.

Gabriel blieb stehen und stemmte die Hände in die Hüften. Unter seinem durchdringenden Blick wurde ihr unbehaglich.

»Ich arbeite für meinen Vater«, antwortete er mit seiner leisen, tiefen Stimme. »Ich arbeite für das Familienunternehmen.«

Sie hätte es dabei belassen, wäre da nicht das Flattern gewesen. So hatte Lily die Unruhe getauft, die sie empfand, wenn einer der unregelmäßigen Besuche ihres Dads bevorstand. Nessas Magen flatterte im Moment wie verrückt.

Sie holte tief Luft. »Und was genau tut Ihr Vater?«

»Er erkennt ...« Er zögerte. »Wir erkennen Möglichkeiten und verwandeln sie in Investitionschancen.«

Toll. Schwammiger ging es nicht. Nessa seufzte.

»Könnte es sein, dass ich von Ihrer Firma schon gehört habe?«

Gabriel richtete den Blick auf das funkelnde blaue Meer. »Wahrscheinlich.«

»Läuft sie gut?«, fragte Nessa. Das Gespräch wurde langsam zu einem Fragespiel.

»Ja, sie läuft sehr gut.«

»Herzlichen Glückwunsch.«

Gabriel zog eine Braue hoch, denn er wusste nicht, ob sie es ernst meinte. Tat sie nicht. »Danke.«

Er wischte sich eine Schweißperle von der Stirn. Selber schuld, dachte Nessa, was musste er sich auch so unpassend anziehen.

»Arbeitet Ihre Frau auch in dem Familienunternehmen?«, hakte sie weiter nach. Sie hatte es satt, so abgespeist zu werden.

Gabriel warf ihr einen Blick zu, der ausdrückte, dass sie zu viele persönliche Fragen stellte, aber Nessa ließ sich nicht beirren. Schließlich hatte sie ihn am Morgen halbnackt gesehen.

Er war kaum zu übersehen gewesen, als er wie ein leicht geschürzter Adonis mit ausgestreckten Armen dagestanden hatte. Es war schwer, ihn einschüchternd zu finden, nachdem sie einen Blick auf ihn in Unterhose erhascht hatte. Wenigstens war sie schwarz und eng gewesen und nicht so schlabbrig wie die wollweißen Boxershorts, in denen Jake herumzulümmeln pflegte.

»Ich habe keine Frau«, antwortete Gabriel. »Seraphina, meine Freundin, und ich haben uns vor einer Weile getrennt.«

Er legte die Stirn in Falten und ärgerte sich wahrscheinlich über sich selbst, dass er so viel preisgab, während Nessa versuchte, nicht zu kichern. War ja klar, dass ein zugeknöpfter Geschäftsmann wie Gabriel Gantwich eine Freundin hatte, die Seraphina hieß.

Sie bezweifelte, dass Seraphina eine alleinerziehende Mum war, die in der Abstellkammer einer Freundin lebte. Seraphina wohnte wahrscheinlich in Chelsea und hatte ein schickes Apartment, das groß genug war für ein riesiges Doppelbett und einen begehbaren Kleiderschrank.

Plötzlich sah sie ein Bild von Gabriel und der blonden Seraphina vor sich – sie war garantiert honigblond –, wie sie eng umschlungen in dem Doppelbett lagen, und runzelte die Stirn. Gabriel war zwar attraktiv, aber auf eine teure, gepflegte und geschniegelte Art, und das war überhaupt nicht ihr Ding.

Jake hatte trotz seiner vielen Fehler etwas von einem sexy Grunge-Musiker an sich. Dieser Mann würde Grunge nicht mal erkennen, wenn man ihn mit der Nase darauf stieße.

»Ist es schwer, mit Ihrem Dad zusammenzuarbeiten?«, bohrte sie weiter nach, um das Bild von Gabriel im Bett aus dem Kopf zu bekommen.

»Nein«, antwortete er schnell, dann fügte er hinzu: »Nicht besonders. Mein Cousin arbeitet auch in der Firma, wir sind also zu dritt, um sie am Laufen zu halten. Außerdem haben wir natürlich noch viele Mitarbeiter.«

»Kommen Sie, Ihr Dad und Ihr Cousin gut miteinander aus?«

»Ja, schon. Warum?«

»Nur so. Ist Ihr Interesse an Sorrel Cove dann persönlicher oder beruflicher Natur?«

Diese Taktik setzte Nessa ein, wenn sie Lily Informationen über ihren Schultag entlocken wollte. Man redete über etwas anderes und streute beiläufig die Frage ein, für die man sich wirklich interessierte.

Gabriel machte ein finsteres Gesicht. Nessa konnte förmlich sehen, wie er dachte: *Sie wird nicht lockerlassen.*

Als er sie wortlos anstarrte, wurde das Flattern in Nessas Magen noch heftiger.

»Ja, meine Firma interessiert sich für Sorrel Cove«, bestätigte er schließlich.

»Als Investitionschance?«, fragte Nessa, während es ihr eiskalt den Rücken hinunterlief.

»Ganz recht.«

»Was für eine Art von Investitionschance?«

»Immobilien«, antwortete Gabriel knapp und verschränkte die Arme vor der Brust. »Kleine, aber feine Immobilien.«

Nessa öffnete den Mund, aber es kam kein Laut heraus.

»Im Moment ist alles noch streng geheim«, fuhr Gabriel fort, »aber Sie werden es wohl ohnehin bald erfahren. Mein Vater betreibt ein Bauunternehmen, und wir sind daran interessiert, Sorrel Cove zu erschließen.«

»Aber das können Sie nicht!«, platzte Nessa heraus.

»Doch, das können wir.« Er klang gelassen – sogar gelangweilt. »Wir haben das Land erworben und wollen dort bauen. Es ist eine schöne Lage, das haben Sie selbst gesagt. Und durch den neuen Küstenschutz ist das Gebiet sicher und damit für kommerzielle Zwecke geeignet.«

»Dann gehört Ihnen also das Land?«

»Ja. Wir haben es vor einer Weile gekauft.«

Nessa musste das erst einmal sacken lassen. Sie hatte nichts davon gewusst und sie würde darauf wetten, dass auch sonst niemand in Heaven's Cove davon wusste. Das Geisterdorf gehörte diesem Mann und seinem »Investmentchancen«-Unternehmen.

»Aber was ist mit den alten Häusern?«, brachte sie heraus.

»Die werden abgerissen. Obwohl, wenn wir ehrlich sind, haben das Meer und das Wetter uns schon die halbe Arbeit abgenommen. Der ganze Bereich wird geräumt, und dann werden wir eine kleine Anzahl von luxuriösen Wochenendapartments bauen.«

Nessa bekam kaum Luft. Gabriel hatte vor, das Geisterdorf zu zerstören, und sie hatte gerade gemeinsame Sache mit ihm gemacht, indem sie ihn herumgeführt hatte.

»Vielleicht verweigert Ihr Vater Ihnen die Zustimmung«, murmelte sie.

»Er ist derjenige, der mich hergeschickt hat, um die Vorbereitungen abzuschließen. Er hat Sorrel Cove bereits besucht und will das Projekt durchziehen.«

»Aber Sie dürfen das Geisterdorf nicht zerstören. Es bewahrt das Andenken an die Menschen, die dort gelebt und geliebt haben und die dort gestorben sind.«

Gabriel seufzte. »Ich weiß, dass es für Sie wegen Ihrer Familiengeschichte eine besondere Bedeutung hat, und das tut mir leid. Aber unterm Strich sind das nur ein Haufen Steine.«

»Nur *Steine?*«, stieß Nessa atemlos hervor.

Sie verspürte den überwältigenden Drang, Gabriel Gantwich vom Pfad hinunter in das funkelnde Meer zu stoßen. Als sie einen Schritt auf ihn zuging, trat er zurück, als könne er ihre Gedanken lesen.

»Hören Sie, wir werden die Steine wegschaffen müssen, wenn wir den Bauplatz vorbereiten, aber vielleicht können wir einen Teil der alten Steine wiederverwenden.« Er zuckte die Achseln. »Letztendlich ist es eine geschäftliche Entscheidung, und die trifft man mit dem Kopf und nicht mit dem Herzen.«

Hatte der Mann vor ihr überhaupt ein Herz? Wie er so über die Logistik der geplanten Bauarbeiten redete, bezweifelte Nessa es. Dutzende Lastwagen würden die schmalen Straßen von Heaven's Cove verstopfen, damit Fremde gelegentlich für ein Wochenende anreisen konnten, bevor sie wieder in ihr echtes Leben verschwanden.

Seine »kleinen, aber feinen Immobilien« würden den Ort zerstören, den sie liebte und der ihre letzte Verbindung zu ihrer geliebten Großmutter darstellte, deren Asche noch immer zwischen den Steinen lag.

Es war ein weiterer schwerer Schlag in einem schrecklichen Jahr. Keine Familie, kein Zuhause, keine Arbeit, und jetzt, wenn es nach dem Willen dieses Mannes ging, auch kein Geisterdorf mehr, in dem Nessa zwischen den Toten immer Frieden gefunden hatte.

»Hören Sie mir überhaupt zu?«, fragte er und fuhr sich durchs Haar.

»Nein, ich habe mir schon genug von Ihren Lügen angehört.«

»Lügen?« Er lief rot an. »Ich habe Ihnen gerade genau gesagt, was wir für Sorrel Cove planen. Eigentlich dürfte ich Ihnen diese Einzelheiten gar nicht verraten, aber ...«

»Aber anfangs haben Sie das nicht getan. Sie haben mich gebeten, Ihnen das Geisterdorf zu zeigen, und mir erzählt, Sie würden sich für Geschichte und Kunst interessieren.«

»Ich wollte nichts von dem Vorhaben sagen, bis ich die Stelle selbst gesehen hatte. Und ich interessiere mich wirklich für Kunst und Geschichte.«

»Nein, tun Sie nicht, denn sonst würden Sie nicht planen, ein so historisch wertvolles Dorf zu zerstören.«

Gabriel holte tief Luft, und als er sprach, war seine Stimme leise und beherrscht. »Finden Sie nicht, dass Sie etwas extrem reagieren?«

Nessa funkelte ihn an. Sie war so zornig, dass es ihr die Sprache verschlug. Vielleicht reagierte sie tatsächlich zu heftig, doch das hätte er auch getan, wenn er keine Familie, kein Zuhause und keinen Job mehr gehabt hätte und jetzt auch noch der einzige Ort, an dem er wahren Frieden fand, dem Erdboden gleichgemacht werden sollte.

Sie drängte sich an ihm vorbei und marschierte zu Driftwood House, ohne sich noch einmal umzusehen.

SIEBEN

NESSA

Nessa stapfte oben auf dem Kliff an Driftwood House vorbei, ohne anzuhalten.

Sie bemerkte weder die Wiesenblumen im Gras noch die Möwen, die am Himmel kreisten, oder den frischen Geruch des Meeres. Obwohl sie dringend woanders sein müsste, konnte sie an nichts anderes denken als an Gabriels schockierende Neuigkeit.

Was für ein arroganter, gefühlloser Mann! Er tat so, als könne er tun, was er wolle. *Er hat Geld, also kann er das wahrscheinlich wirklich,* sagte eine kleine Stimme in Nessas Kopf, aber sie hörte nicht darauf und stapfte weiter.

Was fiel ihm ein, einen so geschichtsträchtigen Ort zu zerstören? Der Kerl war ein absoluter Banause.

Als Heaven's Brook in Sicht kam, Nessas Ziel, war sie völlig erledigt. Der Energieschub, den Gabriels Neuigkeit ausgelöst hatte, war verpufft. Langsam fragte sie sich auch, warum der ehemalige Vermieter ihrer Großmutter sie in dieses kleine Dorf zwischen Küste und Wald gerufen hatte.

Sie las noch einmal die SMS, die Mr Aston ihr vor einigen Tagen geschickt hatte:

Ich wäre Ihnen dankbar, wenn Sie sich mit mir am Cottage treffen könnten. Passt Ihnen Freitag um ein Uhr mittags? Ich möchte Ihnen etwas zurückgeben, das Ihrer Großmutter gehört hat.

Nessa hatte keine Ahnung, was dieses Etwas sein sollte, und sie war auch zu früh dran, doch es war sicher gut, es hinter sich zu bringen. Sie wollte hier nicht länger bleiben als nötig.

Nicht, dass Heaven's Brook ein hässliches Nest gewesen wäre. Im Gegenteil. Cottages mit Reetdächern säumten die schmalen Straßen, und ein altes keltisches Kreuz stand auf der kleinen Rasenfläche, die etwas großspurig Dorfanger genannt wurde. Alles war hübsch und friedlich, und ihre Großmutter war hier sehr glücklich gewesen.

Doch der Ort barg zu viele Erinnerungen. Nessa konnte ihre Gran vor sich sehen, wie sie in ihrem weißgetünchten Cottage saß oder an der Haltestelle auf den einzigen Bus des Tages wartete, oder wie sie vor dem Steinkreuz auf und ab ging, »um mir die Beine zu vertreten, damit sie mir nicht den Dienst versagen«.

Vielleicht würde Nessa später einmal Trost in den Erinnerungen an ihre Großmutter finden, doch im Moment machten sie sie einfach nur traurig.

Sie konnte verstehen, warum viele der Menschen, die nach dem Sturm Sorrel Cove hatten verlassen müssen, ganz fortgegangen waren. Nach der Tragödie hatten sie einen Neuanfang gebraucht. Die trauernde Familie Paulson hingegen – Nessas Familie – war lediglich nach Heaven's Cove übergesiedelt. Dort war die mutterlose Ruth aufgewachsen und hatte ein glückliches Leben geführt. Erst nach dem Tod ihres Ehemanns, vor fünf Jahren, war sie nach Heaven's Brook gezogen.

Das reetgedeckte Cottage, das sie von Mr Aston gemietet hatte, war für eine Person genau richtig bemessen gewesen. Es war auch Nessas und Lilys Zuhause geworden, nachdem Nessas Großmutter eingesprungen war, um ihnen zu helfen.

Ruth konnte es sich nicht leisten, die Miete für Nessas Wohnung in Heaven's Cove zu übernehmen – für die dank Jakes unregelmäßigen Unterhaltszahlungen manchmal das Geld nicht reichte. Sie konnte ihnen jedoch ein Dach über dem Kopf bieten, und während des letzten Jahres waren sie trotz der Enge des kleinen Hauses gut miteinander ausgekommen. Doch nun war ihre Großmutter tot.

Nessa bekam einen Kloß im Hals, als sie an dem *Zu-Verkaufen*-Schild vorbei den Gartenpfad zum Cottage entlangging. Ihre Großmutter hatte oft an der Haustür auf sie gewartet, das weiße Haar zu einem Knoten zusammengesteckt. Sie hatte gelächelt und dabei wie Nessas Mum ausgesehen, und sie hatte sie gefragt, wie ihr Tag gewesen war, und Lily fest umarmt.

Der Gedanke, sie nie wieder zu sehen, war fast unerträglich.

Nessa schluckte und hob die Hand, aber Mr Aston zog die Tür auf, bevor sie anklopfen konnte.

Er hatte ein Auge zugedrückt, als Nessa und Lily eingezogen waren. Doch nun, da seine offizielle Mieterin verstorben war, konnte er es gar nicht erwarten, das Cottage zu verkaufen und einen hübschen Gewinn einzustreichen. Nessa konnte ihm daraus keinen Vorwurf machen, obwohl es für sie und Lily natürlich schlecht gewesen war. Die Leute rissen sich um die Cottages hier in der Gegend.

»Ich habe Sie den Pfad entlangkommen sehen. Wie geht es Ihnen?«, fragte er mit donnernder Stimme und unbehaglichem Gesichtsausdruck. »Sie sind früh dran. Hatten wir nicht ein Uhr gesagt?«

»Ja. Entschuldigung. Ich habe das Mittagessen ausfallen lassen. Passt es Ihnen jetzt, oder soll ich später noch mal wiederkommen?«

»Nein, jetzt passt es mir gut. Möchten Sie hereinkommen?«

Als er den Kopf neigte, um sie hereinzubitten, rieselten Schuppen wie Schneeflocken auf seinen Kragen.

Nessa blickte über seine Schulter hinweg ins Wohnzimmer. Es war leer. Das alte Sofa und die beiden Ohrensessel ihrer Großmutter waren gegenwärtig in Liams Scheune eingelagert – der Bauer, mit dem Rosie verlobt war –, und der Teppich war an einen karitativen Secondhandladen gegangen. Auf den Fußbodendielen, die ihre Gran immer auf Hochglanz poliert hatte, lag Staub und die Feuerstelle war kalt.

Sie schüttelte den Kopf. »Vielen Dank, aber ich muss noch einiges ins Heaven's Cove erledigen, bevor ich Lily abhole.«

»Ah, ja, Ihre Tochter.« Mr Aston legte den Kopf schräg, einen besorgten Ausdruck in den Augen. »Wo wohnen Sie beide jetzt?«

»Wir sind bei einer Freundin in Driftwood House untergekommen.«

»In dem prächtigen Haus oben auf dem Kliff?« Er lächelte, sein Gewissen war beruhigt. »Großartig! Sie haben von dort oben sicher eine viel bessere Aussicht.«

Da hatte er recht. Der weite Blick auf Meer und Himmel war malerischer als die kleine Straße, die an dem Cottage vorbeiführte. Doch Nessa würde diesen Ausblick mit Freuden dafür eintauschen, wieder mit ihrer Großmutter hier leben zu können.

Sie bohrte sich die Findernägel in die Handfläche, fest entschlossen, nicht zu weinen. »Als Sie angerufen und mich hergebeten haben, meinten Sie, Sie hätten etwas gefunden, das meiner Gran gehört hat.«

»Ah, ja. Ich habe es hinten im Schlafzimmerschrank gefunden. Es steckte hinter einem Stück altem Teppich, kein Wunder, dass Sie es übersehen haben.« Er griff neben die Tür und holte einen arg mitgenommenen Lederkasten hervor, kaum größer als ein Schuhkarton. Es wurde von zwei Riemen mit Schnallen verschlossen. »Bitte sehr. Es sieht sehr alt aus.«

Er überreichte ihr den Kasten. Das braune Leder war rissig, als hätte man es mit dem Hammer bearbeitet. Sie hatte den Kasten noch nie gesehen.

»Vielen Dank«, sagte Nessa. Sie strich über das raue Leder und fragte sich, was der Kasten enthalten mochte. Sie hatte einen verlorenen Ohrring erwartet oder ein verlegtes Dokument, aber nicht das.

»Ich dachte, es ist vielleicht wichtig. Natürlich habe nicht hineingeschaut.«

Mr Aston räusperte sich und blickte auf seine Füße. Nessa war klar, dass er doch hineingeschaut hatte, und drückte sich den Kasten an die Brust. Irgendwie erschien ihr das schlimmer, als aus dem Cottage geworfen worden zu sein. Er hatte in etwas herumgeschnüffelt, das ihre Großmutter unter Verschluss gehalten hatte.

»Natürlich«, sagte Nessa gelassen. »Ich bin Ihnen dankbar, dass Sie es mir gegeben haben.«

»Keine Ursache.« Er schaute immer noch zu Boden. »Und sollte ich auf weitere verborgene Schätze stoßen, werde ich mich melden. Wie dem auch sei, das mit Ihrer Großmutter tut mir schrecklich leid. Sie war eine nette Frau und eine gute Mieterin, und sie wird Ihnen sicher fehlen.«

»Ja.« Nessa schluckte. »Lily auch.«

»Mhm.« Er schob einen Finger unter den Kragen seines Poloshirts und zog ihn vom Hals weg. »Ich muss das Haus verkaufen. Das heißt, ich *muss* es natürlich nicht, aber der Immobilienmarkt hier ist völlig außer Rand und Band und verkaufen ist im Moment sinnvoller als es zu vermieten. Ich muss schließlich an meine Rente denken. Vielleicht hätten Sie Interesse daran, das Cottage zu erwerben?«

»Liebend gern, aber ich bin im Moment nicht in der Lage, es zu kaufen.«

Nicht jetzt. Niemals. Nessa wusste, dass sie es sich nicht leisten konnte, etwas in der Gegend zu kaufen. Sie konnte sich nicht einmal eine Wohnung mieten, aber sie konnte auch Rosie nicht länger zur Last fallen und in Driftwood House bleiben.

Mr Aston neigte erneut mitfühlend den Kopf. »Ich verstehe.« Er trat von einem Fuß auf den anderen, als müsse er irgendwo hin. »Nun, ich wünsche Ihnen und Ihrer Tochter viel Glück.«

»Danke«, sagte Nessa. Sie würden es brauchen.

Nachdem Mr Aston die Tür geschlossen hatte, ging Nessa schnell auf das Gartentor zu, denn sie konnte es gar nicht erwarten, von hier wegzukommen. Sie würde nie wieder einen Fuß in dieses Cottage oder nach Heaven's Brook setzen. Der letzte Überrest des Lebens ihrer Großmutter in diesem Dorf – ein geheimnisvoller Lederkasten – klemmte unter ihrem Arm, und sonst gab es hier nichts mehr für sie.

ACHT

NESSA

Nessa ging die kleine Straße entlang, nahm die Abkürzung übers Feld und machte sich an den Aufstieg in Richtung Driftwood House, das sich unscharf in der Ferne auf dem Kliff abzeichnete.

Sie hielt den alten Lederkasten im Arm und drückte ihn beim Gehen an sich. Es fühlte sich an wie eine Berührung ihrer Großmutter. Wenn es doch nur so wäre. Wenn ihre Gran doch nur hier gewesen wäre, um ihr zu raten, wie sie am besten für Lily sorgen sollte, jetzt, da ihr Leben in Trümmern lag.

Nessa hatte vor langer Zeit gelernt, dass Sätze, die mit »Wenn doch nur ...« begannen, sinnlos waren. Wenn ihre Mum doch nur nicht so jung gestorben wäre, wenn sie mit deren Pflege doch nur nicht so eingespannt gewesen wäre und ihre Abschlussprüfungen bestanden hätte, wenn Jake sich doch nur nicht als Fehler entpuppt hätte.

Nessa schüttelte den Kopf und marschierte weiter den steilen Hang hinauf. Nein. Jake war kein Fehler gewesen, denn ohne ihn hätte sie Lily nicht. Und wie hart das Leben auch wurde, ihre Tochter war ein Geschenk, ein Segen.

Als sie oben auf dem Kliff ankam, blieb sie stehen und

stemmte schnaufend die Hände in die Hüften. Sie hatte nicht zu Mittag gegessen und ihr knurrte der Magen. In Driftwood House würde sie sich ein Sandwich machen, wenn Gabriel nicht da war. Doch erst musste sie nachschauen, was in dem geheimnisvollen Kasten ihrer Großmutter war.

Nessa trat an den Rand des Abgrunds und schaute hinab. Es ging schwindelerregend tief hinunter. Unten krachten die Wellen gegen den Felsen, und ein Stück weiter die Küste entlang lag Heaven's Cove. Touristen drängten sich in den schmalen Gassen, und Fahnen flatterten an der alten Kirche, die in der Dorfmitte stand. Der Wind trug das schwache Hupen der Autos heran. Die Straßen waren völlig verstopft, da die Menschen das schöne Wetter nutzen wollten und ins Dorf strömten.

Es wäre ein guter Tag für Shelley's gewesen, um aufblasbare Schwimmtiere, Windschutz, Eimer und Schäufelchen zu verkaufen, auf die sich die Urlauber zu dieser Jahreszeit stürzten.

Doch das Gebäude würde wahrscheinlich in Eigentumswohnungen umgewandelt werden, die sich die Einheimischen nicht leisten konnten, und Mr Scaglin lebte jetzt meilenweit entfernt in der Nähe seiner Tochter. Nessa würde ihn mit Lily besuchen, wenn sie einen neuen Job gefunden und genug Geld für die Busfahrkarte hatte.

Sie setzte sich in das knochentrockene Gras und zog die Knie an. Der Kasten lag neben ihr und sie betrachtete ihn nervös. Was war darin?

Es gab nur eine Möglichkeit, es herauszufinden. Nessa schob ihr goldenes Armband nach oben und löste die Riemen um den Kasten. Dann öffnete sie ihn langsam, während über ihr kreischende Möwen kreisten und die Sonne ihr die Haut wärmte.

In dem Kasten lagen Schwarz-Weiß-Fotos und vergilbte Papiere. Nessa nahm das oberste heraus, einen Zeitungsausschnitt des Lokalblatts mit der Verlobungsanzeige ihrer Eltern.

Die gedruckte Anzeige wirkte wie aus einer anderen Zeit, als es noch keine sozialen Medien gab, über die man mit einem Klick seine guten oder schlechten Nachrichten verbreiten konnte.

Nessa strich über den vergilbten Zeitungsausschnitt und wurde unsagbar traurig. Dort standen die Namen ihres Vaters und ihrer Mutter. Sie mussten sehr aufgeregt gewesen sein und ahnten noch nichts von dem Leid, das ihnen bevorstand.

Zuerst war Mark, Vater der vier Jahre alten Nessa, an einer nicht diagnostizierten Herzkrankheit gestorben. Und acht Jahre später hatte ihre schöne Mum, die bereits von so viel Verlust gezeichnet gewesen war, eine degenerative Nervenkrankheit entwickelt.

Es hieß, der Blitz schlage nie zweimal an derselben Stelle ein, aber in ihrer Familie galt das wohl nicht. Nessa war im Alter von siebzehn Jahren eine Vollwaise geworden.

Vielleicht war sie deshalb Jakes Charme so leicht erlegen und hatte sich ein eigenes Kind gewünscht – um ihre eigene Familie zu haben, die sie lieben und beschützen konnte.

Nessa schauderte bei dem Gedanken an Lily in Rosies enger Abstellkammer, ohne ein eigenes Zuhause. Es war leicht, ihre Tochter zu lieben, aber sie zu beschützen und gut für sie zu sorgen, erwies sich als schwieriger.

Nessa schob die Hand tiefer in die Schatzkiste ihrer Gran. Sie fand Schwarz-Weiß-Fotos von ihren Großeltern als junges Paar, Kinderfotos von Nessa und neuere Fotos von Lily.

Sie war gerührt, als sie auch auf einige ihrer alten Schulzeugnisse stieß, Bilder, die sie vor zwanzig Jahren gemalt hatte, und die Kopie eines Ultraschallbildes, als sie mit Lily schwanger gewesen war.

Nessa strich über das unscharfe Bild ihrer Tochter, bevor sie geboren worden war. Jakes Reaktion auf das Bild hatte ihr klargemacht, dass ihm die Vaterschaft nicht leichtfallen würde. Er hatte sich zwar auch ein Kind gewünscht, aber als sie ihm das Foto zum Beweis gezeigt hatte, dass ein Baby unterwegs war, war er zornig geworden und hatte sich zurückgezogen. Sein Beharren darauf, ein Freigeist zu sein, passte nicht zu den Pflichten und der Verantwortung des Vaterseins.

Dann, als Lily noch ein Baby war, hatte er einen One-Night-Stand mit Gemma gehabt, einer Touristin, die er im Pub kennengelernt hatte. Er hatte Nessa davon erzählt und sie noch am gleichen Tag verlassen.

Nessa schob die Erinnerung von sich und nahm ein weiteres Schwarz-Weiß-Foto aus dem Kasten. Es zeigte drei nebeneinander sitzende Männer mit Stahlhelm. Einer kam ihr bekannt vor, und als sie das Bild umdrehte, sah sie, dass auf der Rückseite etwas geschrieben stand:

Seth, G. Rider und ?, Frankreich 1918.

Seth, ihr Ururgroßvater. Sie kannte sein Gesicht von dem Foto von ihm und seiner Frau, das bei ihrer Gran auf dem Nachttisch gestanden hatte. Ihre Gran war sehr stolz darauf gewesen, dass er ein Kriegsheld gewesen war.

»Er hat George Rider, seinem Captain, in einer großen Schlacht in Frankreich das Leben gerettet«, hatte sie erzählt. Nessa liebte Geschichten über seinen Mut und hatte mit offenem Mund gelauscht. »Seine Einheit wurde für ihre Tapferkeit mit dem Croix de Guerre ausgezeichnet, und dein Ururgroßpapa war der Tapferste von allen.«

Seth Paulson hätte sicher nicht von sich behauptet, ein Freigeist zu sein, der nicht in der Lage sei, Verantwortung zu übernehmen. Er wäre zu beschäftigt damit gewesen, um sein Leben zu kämpfen.

Sie betrachtete noch einmal das Foto. Die Männer trugen Uniform. Erschöpfung war ihnen ins Gesicht geschrieben, und hinter ihnen erhob sich eine Mauer aus Schlamm. Sie befanden sich in einem Schützengraben. G. Rider, der Mann, der neben Seth saß, war vermutlich der Kamerad, den er gerettet hatte. Auch seine Familie hatte früher hier gelebt und war dann in den zwanziger Jahren des vergangenen Jahrhunderts nach Cheshire verzogen. »Ins Nobelviertel«, hatte ihre Gran ihr einmal erzählt. »Sie waren stinkreich.«

Nessa legte das kostbare Foto zurück in den Kasten und griff nach einer Zeichnung. Es war keine ihrer Kinderzeichnungen, sondern das Werk eines Erwachsenen. Es zeigte ein kunstvolles, mit Bleistift gezeichnetes Muster, dessen unregelmäßige Formen in den Farben von Edelsteinen ausgemalt worden waren – Rubinrot, Smaragdgrün, Saphirblau. Es war wunderschön, wie ein Mosaik.

Nessa kniff die Augen zusammen und las die verblassten Zeilen, die unter dem Bild geschrieben standen. Es war die Handschrift ihrer Großmutter.

Mamas Kunst ließen wir hier
Und mit ihr ein Stück von mir.

Nessa lächelte. Es war rührend, aber ihre Gran war immer die Erste gewesen, die zugegeben hatte, dass ihre Bilder besser waren als ihre Gedichte.

Als sie wieder in den Kasten sah, entdeckte sie erneut die Handschrift ihrer Großmutter, diesmal auf einem großen Briefumschlag:

Ich hatte nie den Mut zurückzukehren. Vielleicht wirst du es eines Tages tun.

Gespannt öffnete Nessa den Umschlag und zog die Blätter heraus, die er enthielt. Es war noch etwas darin, und als sie ihn umdrehte und schüttelte, fiel ihr ein großer Schlüssel in die Hand.

Der Schlüssel war fast so lang wie ihre Handfläche und angerostet. Nessa betrachtete ihn neugierig. Sein Griff bestand aus dünnen verdrehten Metallfäden in Form eines Herzens. Was um alles in der Welt konnte man mit diesem Schlüssel aufschließen? Und warum hatte ihre Großmutter ihn nie erwähnt?

Nessa nahm sich die Papiere aus dem Umschlag vor, kniff die Augen gegen die Sonne zusammen und las. Es schien sich um ein altes juristisches Schriftstück zu handeln, das sich auf das Cottage in Sorrel Cove bezog. Vielleicht gehörte der Schlüssel ja zu dem Haus.

Sie las weiter, kämpfte sich durch die altmodischen Formulierungen und begriff dann plötzlich, dass es sich bei dem Schriftstück um einen Mietvertrag handelte. Und wenn sie den Vertrag richtig deutete, schien er der Familie Paulson das Recht zu gewähren, in dem Cottage zu wohnen.

Sie überflog noch einmal den juristischen Text und bemerkte am Ende eine Unterschrift neben dem Datum 16. Februar 1919. Sie versuchte angestrengt, die kleine verschnörkelte Handschrift zu lesen und entzifferte schließlich den Namen:

Seth Paulson

Ein weiterer Name drängte sich ihr auf, den sie gerade auf der ersten Seite des Vertrags gesehen hatte. Sie blätterte zurück und schnappte nach Luft. *Rider.* Diese Vereinbarung war zwischen ihrem Ururgroßvater und Mr Edward Rider geschlossen worden – vielleicht Georges dankbarem Vater? Es schien, als habe er dem Helden gedankt, der seinen Sohn gerettet hatte, indem er ihm und seiner Familie ein Zuhause auf Lebenszeit gewährte.

KAPITEL ACHT

Es war reine Vermutung, aber es ergab alles einen Sinn. Nessa wünschte, ihre Großmutter wäre da gewesen, damit sie sie danach hätte fragen können.

Ihre Gran hatte dieses Dokument und die Geschichte dahinter nie erwähnt. Sie war traumatisiert gewesen durch den Tod ihrer Mutter, den sie mitangesehen hatte, und war nicht willens gewesen, über das Geisterdorf oder das Cottage zu reden – obwohl sie gewusst hatte, wie friedlich Nessa Sorrel Cove fand. Die wenigen Geschichten, die sie erzählt hatte, handelten von ihren Nachbarn dort, nicht von ihrer eigenen Familie.

Nessa fuhr behutsam über Seths verblasste Unterschrift. Sie fand es schön, die Stelle zu berühren, wo seine Hand gelegen hatte, als er seinen Namen geschrieben hatte. Es gab ihr ein Gefühl der Verbundenheit über die Jahrzehnte hinweg, denn selbst lang verstorbene Vorfahren waren ein Trost, wenn die eigene Familie heute so klein war.

Plötzlich wurde Nessa das Fehlen einer liebevollen Familie, die sie unterstützte, schmerzlich bewusst. Manchmal fühlte sie sich trotz großartiger Freunde wie Rosie schrecklich allein und verängstigt, während sie versuchte, das Beste für Lily zu tun.

Sie holte tief Luft, um die Spirale des Selbstmitleids abzuwehren, und ging noch einmal die rechtliche Vereinbarung durch. Sie schien für hundertfünfundzwanzig Jahre in Kraft zu sein, und das bedeutete – Nessa rechnete im Kopf nach –, dass sie noch für weitere zweiundzwanzig Jahre gültig sein würde.

Ein plötzlicher Gedanke traf sie wie ein Vorschlaghammer. Hieß das, dass sie als Mitglied der Familie Paulson in das Cottage einziehen konnte? Zweiundzwanzig Jahre würden Lily für den Rest ihrer Kindheit und darüber hinaus ein Zuhause geben.

Nessa blickte aufs Meer, wo es mit dem Himmel verschmolz, und versuchte zu verstehen, was das alles bedeutete.

Wenn sie und Lily doch nur im schönen Sorrel Cove in ihrem eigenen Haus leben könnten, das so eng mit ihrer Familie verbunden war.

Wenn das Haus doch nur nicht in einem solchen Zustand wäre.

Wenn es doch nur nicht von Gabriel Gantwich und seinem Vater abgerissen werden würde.

Sie ertrank schon wieder in Sätzen, die mit »Wenn doch nur« anfingen. Nessa legte sich ins Gras, um ihre wirren Gedanken zu beruhigen.

Doch während die Sonne sie wärmte und ein Leichtflugzeug sanft über sie hinwegbrummte, konnte sie ihren Gedanken nicht Einhalt gebieten. Bilder von ihrer Mum, die ihr immer noch fehlte, und der Großmutter, die sie für immer vermissen würde, zogen an ihr vorbei, Bilder von Lilys vertrauensvollem Gesicht und von Jake, der davonlief.

Ich hatte nie den Mut zurückzukehren. Vielleicht wirst du es eines Tages tun.

Nessa setzte sich kerzengerade auf und rieb sich die Augen. Sie hatte es satt, in ihrem eigenen Leben ein Opfer zu sein. Sie war es leid, Schicksalsschläge hinnehmen zu müssen – den Verlust geliebter Menschen und der Arbeit, das Verlassenwerden vom Partner. Es war an der Zeit, dass sie ihr Schicksal selbst in die Hand nahm.

Sie hatte kein Geld, keinen Job, keine Aussichten. Doch vielleicht konnte sie Lily ein Heim schaffen. Wie schwer würde es sein, das Cottage herzurichten und bewohnbar zu machen? Es gab nur ein Haar in der Suppe.

Sie nahm den Mietvertrag noch einmal zur Hand und las die Klausel, die ihr ins Auge gefallen war:

Besagte Immobilie soll der Familie Paulson als Hauptwohnsitz zur Verfügung stehen, sofern ein Mitglied der Familie besagte Immobilie dreißig Tage und Nächte ununterbrochen bewohnt.

Wenn sie es richtig verstand, müsste sie, um die Vereinbarung wieder in Kraft zu setzen, für einen ganzen Monat dort einziehen. Dreißig Tage wären ja noch okay, aber Nächte? Nessa erschauderte, als sie sich das baufällige Cottage ihrer Familie zu mitternächtlicher Stunde vorstellte. Tagsüber war das Geisterdorf nicht unheimlich, aber was war, wenn die Sonne am Horizont versank und die Schatten länger wurden?

»Ich kann das schaffen«, murmelte Nessa. Sie stand auf, stemmte die Hände in die Hüften und drückte die Brust heraus. Sie hatte gelesen, dass man das als Power-Pose bezeichnete. Es hatte etwas mit Superhelden und der Stärkung des Selbstbewusstseins zu tun. Funktionierte es?

Während eine am Himmel kreisende Möwe mit einem klagenden Krächzen aufs Meer hinausflog, schob Nessa die Zweifel beiseite, die sie bedrängten.

Natürlich konnte sie das. Sie konnte für dreißig Tage – und Nächte – dort einziehen, und selbst wenn sie und Lily nicht langfristig in dem Cottage leben konnten, würde das Vorhandensein eines Wohnberechtigten vielleicht den Abriss verhindern.

Und das wiederum würde vielleicht das Geisterdorf retten und obendrein einen Teil von Lilys Familienerbe bewahren.

»Es ist eine verrückte Idee«, rief Nessa in den Wind, den Mietvertrag fest in der Hand.

Es war wirklich verrückt. Komplett hirnrissig. Und abgesehen davon, dass es unheimlich schwer sein würde, es durchzuziehen, würde es sie auf Kollisionskurs mit Gabriel Gantwich und seinem Vater bringen.

Doch sie hatte schon früher Schwierigkeiten bewältigt. Sie hatte die Schule geschwänzt, um ihre sterbende Mutter zu pflegen, und ein Kind allein großzuziehen war auch kein Spaziergang. Sie hatte es jedoch keinen Augenblick bereut.

Nessa schluckte hörbar. Vielleicht würde sie es eines Tages bereuen, aber versuchen musste sie es. Es würde Gabriel nicht gefallen. Doch sie mochte ihn nicht besonders, also war es egal.

Er war blind für die Schönheit und die Bedeutung von Sorrel Cove. Für ihn war es nichts weiter als eine Investitionschance. Warum konnte er nicht irgendwo anders investieren und die Seelen des Geisterdorfes in Frieden ruhen lassen?

»Ich bin mir nicht sicher, ob ich mutig genug bin, Gran«, sagte Nessa in die salzgeschwängerte Luft hinein. »Aber ich werde es versuchen.«

NEUN

GABRIEL

»Hallo. Gefällt dir mein Zimmer?«

Gabriel fuhr zusammen. Er nahm sich gerade ein frisches Handtuch aus dem Trockenschrank im Flur, und Nessas Tochter war wie aus dem Nichts aufgetaucht, lehnte nun am Ende der Treppe an der Wand und beobachtete ihn.

»Ich hole mir gerade ein neues Handtuch, weil ich meins in der Dusche habe fallen lassen, sodass es jetzt pitschnass ist. Ich habe gestern gesehen, dass die Pensionswirtin Handtücher in diesen Schrank gelegt hat, und wollte sie jetzt damit nicht belästigen.«

Warum rechtfertigte er vor einem Kind, was er tat?, fragte er sich und zwang sich, den Mund zu halten. Aus irgendeinem Grund hatte er ein schlechtes Gewissen, als sei er beim Stehlen ertappt worden.

Die Kleine verschränkte die Arme und nickte. Ihre Jeans waren eine Spur zu kurz, bemerkte er. Sie hatte auch Ketchupflecken auf dem T-Shirt, auf dem stand:

Ich bin ein kleiner Engel.

Sie sah wirklich aus wie ein Engel mit ihren rosigen Wangen und den großen braunen Augen. Sie sah ihrer Mutter sehr ähnlich, fand Gabriel, obwohl er *sie* bestimmt nicht als Engel bezeichnet hätte. Am vergangenen Tag war sie entsetzt gewesen über seine Pläne für Sorrel Cove, und wenn Blicke töten könnten, läge er jetzt zwei Meter tief unter der Erde. Er hätte ihr nicht von dem Bauvorhaben erzählen sollen, und er war sich immer noch nicht ganz sicher, warum er es überhaupt getan hatte.

»Also, gefällt es dir in meinem Zimmer?«, wiederholte das Mädchen und sah ihn weiter an. Wie hieß es noch gleich? Lola? Layla? »Ich konnte von unserem großen Bett das Meer sehen, aber Mummy hat gesagt, wir müssen ausziehen.«

»Wirklich?«, fragte Gabriel mit leichtem Unbehagen. »Und wo seid ihr hingezogen?«

»Dahin«, berichtete die Kleine und zeigte auf die geschlossene Tür hinter sich. »Möchtest du mal sehen?«

»Ich wollte gerade zum Frühstück gehen«, antwortete Gabriel. Der Geruch von gebratenem Speck zog die Treppe herauf und stellte seine Geschmacksnerven auf Empfang. Doch das kleine Mädchen wollte nichts davon wissen.

»Mummy sagt, es ist unsere Höhle«, erklärte sie ihm und riss die Tür auf. »Sieh mal«, rief sie und verschwand in dem Raum. »Elsa ist auf meiner Decke.«

Elsa? Hatte Nessa noch ein Kind, das sie nicht erwähnt hatte?

Gabriel ging zu der Tür und steckte den Kopf hinein. Es sah aus wie eine Abstellkammer. Das Mädchen war auf eins der beiden Feldbetten gesprungen, die in der Mitte des Raumes aufgebaut waren. Die restliche Einrichtung bestand aus Kartons und Bücherstapeln. Fahles Sonnenlicht drang durch ein kleines Fenster herein.

Von Nessa war keine Spur zu sehen. Gut so. Gabriel war so früh am Morgen nicht nach Runde zwei mit ihr zumute.

»Du bist mit deiner Mum hier eingezogen?«, fragte er und bemerkte eine große Spinne, die gerade hinter eine Kiste in einer Ecke huschte. Er schauderte. Es war erbärmlich, aber er war nie ein großer Freund von Spinnen gewesen.

Als Lola – Layla? – nickte, schloss Gabriel kurz die Augen. Waren sie und ihre Mutter etwa seinetwegen in diese düstere, spinnenverseuchte Kammer gezogen? Er hatte sich vergangene Nacht behaglich auf einem Doppelbett ausgestreckt, während sie in dieser Enge hausen mussten.

Die Schuldgefühle, die ihn überkamen, verwandelten sich schnell in Ärger. Er war schließlich zahlender Gast, und niemand hatte ihn aufgeklärt, als man ihm mitgeteilt hatte, es sei ein Zimmer für ihn frei. Niemand hatte gesagt, dass er eine Mutter und ihr Kind vertrieb. Es sah dieser nervigen Frau ähnlich, einen auf selbstlos zu machen, um ihn schlecht dastehen zu lassen.

Er rieb sich mit der Hand die Augen und hatte immer noch ein schlechtes Gewissen bei dem Gedanken, dass in dieser Kammer ein Kind schlief. Vielleicht sogar mehr als eins.

»Und wo schläft Elsa?«, fragte er.

Die Kleine riss die Augen auf und kicherte. »Auf meinem Bett, Dummkopf.« Sie zeigte auf das Bild von einem Mädchen mit einem langen weißen Zopf, das auf die Bettdecke gedruckt war. »Prinzessin Elsa.«

»Ah, ich verstehe.« Trotz seiner schlechten Laune musste Gabriel lächeln. »Dann ist das also eure Höhle, was?«

Das Mädchen nickte. »Zuerst hat sie mir gar nicht gefallen. Es ist unheimlich im Dunkeln, aber ich darf zu Mummy ins Bett.«

»Das ist gut.«

Gabriel betrachtete Nessas Bett, das kaum breit genug für eine Person war, geschweige denn für zwei. Wieder regten sich lästige Schuldgefühle.

Das Mädchen nahm einen Comic von seinem Kissen und

blätterte darin. Dann hielt es inne, die Finger bereit, die nächste Seite umzublättern. »Wer bist du noch mal?«

Sie war direkt, genau wie ihre Mutter.

»Ich bin Mr Gantwich, aber du darfst mich Gabriel nennen«, sagte er. Förmlichkeit war hier fehl am Platz. »Und wie heißt du noch mal?«

»Ich heiße Lily.« Das war's! »Ich bin fünf, und mein Daddy wohnt nicht hier«, fügte sie hinzu.

Der Richtungswechsel des Gesprächs traf Gabriel überraschend. Er war Kinder nicht gewohnt.

»Und wo wohnt dein Daddy?«, fragte er.

Lily dachte einen Augenblick mit gerunzelter Stirn nach.

»Weiß ich nicht genau. Ich sehe ihn nicht sehr oft, aber manchmal übernachtet er bei Granny Val. Ich schlafe heute bei Granny, und Daddy kommt auch.«

Als sie mit glänzenden Augen grinste, fragte Gabriel sich, warum ihr Vater und Nessa sich getrennt hatten. Wahrscheinlich, weil Nessa so nervig war, obwohl sie zumindest eine liebevolle Mutter zu sein schien – liebevoller, als seine eigene es gewesen war.

Plötzlich wurde Gabriel von Gefühlen überwältigt, die er nur mit Mühe unterdrücken konnte.

»Ich gehe dann mal frühstücken«, verkündete er mit gespielt munterer Stimme und trat rückwärts aus der Abstellkammer. »Viel Spaß mit deinem Dad.«

Er warf das saubere Handtuch auf sein großes bequemes Bett und eilte die Treppe hinunter, leicht entsetzt darüber, dass ein Gespräch mit einer Fünfjährigen ihn derart aus dem Konzept gebracht hatte. *Ich bin ein erwachsener, erfolgreicher Geschäftsmann,* ermahnte er sich, *und je eher ich nach London und in mein normales Leben zurückkehre, desto besser.*

In der Eingangshalle blieb er kurz stehen, bis er alle unbequemen Gefühle wieder heruntergeschluckt hatte, da bemerkte er, dass die Wanderschuhe der anderen Gäste verschwunden waren.

Im ganzen Haus herrschte Stille, und als Gabriel auf die Standuhr schaute, stutzte er, denn es war bereits Viertel nach neun.

So lange schlief er sonst nie. Normalerweise verließ er spätestens um acht Uhr nach dem Frühstück seine Wohnung in Hampstead.

Doch hier, hoch über Heaven's Cove, hatte er verschlafen – vielleicht wegen der frischen Meeresluft oder, wahrscheinlicher, weil es ihm in der vergangenen Nacht schwergefallen war, einzuschlafen. Es musste zwei Uhr morgens gewesen sein, als das rhythmische Dröhnen der Wellen, die auf Felsen schlugen, ihn endlich eingelullt hatte.

Gabriel gähnte und steckte kurz den Kopf ins Speisezimmer. Beunruhigenderweise saß dort niemand mehr am Tisch. Hatte er das Frühstück verpasst?

Er murmelte etwas über Pensionen in der Provinz, ging zur Küche, drückte die Tür auf und blieb wie angewurzelt stehen. Der Raum glich einem Schlachtfeld. Überall standen Reste des Frühstücks herum – Müslischalen reihten sich auf der Arbeitsplatte über der Spülmaschine, zwei große Bratpfannen lagen in der Spüle, und auf dem Tisch in der Mitte standen leere Kaffeetassen.

Er dachte, Rosie sei hier, da sie am vergangenen Abend gesagt hatte, sie würde ihn beim Frühstück sehen. Doch mitten in dem Durcheinander stand Nessa und beugte sich über die Spülmaschine. Sie stellte Teller hinein, die mit Spuren von Eiern und Bohnen verschmiert waren.

Er blieb in der Tür stehen, denn ihm war nicht nach einer weiteren Diskussion über das Schicksal ihres »Geisterdorfes« zumute. Jetzt kam noch die zusätzliche Komplikation hinzu, dass sie ihm ihr Zimmer abgetreten hatte.

Es wäre jedoch absurd gewesen, hastig den Rückzug anzutreten. Er war schließlich einunddreißig, Herrgott noch mal. Außerdem hatte er Hunger.

Er sah ihr einen Augenblick zu, wie sie zwei Teller umstellte. Das dunkle Haar fiel ihr ins Gesicht und ihr goldener Armreif stieß klirrend gegen einen der Porzellanteller. Sie wusste nicht, dass er da war, und plötzlich kam es ihm unpassend vor, sie zu beobachten. Er hüstelte dezent.

Sie richtete sich auf, das Gesicht gerötet.

»Oh, ich hatte Sie gar nicht gesehen«, bemerkte sie ohne ein Lächeln. »Möchten Sie frühstücken?«

»Ich hatte auf etwas zu essen gehofft, aber ich bin ziemlich spät dran, also machen Sie sich keine Mühe. Könnte ich mir vielleicht eine Scheibe Toast nehmen?«

Das würde nicht reichen, um den Vormittag zu überstehen, aber mit etwas Glück bekam er in einem der Cafés im Dorf Croissants und eine anständige Tasse Kaffee.

»Ich dachte, Sie wären schon unterwegs. Die anderen Gäste haben alle schon gegessen und fahren ins Dartmoor, um dort zu wandern.«

»Schön für sie.« Gabriel schluckte. Das klang schroff, und Nessa starrte ihn an. »Ich meine, es ist schön, dass sie eine Wanderung an der frischen Luft unternehmen. Gut für die Gesundheit – körperlich und geistig –, zumindest habe ich das gelesen. Ich habe stattdessen ausgeschlafen.«

Gabriel hielt inne. Er ärgerte sich über sich selbst, weil er zu viel redete und sich fast schon dafür entschuldigte, dass er an einem Samstag nicht in aller Herrgottsfrühe aufgestanden war.

Er hatte gerade beschlossen, auf das Frühstück in Driftwood House zu verzichten, als Nessa antwortete: »Setzen Sie sich in den Wintergarten, ich mache Ihnen etwas.«

»Das ist wirklich nicht nötig.«

Nessa schob sich eine Haarsträhne aus dem erhitzten Gesicht. »Das weiß ich, aber Sie sind ein Gast, und ich mache heute das Frühstück, weil Rosie früh aus dem Haus musste. Möchten Sie Eier mit Speck? Oder lieber Toast und Müsli?«

»Müssen Sie nicht bei Ihrer Tochter sein?«

Nessa hob eine Augenbraue. Dachte sie, dass er ihre Fähigkeiten als Mutter kritisierte? Diese Frau war einfach zu empfindlich.

»Lily kann sich gut selbst beschäftigen, wenn ich zu tun habe«, erwiderte sie frostig. »Also, was soll es sein?«

Gabriel zögerte nur für den Bruchteil einer Sekunde. Eigentlich sollte er sich wie zu Hause für die gesündere Option entscheiden, aber egal.

»Dann nehme ich Eier mit Speck, wenn das okay ist.«

»Klar. Möchten Sie Ihren Kaffee gleich mitnehmen?«

»Wenn es Ihnen recht ist, gern.«

Nessa zuckte kaum merklich die Achseln, dann goss sie ihm einen starken Kaffee aus der French Press ein und nahm zwei weitere Bratpfannen aus dem Schrank.

Gabriel ging mit seiner Tasse in den Wintergarten, setzte sich an die Stirnseite des Tisches und schaute aus dem Fenster. Driftwood House mochte zwar eine Frühstückspension in der Provinz sein, aber es bot eine erstklassige Aussicht, selbst zur vom Meer abgewandten Seite. Die Küstenfelsen waren von wilden Blumen übersät, und dahinter erstreckte sich die weite grüne Landschaft bis hin zum Dartmoor.

Er nippte an seinem Kaffee, der überraschend gut schmeckte. Er war erleichtert, dass Sorrel Cove nicht erwähnt worden war und dass Nessa, wenn auch nicht freundlich, so doch höflich war. Vielleicht hatte sie das Unvermeidliche akzeptiert.

Nessa unterbrach seine Gedanken, als sie einen Teller auf den Tisch stellte. Darauf lagen ein Spiegelei und ein Häufchen knusprig gebratener Speck mit zwei gegrillten, mit Kräutern überstreuten Tomaten, einer dicken Wurst und einem Berg Baked Beans.

Sie suchte seinen Blick. »Lassen Sie einfach liegen, was Sie nicht mögen.«

Gabriel machte sich über die Mahlzeit her und versuchte, sie nicht gierig hinunterzuschlingen. Wie lange lag sein letztes English Breakfast zurück? Seraphina hatte nicht zugelassen, dass etwas in Fett Gebratenes auch nur in seine Nähe kam. Sie war eine Verfechterin von Clean Eating, und daher musste Gabriel es auch sein. Er achtete nach wie vor auf seine Ernährung, aber das hier ... das hier schmeckte wunderbar.

Er biss in eine weitere salzige Speckscheibe, schloss kurz die Augen und stellte sich vor, welche Genüsse ihm während der drei Jahre mit Seraphina entgangen waren.

Seraphina war eine große und so schlanke Frau, dass sie beinahe zerbrechlich wirkte. Nessa hingegen war kleiner und kurviger in ihrer Jeans und dem smaragdgrünen Sweatshirt, von dem sich ihr glänzendes dunkles Haar abhob – Haar von einem so tiefen Braun, dass es fast schwarz wirkte.

Seraphina wirkte in ihren sorgfältig ausgewählten Designerstücken stets elegant und ausgesprochen wohlhabend, während Nessas Kleidung einen zufällig zusammengewürfelten Eindruck machte. Sie hatte Eierflecken auf dem Sweatshirt und ihre Wangen waren von der Hitze des Herdes gerötet. Sie wirkte gehetzt, wie vom Leben gezeichnet, dachte Gabriel, als ihm auffiel, dass sie auf dem Fliesenboden barfuß lief.

Und unfassbar schön.

Woher war dieser Gedanke gekommen? Gabriel schob sich schnell eine Gabel Bohnen in den Mund.

»Ist alles in Ordnung?«, fragte Nessa und warf ihm einen kritischen Blick zu. Als er nickte, da er mit vollem Mund nicht sprechen konnte, ging sie zurück in die Küche.

Er aß schnell auf und hatte sein Frühstück beendet, als sie mit der Kaffeekanne in der Hand zurückkam.

»Ich dachte, Sie möchten vielleicht noch eine Tasse ...«

»Nein, danke«, unterbrach er sie und schob den Stuhl zurück. »Ich muss heute noch einiges erledigen.«

»Natürlich.«

Nessa biss sich auf die Unterlippe und machte keine Anstalten zu gehen. Würde sie ihn zwingen, noch eine Tasse zu trinken? Oder ihm den Kaffee auf den Schoß kippen?

»Und ...« Sie trat von einem Fuß auf den anderen. »Was haben Sie heute vor?«

Aus dem Mund der meisten Menschen wäre das eine harmlose Frage gewesen, aber nicht von ihr. Er ließ die Schultern kreisen und fühlte sich unbehaglich. Er hatte schon früher mit Menschen zu tun gehabt, die sich gegen die Pläne seines Familienunternehmens gestellt hatten, aber das waren in der Regel knallharte Geschäftsleute gewesen und keine vom Leben gebeutelten, alleinerziehenden Mütter, die das Glück verlassen hatte. Nessas Verletzlichkeit ließ ihn emotional ins Hintertreffen geraten.

»Ich hatte keine Ahnung, dass Sie und Ihre Tochter für mich das Zimmer geräumt haben«, wechselte er das Thema.

»Woher wissen Sie das?«

»Ihre Tochter hat mir oben im Flur aufgelauert.«

»Ah, ja.« Ein schwaches Lächeln umspielte Nessas Lippen. »Typisch Lily.« Sie stellte die Kaffeekanne auf den Tisch. »Das ist keine große Sache. Rosie hat uns freundlicherweise hier wohnen lassen, und ich helfe ihr bei der Arbeit, statt Miete zu bezahlen. Ich wollte nicht, dass sie wegen mir auf einen zahlenden Gast verzichten muss.«

»Nicht einmal einen Gast, der sich für das Geisterdorf interessiert?«

»Das wusste ich da noch nicht.« Nessa verschränkte die Arme vor der Brust, während Gabriel sich im Geiste einen Tritt versetzte, weil er das heikle Thema Sorrel Cove selbst angesprochen hatte. »Tja, ich werde gegen Sie kämpfen.«

Gabriel sah sie überrascht an.

»Sie wollen mit mir kämpfen? Um das Zimmer?«

Nessa schüttelte den Kopf. »Ich werde gegen Ihre Pläne kämpfen, das Geisterdorf zu zerstören.«

Er seufzte. Also hatte sie das Unvermeidliche doch nicht akzeptiert.

»Sie können es versuchen«, antwortete er, »aber ich fürchte, Sie werden keinen Erfolg haben.«

»Es kann nicht richtig sein, etwas so Geschichtsträchtiges auszulöschen.«

»Und was ist die Alternative? Das Dorf allmählich verfallen zu lassen?«

»Es erinnert an die Menschen, die dort ums Leben gekommen sind.«

»Und unsere neuen Wohnungen werden ein Zeugnis der Tatsache sein, dass das Leben weitergeht und Menschen zum Leben ein Zuhause brauchen. Wollen Sie wie Knut der Große vergeblich versuchen, die unabwendbare Flut der Veränderung aufzuhalten?«

Das klang selbst in seinen eigenen Ohren hochtrabend und er wünschte, er hätte es nicht gesagt. Er hatte das Gespräch erfolgreich in den Sand gesetzt, während diese Frau jetzt die Hände in die Hüften gestemmt und die Lippen geschürzt hatte, als ob sie ihn schlagen oder weinen wollte und sich noch nicht recht zwischen beidem entschieden hatte.

»Ihre neuen Häuser sind ein Zeugnis Ihres Wunsches, in Ihrem Elfenbeinturm in London noch reicher zu werden«, gab sie zurück.

Jetzt redete sie Unsinn. Das Firmenhauptquartier war wohl kaum ein Elfenbeinturm. Es befand sich zwar in einer guten Gegend von London, aber es war trotzdem nur ein unscheinbares Bürogebäude an einer belebten Straße.

»Diese neuen Häuser, die Sie bauen wollen«, fuhr Nessa fort, »sind das Häuser, die sich Einheimische wie ich leisten können?«

»Vermutlich ...«, antwortete Gabriel, stand auf und wünschte sich, er hätte das Frühstück sausen lassen. Er sah im Geiste die vier geplanten Luxusapartments vor sich, deren mit Whirlpools ausgestattete Balkone Meerblick bieten würden, und schüttelte den Kopf. »Vermutlich wohl eher nicht. Aber sie werden Geld in den Ort bringen.«

»Nur an den Wochenenden, wenn die Eigentümer nicht in London sind oder wo sie sonst leben. Oder sie werden als Ferienwohnungen vermietet.« Sie holte tief Luft, als hätte sie geprobt, was sie sagen wollte. »Ist Ihnen eigentlich klar, dass Leute wie ich im Ort keine Wohnung mehr finden, weil wir nicht mit den hohen Summen mithalten können, die andere dafür bezahlen, ein oder zwei Wochen hier Urlaub zu machen?«

»Das ist sicherlich schwierig, aber ...«

»*Schwierig?* Sie haben ja keine Ahnung. Ich will nichts weiter als eine anständige Unterkunft für Lily und mich.«

Jetzt weinte sie wirklich fast und Gabriel verspürte den bizarren Drang, vorzutreten und sie in den Arm zu nehmen. Er hatte jedoch keinen Zweifel, dass sie ihn dann schlagen würde.

»Natürlich, aber die Situation hier ist nicht meine Schuld.« Ärger stieg in ihm auf. Die Probleme dieser Frau waren nicht seine Probleme, und ihr Versuch, ihm ein schlechtes Gewissen einzureden, würde nicht funktionieren. »Wie dem auch sei, dieses Gespräch führt uns nicht weiter, und ich muss wirklich los«, sagte er kurz angebunden. »Sie werden noch feststellen, dass es im Leben besser ist, das Unvermeidliche zu akzeptieren, statt darüber zu schimpfen.« Dann fügte er hinzu: »Ich danke Ihnen für das Frühstück«, denn so nervig diese Frau auch war, er war zu gutem Benehmen erzogen worden.

Er verließ den Wintergarten jedoch ohne ein Wort des Abschieds. Er war froh, Nessa los zu sein, und nach dem Ausdruck auf ihrem Gesicht zu schließen, beruhte das Gefühl auf Gegenseitigkeit.

ZEHN

VALERIE

Valerie stieß das lange Rohr des Staubsaugers unter den Sessel und traf die Füße ihres Mannes. Er brummte und blätterte die Zeitung um, die er seit einer halben Stunde las.

Es hatte etwas Passiv-Aggressives an sich, dachte Valerie, ihren Mann mit dem Dyson zu traktieren. Doch er hatte den ganzen Vormittag mit einem Kreuzworträtsel vertrödelt und war nicht die geringste Hilfe gewesen.

»Wann kommt Lily noch mal?«, rief Alan und hob die Füße einen Zentimeter an.

»Wenn ihre Mutter geruht, sie herzubringen.« Valerie schaltete den Staubsauger aus und rümpfte die Nase. »Sie hat gesagt, am Nachmittag, also werden sie wohl so gegen zwei Uhr kommen.«

»Lily hat schon mal hier übernachtet. Das Haus braucht nicht von oben bis unten geschrubbt zu werden. Es soll gut für kleine Kinder sein, mit Keimen in Berührung zu kommen.«

»In dieser Pension kommt sie mit weiß Gott was in Berührung, daher ist es das Mindeste, was ich tun kann, das Haus zu putzen und aufzuräumen. Eine Pension ist kein Ort für ein Kind.«

Valerie schaltete den Staubsauger wieder ein und fragte sich, ob die Zeit reichen würde, die Fensterrahmen feucht abzuwischen. Doch dann würde Alan sich über sie lustig machen, und das würde nur ihre Befürchtung nähren, eine zwanghafte Angst vor Keimen zu entwickeln.

Sie fühlte sich sicher in ihrem blitzsauberen Haus. Sicher, aber gelangweilt. Manchmal hatte sie in der Stille – Alan war nicht besonders redselig – das Gefühl, als würden sich die Wände um sie herum schließen.

Wenn doch nur Jacob hier wäre, aber er würde erst – sie sah auf die Armbanduhr – in einigen Stunden da sein. Er kam mit dem Zug aus Manchester, und da er viel arbeitete, würde er an einem Samstag wohl nicht allzu früh aufstehen.

Warum war er nur so weit von Heaven's Cove weggezogen? Hätte er doch bloß nicht diese Frau kennengelernt, die ihn mit ihren Forderungen vertrieben hatte.

Valerie zwang sich, nicht auf der Innenseite ihrer Wange zu kauen. Sie musste es positiv sehen. Nessa war zwar nervig, aber zumindest hatte sie Lily geboren. Valerie liebte die Kleine mehr als alles andere auf der Welt – und Jacob natürlich. Ihren Mann hatte sie auch sehr gern, aber er war in der Hackordnung nach unten gerutscht, seit er angefangen hatte, im Wohnzimmer an den Füßen zu pulen.

Sie ging noch einmal mit dem Staubsauger über den Teppich, um auch den letzten Hautkrümel zu erwischen.

»Telefon!«, rief Alan über die Zeitung hinweg.

Valerie machte den Staubsauger zum zweiten Mal aus und ging ans Telefon, das in Reichweite ihres Mannes stand.

»Hey, Mum.«

Ein Lächeln breitete sich auf Valeries Gesicht aus. »Jacob! Bist du schon unterwegs? Wir haben dich so früh nicht erwartet, aber das ist kein Problem. Das Haus ist auf jeden Fall fertig, wenn du kommst.«

»Deshalb rufe ich an. Es tut mir leid, aber dieses Wochenende kann ich doch nicht kommen.«

Valerie wurde schwer ums Herz, aber sie bemühte sich um einen munteren Tonfall.

»Überhaupt nicht?«

»Ich fürchte, nein. Ich habe im Moment so viel Arbeit, dass ich heute ins Büro musste, um Liegengebliebenes zu erledigen.«

»Dein Chef klingt nach einem Sklaventreiber. Musst du das ganze Wochenende arbeiten?«

»Das ganze Wochenende nicht, aber es ist ein neuer Job, und ich möchte einen guten Eindruck machen ... Es wird zu schwierig, zu euch zu fahren. Es ist eine ziemliche Strecke. Und die Ökogruppe, in der ich bin, hat für nächste Woche eine Protestaktion geplant, und ich habe versprochen, Plakate zu machen.«

Valerie atmete tief durch. Sie wollte auf keinen Fall zu anhänglich wirken. »Das ist schade«, erklärte sie ruhig. »Dann wirst du Lily nicht sehen.«

»Nein, das ist natürlich enttäuschend, aber ich habe sie ja erst vor ein paar Wochen gesehen.«

»Es ist mindestens vier Monate her, und sie wächst so schnell. Du verpasst sehr viel, Jacob.«

»Ich weiß. Mach mir kein schlechtes Gewissen, Mum.« Seine Stimme hatte den mürrischen Ton angenommen, den Valerie noch aus seiner Kindheit in Erinnerung hatte. »Ich muss wirklich arbeiten. Und für den Planeten kämpfen. Wir können nicht alle dem Müßiggang frönen wie du als Rentnerin.«

Dem Müßiggang frönen? Valerie hatte im Frühling, kurz nach ihrem fünfundfünfzigsten Geburtstag, ihren Job in der Verwaltung eines Baustoffhändlers gekündigt. Man konnte es nicht als Müßiggang bezeichnen, ständig hinter Alan herräumen zu müssen.

Manchmal bereute sie ihre Kündigung, aber Alan hatte sie

überredet, wie er in den Vorruhestand zu gehen. Sie hatte es sich anders vorgestellt als dieses endlose ... Nichts.

Als sie schwieg, brach Jacob die Stille.

»Hör zu, es tut mir wirklich leid, Mum.«

»Verlierst du dann nicht das Geld für dein Zugticket?«

»Nein, ich war noch gar nicht dazu gekommen, eins zu buchen. Ich wollte es mir heute im Bahnhof kaufen, und das hätte ein Vermögen gekostet.« Er hielt inne. »Hör mal, ich werde euch bald besuchen, und ich werde Ness eine Nachricht schicken und ihr sagen, dass ich es dieses Wochenende nicht schaffe.«

»Nein, lass mal«, sagte Valerie schnell. »Das kann ich ihr ausrichten.«

Lily würde vielleicht nicht zu Besuch kommen, wenn ihr Vater nicht da war, und Valerie war sich nicht sicher, ob sie ein weiteres ruhiges Wochenende nur mit Alan als Gesellschaft ertragen konnte.

»Wie du möchtest.« In Jacobs Stimme schwang ein Anflug von Erleichterung mit. »Sie wird eh nur ausrasten, wenn ich es ihr sage. Oh, ich muss Schluss machen. Der Chef ruft mich.«

Valerie hatte zwar niemanden rufen hören, aber Jacob spielte auf der Arbeit offenbar eine wichtige Rolle, daher wurde er sicher gebraucht. Sie verabschiedete sich von ihm und wünschte ihm noch, dass er vernünftig essen solle, doch er hatte bereits aufgelegt.

»Worum gings?«, fragte Alan, als Valerie den Hörer auf die Gabel legte. »Kommt Jacob jetzt doch nicht?«

»Nein, er hat zu viel zu tun.«

»Ach, na ja. Macht nichts.«

Macht nichts? Als Alan sich wieder seinem Kreuzworträtsel zuwandte, verspürte Valerie den beunruhigenden Drang, ihm die Zeitung aus der Hand zu reißen, sie fest zusammenzurollen und ihm um die Ohren zu hauen.

Stattdessen atmete sie langsam aus und schwor sich, mehr

von dem Kräutertee zu trinken, den sie online gekauft hatte. Der Tee sollte Ruhe und Gelassenheit fördern, vor allem bei Frauen mittleren Alters wie ihr.

Bisher hatte sie davon nur leichte Magenschmerzen bekommen, aber es lohnte sich durchzuhalten, denn so konnte sie nicht weitermachen.

Ehrlich, manchmal hatte sie das Gefühl, dass sie ohne Lily, ihren Sonnenschein, gar nicht mehr weitermachen konnte. Wozu auch? Aber das war ein lächerlicher Gedanke, den sie nicht weiter verfolgen wollte.

Valerie schaltete den Staubsauger wieder ein und fuhr fort, den makellos sauberen Teppich zu reinigen.

ELF

NESSA

»Kommen Sie herein, Nessa, nehmen Sie Platz«. Jackson Porter, der in Heaven's Cove ansässige Rechtsanwalt – inzwischen im Ruhestand – nahm einen Stapel Zeitungen vom Sofa und verfrachtete ihn auf den Boden. »Entschuldigen Sie das Durcheinander. Normalerweise ist hier alles tipptopp, aber ich habe ...«

Nessa sollte den Grund für die Unordnung in Jacksons Wohnzimmer nie erfahren, denn in dem Moment kam sein Golden Retriever aus der Küche und sprang über die Möbel.

»Terry, Platz!«, rief Jackson. Sein rundes Gesicht wurde von Sekunde zu Sekunde röter. Er packte Terry am Halsband, bugsierte ihn zurück in die Küche und schloss energisch die Tür.

»Entschuldigung. Man hat mir versichert, er würde ruhiger werden, wenn er kein Welpe mehr ist, aber von wegen. Zumindest hält er mich auf Trab. Und er leistet mir Gesellschaft.«

Er lächelte ein trauriges Lächeln, bei dem Nessa das Herz wehtat. Jackson hatte zwar viele Freunde im Dorf, aber er hatte etwas Einsames an sich.

»So ein Hund ist bestimmt schön«, antwortete sie ihm. »Lily wünscht sich auch einen.«

»Das kann ich mir vorstellen, aber vermutlich würden Sie diejenige sein, die mit ihm Gassi geht und seine Häufchen aufsammelt.«

Jackson schenkte ihr ein reumütiges Grinsen und bedeutete ihr, Platz zu nehmen, dann wandte er sich zum Fenster, um es zu schließen. Die Temperatur war gefallen und vom Meer her wehte eine eisige Brise.

»Wo ist Ihre Tochter?«, fragte er über die Schulter hinweg und schloss geräuschvoll das verzogene Fenster.

»Rosie passt auf sie auf. Wir sind für eine Weile in Driftwood House untergekommen.«

Nessa setzte sich in einen Sessel vor dem Kamin und sah sich um. Jackson lebte in Heaven's Cove, seit sie denken konnte, aber sie hatte ihn nie mit einer Partnerin gesehen.

Belinda, die Klatschtante des Dorfes, vermutete, dass er seinerzeit eine Schwäche für Sofia gehabt habe, Rosies Mum, und es ihm für immer das Herz gebrochen habe, dass sie sich für einen anderen Mann entschieden hatte. Ob das nun zutraf oder nicht, wusste Nessa nicht. Sie wusste nur, dass Jackson ein freundlicher Mensch war, dem es – mit etwas Glück – nichts ausmachen würde, ihr einen kostenlosen Rat zu erteilen. Sie konnte es sich nicht leisten, ihn zu bezahlen.

»Also, Nessa.« Jackson ließ sich auf das Sofa sinken. Sein wirres graues Haar hätte dringend einen Kamm gebraucht. »Was führt Sie an einem Samstagmorgen zu mir? Ist alles in Ordnung?«

»Ja, danke«, sagte Nessa und ließ für den Moment außer Acht, dass sie pleite und arbeitslos war und sich Driftwood House gegenwärtig mit einem arroganten Immobilienheini teilte, der sie in den Wahnsinn trieb.

»Worum geht es?«

»Es ist eine Frage von Leben oder Tod«, platzte Nessa heraus, dann errötete sie. »Jedenfalls für ein Haus.«

»Eine Frage von Leben oder Tod für ein Haus?« Jackson lächelte. »Das klingt interessant. Sie sollten mir mehr darüber erzählen. Schießen Sie los.«

Also schilderte Nessa ihm kurz Gabriels Pläne, wie sie an den Mietvertrag gekommen war und ihre Idee mit dem Cottage. Sie bemühte sich, sachlich zu bleiben und sich ihre Abneigung gegen Gabriel nicht anmerken zu lassen.

Dann reichte sie Jackson das Dokument, aber er legte es sich auf den Schoß und sah sie über den Rand der Lesebrille hinweg an, die auf seiner Nasenspitze balancierte.

»Zunächst einmal möchte ich sagen, wie leid es mir tat, vom Tod Ihrer Großmutter zu hören. Ich habe sie nicht gut gekannt, aber sie hat auf mich immer einen reizenden Eindruck gemacht.«

»Danke.« Nessa schluckte und zwang sich, nicht zu weinen. »Das war sie wirklich.«

»Und zweitens, Sie wissen schon, dass ich jetzt im Ruhestand bin und außerdem kein Experte in Mietsachen?«

»Ja, aber es interessiert mich trotzdem, was Sie davon halten. Sie wissen sicher mehr als ich. Wenn Sie aber lieber nichts dazu sagen möchten, habe ich dafür Verständnis.«

»Oh, es macht mir nichts aus.« Jackson grinste. »Sie wären überrascht, wie viele Leute mich nach meiner Meinung zu Mietverträgen oder anderen Dokumenten fragen – von Testamenten und Eheverträgen bis hin zu Anträgen für Pässe. Ich sehe es mir gern einmal an.«

Er nahm das alte, vergilbte Schriftstück in die Hand und las es sorgfältig durch.

»Was halten Sie davon?«, fragte Nessa nach einer Weile. Sie holte den Schlüssel, den sie in dem Lederkasten ihrer Großmutter gefunden hatte, aus der Tasche und drehte ihn in der Hand. »Ist der Mietvertrag noch gültig, oder bin ich verrückt?«

»Hmm. Es ist eine ungewöhnliche Vereinbarung.« Jackson gab Nessa den Vertrag zurück. »Aber nachdem ich sie überflogen habe, lautet meine Meinung *wahrscheinlich* und *ja*. Wahrscheinlich, weil ich keinen Grund sehe, warum die Vereinbarung nicht immer noch in Kraft sein sollte, und ja, Sie sind verrückt zu glauben, dass Sie die Zerstörung des Geisterdorfes verhindern können, indem Sie das Cottage renovieren. Allerdings ...« Er nahm die Brille ab und sah Nessa an. »Es gefällt mir, wenn normale Menschen etwas Verrücktes tun, um Großkonzernen einen Knüppel zwischen die Beine zu werfen. Sie mögen es nicht glauben, aber ich war in meiner Jugend ein kleiner Rebell. Es lebe die Revolution!«

Er stieß die Faust in die Luft, während Nessa es tatsächlich kaum glauben konnte. Jackson, ein Rechtsanwalt, der mit Anzug und Aktentasche zur Arbeit ging, hatte immer den Eindruck eines Mannes erweckt, der sich an die Regeln hielt.

Dann wurde sein Gesicht plötzlich ernst und er faltete die Hände im Schoss. »Aber Ihnen ist doch klar, dass der Vertrag von Ihnen verlangt, mindestens dreißig aufeinanderfolgende Tage und Nächte in dem Haus zu verbringen? Wenn diese Klausel nicht erfüllt wird, ist der Vertrag nichtig.«

Nessa nickte. »Ja, den Absatz habe ich gelesen.«

»Und ich bezweifle, dass das Cottage eine angemessene Umgebung für ein Kind wäre.«

»Das ist es ganz und gar nicht, aber ich denke, Lily könnte solange bei Valerie wohnen. Sie würde ihre Enkelin sicher gern für einen Monat bei sich aufnehmen. Die beiden stehen sich sehr nahe.«

»Das ist gut.« Jackson zog stirnrunzelnd die buschigen Brauen zusammen. »Ich vermute, Sie haben Ihren Job verloren, als Shelley's dichtgemacht hat?«

»Das ist richtig. Ich suche nach einer anderen Stelle, die ich mit Lilys Schulzeiten vereinbaren kann.«

»Das dürfte schwer werden, so kurz vor den Sommerferien.« Jackson schnalzte mit der Zunge. »Ein Unglück kommt selten allein, nicht wahr? Ich wünsche Ihnen jedenfalls viel Glück bei der Jobsuche.«

»Danke. Das weiß ich zu schätzen.«

Jackson blies die geröteten Wangen auf. »Ich fand es sehr schade, dass Mr Scaglin seinen Laden geschlossen hat. Ohne einen guten Eisenwarenladen ist das Dorf nicht mehr dasselbe. Es gibt jetzt fast gar kein vernünftiges Geschäft mehr in Heaven's Cove, nur Souvenirshops, Eisdielen und übereuerte Boutiquen. Wissen Sie, was aus dem Laden wird? Als ich das letzte Mal hineingespäht habe, standen immer noch Sachen drin.«

»Der größte Teil der Ware ist verkauft worden, bis auf ein paar Kleinigkeiten, um die Mr Scaglin sich noch kümmern muss. Und was den Laden betrifft, das wird sicher ein weiterer Souvenirshop.«

Jackson reagierte mit einem gespielten Schaudern. »Ja, wahrscheinlich. Noch mehr billiger Schnickschnack für die Touristen. Aber na ja. Das ist ein Kreuz, das wir auf uns nehmen, um an einem so schönen Ort zu leben.«

Es entstand eine Gesprächspause, als er aus dem Fenster schaute, und Nessa erhob sich. Sie hatte bereits zu viel von der Zeit des Mannes beansprucht.

»Dann will ich mal gehen«, sagte sie. »Haben Sie vielen Dank, dass ich Sie an einem Samstagmorgen sprechen durfte und dass Sie mir Ihre Meinung zu dem Vertrag gesagt haben.«

Jackson wedelte mit der Hand. »Nichts zu danken. Sie haben meinen ziemlich langweiligen Tag aufgehellt, und ich wünsche Ihnen viel Glück.«

ZWÖLF

NESSA

Nessa eilte den Pfad zum Geisterdorf entlang und bahnte sich anschließend einen Weg durch die Ruinen zu dem alten Haus ihrer Großmutter.

Sie hatte nicht viel Zeit. Rosie hatte zwar angeboten, auf Lily aufzupassen, während Nessa Jackson Porter besuchte, aber sie durfte die Gutmütigkeit ihrer Freundin nicht ausnutzen. Und Valerie erwartete Lily in zwei Stunden, weil sie bei ihr übernachten sollte.

Lily war ganz aufgeregt, ihren Vater nach der langen Zeit wiederzusehen. Nessas Begeisterung hielt sich in Grenzen, aber sie würde es um ihrer Tochter willen lächelnd ertragen, denn Familie war wichtig. Das war einer der Gründe, warum dieses Cottage inmitten der Ruinen eine so große Bedeutung für sie hatte.

Nessa stellte sich in die Tür und blickte aufs Meer, den Mietvertrag in der Tasche an ihrer Schulter. Wolken huschten über den Himmel, als sie im Geiste ihre Großmutter vor sich sah, wie sie an dieser Stelle stand und mitansehen musste, wie das Meer ihre Mutter verschlang.

Sorrel Cove sollte eigentlich ein trauriger Ort sein, ein Ort des Schmerzes und des Kummers. Doch im Laufe der Jahre, während die Tragödie in die Vergangenheit gerückt war, hatte es sich zu einem Ort des Trostes und der Erinnerung gewandelt – zumindest für Nessa, wenn auch nicht für ihre Großmutter.

Umso trauriger war es, dass dem Geisterdorf jetzt eine neue Tragödie drohte. Was das Meer nicht zerstört hatte, würde nun von Gabriel und dem Unternehmen seiner Familie dem Erdboden gleichgemacht werden. Hatte Nessa den Mut, das zu verhindern? Jackson hatte recht. Sie würde sehr viel Glück brauchen.

Nessa nahm die Schultern zurück und holte den schweren Schlüssel aus der Tasche. Sie schob ihn in das Schloss der Haustür und verspürte einen Anflug von Aufregung, als er mühelos hineinglitt.

Sie drehte ihn ungeduldig herum, weil sie es nach all den Jahren nicht erwarten konnte, die Tür zu öffnen. Doch nach einer halben Drehung klemmte er fest. Der Rost hatte das Schloss, das jahrzehntelang der Gischt ausgesetzt gewesen war, beschädigt.

Nessa stemmte die Schulter gegen die schwere Holztür, aber sie rührte sich nicht.

Dann war es das also, sagte die kleine Stimme in ihrem Kopf. Die gleiche Stimme, die ihr manchmal erklärte, sie sei nicht gut genug für Jake gewesen und sei auch nicht gut genug für Lily.

Nessa strich mit der Hand über die Steinmauer des Cottages. »So leicht gebe ich nicht auf, Gran«, murmelte sie und steckte den Schlüssel wieder in die Tasche.

Sie ging um das Gebäude herum. Zwischen den Brettern, mit denen die Fenster im Erdgeschoss zugenagelt waren, befanden sich Ritzen, und an der Rückseite des Cottages entdeckte sie eine Lücke, die breit genug war.

Sie schaute sich um, ob auch niemand zu sehen war, schob

die Finger in den Spalt zwischen den Brettern und zog. Splitter bohrten sich in die Haut unter ihren Fingernägeln, aber sie zog weiter an dem morschen Brett, bis es nachgab und zu ihren Füßen ins Gras fiel.

Nessa schob das Gesicht näher ans Fenster. Es roch nach feuchter Erde und Staub. Eine kleine Glasscheibe fehlte, und es gelang ihr, das Fenster zu öffnen, nachdem sie eine Hand hindurchsteckte und den Metallverschluss löste.

»Das ist nicht klug«, sagte sie zu sich selbst. Galt das schon als Einbruch? Doch jetzt gab es kein Zurück mehr. Sie kletterte durch das Fenster, fluchte, als sie mit dem Arm über die steinerne Fensterbank schrammte, und sah sich um.

Der Raum war schmuddelig. Obdachlose hatten im Laufe der Jahre ihre Spuren hinterlassen – eine alte Matratze in der Ecke, leere verrostete Suppendosen und Asche in dem gemauerten Kamin.

Es gab jedoch keinerlei Anzeichen für einen Wassereinbruch, und an den verputzten Wänden waren nur wenige feuchte Stellen zu sehen.

Hier hatte ihre Familie gelebt und geredet und gestritten und geliebt. Nessa schluckte, als sie den Hauch der Vergangenheit spürte. Dann sah sie es.

Irgendetwas war über dem Kaminsims in der Wand. Eine Vertiefung im Putz warf in dem einfallenden Sonnenlicht einen schwachen Schatten.

Als Nessa näher herantrat, erkannte sie eine rechteckige Form, die von einer Schicht aus Staub und Schmutz bedeckt war. Sie rieb mit einem Papiertuch und dann mit dem Ärmel ihres Sweatshirts eine Stelle frei. Da war wirklich etwas unter dem Dreck. Es war ein Mosaik aus Stein und Glas.

Während Nessa weiter daran rieb, erglühte im Licht des von Brettern befreiten Fensters rubinrotes und smaragdgrünes Meerglas. Quadratische Steinchen erstrahlten in Orange, Gelb,

Schwarz und Cremeweiß, als Nessa den alten Schmutz entfernte.

Sie trat zurück und konnte kaum glauben, was sie da vor sich sah. Es war ein Kunstwerk ihrer Urgroßmutter. Es war unverkennbar das gleiche komplizierte, abstrakte Muster wie auf der Zeichnung ihrer Großmutter in dem ledernen Schatzkästchen – das Kunstwerk, das ihre Familie dem rührenden Gedicht ihrer Gran zufolge bei der Flucht hatte zurücklassen müssen.

Die Farben waren so schön und lebendig wie die Frau, die in dem Sturm den Tod gefunden hatte. Nessas Urgroßmutter, die lange Zeit nur ein Geist in den Geschichten ihrer Großmutter gewesen war, wurde mit jedem Lichtstrahl, der auf das Mosaik fiel, wirklicher. Das Kunstwerk war wunderschön.

Ein Windstoß fuhr seufzend ums Cottage und holte Nessa in die Gegenwart zurück. Ihr blieb nicht viel Zeit.

Schnell ging sie die Treppe in den ersten Stock des Hauses hinauf. Die Steinstufen schien man gefahrlos begehen zu können, obwohl der Handlauf an der Wand zerfallen war. Große trockene Holzstücke regneten auf die Treppe herab, als Nessa sie emporstieg.

Oben angekommen trat sie in den Flur und blieb stehen. Alles war still, bis auf die ferne Brandung des Meeres.

Sie ging vorsichtig über die dunklen Dielenbretter, die einen tragfähigen Eindruck machten. Einige der Fenster hier oben waren nicht mit Brettern vernagelt, sodass sie zumindest sehen konnte, wo sie hintrat.

Nessa streckte den Kopf in ein Zimmer und sprang erschrocken zurück, als ein großer Vogel auf sie zuflatterte.

»Huch!«

Ihre Stimmte hallte durch das Cottage, während sie sich mit klopfendem Herzen an die Wand lehnte.

Es war dumm gewesen, herzukommen. Sie konnte Lily unmöglich in einem solchen Haus wohnen lassen. Nicht einmal, um Gabriel daran zu hindern, es abzureißen und die Luxuswohnungen zu bauen, die Nessa sich nicht leisten konnte.

»Ich glaube, ich bin doch nicht mutig genug, Gran«, flüsterte Nessa niedergeschlagen und dachte an den Schlüssel, den Mietvertrag und die Worte ihrer Großmutter auf dem Umschlag, der beides enthalten hatte. Sie ließ sich an der Wand hinabgleiten, bis sie auf dem Boden saß. »Es tut mir leid.«

Sie blieb für eine Weile dort sitzen und fühlte sich so allein wie nie zuvor, während sie darüber nachdachte, was sie als Nächstes tun sollte. Eins stand fest: Sie konnte Rosie nicht weiter zur Last fallen. Es war nicht fair.

Nessa holte ihr Handy hervor, öffnete die Notizen und machte sich daran, einen Aktionsplan aufzustellen. Mit einem Plan, wie verwegen er auch sein mochte, hatte sie immer das Gefühl, alles im Griff zu haben. Sie hatte immer einen Plan gehabt, seit ihre Mutter damals krank geworden war.

Mit gerunzelter Stirn tippte sie den ersten Punkt ins Handy ein.

1. Noch mal auf freiem Wohnungsmarkt und beim Sozialamt nach passender, bezahlbarer und verfügbarer Wohnung am Ort suchen.

Nessa biss sich auf die Lippe. Die Warteliste für Sozialwohnungen war lang, und von privaten Vermietern hatte sie bisher nur Wohnungen angeboten bekommen, die entweder feucht, heruntergekommen oder zu weit von Lilys Schule entfernt gewesen waren. Lily liebte ihre Schule und die Freunde, die sie dort gefunden hatte. Ein Schulwechsel würde ihr das Herz brechen.

2. Einen Job finden, der sich mit Lilys Betreuung vereinbaren lässt.

Das war leichter gesagt als getan, vor allem, da die Sommerferien bevorstanden. Ihre fieberhafte Jobsuche hatte nichts ergeben, und obwohl Valerie immer gern auf Lily aufpasste, konnte man nicht von ihr erwarten, einen so großen Teil der Betreuung zu übernehmen.

    3. Meine Beziehung zu Jake verbessern.

Nessa überlegte kurz, dann löschte sie den Punkt wieder. Sie tat Lily zuliebe bereits alles, was sie konnte, um eine halbwegs vernünftige Beziehung zu ihm aufrechtzuerhalten. Das war bei seiner Unzuverlässigkeit jedoch nicht leicht. Es wäre schon viel gewonnen, wenn Valerie mehr Unterstützung zeigen und ihren Sohn nicht für einen Menschen ohne jeden Makel halten würde.

Nessa hob die Hand, um ihre Augen zu schützen, als die Sonne durch die salzverkrustete Fensterscheibe fiel und Muster auf den Boden malte. Das Schlangenarmband an ihrem Handgelenk glänzte im Licht und warf Regenbogenfarben an die Wände.

Ihre Großmutter hatte das Armband kaum getragen. Sie war eine Frau gewesen, die gute Kleider für besondere Gelegenheiten aufhob und nur selten aus dem Schrank nahm. Nessa hatte in ihrem relativ kurzen Leben jedoch gelernt, dass Gutes selten von Dauer war. Deshalb trug sie das Schmuckstück ständig, seit es in ihren Besitz übergegangen war.

Doch eines Tages – vielleicht bald, wenn sie keinen passenden Job fand und Lily neue Schuhe brauchte – würde sie ihr kostbares Armband zum Pfandleiher bringen oder es vielleicht sogar verkaufen müssen. Der Gedanke daran, so verzweifelt zu sein, machte Nessa unsagbar traurig.

Sie bewegte den Arm und sah zu, wie die Farben – Rot und Grün, Blau und Violett – durch den Flur tanzten. Sie brachten wieder Leben in dieses Cottage, das viel zu lange still und leer gewesen war.

Nessa schaltete das Handy aus und schob es sich in die Tasche. Wozu sollte sie Aktionspläne entwerfen, wenn sie doch nicht aktiv wurde, obwohl sie die Antwort direkt vor der Nase hatte?

Sie stand auf und klopfte sich Staub und Dreck von der Jeans.

Jackson hielt es für eine verrückte Idee, das Cottage wieder herzurichten, obwohl er sonst hilfsbereit gewesen war, und alle anderen würden der gleichen Meinung sein. Aber vielleicht konnte sie hier für sich und Lily ja doch ein Heim schaffen.

Sie ging zum Fenster und schaute über die verfallenen Mauern zu dem aufgewühlten Meer. Sie musste es schaffen, denn wie für das Geisterdorf gab es für sie keinen anderen Ausweg.

DREIZEHN

GABRIEL

Gabriel biss noch einmal von dem Scone ab und leckte sich Clotted Cream von den Lippen. Nessa hatte recht gehabt, als sie ihm bei ihrer Dorfführung dieses Café empfohlen hatte.

Eigentlich sollte er nach dem reichhaltigen englischen Frühstück an einem gesunden Sandwich knabbern. In London, an seinem Schreibtisch, würde er jetzt Sushi oder einen gemischten Salat essen.

Aber hier draußen, mit dem Geruch von Sonnencreme in der Nase, fühlte er sich ungezwungen und rebellisch. Hier in Devon war er frei von den Erwartungen seines Vaters, frei von Arbeitsverpflichtungen und frei, seine Arterien zu ruinieren, wenn ihm danach war.

Die letzte knappe Textnachricht seines Vaters – *Habe nach Erhalt deines Berichts für Montag Abrissteam organisiert* – erinnerte ihn jedoch daran, dass dies alles eine Illusion war.

Gabriel nahm einen weiteren großen Bissen von dem Scone und beobachtete von seinem Tisch vor dem Café aus die Passanten. Sie schlenderten sorglos vorbei, bis auf die gestresst und erschöpft wirkenden Eltern, die widerspenstige Kinder hinter sich herzerrten.

Es konnte nicht leicht sein, Kinder zu erziehen, erst recht nicht, wenn man es allein tat.

Gabriels Gedanken kehrten zu Nessa zurück, zum zweiten Mal in ebenso vielen Minuten. Er ärgerte sich darüber. Für eine reizbare Frau, die ihn nicht ausstehen konnte, beanspruchte sie viel zu viel Raum in seinen Gedanken.

Das Einzige, was für sie sprach – abgesehen von ihren schönen Augen, wie Gabriel zugeben musste –, war ihr Umgang mit ihrer Tochter. Sie war eine gute Mutter.

Gestern Abend hatte er von seinem Fenster aus beobachtet, wie sie draußen mit Lily Fangen gespielt hatte. Als Nessa die Kleine schließlich erwischt hatte, hatten beide sich kichernd zu Boden fallen lassen, und Nessa hatte ihre Tochter auf den Schoß genommen und umarmt.

Gabriel war vom Fenster zurückgetreten, teils, weil er das Gefühl hatte, dass dieser private Moment nicht für fremde Augen bestimmt war, vor allem aber, weil es ihm in der Seele wehtat.

Er konnte sich nicht daran erinnern, dass seine Mum jemals mit ihm Fangen gespielt oder ihn in den Arm genommen hätte. Vielleicht hatte sie es getan, bevor sie sich von seinem Dad hatte scheiden lassen und einen Bankier mit Mundgeruch und einem schicken Haus in den Cotswolds geheiratet hatte. Einen Bankier, der das Kind eines anderen Mannes nicht annehmen wollte.

Also war Gabriel bei seinem Vater geblieben und von einer Reihe von Au-pair-Mädchen erzogen worden, die nie lange blieben. Als Kind hatte er gelernt, sein Herz nicht an sie zu hängen.

Auch die Freundinnen seines Vaters waren gekommen und gegangen. Die aktuelle, Collette, war so jung, dass sie Gabriels Schwester hätte sein können, und sie interessierte sich nicht für seine Familie. Ihr Hauptinteresse schien dem beeindruckenden Vermögen seines Vaters zu gelten.

Gabriel schüttelte den Kopf. Was wusste er schon? Vielleicht war Collette ja wahnsinnig verliebt in seinen Vater, der in einem gut geschnittenen Anzug immer noch eine blendende Figur machte.

Gabriel schaute auf sein weißes Hemd und seine Anzugshose hinab. Verwandelte er sich in seinen Vater, der sich selbst in einem kleinen abgelegenen Küstendorf weigern würde, Shorts anzuziehen?

Er griff nach dem letzten Stück Scone und wollte es sich gerade in den Mund schieben, als er zu seinem Entsetzen Nessa vorbeigehen sah.

Abrupt ließ er den Bissen auf den Teller fallen, wischte sich mit der Papierserviette den Mund ab und bereitete sich auf ein Wortgefecht vor. Mit etwas Glück würde Nessa so tun, als hätte sie ihn nicht gesehen, und weitergehen. Er wünschte sich sehr, dass sie weiterging, denn seine jüngsten Neuigkeiten würden ihr nicht gefallen.

Doch heute war nicht sein Glückstag. Als Nessa ihn bemerkte, hielt sie inne, ging ein paar Schritte weiter und kehrte dann um. Sie kam direkt auf ihn zu, die Stirn kraus gezogen, während das goldene Schlangenarmband an ihrem Handgelenk in der Sonne funkelte.

Sie blieb vor ihm stehen, sagte jedoch kein Wort. Sie schluckte, als bereite sie sich innerlich auf das Gespräch vor. Gabriel lehnte sich zurück und wartete auf das, was kommen mochte.

»Hallo«, begrüßte sie ihn schließlich und beschirmte mit der Hand die Augen gegen das Licht. »Schmeckt Ihnen Devons berühmter Cream Tea?«

Das brachte ihn aus dem Konzept. Ihre Körpersprache – geballte Fäuste, starres Kinn – verriet ihren Stress und ihre Abneigung. Trotzdem machte sie Small Talk.

»Sehr gut, obwohl die Portion viel zu groß ist«, entgegnete er hölzern. Er deutete auf das zweite Scone, das er noch nicht angerührt hatte. »Ich glaube, die Betreiberin des Cafés will mich mästen.«

»Pauline betrachtet es als persönliche Kränkung, wenn man keine Riesenportion bestellt.«

Nessa ließ leicht die Schultern sinken, als sie die Frau anlächelte, die ihn bedient hatte. Sie sah ganz anders aus, wenn sie lächelte – jünger, entspannter, hübscher. Gabriel wurde bewusst, dass er die Sommersprossen auf ihrer Nase anstarrte. Er wandte den Blick ab und schob den Teller von sich. Er wollte keine Kohlehydrate mehr.

»Also, kann ich etwas für Sie tun?«, fragte er und versuchte, lässig zu klingen, merkte aber zu spät, dass er stattdessen gelangweilt klang.

Nessa sah ihn an und setzte sich dann auf den Stuhl ihm gegenüber. »Wenn Sie kurz Zeit haben, ich muss mit Ihnen reden.«

»Ja, klar«, sagte er und drehte die Handflächen nach oben in der Hoffnung, dass die Geste versöhnlich wirkte. Dann hielt er inne. »Möchten Sie den anderen Scone?«

Damit hatte sie nicht gerechnet. Überraschung blitzte in ihren dunkelbraunen Augen auf, und sie schüttelte den Kopf. »Nein, danke. Ich bin nicht hier, um etwas zu essen. Ich wollte fragen, wann die Arbeiten in Sorrel Cove losgehen.«

Gabriel seufzte leise, aber es hatte keinen Sinn, es zu beschönigen. Er hatte das Gefühl, dass sie alle Ausflüchte durchschauen würde.

»Ich habe gerade erfahren, dass nächste Woche mit den Vorarbeiten begonnen wird. Wir werden die Baustelle vorbereiten, während die endgültige Baugenehmigung erteilt wird. Man hat meinem Vater versichert, dass das Projekt grünes Licht erhalten wird. Durch den neuen Küstenschutz sind Investitionen in diesem Gebiet möglich geworden, und der Stadtrat hat großes Interesse daran, Projekte wie unseres zu unterstützen.«

»Ich könnte Ihren Antrag anfechten.«

Noch mehr Gerede übers Kämpfen? Wieder seufzte Gabriel. So sehr er Nessas Entschlossenheit bewunderte, sie kannte seinen Vater nicht.

»Ja, aber dann würde mein Vater Experten hinzuziehen und gewinnen. Er gewinnt immer.«

Nessas Wangen röteten sich, und sie verschränkte die Arme vor der Brust. »Wie sehen die Vorbereitungen aus?«

Er zögerte und ärgerte sich über sich selbst, dass er ihr nicht von der Zerstörung erzählen wollte, die die Bagger anrichten würden. Das Projekt war eine große Sache für ihn, die ihm bei seinem Vater ausnahmsweise einmal Pluspunkte einbringen würde. Sorrel Cove war letztendlich nur ein Haufen alter Steine, auch wenn Nessa das mit ihrer Gefühlsseligkeit anders sah.

»Was wird alles gemacht?«, fragte sie noch einmal und beugte sich vor.

Er holte tief Luft. »Wir werden die Häuser abreißen, die Steine wegschaffen und Gruben für die neuen Fundamente vorbereiten.«

»Werden Sie das Cottage meiner Familie sofort abreißen?«

Er hielt ihrem Blick stand. »Ja.«

»Und wenn Sie es nicht können?«

»Wir können, und es tut mir leid, aber es gibt nichts, was uns aufhalten kann.«

»Doch.« Sie schob die Hand in ihre Umhängetasche und zog einige Papiere hervor. »Was wäre, wenn jemand auf dem Grundstück leben würde?«

Er schüttelte den Kopf. »Hausbesetzer kann man vertreiben.«

»Was, wenn er oder sie das Recht hätte, dort zu leben?«

Gabriel kniff die Augen zusammen. Worauf wollte sie hinaus? »Ich verstehe nicht«, sagte er langsam.

Nessa schluckte. »Das Cottage hinten im Dorf, wo meine Familie früher gelebt hat, gehört mir.«

Gabriel verschränkte die Arme vor der Brust und war sich nicht sicher, in welche Richtung sich dieses bizarre Gespräch entwickelte. »Ich weiß, dass Ihre Familie früher in dem Cottage gelebt hat, aber das heißt noch lange nicht, dass es Ihnen gehört.«

»Na gut, so richtig gehört es mir zwar nicht, aber ich habe das Recht, dort zu wohnen.«

»Sagt wer?«

»Sagt dieser Mietvertrag.«

Sie drückte ihm die Papiere in die Hand, lehnte sich zurück und kaute auf der Unterlippe. Er schob die Sonnenbrille ins Haar und begann zu lesen.

Was zum Teufel? Er hatte im Laufe seiner Tätigkeit schon viele Mietverträge und Vereinbarungen gesehen, bei denen es um Immobilien ging – und dieses Dokument war zwar alt, wirkte auf den ersten Blick jedoch wie ein rechtsgültiger Vertrag.

»Woher haben Sie das?«, fragte er scharf, als er das Ende des Dokuments erreichte.

»Es war bei den Sachen meiner Großmutter.« Nessa hob das Kinn und sah ihn trotzig an. »Darin steht, dass die Familie Paulson – meine Familie – das Recht hat, hundertfünfundzwanzig Jahre in dem Cottage zu wohnen, und das bedeutet, dass es noch zweiundzwanzig Jahre mir gehört.«

»Ich dachte, Paulson ist Ihr Ehename.«

»Ich habe meinen Mädchennamen behalten, genau wie meine Gran und ihre Mutter vor ihr.«

War ja klar, dachte Gabriel. Während ihrer kurzen Bekanntschaft hatte er bereits festgestellt, dass Nessa zu unkonventionellem Vorgehen neigte – eine Eigenschaft, die offenbar in der Familie lag.

Er überflog den Mietvertrag noch einmal mit wachsendem

Unbehagen, bis sein Blick auf eine sehr wichtige Klausel fiel, die sie übersehen haben musste. Er lächelte erleichtert.

»Hier steht, dass das Cottage Ihnen nur dann zusteht, wenn Sie mindestens einen Monat dort wohnen, Tag und Nacht. Also ist dieser Mietvertrag null und nichtig, weil Sie nicht dort leben.«

»Noch nicht«, entgegnete Nessa mit todernster Miene. »Aber ich werde in Kürze dort einziehen.«

»Machen Sie sich nicht lächerlich. Da kann man doch nicht wohnen. Das Cottage ist baufällig.«

»Nein. Das Dach ist intakt, die meisten Fenster haben noch Scheiben, und das Haus ist mehr oder weniger wasserdicht. Ich glaube, dass vor einiger Zeit Hausbesetzer dort gelebt und Reparaturen durchgeführt haben.«

Welcher Hausbesetzer, der etwas auf sich hielt, würde Heimwerkerarbeiten vornehmen? Sorrel Cove würde noch sein Tod sein. Gabriel lehnte sich zurück. Diese Sache raubte ihm noch den letzten Nerv.

»Sie können da nicht leben«, stellte er fest. »Das Cottage steht seit Ewigkeiten leer.«

»Ich werde es renovieren.«

»Während Sie dort wohnen? Das ist doch verrückt.«

Der entschlossene Ausdruck verschwand aus Nessas Gesicht, doch dann schoss sie zurück: »Mag sein, aber manchmal muss man etwas Verrücktes tun, um sein Leben zum Besseren zu verändern.«

So kamen sie nicht weiter. Gabriel wechselte die Taktik. »Wie können Sie auch nur daran denken, mit einem kleinen Kind dort einzuziehen? Sie müssten dreißig Tage und Nächte dort wohnen. Das ist nicht der richtige Ort für Ihre Tochter.«

Er wusste, dass er einen Nerv getroffen hatte, als Nessa sich verärgert zu ihm vorbeugte.

»Ich denke, ich weiß besser als Sie, was für meine Tochter das Beste ist«, sagte sie und betonte jedes Wort. »Und was sie braucht, ist ein langfristiges Zuhause. Ich bin fest davon überzeugt, dass ich das Cottage in einem Monat für sie bewohnbar machen kann. Bis dahin kann sie bei ihrer Großmutter leben. Es ist alles arrangiert.«

»Und was passiert nach den dreißig Tagen?«

»Dann gehört das Cottage uns. Ich werde es fertig renovieren, und wir leben dort glücklich bis ans Ende unser Tage.«

Glücklich bis ans Ende ihrer Tage? Diese Irre lebte in einer Märchenwelt.

Gabriel verschränkte die Arme vor der Brust und bedachte Nessa mit seinem eisigsten Blick.

»Sie wollen also sagen, dass Sie als Wohnberechtigte dort leben werden, sodass unsere Pläne stark beeinträchtigt werden?«

»Genau.«

Sie lehnte sich zurück und hielt seinem Blick stand. Nur ihr angespannter Kiefer verriet ihre starken Gefühle.

Gabriel atmete langsam aus, hin- und hergerissen zwischen Ärger über den Versuch dieser Frau, seine Pläne zu durchkreuzen, und widerwilliger Bewunderung dafür, dass sie nicht wie die meisten Menschen einfach klein beigab und die Bagger anrücken ließ.

»Sie können Ihre Luxusapartments woanders bauen«, fügte Nessa mit geschürzten Lippen hinzu. »Das ist die einzige Lösung.«

Als sie weiter über den Tisch hinweg ihren starren Blick auf ihn gerichtet hielt, ließ Gabriels Bewunderung für sie nach. Diese Frau versuchte, ihm einen Strich durch die Rechnung zu machen. Wenn der Mietvertrag einer juristischen Prüfung standhielt, würde es ihr vielleicht auch gelingen.

Doch das Cottage musste weg. Es befand sich auf der Baufläche der neuen Wohnungen. Ein neuer Entwurf, um das Cottage zu erhalten, war keine Lösung – Menschen, die ein

Vermögen für Luxuswohnungen bezahlten, würden kein heruntergekommenes Haus auf dem Gelände haben wollen.

Wenn das Projekt nicht zustande kam, würde sein Vater es ihm nie verzeihen, ebenso wenig wie sein Cousin James. Gabriel wusste insgeheim, dass James viel besser für das Geschäftsleben geeignet war als er.

»Ich brauche eine Kopie dieses Vertrags«, entgegnete er kalt.

Nessa beugte sich vor und nahm ihm die Papiere aus der Hand. »Selbstverständlich. Ich werde Ihnen eine besorgen, aber jetzt muss ich gehen.«

Als sie aufstand, stieß sie den Stuhl so heftig zurück, dass er schwankte und beinahe gegen den Tisch hinter ihr gefallen wäre. Sie steckte den Mietvertrag in die Tasche, nickte knapp und eilte davon.

Mit einem Gefühl der Übelkeit im Magen sah er ihr nach. Er hatte Nessa, die alleinerziehende Mutter, vollkommen falsch eingeschätzt. Sie wirkte verletzlich und harmlos, doch sie erwies sich als echter Stachel in seinem Fleisch. Sein Vater würde sich über jede Verzögerung maßlos aufregen.

Gabriel nahm den Teelöffel, stieß ihn in das Schälchen mit der dicken Sahne und schob sich den vollen Löffel in den Mund. Er würde viel Energie für den Anruf brauchen, den er gleich tätigen würde.

VIERZEHN

NESSA

Was hatte sie nur getan? Nessa eilte Hand in Hand mit Lily durchs Dorf und ging in Gedanken noch einmal das Gespräch durch, das sie eine Stunde zuvor mit Gabriel geführt hatte.

Sie bog in die Sheep Lane ein, um nicht an Paulines Café vorbeizukommen, falls er noch dort saß und sich mit Scones vollstopfte.

Nessa hatte nicht vorgehabt, ihm von dem Mietvertrag zu erzählen. Zumindest jetzt noch nicht. Sie hatte es erst mit Rosie besprechen und Lilys Aufenthalt bei Valerie organisieren wollen.

Doch nachdem sie im Cottage gewesen war und das Kunstwerk ihrer Urgroßmutter entdeckt hatte, brannte sie vor Tatendrang. Als sie Gabriel in dem Café gesehen hatte, wie er den lieben Gott einen guten Mann sein ließ, war sie ausgerastet. Sie wollte diesem reichen Schnösel den arroganten Ausdruck vom Gesicht wischen.

»Nicht so schnell, Mummy«, bat Lily und zog an der Hand ihrer Mutter.

»Entschuldige, Süße.«

Nessa verlangsamte den Schritt und zwang sich, ruhiger zu

KAPITEL VIERZEHN

atmen. Sie dachte viel zu oft an Gabriel Gantwich, und es war Zeit, ihre Gedanken für eine Weile auf etwas anderes zu richten – egal was. Es war Zeit, sich auf ihre Tochter zu konzentrieren und dafür zu sorgen, dass sie ein paar schöne Stunden mit ihrem Vater verbrachte.

Valeries in den Achtzigerjahren erbautes Haus am Rand von Heaven's Cove sah so makellos gepflegt aus wie immer, als Nessa und Lily auf die Haustür zugingen.

Zwei in Form geschnittene Buchsbäumchen in Kübeln flankierten die Treppe, und der Türklopfer aus Messing glänzte. Die meisten Fenster in Heaven's Cove waren salzverkrustet, aber Valeries Fenster blitzten und blinkten in der Sonne.

Bevor Nessa anklopfen konnte, öffnete Alan die Tür und ließ sie in den Flur.

»Hallo, Ladys. Kommt mit ins Wohnzimmer«, sagte er schroff und kehrte wieder dorthin zurück.

Nessa streifte die Schuhe ab, dann löste sie die Schnallen von Lilys Sandalen und zog sie ihr aus.

Lily durfte ungestraft Dreck ins Haus ihrer Großmutter tragen, aber Nessa wusste, dass es bei ihr nicht toleriert werden würde – ihr, dem intriganten Flittchen, das Valerie den Sohn gestohlen und dann in den Norden vertrieben hatte.

So war es natürlich nicht gewesen. In Wirklichkeit hatte Jake ihr so lange nachgestellt, bis sie zu der Ansicht gekommen war, dass er vielleicht doch einen passenden Freund abgeben könnte. Ihre anfänglichen Zweifel – dass er als selbsternannter Freigeist in Wirklichkeit nur ein Idiot war – hatte sich als wahr erwiesen. Doch in den Augen seiner Mutter war er nach wie vor unfehlbar und sie fand immer Entschuldigungen für sein Verhalten, selbst als er nach Manchester gezogen war.

Zumindest kam er an diesem Wochenende nach Hause. Lily war gleichzeitig aufregt und ängstlich, denn sie kannte Jake nicht sehr gut.

Nessa hoffte, dass das Wochenende dazu beitragen würde,

dies zu ändern. Jake hatte sich zwar als Freund als Fehlgriff erwiesen, doch sie hoffte nach wie vor, dass er sich endlich der Verantwortung der Vaterschaft stellte – obwohl sie diese Hoffnung im Laufe der Jahre immer mehr verlor. Es war Monate her, seit Jake Lily das letzte Mal gesehen hatte.

»Guten Tag, Nessa«, begrüßte Valerie sie, als sie das Wohnzimmer betrat. Es bot einen Blick auf die Burgruine. »Du kommst später als erwartet. Geht es dir gut? Du siehst etwas krank aus.«

Nessa ging nicht darauf ein, denn sie war an Valeries passiv-aggressive Begrüßungen gewöhnt. »Mir geht es gut, danke. Und dir?«

Valerie zog die Nase kraus. »Könnte schlechter sein.«

Würde es Jakes Mutter umbringen, ab und zu mal zu lächeln? Sie starrte auf Nessas großen Zeh, der durch ein Loch in der Socke spähte, und hob eine Braue.

Nessa seufzte leise. *Ganz ehrlich, Valerie, ich habe größere Sorgen, als ein Paar lochfreie Socken zu suchen, die deine Billigung finden.*

Sie verkniff sich jedoch die scharfe Erwiderung und schenkte ihrer Ex-Schwiegermutter ein breites, strahlendes Lächeln. Sie bemühte sich, in dieser Beziehung die Erwachsene zu sein, und wenn ihr das nicht gelang, würde sie Valerie am Ende vielleicht unter lauter Freundlichkeit begraben. Die Hoffnung starb schließlich zuletzt ...

Valeries mürrisches Gesicht erhellte sich, als Lily sich an ihrer Mum vorbeischob und auf sie zurannte.

»Granny!«, kreischte Lily und schlang die Arme um ihre Großmutter.

Valerie drückte ihre Enkelin an sich. Ihr Gesicht war wie verwandelt. Sie mochte zwar eine schwierige Ex-Schwiegermutter sein, doch sie war eine liebevolle Granny, und dafür war Nessa dankbar. Lily hatte im Moment eine so kleine Familie und ein so unruhiges Leben, dass sie alle Liebe und Stabilität brauchte, die sie bekommen konnte.

Alan, der sich in seinen Lieblingssessel am Fenster hatte sinken lassen, schaute von seinem iPad auf.

»Wie ich höre, übernachtest du hier, Lily.«

Lily grinste. »Ja, und ich bin ganz aufgeregt, Grampy.«

Als Alan ein leises Brummen von sich gab, unterdrückte Nessa ein Lächeln. Er war verstimmt, weil es ihm lieber gewesen wäre, wenn Lily ihn Alan nennen würde, aber das hatte die Kleine vehement abgelehnt.

»Darf ich im Garten spielen, Gran?«, fragte Lily mit Blick auf die Schaukel und die Rutsche, die Jake und Alan gemeinsam aufgebaut hatten. Jake hatte danach eine Auszeichnung als weltbester Dad erwartet, erinnerte sich Nessa. Spielgeräte aufstellen konnte er gut – doch wenn es um schlaflose Nächte, aufgeschürfte Knie und erste Schultage ging, glänzte er durch Abwesenheit.

Zumindest würde er am Wochenende hier sein, um seine Beziehung zu seiner Tochter zu verbessern. Nessa beobachtete Lily, wie sie zurück in den Flur rannte, ihre Sandalen holte und durch die offenen Terrassentüren wieder in den Garten lief. Sie konnte hier allein draußen spielen und toben, ohne dass man Angst wegen steiler Felskanten zu haben brauchte.

Nessa drehte sich zu Valerie um. »Um wie viel Uhr wird Jake ...« Sie fing sich gerade noch rechtzeitig. »Ich meine, um wie viel Uhr wird Jacob eintreffen? Vermutlich sitzt er schon im Zug?«

»Nun ...«

Nessa beschlich ein ungutes Gefühl, denn Valerie mied ihren Blick.

»Es gab eine kleine Planänderung, weil Jacob an seiner neuen Arbeitsstelle so viel zu tun hat. Er ist dort unentbehrlich, selbst am Wochenende. Ich fürchte daher, dass er seine Reise verschieben musste.«

»Eine kleine Planänderung?«, wiederholte Nessa zornig, aber resigniert. Es war klar gewesen, dass Jake nicht kommen würde; wie dumm von ihr, etwas anderes zu denken. Doch was war mit ihrer Tochter? Seiner Tochter? »Lily hat sich so darauf gefreut, ihn zu sehen.«

»Ich weiß.« Valeries Mund verzog sich zu einem schmalen Strich. »Er kann nichts dafür, dass die Arbeit ihn beansprucht, und er hat sich überschwänglich entschuldigt, nicht wahr, Alan?«

»Was?« Alan schaute von seinem iPad auf. »Oh, ja. Hat sich sehr entschuldigt. Sehr geärgert.«

Als Nessa eine Braue hochzog, hatte Valerie den Anstand, verlegen zu wirken. Nessa bezweifelte, dass Jake sich darüber geärgert hatte, seine Tochter nicht sehen zu können. Wenn Lily ihm wirklich so wichtig wäre, würde er regelmäßiger Unterhalt zahlen.

Nessa schaute in den Garten, wo Lily gerade die Rutsche hinuntergeschossen kam.

Es tut mir so leid, mein Schätzchen, dass ich dir einen so hoffnungslosen Vater beschert habe.

»Sie kann trotzdem übers Wochenende hierbleiben«, sagte Valerie und strich sich eine Strähne des aschblonden Haares hinters Ohr. »Es wäre zu schade, auch ihren Besuch ausfallen zu lassen.«

Nessa war stellvertretend für ihre Tochter so enttäuscht, dass sie drauf und dran war, Lily zu holen und zu gehen. Aber das wäre ihr gegenüber nicht fair gewesen, und auch nicht gegenüber Valerie. Nessa bemerkte, dass deren Hände leicht zitterten. Als Valerie Nessas Blick sah, verschränkte sie die Finger, als würde sie beten.

Nessa betrachtete das blasse Gesicht der älteren Frau genauer. Tatsächlich war sie diejenige, die krank aussah, ganz anders als sonst.

»Also, was sagst du?«, bedrängte Valerie sie. »Ich habe Lilys

Lieblingsessen gekauft, das wir sonst wegschmeißen müssten. Und morgen wollte ich mit ihr in den Streichelzoo gehen. Sie wird begeistert sein.«

Sie würde den Zoo lieben. Nessa hatte weder Auto noch Geld, um selbst mit ihr hinzufahren. Es wäre gemein, das ganze Wochenende abzusagen, nur weil Jake nicht gekommen war, vor allem, da auch Valerie von ihrem Sohn enttäuscht sein musste. Obwohl sie das nie zugeben würde.

Nessa nickte. »Natürlich kann Lily bleiben, aber ich muss ihr sagen, dass sie ihren Vater nicht sehen wird.«

»Wenn du möchtest, kann ich das tun.«

Valerie schaute zu dem Foto ihres Sohnes auf dem Kaminsims. Es stand auf einem Granitfelsen im Dartmoor und lachte unbeschwert in die Kamera.

»Danke, aber das sollte sie besser von mir erfahren.«

Valerie nickte. »Sag ihr, wie traurig ihr Vater ist, dass er sie an diesem Wochenende nicht sehen kann.«

»Genau das habe ich vor«, entgegnete Nessa.

Lily würde sich mit der Zeit ihre eigene Meinung über ihren Vater bilden. Jetzt sollte sie ein schönes Wochenende haben und sich von Valerie verwöhnen lassen. Das war mehr, als Nessa ihr im Moment geben konnte.

Zehn Minuten später hatte Nessa Lily erklärt, dass sie ihren Vater doch nicht sehen würde – ein Schlag, der durch die Ankündigung des Zoobesuchs am nächsten Tag erheblich gemildert wurde –, stand an der Haustür und schlüpfte wieder in ihre alten Turnschuhe.

»Du brauchst dir keine Sorgen um Lily zu machen«, erklärte Valerie steif, als sie die Tür öffnete. »Ich werde gut auf sie aufpassen.«

»Das weiß ich«, versicherte Nessa ihr und bereitete sich darauf vor, ihre Ex-Schwiegermutter um einen sehr großen Gefallen zu bitten. »Ähm.« Sie blieb an der Tür stehen. »Ich wollte etwas mit dir besprechen. Wärest du vielleicht bereit, Lily etwas länger hierzubehalten?«

»Selbstverständlich. Es wäre schön, wenn Lily länger bleiben könnte, und wir können es Jacob sagen, damit er sie besuchen kommen kann.«

Nessa nickte. Sie glaubte nicht, dass Jake es in absehbarer Zeit aus Manchester schaffen würde.

»Ab wann und für wie lange soll es sein?«

»Es wäre schon bald und für einige Tage«, antwortete Nessa. Sie blieb absichtlich ungenau, weil ihr gerade ein Gedanke gekommen war.

Es war gut und schön, Gabriel zu erklären, dass sie das Cottage wieder herrichten wolle, aber im Moment fehlte ihr dazu das Geld. Sie konnte sich weder Farbe noch sonstiges Material leisten, sodass ihr verrückter Plan bereits an der ersten Hürde scheitern würde. Es sei denn ...

»Alles in Ordnung mit dir?«, fragte Valerie und schaute Nessa prüfend ins Gesicht. »Du wirkst heute so seltsam. Warum soll Lily länger bleiben? Hast du eine neue Stelle?«

»Noch nicht«, antwortete sie und beschloss, vorerst nichts über ihre Pläne zu verraten. Wozu es anderen sagen, wenn vielleicht doch nichts daraus wurde?

Sie würde Valerie damit nur Munition für die Zukunft liefern. »*Weißt du noch, als du mit Lily in ein baufälliges Cottage ziehen wolltest?*« Sie würde es im ganzen Dorf herumerzählen und als Beweis dafür nutzen, dass Nessa eine schlechte Mutter war.

Bedeutete das, dass sie wirklich eine schlechte Mutter war?

Valerie runzelte die Stirn. »Bist du dir ganz sicher, dass es dir gut geht?«

»Absolut sicher. Aber ich muss los. Vielleicht können wir ein andermal darüber reden, dass du Lily für längere Zeit bei dir aufnimmst. Noch einmal vielen herzlichen Dank dafür, dass sie heute hier übernachten darf. Es ist wirklich lieb von dir, dass du dich so gut um sie kümmerst.«

Nessa verstummte, da ihr Geplapper nicht gerade dazu beitrug, den Eindruck zu zerstreuen, dass sie an diesem Nachmittag »seltsam« war.

Valerie zog die Nase kraus. »Ich kümmere mich deshalb so gut um sie, weil sie meine Enkelin ist und ihr Wohlergehen mir am Herzen liegt. Driftwood House mit den vielen Gästen ist nicht der beste Ort, um ein Kind großzuziehen. Also, ganz egal, wie lange Lily hierbleiben soll, sie ist uns immer willkommen.«

Wie lange Lily hierbleiben soll. Kaltes Grauen krallte sich in Nessas Herz.

Es war nicht das erste Mal, dass Valerie angedeutet hatte, Lily sei bei ihr besser dran. Manchmal, wenn Lily nachts leise neben ihr schnarchte, fragte Nessa sich, ob das vielleicht wirklich das Beste für ihre geliebte Tochter wäre. Vor allem jetzt, da sie ihren Job verloren hatte und sie beide in einer Kammer voller Kartons schliefen.

Doch der Gedanke, Lily zu verlieren, war unerträglich. Sie war der Grund, warum Nessa sich morgens aus dem Bett quälte und für ein besseres Leben kämpfte.

»Ich danke dir«, sagte Nessa. »Wir wohnen nur vorübergehend in Driftwood House. Ich bin gerade dabei, eine dauerhafte Lösung zu finden. Ich bin mir auch nicht sicher, ob es Alan recht ist, wenn Lily so viel bei euch ist.«

»Mach dir wegen Alan keine Gedanken«, sagte Valerie und hielt die Haustür weit auf. »Er wird es wahrscheinlich gar nicht merken.«

Das war nicht gerade reibungslos gelaufen, dachte Nessa trocken, während sie durchs Dorf ging. Valerie hatte ohnehin keine hohe Meinung von ihr, und jetzt hatte sie sie auch noch als merkwürdig eingestuft. Nessa wünschte sich wirklich, alles wäre anders.

Sie war begeistert gewesen von der Vorstellung, in Jakes Familie einzuheiraten. Seine Familie war zwar klein, aber größer als ihre, und die Aussicht darauf, eine Schwiegertochter zu sein, war ihr zuerst wunderbar erschienen.

Nessa hatte insgeheim gehofft, dass Valerie vielleicht die Lücke füllen würde, die ihre Mum hinterlassen hatte, ohne jedoch deren Platz einzunehmen.

Doch es hatte nicht sollen sein. Valerie war nie besonders herzlich gewesen, und ihr Verhältnis hatte sich parallel zu Jakes wachsendem Wunsch, Frau und Kind wieder los zu sein, verschlechtert.

»Woher hat er das wohl?«, hatte ihre Gran gemurmelt, als sie die am Boden zerstörte Nessa nach der Trennung getröstet hatte. »Diese verdammte Frau hat ihn verwöhnt und zu einem egoistischen jungen Mann erzogen.«

Das war das einzige Mal, dass Nessa ihre Gran schlecht über Valerie hatte reden hören. Ruth hatte ein sonniges Gemüt gehabt und nur selten über andere gelästert. Für gewöhnlich hatte sie nur das Gute in jedem gesehen – und Nessa war früher genauso gewesen, bevor ihr alles zu viel geworden war.

Nessa vermisste ihr altes Ich. Sie hatte das Vertrauen in andere Menschen verloren und war sich nicht sicher, ob sie die Person mochte, zu der sie geworden war. Manchmal hatte sie Angst, dass sie zu hart und kompromisslos wurde.

Sollte sie zum Beispiel ihre schlechte Meinung über Gabriel revidieren? Schließlich tat er nur seine Arbeit, und es gab keinen Grund, warum ihn das Schicksal des Geisterdorfes interessieren sollte.

Nessa verdrängte den verräterischen Gedanken, bevor sie noch anfing, Sympathie für den Mann zu empfinden. Wenn einem das Leben Knüppel zwischen die Beine warf, war Härte gefragt. Sie musste stark bleiben und durfte ihr Ziel nicht aus

KAPITEL VIERZEHN

den Augen verlieren, wenn ihr Plan auch nur die geringste Aussicht auf Erfolg haben sollte.

Außerdem brauchte sie die Hilfe eines Menschen, der sie erst kürzlich, lange nach Jake, verlassen hatte.

Nessa blieb vor der alten Dorfkirche stehen und drückte das Tor zum Kirchhof auf. Sie würde hier ungestört sitzen und den Anruf tätigen, der ihr verrücktes Vorhaben entweder vorantreiben oder platzen lassen würde, bevor es auch nur begonnen hatte.

FÜNFZEHN

GABRIEL

Gabriel ging in seinem Zimmer in Driftwood House auf und ab, griff nach seinem Handy und legte es wieder hin. Das war doch lächerlich. Irgendwann würde er es seinem Vater sagen müssen.

Er holte tief Luft, nahm das Handy und wählte die Nummer seines Vaters. Nach zweimaligem Klingeln wurde abgenommen.

»Gabriel. Ich hoffe, du hast gute Nachrichten für mich.«

Sein Vater sprach schnell und scharf und klang leicht verärgert über die Störung. Im Hintergrund konnte Gabriel die Geräusche des Büros hören, obwohl es Samstag war – leises Stimmengemurmel, Telefonklingeln und Türenschlagen. Sein Vater arbeitete. Wie immer.

»Ich habe gute und schlechte Nachrichten«, begann Gabriel und spielte nervös mit einem Knopf an seinem Hemd. Er war froh, dass es kein Videoanruf war, da er einen rosafarbenen Sonnenbrand auf der Nase hatte.

»Ich mag keine schlechten Nachrichten«, erklärte sein Vater mit leiser Stimme.

Die Geräusche des Großraumbüros verstummten. Er hatte

sich offenbar in sein Büro zurückgezogen, um ungestört zu sein – obwohl man in einem Glaskasten wie dem seinen nur eine eingeschränkte Privatsphäre genoss. Manchmal kam es Gabriel so vor, als sähe sein Vater an seinem Schreibtisch aus wie ein sprungbereites Tier in einem Käfig, die Angestellten im Blick.

Er räusperte sich und ärgerte sich über sich selbst, dass er sich immer noch wie ein Kind vorkam, wenn er mit seinem Vater sprach. Schließlich war er schon über dreißig.

»Die gute Nachricht«, sagte er, bemüht, so selbstsicher und erwachsen wie möglich zu klingen, »ist, dass du recht hast. Das Gelände ist hervorragend für die geplante Bebauung geeignet ... in vielerlei Hinsicht jedenfalls.«

»Doch wohl in jeder Hinsicht?«

Gabriel sah aus dem Fenster aufs Meer, das heute so blau war wie das Mittelmeer.

»Ich fürchte nein, denn es gibt da ein kleines Problem.«

»Was für ein Problem?«

»Eine junge Frau, die einen Mietvertrag für eins der Häuser auf dem Gelände hat.«

»Ich dachte, da stehen keine Häuser mehr. Ich dachte, es sind nur noch Ruinen.«

»Die meisten, ja. Im Grunde genommen alle, bis auf ein Cottage, das ganz hinten etwas geschützter liegt und besser erhalten ist.«

»Und lass mich raten, die Frau hat einen Mietvertrag für dieses Cottage.«

»So ist es.«

»Und trotzdem hast du das gerade erst erfahren?«

Sein Vater schwieg. Es war ein Schweigen, das Gabriel aus der Schulzeit kannte. Jedes Mal, wenn sein Vater sein Zeugnis gelesen hatte, hatte er ihn angeschaut und dann eine lange Liste von Enttäuschungen aufgezählt. Es spielte keine Rolle, wie gut Gabriel abgeschnitten hatte, er hatte es immer geschafft, seinen Vater auf die eine oder andere Weise zu enttäuschen.

»Der Mietvertrag ist alt und gerade erst gefunden worden«, sagte Gabriel energisch. »Aber ich kümmere mich darum.«

»Er hätte gefunden werden sollen, als wir das Gelände gekauft haben.«

»Ich weiß, wurde er aber nicht.«

Sein Vater stieß laut den Atem aus. »Wer hat den Kauf abgewickelt?«

»Barry aus dem Akquiseteam.«

»Dann will ich ihn sofort in meinem Büro sprechen.«

»Das könnte schwierig werden, weil du ihn vor einem Monat gefeuert hast.« Gabriel wartete auf eine Antwort seines Vaters, doch als dieser nichts sagte, fügte er hinzu: »Es ist bedauerlich, aber ich weiß jetzt von dem Vertrag und kläre die Situation.«

»Das will ich stark hoffen, denn es muss das gesamte Gelände geräumt werden. Es kann nicht angehen, dass eine alte Bruchbude in der Ecke stehen bleibt und den Preis für meine neuen Apartments drückt.« Billy Gantwich hielt inne. »Ist dieser Mietvertrag wasserdicht?«

»Nein. Das heißt, vielleicht doch. Ich bin mir nicht ganz sicher. Er ist sehr alt.« Gabriel schluckte. Er vermasselte alles. Nach einem tiefen Atemzug sprach er weiter. »Ich werde mir eine Kopie des Vertrages besorgen und dann sehen wir weiter.«

»Das alles wird Zeit kosten.«

Gabriel hörte, wie sein Vater mit einem Stift auf den Schreibtisch klopfte.

»Es könnte teuer werden, die Sache gerichtlich klären zu lassen, aber vor allem wäre es zeitaufwändig. Außerdem würde es Aufmerksamkeit auf unser Vorhaben lenken, und wir wollen keinen Widerstand wecken. Anwohner können in solchen Fällen sehr lästig sein.«

»Die Leute meiden den Ort, daher denke ich nicht, dass es

sie besonders stören wird. Ness... ich meine, die Frau mit dem Mietvertrag, hat einen familiären Bezug zu dem Ort, daher hat die geplante Bebauung starke Gefühle bei ihr ausgelöst.«

»Starke Gefühle. Die werden eines Tages noch mein Tod sein.« Sein Vater stöhnte. »Also, was schlägst du vor?«

»Der Mietvertrag enthält eine Sonderklausel, ein Kriterium, das erfüllt werden muss. Der Mieter muss ohne Unterbrechung dreißig Tage und Nächte in dem Haus leben, damit der Vertrag Gültigkeit hat.«

»Gut.« Plötzlich wirkte sein Vater besser gelaunt. »In dem Fall sehe ich nicht, was das Problem ist. Du hast gesagt, das Cottage würde geschützt liegen, aber es ist vermutlich trotzdem in einem schlechten Zustand, und sie hat nicht dort gewohnt.«

»Nein, aber sie hat vor, dort einzuziehen.«

»Herrgott noch mal!« Seine gute Laune war wie weggeblasen. »Erzähl mir mehr über diese idiotische Frau.«

»Sie ist ungefähr in meinem Alter, eine alleinerziehende Mutter aus Heaven's Cove.«

»Und was ist sie für ein Mensch?«

Gabriel überlegte, was er über Nessa wusste – herrisch, müde, stur, traurig, eine alleinerziehende Mum, ziemlich hübsch und äußerst lästig, da sie seine Pläne vereitelte, vor seinem Vater gut dazustehen.

Er sagte nichts davon. »Ich schätze, sie ist eine ganz normale alleinerziehende Mutter, die versucht, über die Runden zu kommen.«

»Ist sie gut vernetzt und kann auf breite Unterstützung hoffen?«

»Das glaube ich nicht.«

Sie hatte keine Verwandten in der Gegend erwähnt, abgesehen von ihrer ehemaligen Schwiegermutter. Sie schienen kein besonders herzliches Verhältnis zu haben.

»Dann ist also kein Partner im Spiel?«

»Ich denke nicht, nein. Ihr Ex-Mann wohnt irgendwo oben

im Norden.«

Und er war nie da, dem Wenigen nach zu schließen, das Gabriel in Erfahrung gebracht hatte. Aber auch das sagte er nicht.

»Und ihr Kind ist wie alt?«

»Fünf.«

»Nun, das ist doch gut. Sie wird mit ihrem Kind nicht in ein baufälliges Haus einziehen.«

»Ich glaube, das Kind wird solange woanders wohnen.«

Es folgte ein weiteres geladenes Schweigen, dann begann sein Vater sehr leise zu sprechen. Ironischerweise wusste Gabriel, dass sein Vater dann immer besonders unberechenbar war. Er hatte es oft genug erlebt, dass Kollegen und Konkurrenten sich zu früh entspannt hatten.

»Wenn diese Frau Probleme macht, Gabriel, musst du diese Probleme lösen. Das ist deine Aufgabe und Teil deiner Rolle innerhalb dieser Familie. Du wirst alles tun, was notwendig ist, um den Deal unter Dach und Fach zu bringen. Sie wird niemals dreißig Nächte in einem einsamen und verlassenen Cottage verbringen, und du musst sie erwischen, wenn sie sich heimlich in ihr bequemes Bett schleicht. Wenn es sein muss, zieh bei ihr ein.«

Er machte eine Pause, um Luft zu holen, dann fuhr er fort. »Wir werden den Vertrag natürlich anfechten, aber es wird wesentlich unproblematischer sein, wenn du nachweist, dass sie die Bedingungen des Mietvertrages nicht erfüllt hat.«

»Du willst also, dass ich ihr nachspioniere?«

»Natürlich will ich das. Hast du ein Problem damit?«

»Nun, ja. Ich kann ja wohl schwerlich zu einer jungen Frau, die ich kaum kenne, in ein abgelegenes Cottage ziehen. Sie wäre nie damit einverstanden, und das völlig zu recht.«

»Regel die Sache, Gabriel. Ich habe volles Vertrauen in deine Fähigkeit, das Problem zu lösen.«

Als sein Vater das Telefonat beendete, ohne sich zu verabschieden, ließ Gabriel sich schwer aufs Bett fallen.

Das Problem war, dass sein Vater in Wirklichkeit gar kein Vertrauen in seine Fähigkeit hatte, die Sache zu klären, und wahrscheinlich wünschte er, er hätte stattdessen James nach Heaven's Cove geschickt, seinen Neffen.

Dieses Bauvorhaben sollte ein für alle Mal beweisen, dass Gabriel eines Tages ein würdiger Nachfolger für das Unternehmen seines Vaters sein würde. Und nun stand Nessa im Begriff, das alles zu vermasseln.

Er konnte kaum darauf bestehen, für einen Monat bei ihr einzuziehen. Aus dem Mietvertrag ging klar hervor, dass sie das Recht hatte, allein dort zu wohnen. Außerdem würde er sich lieber Nadeln in die Augen stechen, als Zeit mit dieser unangenehmen Frau zu verbringen.

Er hatte gehofft, dass sie sich während der wenigen Tage, die er in Heaven's Cove verbringen würde, aus dem Weg gehen könnten. Da hatte sie sich aber noch nicht in eine vertragsschwingende Ninja verwandelt, die es sich zur Mission gemacht hatte, das Geisterdorf zu retten, wodurch sein Aufenthalt hier sich verlängerte.

Er musste diesen Deal zu einem erfolgreichen Abschluss bringen, sonst würde sein Vater es ihm ewig aufs Brot schmieren.

Sein Vater hatte recht. Gabriel stand auf. Er würde alles tun, was er konnte, um Nessa dabei zu erwischen, wie sie die Vertragsbedingungen, ihren blödsinnigen Plan, einen Monat in dem Cottage zu leben, nicht einhielt. Wenn das bedeutete, dass er noch etwas länger in Heaven's Cove bleiben und vom Wohnzimmer von Driftwood House aus arbeiten musste, dann sollte es eben so sein.

Die gute Nachricht war, dass Nessa es nicht länger als ein paar Tage unter den primitiven Bedingungen in dem Cottage aushalten würde, daher brauchte er das Dorf nicht lange zu ertragen. Und sie musste er auch nicht lange ertragen.

SECHZEHN

NESSA

Nessa ging an den verwitterten Grabsteinen vorbei zu der Kirche, die seit Jahrhunderten im Herzen von Heaven's Cove stand. Sie setzte sich auf eine Holzbank, von der man zwischen den Cottages das blaue Meer aufblitzen sehen konnte, und zog ihr Handy aus der Hosentasche.

Ein Spatz landete zu ihren Füßen und pickte nach ausgestreuten Brotkrümeln, während sie versuchte, zur Ruhe zu kommen.

Sie hatte nicht viel Zeit, daher sollte sie den Anruf einfach hinter sich bringen. Doch zuvor musste sie ihre rasenden Gedanken beruhigen.

Ihr ganzes Leben schien sich im Moment im Schnelldurchlauf abzuspielen, lauter Schicksalsschläge, die über ihr Leben mit Lily bestimmen konnten, hatten sie getroffen: Der Tod ihrer Großmutter, der Verlust ihres Jobs und ihres Zuhauses und Gabriels Pläne mit dem Geisterdorf.

Ihre Gedanken verweilten bei Gabriel. Sein Verhalten hatte sich geändert, nachdem er den Mietvertrag gelesen hatte. Bis dahin war er höflich gewesen und hatte ihr sogar seinen zweiten Scone angeboten. Er hatte ziemlich gut dabei ausgesehen, wie ihm die Sonne das büroblasse Gesicht gewärmt hatte.

Nessa schüttelte den Kopf. Er war nur deshalb höflich gewesen, weil er ihren Schwur beim Frühstück, seine Pläne zu vereiteln, nicht ernst genommen hatte. Doch nach der Lektüre des Mietvertrages schien er seine Meinung geändert zu haben.

Gabriel befürchtete, dass sie ein unangenehmer Störfaktor sein könnte, und Jacksons Meinung zu dem Mietvertrag war positiv gewesen. Doch es war Desmond Scaglin, ihr früherer Arbeitgeber, der ihr jetzt als Einziger bei der Umsetzung ihres verrückten Plans helfen konnte.

Nessa ließ den Blick über den Friedhof schweifen. Das hohe Gras wiegte sich in der Brise, die zwischen den Grabsteinen wehte. Würde Mr Scaglin zum Retter in der Not werden?

Jackson hatte etwas gesagt, dass sie auf die Idee gebracht hatte, ihn um Hilfe zu bitten.

Wissen Sie, was aus dem Laden wird? Als ich das letzte Mal hineingespäht habe, standen immer noch Sachen drin.

Nessa nahm das Handy aus der Tasche, wählte eine Nummer und lauschte dem Tuten eines meilenweit entfernten Telefons.

Als sie gerade auflegen wollte, meldete sich eine vertraute Stimme: »Hallo? Wer ist da?«

»Hallo, Mr Scaglin.« Obwohl Nessa jahrelang in seinem Laden gearbeitet hatte, hatte er ihr nie angeboten, ihn beim Vornamen zu nennen. »Hier ist Nessa. Ich hoffe, ich störe nicht. Wie geht es Ihnen?«

»Nessa? Wie schön, von Ihnen zu hören.«

Er klang erfreut, doch seine Stimme war zittrig. Er klang viel älter als der müde, aber noch recht rüstige Mann, der erst vor wenigen Wochen zum letzten Mal seinen Laden abgeschlossen hatte.

»Wie geht es Ihnen in Tiverton?«

»Ach, Sie wissen schon. Es ist schön, in der Nähe meiner Familie zu sein, aber mir fehlt die Arbeit.«

»Mir auch, aber die Erholung tut Ihnen doch sicher gut.«

»Das schon, trotzdem werden mir die Tage lang. Meine Tochter kommt zwar jeden Mittag vorbei, aber ich vermisse meine Freunde.« Er schwieg. »Ich weiß nicht, ob es richtig war, in meinem Alter aus Heaven's Cove wegzuziehen, aber jetzt ist es zu spät und nicht mehr zu ändern.«

Nessa brach das Herz. Der Mann hatte sie in den Wahnsinn getrieben mit seinem sturen Pochen auf Pünktlichkeit und seinem exzentrischen Warenbestand – wer in Heaven's Cove wollte Plastikrosen, die die Nationalhymne spielten, oder Zugluftstopper in Drachenform? Er war jedoch ein Risiko eingegangen, als er sie eingestellt hatte, eine alleinerziehende Mum mit einem kleinen Kind, und dafür würde sie ihm ewig dankbar sein.

»Wie wäre es, wenn Lily und ich Sie bald mal in Tiverton besuchen kommen und wir uns Ihre neue Wohnung anschauen?«, schlug sie vor. Sie hatte zwar keine Ahnung, woher das Geld für die Fahrt kommen sollte, aber das änderte nichts an ihrer Entschlossenheit.

»Oh.« Er klang verblüfft. »Würden Sie das tun? Es wäre schön, Sie und Lily wiederzusehen und zu hören, was in Heaven's Cove los ist. Wie geht es Lily?«

»Gut, danke.«

»Und haben Sie eine neue Arbeit gefunden?«

»Noch nicht, aber ich habe einiges in Aussicht«, log Nessa. Sie hatte den vergangenen Abend damit zugebracht, die neusten Stellenangebote zu studieren. Sie hatte sich für zwei Jobs im Einzelhandel beworben, aber die meisten Stellen waren so kurz vor den Schulferien nicht mit dem Leben einer alleinerziehenden Mutter zu vereinbaren. Außerdem konnte sie sich langfristig nicht darauf verlassen, dass Valerie Lilys Betreuung übernahm.

KAPITEL SECHZEHN

»Ich wünsche Ihnen viel Glück.« Mr Scaglin räusperte sich, als würde er die nächste Frage lieber nicht stellen. »Können Sie mir sagen, was aus dem Laden geworden ist? Der Vermieter war nicht sehr entgegenkommend.«

»Außen steht immer noch ›Shelley's‹, und die Waren, die Sie zurückgelassen haben, sind auch noch da. Vielleicht hat der Vermieter Probleme, jemanden zu finden, der den Laden übernimmt.«

»Bei der Miete, die er verlangt, überrascht mich das nicht.«

»Es ist so ...« Nessa zögerte. »Ich müsste renovieren und habe mich gefragt, ob es okay wäre, wenn ich mir etwas von den Restbeständen nehme, die nicht verkauft worden sind. Ich fürchte, ich kann es mir im Moment nicht leisten, dafür zu bezahlen, aber ich könnte es Ihnen in Raten zurückzahlen.«

Mr Scaglin dachte einen Augenblick nach, während Nessa die Daumen drückte. Wenn er Nein sagte, würde es das sofortige Ende ihres Plans zur Herrichtung des Cottages bedeuten. Doch seine nächsten Worte wärmten ihr das Herz.

»Ich glaube, das wäre akzeptabel. Der Vermieter hat sich schon beschwert, dass ich den Laden nicht vollkommen ausgeräumt habe, daher sollte er nichts dagegen haben, wenn Sie sich einen Teil nehmen. Sie brauchen auch nicht zu bezahlen. Es ist nicht mehr viel da und die Sachen würden ohnehin im Müll landen.«

»Das ist sehr nett von Ihnen. Sind Sie sich sicher?«

»Ganz sicher. Ich hatte ein schlechtes Gewissen, als ich Ihnen kündigen musste.«

»Das brauchen Sie nicht. Sie mussten das tun, was das Beste für Sie war.«

»Ja, obwohl ich mich inzwischen frage, ob es wirklich das Beste für mich war.« Er schniefte. »Wie dem auch sei, ich werde mich mit dem Vermieter in Verbindung setzen und ihm mitteilen, dass Sie Zutritt zum Laden brauchen. Was ist das für eine Renovierung, die Sie in Angriff nehmen wollen?«

Nichts Großes. Ich will nur für einen Monat in ein verfallenes Cottage im Geisterdorf ziehen und es bewohnbar machen.

Nessa schüttelte den Kopf. »Es ist etwas schwer zu erklären, aber ich werde es Ihnen erzählen, wenn Lily und ich Sie besuchen kommen. Vielen, vielen Dank, Mr Scaglin.«

»Gern geschehen, und ich freue mich schon auf Ihren Besuch. Ach, und Nessa ...«

»Ja?«

»Ich denke, Sie sollten mich Desmond nennen, finden Sie nicht? Geben Sie gut auf sich acht, meine Liebe.«

Und mit diesen Worten beendete er das Telefonat.

Nessa hatte nicht mehr geweint, seit sie die Asche ihrer Großmutter in den Wind gestreut hatte, obwohl sie seitdem mit einer schwierigen Ex-Schwiegermutter, Geldsorgen, einem ewig enttäuschenden Ex-Mann und einem schnöseligen Geschäftsmann aus London zu kämpfen hatte, der das Erbe ihrer Familie zerstören wollte.

Doch Mr Scaglins Angebot, ihn nach all den Jahren beim Vornamen zu nennen, gab ihr den Rest. Tränen traten in ihre Augen und liefen ihr die Wangen hinab.

SIEBZEHN

VALERIE

Valerie war gerade mit dem Abwasch beschäftigt, als sie das Gartentor klicken hörte. Seit Jacobs Auszug war es so still im Haus, dass sie es immer hörte, wenn jemand kam.

Lily hatte etwas Leben ins Haus gebracht, aber sie war nur eine Nacht geblieben und am Nachmittag von der Mum ihrer Freundin Olive abgeholt worden. Lily würde bei Olive zu Abend essen und sicher viel Spaß haben, doch Valerie wünschte, ihre Enkelin wäre noch ein oder zwei Stunden geblieben.

Um die Stille zu vertreiben, hatte sie für eine Weile das Radio eingeschaltet. Die Musik von Radio 2 war fröhlich, aber Alan hatte sich beschwert, sie sei zu laut, und einen Sender mit einer Talkshow eingestellt. Die vielen Menschen, die ihre Meinung über Dinge äußerten, von denen sie keine Ahnung hatten, hatten Valerie deprimiert.

Sie zog die Gummihandschuhe aus und legte sie sorgfältig über das Abtropfgestell, damit das Wasser nicht auf den Boden tropfte und sie womöglich ausrutschte. Dann lehnte sie sich an die Spüle und versuchte, die beunruhigenden Gefühle zu verdrängen, die sie manchmal zu überwältigen drohten.

Einmal hatte sie versucht, Alan die Gefühle zu beschreiben. Sie hatte ihm das Wirrwarr aus Traurigkeit, Zorn und Verzweiflung erklärt, das ihr die Luft zum Atmen nahm. Doch Alan hatte sie angesehen, als sei sie verrückt, daher hatte sie ihre Gefühle seitdem nicht mehr erwähnt. Sie gab sich Mühe, sie zu verbergen, auch vor sich selbst.

»Reiß dich zusammen, Valerie«, murmelte sie, stieß sich von der Spüle ab und ging müde in den Flur. Durch das Milchglas der Haustür war der dunkle Umriss des Besuchers zu erkennen.

Als es klingelte, wartete Valerie einen Augenblick, bevor sie die Tür öffnete. Es sollte nicht so aussehen, als hätte sie nur auf Besuch gewartet, weil sie sonst nichts zu tun hatte.

»Oh.«

Zu ihrer Überraschung stand Nessa vor der Tür, und Valeries Herz schlug schneller.

»Ist mit Lily alles in Ordnung? Olives Mutter hat sie wie verabredet abgeholt. Das war doch richtig, oder?« Ihre Stimme klang hoch und panisch.

»Es geht ihr gut, Valerie.«

»Aber es ist nicht gut für sie, ständig von Fremden umgeben zu sein.«

Valerie wusste, dass das eine nichts mit dem anderen zu tun hatte. Sie war von der Frage, ob es in Ordnung war, dass Olives Mum Lily abgeholt hatte, zu einer Kritik der Lebensumstände ihrer Enkeltochter übergegangen. Sie konnte nicht dagegen an. Ihre Enkelin sollte ein stabiles Zuhause haben.

»In Driftwood House ist es sehr schön, und wie gesagt, es ist nur vorübergehend.« Nessa wischte sich über die Augen, als sei sie ebenfalls müde. »Entschuldige, dass ich unangemeldet vorbeikomme, aber könnte ich dich bitte kurz sprechen?«

»Ja, natürlich.«

Valerie trat beiseite und ließ Nessa herein, neugierig auf den Grund ihres Besuchs. Sie kam sonst nie ohne Lily. Normalerweise telefonierten sie oder schickten Textnachrichten, wenn es um Lilys Betreuung ging. Es war besser so.

Als Nessa leise seufzte, bemerkte Valerie, wie erschöpft sie aussah. Für einen kurzen Moment empfand sie Mitgefühl mit ihr. Es musste schwer für eine junge Frau sein, ein Kind allein großzuziehen. Doch sie hatte es so gewollt, schoss es Valerie bei dem Gedanken an ihren fernen, geliebten Sohn durch den Kopf, und verschloss ihr Herz wieder vor Nessa.

Als der Wasserkessel pfiff, schrak Valerie zusammen. Dieses verdammte Ding. Alan legte Wert auf Ruhe, bestand aber trotzdem auf einem altmodischen Kessel auf dem Herd.

»Komm mit«, befahl sie Nessa, ging in die Küche und schaltete die Flamme aus. »Ich mache gerade Tee für Alan. Möchtest du auch eine Tasse?«

Zu Valeries großer Erleichterung schüttelte Nessa den Kopf.

»Nein, danke, ich muss noch einiges erledigen. Ich wollte dich um einen Gefallen bitten, während Lily nicht hier ist. Einen großen Gefallen.«

Sie wirkte nervös, fand Valerie, während sie die Teekanne aufwärmte und lose Teeblätter hineinlöffelte. Teebeutel waren eine weitere moderne Erfindung, von der Alan nichts hielt. Nicht, dass er den Tee jemals selbst kochen würde.

Als Valerie versehentlich mit dem Löffel gegen die Kanne stieß und Blätter über die Arbeitsplatte verstreute, empfand sie den bizarren Drang zu weinen – wegen Teeblättern, Herrgott noch mal. Was war nur mit ihr los?

Plötzlich stand Nessa neben ihr.

»Möchtest du dich nicht hinsetzen, Valerie? Ich mache den Tee.«

Sie klang so besorgt und freundlich, dass Valerie Dankbarkeit verspürte und sich über sich selbst ärgerte. Nessa musste sie für unfähig halten, wenn sie nicht einmal eine Kanne Tee zubereiten konnte, ohne eine Schweinerei zu veranstalten.

Ganz ehrlich, manchmal hatte sie das Gefühl, nicht mehr sie selbst zu sein.

»Es geht schon«, lehnte sie schroff ab und fügte ein »Danke« hinzu, weil Nessa nett war. »Was war das für ein Gefallen, um den du mich bitten wolltest?«

Nessa setzte sich auf einen Hocker an der Frühstückstheke. »Zunächst einmal möchte ich mich dafür bedanken, dass Lily gestern hier übernachten durfte.«

»Keine Ursache. Wir hatten viel Spaß zusammen und sie war ganz begeistert von dem Streichelzoo heute Morgen.«

»Das kann ich mir vorstellen. Sie ist immer gern hier, und darum geht es auch bei dem Gefallen, um den ich dich bitten möchte.«

»Hat es etwas mit den weiteren Übernachtungen zu tun, die du gestern angedeutet hast?«, fragte Valerie und konzentrierte sich, als sie das heiße Wasser in die Kanne goss. Es würde nicht angehen, sich vor Nessa zu verbrühen.

»Ja. Es tut mir leid, dass ich nicht gesagt habe, worum es ging, weil ich mir nicht sicher war, ob aus meinem Plan etwas wird, aber jetzt ist alles geklärt. Ich habe das Gefühl, dass ich es tun muss, auch wenn am Ende nichts dabei herauskommt.«

Valerie schaute von der dampfenden Teekanne auf. Wovon um alles in der Welt redete das Mädchen?

Nessa holte tief Luft, und ihre Wangen brannten.

»Ich möchte dich fragen, ob es möglich wäre, dass Lily länger als eine Nacht hierbleibt und ...«

»Natürlich«, unterbrach Valerie sie. »Du hättest nicht extra herkommen müssen, um mich das zu fragen. Du weißt, wie gern ich Lily hier habe.«

»Ja, aber es geht nicht nur um zwei Nächte. Es wäre ...« Sie zögerte. »Es wäre für einen ganzen Monat.«

»Einen Monat? Warum? Willst du weg?«

»Irgendwie schon, ja.« Nessa biss sich auf die Unterlippe, dann sprudelte sie los: »Ich werde im Geisterdorf wohnen, in

Sorrel Cove. Meine Großmutter hat mir den Mietvertrag für das Cottage vermacht, in dem früher meine Familie gelebt hat. Ich möchte es vor dem Abriss retten und vielleicht sogar wieder herrichten. Der Vertrag schreibt jedoch vor, dass ich dreißig aufeinanderfolgende Tage und Nächte dort wohnen muss, um Anspruch auf das Haus zu erheben.«

»Du willst in einem Cottage im Geisterdorf leben?« Valerie blieb stehen, eine leere Teetasse in der Hand. »Ich bin seit Jahren nicht mehr dort gewesen, aber ich dachte, die Cottages sind alle eingestürzt.«

»Dieses nicht. Es steht geschützter als die anderen, und ich denke, dass es ein neues Zuhause für Lily und mich werden könnte.«

Valerie klappte der Unterkiefer herunter. Das Mädchen hatte den Verstand verloren.

»Ich habe ein Gerücht gehört, dass die Ruinen abgerissen werden sollen«, sagte sie, während sie die Information verdaute. Hatte Nessa allen Ernstes vor, mit ihrer geliebten Enkeltochter in eine vom Abriss bedrohte Bruchbude zu ziehen?

»Mit dem Einzug ins Cottage kann ich vielleicht verhindern, dass das ganze Dorf abgerissen wird. Und ich denke, das Cottage könnte genau das Richtige für Lily und mich sein, um wieder auf die Beine zu kommen, wenn ich mir wirklich Mühe damit gebe. Es ist ruhig und wunderschön dort. Es wird Lily gefallen.«

Wirklich? Es klang, als versuche Nessa, sich selbst davon zu überzeugen. Als Valerie nichts erwiderte, sprach sie weiter.

»Es geht natürlich nicht, dass Lily während der dreißig Nächte auch dort ist, solange ich noch keine Zeit hatte, das Cottage bewohnbar zu machen.«

»Was würde Jacob davon halten, dass du seine Tochter an einem solchen Ort wohnen lässt?«

»Wenn er pünktlich seine Alimente zahlen würde, wäre es

wesentlich leichter für mich, eine Wohnung zu finden, die seine Zustimmung findet«, entgegnete Nessa scharf.

Valerie runzelte die Stirn. Natürlich kam Jacob regelmäßig für den Unterhalt seiner Tochter auf. Er schuftete sich Hunderte von Meilen entfernt zu Tode, während Nessa großspurige Ideen zur Renovierung eines vollkommen ungeeigneten Hauses verkündete.

Nessa faltete die Hände im Schoß. »Es tut mir leid, Valerie. Lassen wir Jake für den Moment außen vor. Mir ist klar, dass es viel verlangt ist, Lily einen ganzen Monat aufzunehmen. Ich würde sie natürlich auch weiter zur Schule bringen und wieder abholen, ich wäre nur eben nachts nicht da. Aber wenn du nicht möchtest, dass Lily so lange hier wohnt, verstehe ich das.«

Valerie antwortete schnell: »Natürlich möchte ich, dass sie hier wohnt. Das ist gar kein Problem.«

In Wirklichkeit wollte sie nichts lieber, als dass Lily einen Monat blieb. Wenn es nach ihr ginge, würde sie Lily ganz bei sich aufnehmen, deren Energie und Lachen wieder Leben in das stille Haus bringen würde.

Es war zwar nicht ideal, Nessa bei ihrem absurden Plan zu unterstützen, aber die dumme Frau würde bald wieder zu Verstand kommen und einsehen, dass sie im Gegensatz zu ihr – Valerie blickte sich in ihrer gemütlichen Küche um – Lily nicht das geben konnte, was sie brauchte.

Nessa würde Zeit zum Nachdenken haben, wenn sie allein in dem feuchten, verfallenen Cottage saß, und ihr würde klar werden, dass Lily bei ihrer Großmutter viel besser aufgehoben war.

»Ich habe den Kessel gehört«, sagte Alan. Er kam mit einer Zeitung unterm Arm aus dem Garten in die Küche geschlendert, die Sonnenbrille auf dem kahlen Kopf geschoben. Seine Nase war knallrot. Er hätte einen Hut aufsetzen sollen.

»Hallo, Nessa«, sagte er und warf Valerie eine fragenden Blick zu. »Ist alles in Ordnung?«

»Alles bestens«, antwortete Valerie. »Nessa wollte mich um einen Gefallen bitten, und ich habe Ja gesagt. Wir werden Lily für einen Monat bei uns aufnehmen.«

»Einen Monat?«, rief Alan. Stimme und Blick verrieten Panik.

»Ich hoffe, du hast nichts dagegen«, murmelte Nessa.

»Er hat überhaupt nichts dagegen«, beteuerte Valerie schnell.

Sie kochte für ihn, putzte sein Haus und wusch ihm die Unterhosen. Da konnte er wenigstens das für sie tun.

Er sah Valerie an, überrascht von ihrem energischen Ton.

»Vielleicht solltet ihr erst einmal darüber reden«, sagte Nessa und stand auf. Doch Valerie wollte nichts davon hören.

»Das brauchen wir nicht. Ich habe gesagt, dass es geht, und dabei bleibt es.«

»Alan?«, fragte Nessa und drehte sich zu ihm um.

»Nun, es ist natürlich schön, meine Enkelin hier zu haben. Sie ist nur ziemlich laut.«

Natürlich ist sie laut. Sie ist ein Kind!, dachte Valerie. Was sie betraf, konnte Lily gar nicht laut genug sein. Zumindest würde für einen ganzen Monat etwas Freude in dieses Haus einkehren. Vielleicht sogar für länger.

Jacob könnte sie besuchen und Zeit mit seiner Tochter und seinen Eltern verbringen. Wenn Lily für immer einzog, würde er oft nach Hause kommen, um sie zu sehen, davon war Valerie überzeugt. Vielleicht würde er sogar wieder in den Süden ziehen.

Sie funkelte Alan an, damit er bloß nichts sagte, was Nessa umstimmen würde. Sollte sie ruhig einen Monat in einer Bruchbude hausen. Sie würde Lily verwöhnen und sich zur Abwechslung einmal nützlich fühlen.

Valerie lächelte Nessa an. »Sag mir einfach Bescheid, wann Lily kommt, dann richte ich ihr Zimmer her.«

Nessa schluckte. »Ich dachte, morgen vielleicht?«

»Morgen?«, stieß Alan aus, aber Valerie brachte ihn mit einem Blick zum Schweigen.

»Morgen ist vollkommen in Ordnung, und mach dir um Lily keine Sorgen. Wir zwei werden so viel Spaß miteinander haben, dass sie gar nicht wieder weg wollen wird.«

Die Bemerkung traf ins Schwarze. Valerie konnte es in Nessas Augen sehen, in denen Erleichterung aufblitzte und noch etwas anderes ... wahrscheinlich Resignation darüber, dass Valerie recht hatte und ihre Tochter bei ihr besser dran sein würde.

Sie verspürte einen weiteren Anflug von Mitgefühl für Nessa, unterdrückte ihn jedoch schnell. Lily war die Hauptperson, und jetzt hatte Valerie die Möglichkeit, das Leben der Kleinen zum Besseren zu verändern.

ACHTZEHN

NESSA

Nessa stellte sich in die Mitte des kalten Raumes hinter einen Stapel Bretter, Farbeimer und Putzsachen.

Sie hatte sich Rosies Wagen geliehen und war dreimal zwischen dem Eisenwarenladen und dem Geisterdorf hin- und hergefahren. Bei jeder Kurve klapperten die Farbdosen in dem vollen Kofferraum.

Nun war sie endlich hier mit dem nötigen Material und die Operation Neues Heim konnte beginnen.

»Los, Nessa!«, sagte sie in den leeren Raum hinein und riss die Faust hoch.

Doch ihr Selbstbewusstsein schwand sofort wieder. Sie verschränkte die Arme vor der Brust und kam sich dumm vor. Lily fehlte ihr jetzt schon, obwohl sie sie erst vor zwei Stunden an der Schule abgesetzt hatte.

Valerie würde sie später abholen und mit nach Hause nehmen, denn dort würde sie für den nächsten Monat wohnen. Lily hielt es für ein großes Abenteuer, und Valerie schien begeistert darüber zu sein. Nur Nessa tat bei dem Gedanken an eine Trennung von dreißig Nächten das Herz weh.

»Ich tue es aus den besten Gründen«, sagte Nessa zu sich

selbst und griff nach dem alten Besen, den sie bei Shelley's in einer Ecke gefunden hatte.

Sie hatte damit oft den Laden gefegt, und jetzt würde er ihr dabei helfen, das alte Cottage auf Vordermann zu bringen, damit Lily für immer nach Hause kommen konnte.

Sie machte sich daran, Staub und Dreck aufzufegen, da schrak sie zusammen, als ein Windstoß die Haustür zuschlug.

»Sei nicht so eine Memme«, ermahnte sie sich und warf einen Blick zu ihrer Isomatte und dem Schlafsack in der Ecke. Wie würde ihr erst zumute sein, wenn sie hier nachts allein war?

Wasser gab es aus einem Brunnen direkt hinter dem Haus. Rosie vermutete, dass es ungenießbar sein würde, aber es war zumindest klar. Sicherheitshalber würde sie es auf dem kleinen Campingkocher abkochen, bis sie es untersuchen lassen konnte. Es gab allerdings keinen Strom, daher würde sie bei flackerndem Kerzenlicht dasitzen, wenn die Sonne hinter dem Horizont verschwand.

Ein ängstlicher Schauer lief Nessa über den Rücken. Sorrel Cove wurde nicht grundlos Geisterdorf genannt. Unter den Leuten ging die Sage, dass die Geister der Toten der Sturmflut in den Ruinen spukten und eine Warnung heulten, wenn sich ein Sturm zusammenbraute.

Nessa wollte nicht um drei Uhr morgens vom Geheul der Geister geweckt werden.

»Schluss damit!«, sagte sie, lauter diesmal. »Sonst hältst du nicht einmal eine Nacht durch, geschweige denn dreißig.«

Dreißig lange Nächte allein hier draußen. Worauf hatte sie sich da nur eingelassen? Der einzig tröstliche Gedanke war, dass unter den Geistern – falls es tatsächlich im Dorf spukte – auch ihre Urgroßmutter war, die es nicht zulassen würde, dass ihr etwas zustieß.

Nessa strich mit der Hand über das Mosaik über dem Kamin. Das Meerglas und die bunten Steine, die in die Wand eingelassen waren, fühlten sich glatt an. Langsam beruhigte sie sich. Es war richtig, dass sie hier war und die Geschichte ihrer Familie fortschrieb, nachdem sie so grausam unterbrochen worden war.

Sie nahm den Besen wieder zur Hand und fuhr fort, den Steinboden zu fegen, hielt jedoch inne, als sie das Geräusch eines nahenden Fahrzeugs hörte. Sie schaute aus dem Fenster in der Annahme, es sei Rosie, die mit Liams Truck einen Vorrat an Lebensmitteln brachte.

Rosie hatte nicht nur Angst, Nessa könne sich mit dem Wasser vergiften, sie war auch fest davon überzeugt, dass sie verhungern würde. Sie ließ sich auch dann nicht beruhigen, als Nessa ihr ins Gedächtnis rief, dass der nächste Laden nur dreißig Minuten zu Fuß entfernt war.

Doch Nessas Besucher war nicht Rosie. Ein glänzender blauer Wagen parkte neben Rosies verbeultem Mini, und gerade stieg Gabriel aus und streckte die langen Beine.

Nessa runzelte die Stirn, als er den Griff der Fahrertür prüfte, um zu kontrollieren, ob das Auto auch wirklich abgeschlossen war. Weit und breit war kein Mensch zu sehen. Wer sollte es stehlen?

Gabriel kam den schmalen Trampelpfad vom Hügel herab. Er trug immer noch einen Anzug mit in der Brise flatternder Krawatte und wirkte darin etwas lächerlich. Ehrlich, wer zog an einem glühend heißen Tag eine Krawatte an, um jemanden in einem verlassenen Dorf zu schikanieren?

Nessa machte sich wieder ans Fegen und kehrte mit energischen, heftigen Bewegungen den Boden. Je eher Mr Gantwich sagte, was er zu sagen hatte und wieder ging, umso besser.

Eine Minute später füllte Gabriels hohe Gestalt den Türrahmen des Cottages aus, und er räusperte sich, um ihre Aufmerksamkeit zu erregen.

»Hallo«, begrüßte Nessa ihn betont gleichgültig. Sie strich

sich das Haar aus den Augen, während der Staub, den sie aufgewirbelt hatte, in der Luft tanzte.

»Wie ich sehe, sind Sie startklar« Gabriel deutete mit dem Kopf auf die Farbeimer.

»Was du heute kannst besorgen …«, antwortete Nessa munter. Sie wollte sich diesem Mann gegenüber nicht anmerken lassen, wie ängstlich und nervös sie war.

»Darf ich eintreten?«

Nessa zuckte die Achseln. »Wenn Sie wollen.«

»Wie sind Sie überhaupt hier hereingekommen?«, fragte er und duckte sich, um sich nicht den Kopf am Türsturz zu stoßen.

»Durch die Haustür. Meine Großmutter hat mir einen Schlüssel hinterlassen.«

Das stimmte diesmal sogar, denn sie hatte reichlich WD-40 ins Schlüsselloch gespritzt und dadurch das Schloss wieder gängig gemacht. Dass sie bei ihrem ersten Besuch durchs Fenster geklettert war, erwähnte sie nicht.

Gabriel sah sich um. »Ziemlich verdreckt hier, nicht wahr?«

»Das ist auch kein Wunder. Es hat seit Jahrzehnten niemand mehr richtig hier gelebt, aber nach ein paar Stunden Putzen und Streichen wird es gleich ganz anders aussehen.«

»Wenn Sie das sagen.«

Gabriel klopfte sich Schmutz von der Hose, während Nessa sich fragte, ob es klug war, mit einem Mann, den sie kaum kannte, allein an einem so einsamen Ort zu sein.

Doch obwohl er sie ständig auf die Palme brachte, fühlte sie sich sicher. Er war zwar manchmal arrogant, stur und unnachgiebig, aber sie spürte hinter seiner Großspurigkeit keine Aggressivität. Lily zufolge war er »ein sehr netter Mann«, aber Fünfjährige waren nicht immer die besten Menschenkenner.

»Was ist das?«, murmelte Gabriel und ging zu dem Mosaik an der Wand.

»Das hat meine Urgroßmutter gemacht.«

»Wow, es ist schön. Sie hatte ein seltenes Talent.«

Gabriel streckte die Hand aus, um die Steine zu berühren, zog sie aber wieder zurück, als Nessa sagte: »Wenn Sie hergekommen sind, um mich davon abzubringen, hier zu leben, haben Sie die Fahrt umsonst gemacht.«

Ihre Worte kamen schärfer heraus als beabsichtigt, aber sie wollte nicht, dass er das Mosaik berührte, das seine Abrissbirne zusammen mit dem Cottage zerstören würde.

Er sah sie nachdenklich an, und das dunkle Haar fiel ihm in die Stirn.

»Werden Sie wirklich einen ganzen Monat hier leben?«

»Allerdings.«

Klang das entschlossen genug? Nessa nahm die Schultern zurück und verzog den Mund zu einem Strich.

»Was ist mit Ihrer Tochter?«

»Wie ich bereits gesagt habe, sie bleibt so lange bei ihrer Großmutter, bis ich das Cottage auf Vordermann gebracht habe.«

»Und wie lange wird das dauern?« Er sah sich mit hochgezogener Braue in dem verfallenen Raum um.

Nessa richtete sich zu ihrer vollen Größe von eins achtundfünfzig auf. »Nicht lange.«

»Ich bin mir nicht sicher, ob Ihnen das Ausmaß der Herausforderung bewusst ist, der Sie sich stellen wollen. Ich habe mit meinem Vater gesprochen, und er ist nicht erfreut über diese Entwicklung.«

»Tja, wenn Ihr Vater nicht erfreut ist ...«

»Mit ihm ist nicht zu spaßen.«

»Dann sind Sie also hier, um mir zu drohen?«

»Was? Gott, nein.« Gabriel fuhr sich durchs Haar. »Natürlich nicht. Ich bin doch kein Schläger aus den *Sopranos*. Aber Sie sollten wissen, dass mein Vater den Mietvertrag prüfen und wenn nötig vor Gericht anfechten wird. Können Sie sich das leisten?«

Nessas Entschlossenheit geriet ins Wanken, und sie griff

automatisch nach dem Armreif an ihrem Handgelenk und strich mit den Fingern darüber. Gabriels herablassender Ton erinnerte sie an Jake. Sie hatte die Nase voll davon, sich herumschubsen zu lassen.

Sie verschränkte die Arme vor der Brust. »Das Risiko gehe ich ein. Ich bin für einen Monat hier eingezogen, und danach sehe ich weiter.«

»Diese Mühe können Sie sich sparen. Mein Vater verliert nie.«

»Es gibt immer ein erstes Mal.«

Als Gabriel sie nur ansah, griff Nessa wieder nach dem Besen und fegte weiter den Boden, obwohl ihr Tränen in den Augenwinkeln brannten. Sie hatte im Laufe der Jahre so viel verloren – ihre Eltern, ihren Mann, ihre Großmutter und ihr Zuhause. Sie hatte nicht die Absicht, auch noch diese Chance auf einen Neuanfang zu verlieren. Nicht ohne dafür zu kämpfen.

Gabriel klopfte mit dem Fuß auf den Steinboden. »Na schön. Wie Sie wollen. Dann werde ich eben hierbleiben müssen, bis diese Scharade zu Ende ist.«

Nessa hielt inne und funkelte ihn an. »Wovon zum Geier reden Sie?«

»Ich muss mich davon überzeugen, dass Sie wirklich für dreißig Tage und Nächte eingezogen sind und nicht gegen die Auflagen des Mietvertrages verstoßen.«

»Und wie wollen Sie das tun?«

Er würde doch wohl nicht vorschlagen, hier bei ihr einzuziehen? Nessa schluckte und beäugte ihn argwöhnisch.

»Mein Vater hat vorgeschlagen, dass ich bei Ihnen einziehen soll. Aber ...« Er hob die Hand, um ihren Einwänden zuvorzukommen. »Mir ist klar, dass das unpassend wäre.«

»Vollkommen unpassend«, stieß Nessa hervor. »Und der Mietvertrag läuft auf den Namen meiner Familie. Sie haben kein Recht ...«

»Sehr richtig, und glauben Sie mir, ich habe nicht den Wunsch, mit Ihnen in dieses ... Haus zu ziehen.« Er sah sich in dem kalten, leeren Raum um und schüttelte den Kopf. »Der beste Kompromiss scheint mir zu sein, dass ich weiter in Heaven's Cove bleibe und von Driftwood House aus arbeite, aber morgens früh und spätabends herkomme, um zu kontrollieren, dass Sie auch wirklich hier leben.«

»Mit anderen Worten, Sie spionieren mir nach.«

»Ich betrachte es nicht als Spionieren. Ich würde Ihnen helfen, meinem Vater und anderen zu beweisen, dass Sie die Bedingungen des Mietvertrages erfüllen, und das wäre zu Ihrem Vorteil.«

»Aber Sie würden trotzdem versuchen, mich bei einem Verstoß zu erwischen.« Nessa schüttelte den Kopf. »Warum sollte ich diesen Bedingungen zustimmen?«

»Wenn Sie sich nicht damit einverstanden erklären, dass ich mich von der Einhaltung der Klausel überzeuge, wird mein Vater sofort ein Gerichtsverfahren gegen den Vertrag einleiten, und wer weiß, was Sie das am Ende kosten wird?«

»Warum tut Ihr Vater das nicht jetzt schon?«

»Er hält es für sinnlos, Geld und Zeit zu verschwenden, weil er denkt, dass Sie ohnehin scheitern werden.«

»Und Sie werden hier sein, um es zu beweisen.«

»Ganz recht.«

Als Nessa Gabriel anfunkelte, hielt er ihrem Blick ungerührt stand. Menschen wie er wussten, dass man mit Geld jeden Streit gewinnen konnte, dachte Nessa voller Zorn. Vor allem, wenn es um Menschen wie sie ging, die vollkommen pleite waren.

»Ich werde einen ganzen Monat hier wohnen«, erklärte sie ihm trotzig.

»Dann müssen Sie es beweisen, und meine ...«, er suchte nach dem richtigen Wort, »... Kontrollen werden Ihren

Anspruch nur untermauern. Entweder das, oder mein Vater sieht Sie vor Gericht.«

Nessa dachte kurz nach und nickte dann. »Offenbar habe ich keine andere Wahl, aber Sie werden lange vor mir aufgeben, weil Sie es leid sind, ständig ins Geisterdorf zu fahren.«

»Das werden wir ja sehen«, entgegnete er mit einem harten Glanz in den Augen. »Ich sollte besser nach Driftwood House zurück, um Ms Merchant mitzuteilen, dass ich länger bleibe.«

Er wusste, dass ihr Name Rosie war, bestand aber trotzdem darauf, sie Ms Merchant zu nennen. Nessa unterdrückte den Ärger über seine Aufgeblasenheit und sagte stattdessen: »Das wird sie bestimmt freuen.«

»Ich werde jeden Morgen um acht und abends um zehn Uhr vorbeikommen, um mich davon zu überzeugen, dass Sie hier wohnen.«

»Morgens kommen Sie besser um sieben, weil ich früh aufstehen muss, um zu Valerie zu fahren und Lily zur Schule zu bringen.«

Als Gabriel bei der Aussicht auf verlorenen Schönheitsschlaf mit keiner Wimper zuckte, fügte Nessa hinzu: »Haben Sie keine Angst, dass ich abhauen und zwischen zehn Uhr abends und sieben Uhr morgens woanders schlafen könnte?«

Gabriel legte den Kopf schräg und sah sie an, bis sie sich unbehaglich fühlte. Dann sagte er sanft: »Ich glaube nicht, dass Sie irgendwo anders hinkönnen.«

Diese traurige Wahrheit verschlug Nessa den Atem. Selbst wenn sie woanders hätte schlafen wollen, würde Valerie sie nicht aufnehmen, und in Driftwood House ging es auch nicht, weil Gabriel sie dort sehen würde. Andere Freunde, die sie einen ganzen Monat lang bei sich übernachten lassen könnten, hatte sie nicht.

Sie nahm die Schultern zurück. »Ich werde dreißig Nächte hier verbringen, und dann gehört das Cottage mir. Und wenn Sie schon darauf bestehen, zweimal am Tag herzukommen, können Sie sich was anderes anziehen und mir helfen, hier klar Schiff zu machen.«

»Und warum sollte ich das tun?«

Ja, warum? Nessa konnte kaum klar denken. »Weil es Ihnen vielleicht guttun würde, zur Abwechslung mal etwas Freundliches zu tun«, gab sie zurück. »Denn obwohl Sie das Gegenteil bewiesen haben, halte ich Sie nicht für ein totales Arschloch.«

Eine Gefühlsregung zuckte über Gabriels Gesicht – Ärger, Akzeptanz, Gekränktheit? Nessa war sich nicht sicher, aber sie wünschte, sie wäre nicht so unverblümt und unhöflich gewesen. Ihre Großmutter hätte ihr Verhalten traurig gestimmt.

»Was ich meine, ist ...«

»Was Sie meinen, ist glasklar«, unterbrach Gabriel sie scharf.

Er nickte ihr zum Abschied zu, trat durch die Tür und stieg den Hügel hinauf zu seinem glänzenden, abgeschlossenen Wagen.

Gabriel ließ sich auf den Fahrersitz gleiten, schloss die Tür und saß für eine Weile bewegungslos da. Hatte er gerade vereinbart, zweimal am Tag zu einem baufälligen Cottage zu fahren, um eine Frau zu überwachen, die er kaum kannte und die ihn nicht ausstehen konnte?

Nicht zum ersten Mal in letzter Zeit kamen Gabriel Zweifel an seinen Entscheidungen.

Er betrachtete das Meer. Es war einer dieser erstaunlich heißen Tage, die die Luft flirren ließen, doch der Anblick des in der Sonne glitzernden Meeres war erfrischend. Er konnte sich vorstellen, seinen Anzug loszuwerden und in die tintendunklen Tiefen einzutauchen.

Am liebsten aber wollte er eine Staffelei aufstellen und dieses seltsame zerstörte Dorf auf Leinwand bannen. Er dachte an Nessas Urgroßmutter, die ein wunderschönes Kunstwerk in den Putz ihres Heims eingelassen hatte. Er hatte keine Erfahrung mit der Herstellung von Mosaiken und Collagen. Seine Pinselstriche würden die verstreuten Ruinen festhalten, die von Flechten überzogen und zu einem Teil der Erde geworden waren. Und das Cottage, das unversehrt, aber einsam dastand, einziger Überlebende der Tragödie, die dieses Dorf heimgesucht hatte.

Leider maß sein Vater seinem künstlerischen Talent keinen Wert bei, selbst als man Gabriel einen Platz an der Kunstakademie angeboten hatte. Vor allem, als man ihm einen Platz an der Akademie angeboten hatte, die nach Meinung seines Vaters voller »Faulenzer und Möchtegerns« war. Jetzt hatte Gabriel keine Zeit mehr für Hobbys. Wenn er nicht im Büro saß, betrieb er entweder Networking, um das Geschäft voranzutreiben, oder er holte Schlaf nach.

Das war natürlich eine Ausrede. Er öffnete das Fenster, um Luft in den drückend heißen Wagen zu lassen. Wenn er wirklich wollte, könnte er Zeit zum Malen finden. Doch wozu?

Mit seinem Verzicht auf den Platz an der Akademie hatte er den Lauf seines Lebens bestimmt. Seine Zukunft lag in Immobilien und nicht darin, Farbe auf Leinwand zu klatschen und halbwegs anständige Bilder zu erschaffen.

Etwas halbwegs Anständiges war in der Familie Gantwich inakzeptabel. Außerdem würde ihm das »Herumschmieren mit Buntstiften«, wie sein Vater es bezeichnet hatte, nicht den Bruchteil des Geldes einbringen, den das Familienunternehmen jedes Jahr erwirtschaftete.

Nicht, dass Geld alles gewesen wäre. Gabriel schüttelte den Kopf. Allein der Gedanke kam ihm schon rebellisch vor.

Er beobachtete, wie Nessa aus dem Cottage trat und ein Kehrblech in den Wind leerte. Sie hatte so entschlossen und hoffnungsvoll gewirkt, als sie ihm gesagt hatte, dass sie seinen

Vater besiegen werde. Es gefiel ihm gar nicht, dass er ihre Träume zerstören musste.

Er hatte auch Träume gehabt, die zerstört worden waren. Es war nur ein Übergangsritus, den man auf dem Weg zum Erwachsenwerden durchlaufen musste, bevor die Realität über einem hereinbrach.

Also würde er regelmäßig vorbeikommen und abwarten, bis sie gegen den Mietvertrag verstieß. Es war ausgeschlossen, dass sie dreißig Nächte in diesem einsamen Cottage durchhielt. Er würde es seinem Vater berichten, der würde ihm auf die Schulter klopfen, und dann würde Sorrel Cove dem Erdboden gleichgemacht werden.

So sah es aus. Das war Business.

Nessa schaute zu ihm hoch und war wahrscheinlich überrascht, dass er noch nicht gefahren war.

Doch in einem Punkt lag sie falsch. Er war tatsächlich ein Arschloch. Jetzt war es jedoch zu spät, die Richtung seines Lebens zu ändern. Nessa war eine Gefangene der finanziellen Unsicherheit und der Verantwortung einer alleinerziehenden Mutter. Sein Leben war zwar viel privilegierter, aber im Grunde genommen war auch er ein Gefangener, gefangen im Netz der familiären Erwartungen.

Gabriel löste sich vom Anblick des Meeres, ließ den Wagen an und fuhr über die Schlaglochpiste davon. Er musste arbeiten, und sein Vater wartete auf ein Update aus dem Geisterdorf.

NEUNZEHN

NESSA

Nessa streckte die Arme über den Kopf und gähnte. Fahles Licht fiel durchs Fenster, und die Armbanduhr zeigte an, dass es fast sieben war. Sie hatte eine weitere Nacht in diesem seltsamen, einsamen Cottage überlebt.

Die erste Nacht war furchtbar gewesen. Nessa hatte kaum ein Auge zugetan. Jeder knarrende Balken, jeder Seufzer des Windes und jeder Ruf eines Fuchses draußen hatten sie in Angst und Schrecken versetzt. Die Kälte der Steinplatten war in ihren Schlafsack gedrungen und hatte sie frösteln lassen.

Die beiden darauffolgenden Nächte waren fast genauso schlimm gewesen. Doch die vergangene Nacht, ihre vierte im Geisterdorf, war aus zwei Gründen viel besser gewesen: Rosie hatte ihr aus Driftwood House ein Feldbett mitgebracht, das im Vergleich zum Fußboden purer Luxus war; und sie war am vergangenen Abend dermaßen müde gewesen, dass sie selbst dann nicht aufgewacht wäre, wenn sämtliche Geister des Dorfes gemeinsam geheult hätten.

Nessa schob die Decke zurück, trat auf den kalten Boden und hüllte sich in ihren Morgenmantel.

»Ich habe eine weitere Nacht überstanden, Gran«, sagte sie

wie jeden Morgen in den leeren Raum hinein. »Ich bin der Rettung deines Cottages und einem neuen Zuhause für Lily und mich einen Tag näher gekommen.«

Natürlich kam keine Antwort. Nessa wäre sonst vor Schreck gestorben. Doch sie fühlte sich weniger einsam, wenn sie mit ihrer Gran sprach.

Es war kein Wunder, dass sie sich inmitten der Ruinen einsam fühlte. Selbst Gabriels zwei Besuche pro Tag stellten eine willkommene Abwechslung von der Abgeschiedenheit dar. Er blieb jedoch nicht lange, und er kam nie ins Haus.

Es lief inzwischen nach einem gewohnten Muster ab: Er klopfte Punkt sieben Uhr morgens und zehn Uhr abends an die Tür. Sie zog die Tür einen Spaltbreit auf, damit er nicht sehen konnte, dass sie mit der Renovierung des Cottages noch nicht weit gekommen war. Wie erwartet, bot er ihr nie praktische Hilfe in irgendeiner Form an. Stattdessen sagte er nur »Hallo«, und sie antwortete: »Hallo. Ich bin noch da.« Worauf er nickte, sich auf dem Absatz umdrehte und ging.

Er verschwendete seine Zeit, aber Nessa bewunderte seine Arbeitsbereitschaft und sein Pflichtgefühl.

Es musste schön sein, einen Job zu haben, den man liebte, selbst wenn man dabei anderer Menschen Träume zerstörte. Ihre Hoffnungen auf einen erfüllenden Beruf hatten sich zerschlagen, als sie die Schule abbrechen musste, um ihre kranke Mum zu pflegen. Sie bereute jedoch nichts – die letzten Monate, die sie mit ihrer Mum verbracht hatte, waren kostbar gewesen.

Nessa lauschte auf das schwache Plätschern der nahen Wellen und schaute noch einmal auf die Armbanduhr. Wo blieb Gabriel? Der König der Pünktlichkeit, der Mr Scaglin in dieser Hinsicht in nichts nachstand, hatte doch wohl nicht verschlafen?

Sie sah aus dem Fenster. Sein Auto war nicht da. Vielleicht hatte er aufgegeben und war nach London zurückgekehrt. Seltsamerweise war sie enttäuscht, dabei wollte sie ja, dass er verschwand.

Als sie plötzlich eine einsame Gestalt am Meer sitzen sah, dachte sie schon, die viele Zeit allein spiele ihrem Verstand Streiche.

Es war Gabriel, der über das silbern in der aufgehenden Sonne schimmernde Wasser schaute. Was zum Henker machte er da?

Nessa schlüpfte aus dem Morgenmantel und zog Jeans und Pullover an, dann trat sie aus dem Cottage und tappte barfuß über das taufeuchte Gras zu ihm.

»Hallo, ich bin immer noch da«, sagte sie, als sie ihn erreichte.

»Meine Güte!« Er fuhr herum. »Müssen Sie sich so anschleichen? Sie haben mich zu Tode erschreckt.«

»Ich habe mich nicht angeschlichen. Haben Sie mich für einen Geist gehalten?«

»Natürlich nicht«, gab er zurück.

Nessa konnte sich ein Grinsen nicht verkneifen, denn es war klar, dass er log.

»Es kann hier ein wenig unheimlich sein.«

»Vor allem mitten in der Nacht, vermute ich.«

»Keine Ahnung, da schlafe ich«, beantwortete Nessa seine Lüge mit einer eigenen. »Wo ist Ihr Auto?«

»Vor Driftwood House. Ich bin früh aufgewacht, daher bin ich über die Landzunge gegangen.«

»Frühmorgens ist es da oben wunderschön.«

»Es ist hier wunderschön.«

Er richtete den Blick wieder auf die Wellen, die über den schmalen Sandstreifen spülten, der bei Ebbe trockenfiel. Irgendetwas war an diesem Morgen anders an ihm. Melancholie hüllte ihn ein wie ein Leichentuch.

Nessa stand für einen Augenblick da und setzte sich dann neben ihn. Sie würde es bereuen, denn die Feuchtigkeit des

Grases drang bereits durch ihre Jeans, aber ihm schien es nichts auszumachen. Er trug wie gewöhnlich eine Anzughose und dazu überraschenderweise eine grüne Wachsjacke.

»Hübsche Jacke«, murmelte sie.

»Mhm.« Er strich über den wasserdichten Stoff. »Ms Merchant ...«

»Rosie«, unterbrach Nessa ihn.

»Rosie.« Er sprach ihren Namen betont deutlich aus. »Rosie hat mich gesehen, als ich das Haus verließ, und bestand darauf, dass ich die Jacke anziehe. Ich glaube, sie gehört ihrem Freund.«

»Sie steht Ihnen gut.«

In der khakifarbenen Jacke sah er weniger aus wie ein Großstadthai und mehr wie ein Naturmensch aus dem Dorf. Er hatte schöne Wangenknochen, bemerkte Nessa. Und schöne hellgraue Augen. Überhaupt hatte er ein schönes Gesicht, wenn er sie nicht gerade höhnisch angrinste oder verärgert war.

»Warum tragen Sie eigentlich immer einen Anzug?«, fragte sie mutig im blassen Morgenlicht.

Er sah sie an. »Warum nicht?«

»Mir ist klar, dass Sie bei der Arbeit Anzug tragen müssen, wie eine Uniform, aber wenn Sie während einer Hitzewelle in Devon arbeiten, können Sie ihn doch bestimmt weglassen, oder?«

»Mein Vater besteht darauf, dass die Mitglieder der Geschäftsführung immer einen Anzug tragen.«

»Ihr Vater ist nicht hier«, entgegnete Nessa leise.

»Außerdem«, er zuckte die Achseln, »habe ich nichts anderes dabei. Ms Merchant ... Verzeihung, *Rosie* hat mir erlaubt, die Waschmaschine zu benutzen, damit ich meine Hemden waschen kann.« Er zog eine Braue hoch. »Ich bin mit leichtem Gepäck gereist, weil ich nicht ahnen konnte, dass ich so lange in Heaven's Cove festsitzen würde.«

Nessa überhörte die spitze Bemerkung. »Im Dorf gibt es

eine gute Boutique, unten am Kai, wo man Shorts und Polohemden bekommt.«

»Shorts?« Gabriels Mundwinkel zuckte in die Höhe. »Mein Vater würde ausflippen.«

»Wenn Sie ihm nichts verraten, tue ich es auch nicht.« Das klang etwas kokett, wurde Nessa bewusst. Sie schlang die Arme fest um sich. »Also, warum sitzen Sie hier draußen, statt an meine Tür zu klopfen?«

»Ich bewundere die Aussicht. Ich dachte, ich gönne mir etwas Schönes, da heute mein Geburtstag ist.«

Nessa war überrascht, dass Gabriel etwas Persönliches von sich preisgab. Kein Wunder, dass er unglücklich wirkte, wenn er seinen Geburtstag fern von Freunden und Verwandten verbringen musste. Sie bekam ein schlechtes Gewissen.

»Alles Gute zum Geburtstag«, sagte sie und schenkte ihm ein Lächeln.

Er reagierte nicht darauf, sondern zog den Kopf ein, als eine Möwe zu dicht über ihm dahinschoß.

»Wie alt sind Sie?«, fragte sie.

»Zweiunddreißig.«

»Werden Sie sich den Tag freinehmen und etwas unternehmen? Spaß haben?«

Er öffnete den Mund und schloss ihn wieder.

»Sie wissen schon: Spaß«, beharrte Nessa. »Sie könnten einen Spaziergang machen oder schwimmen gehen oder nach Exeter fahren und shoppen gehen. Wozu Sie gerade Lust haben. Sie könnten sich auch in Stans Laden im Dorf ein Skizzenbuch kaufen und zeichnen. Sie haben doch gesagt, dass Sie gut in Kunst sind.«

»Ich habe nicht behauptet, gut zu sein.«

»Sie müssen Talent haben, wenn man Ihnen einen Platz an einer Kunstakademie angeboten hat.«

»Mag sein, aber ich kann es mir nicht mehr leisten, Zeit mit Malen zu verschwenden.«

Er klang so energisch und geschäftsmäßig, dass er Nessa leidtat. Was musste er für ein unglückliches Leben führen, wenn er nicht einmal ein oder zwei Stunden erübrigen konnte, um das zu tun, was ihn glücklich machte? Nicht einmal an seinem Geburtstag?

»Meine Gran hat immer gesagt, Malen sei Therapie, keine Zeitverschwendung. Sie hat darauf bestanden, dass ich es versuche, und sie hat nie gesagt, dass meine Bilder grauenhaft sind, obwohl ich weiß, dass sie es waren. Leider hat ihr Talent meine Generation übersprungen.«

Darüber musste er lächeln. »Hat Ihre Großmutter Sorrel Cove gemalt?«

»Nein. Sie hat zwar ständig gemalt und ich habe noch einige ihrer Bilder, aber sie ließ sich nicht dazu überreden, hierher zurückzukommen. Zu viele traumatische Erinnerungen wahrscheinlich. Sie hat mir aber Geschichten über das Geisterdorf und seine Bewohner erzählt.«

»Welche zum Beispiel?«

»Zum Beispiel von Ernie Jenkins, der bei der Heimkehr aus dem Krieg nur noch einen halben Arm hatte, und von Minnie Brown, die immer draußen vor ihrem Cottage saß und an einem alten Spinnrad Wolle gesponnen hat, und sie hat von den Männern erzählt, die Seemannslieder anstimmten, während sie ihren Fang ausgenommen haben.«

»Das klingt alles sehr ... ländlich.«

Er sprach das Wort so aus, als würde es stinken.

»Ich finde, es klingt nach einer tollen Gemeinschaft anständiger Menschen, deren Leben hier am 20. März 1946 zerstört wurde.«

Gabriel biss sich mit perfekten weißen Zähnen auf die Unterlippe. »Was würde Ihre Großmutter davon halten, dass Sie in Sorrel Cove wohnen, obwohl sie keinen Fuß in das Dorf setzen wollte?«

»Sie wusste, wie gern ich hier war, und sie wollte, dass ich zurückkehre und für immer hier lebe.«

Er wandte sich zu ihr um. »Woher wissen Sie das? Sie haben einen Mietvertrag gefunden, das ist alles. Hat Ihre Großmutter Ihnen gesagt, dass es ihr Wunsch ist, dass Sie in dem baufälligen Cottage leben?«

»In gewisser Weise, ja.«

Als er verständnislos die Stirn runzelte, sah Nessa vor ihrem geistigen Auge die Handschrift ihrer Gran auf dem Schatzkästchen: *Ich hatte nie den Mut zurückzukehren. Vielleicht wirst du es eines Tages tun.*

»Neben dem Mietvertrag hat sie mir eine Nachricht hinterlassen.«

»Ach ja?« Wieder zog Gabriel die Brauen zusammen. »Jemand wie Sie ist mir noch nie begegnet. Sie sind sehr eigenartig.«

War das eine Beleidigung oder eine Auszeichnung? Nessa, der man schon Schlimmeres an den Kopf geworfen hatte, konnte sich nicht entscheiden.

»Was meinen Sie mit ›eigenartig‹?«, fragte sie und versuchte die Tatsache zu ignorieren, dass ihr Hintern so nass und kalt war, dass er schon taub wurde.

Er sah sie aus seinen hellgrauen Augen an. »Eine eigenartige Mischung. Unfreundlich, verletzlich, schrullig.«

Mit schrullig konnte sie leben. Auch unfreundlich war zutreffend. Sie war nicht besonders nett zu ihm gewesen, wenn auch aus gutem Grund. Aber verletzlich? Sie gab sich stets große Mühe, ihre Ängste und Ratlosigkeit zu verbergen. Was hatte er gesehen, das anderen entgangen war?

»Na ja«, sagte sie irritiert. »Sie sind aber auch ziemlich eigenartig.«

Seine Brauen schossen in Richtung Haaransatz. »Wirklich? Ich bin ein Geschäftsmann, der sich für einen Deal ins Zeug legt. Ich bin vollkommen normal.«

»Sie sind ein normaler Geschäftsmann, der seinen Anzug wie eine Rüstung trägt. Warum? Was verbergen Sie?«

Gabriel stand auf und wischte sich Grashalme von der Hose. Das leichte Tauwetter zwischen Ihnen hatte sich in Luft aufgelöst, und Gabriel, der Immobilienhai, war zurück.

»Ich überlasse Sie jetzt wohl besser Ihrer Arbeit. Sie haben viel zu tun«, erklärte er kalt. »Ich bin heute Abend um zehn Uhr zurück.«

»Ja, klar«, antwortete sie und zog die Knie unters Kinn. Sie sah ihm nach, als er davonging.

Sie dachte an ihren letzten Geburtstag, an dem sie Karten von Lily und ihrer Gran bekommen hatte und mit ihren Freunden ins Smugglers Haunt gegangen war.

Gabriel Gantwich mochte zwar ein erfolgreicher Geschäftsmann sein, und er besaß wahrscheinlich ein elegantes Haus in London und machte Urlaub an exotischen Orten, die Nessa niemals sehen würde. Doch trotz seines vielen Geldes und seiner Privilegien schien er keinen sehr fröhlichen Geburtstag zu haben.

Was *er* verbarg? Das war ja wohl eine Frechheit. Gabriel schäumte, als er mit langen Schritten in Richtung Heaven's Cove ging.

Nessa Paulson brachte sein Leben durcheinander, indem sie sich hart und kompromisslos gab, doch er wusste, wie sie wirklich war. Er hatte es in dem Aufblitzen von Furcht in ihren Augen und dem Zittern ihres Kinns gesehen.

Er wusste es, weil er ein kluger Geschäftsmann war, geübt darin, den wunden Punkt seines Gegners zu erkennen. Er wusste es, weil sie ihre Dämonen nicht so gut verbarg, wie sie dachte.

Er wusste es, denn ihm war schlagartig klar geworden, dass

er genauso war. Nessa tat so, als hätte sie ihr Leben im Griff, obwohl es in Wahrheit anders aussah.

Gabriel blieb stehen und lehnte sich gegen das Schaufenster der Eisdiele. Er war so schnell gegangen, dass er Seitenstechen bekommen hatte.

Er rieb sich die Brust und schaute durchs Fenster in den Laden. In der Theke türmten sich Eissorten in allen Farben des Regenbogens und warteten darauf, dass sich die Türen für die Kundschaft öffneten.

Er war nun schon seit über einer Woche in Heaven's Cove und hatte aberwitzige Temperaturen ertragen, doch er hatte sich noch kein Eis gegönnt. Im Anzug Eis zu essen, war ihm unpassend erschienen.

An seinem Geburtstag würde er es sich vielleicht erlauben können, da er nichts Besonderes mit Freunden und Verwandten unternahm. Sein Geburtstag wurde ohnehin nie groß gefeiert. Sein Vater hatte ihn schon oft komplett vergessen. Wenigstens Nessa hatte ihm gratuliert, obwohl das unter den gegebenen Umständen ironisch war.

Gabriel seufzte und las einen Aushang am Fenster.

Möblierte Zwei-Zimmer-Wohnung über dem Laden zu vermieten. Kaution und Referenzen erwünscht. Bitte erkundigen Sie sich im Geschäft.

Warum konnten Nessa und ihr Kind nicht in so eine Wohnung ziehen statt in ein vollkommen ungeeignetes Cottage? Wenn sie nicht so verdammt verbohrt wäre, hätte er seinen Geburtstag in London verbringen können. Er würde dann zwar im Büro sitzen, aber wenigstens wäre er nicht hier.

Als das Seitenstechen nachließ, ging Gabriel in langsamerem Tempo zurück zu Driftwood House und stieg den gewundenen Pfad aufs Kliff hinauf.

Blumen bildeten Farbkleckse im Gras, und die silbrige

Farbe des Meeres war seit Gabriels Aufbruch von Sorrel Cove einem zarten Blau gewichen. Die Landschaft hier war atemberaubend.

Gabriel ließ die Schönheit der Umgebung auf sich wirken. Er setzte sich auf einen flachen Stein, der aus der Erde ragte, und streckte die Beine aus.

Es gab schlimmere Orte, an denen man seinen Geburtstag verbringen konnte, dachte er und hielt das Gesicht in die Sonne. Die Aussicht war zumindest malerischer als das Glas und der Beton, die er von seinem Bürofenster aus sehen konnte.

Eine Biene summte träge um seinen Kopf, und er begann leise zu singen: »*Happy birthday to me* ...«

Es klang erschreckend traurig. Als er mit den Füßen scharrte, stieg eine Staubwolke auf und legte sich auf seine Anzughose. Seine Rüstung.

Gabriel hörte auf zu singen, stieß langsam dem Atem aus und beobachtete einen roten Fischkutter, der vom offenen Meer dem Schutz des Hafens zustrebte.

Je eher Nessas lächerliches Unternehmen scheiterte und er an seinen Schreibtisch in London zurückkehren konnte, desto besser. Heaven's Cove und eine nervige alleinerziehende Mutter wurden zu einem Ärgernis. Sein Vater würde nicht beeindruckt sein.

Müde stand Gabriel auf und ging weiter zu Driftwood House, das in der Ferne zu sehen war.

ZWANZIG

NESSA

Eine Stunde nach Gabriels abruptem Aufbruch war Nessa auf dem Weg zu Valerie, um Lily abzuholen und zur Schule zu bringen.

Ihr schwirrte immer noch der Kopf nach dem Gespräch mit Gabriel. Es machte sie gegen ihren Willen traurig, dass er den Platz an der Kunstakademie abgelehnt hatte, um stattdessen kostbare Gebäude abzureißen. Eine solche Entscheidung konnte der Zufriedenheit nicht förderlich sein.

Außerdem bekam sie die Melodie zu »Happy Birthday« nicht mehr aus dem Kopf, und das trieb sie in den Wahnsinn. »Hör auf«, sagte Nessa laut, als sie schließlich vor Valeries Haustür stand. »Hör auf, an diesen Mann zu denken, verdammt noch mal.«

Sie strich das T-Shirt glatt und wischte sich über den Mund, um Zahnpastareste zu entfernen. An ihrem dichten, schwer zu bändigendem Haar konnte sie jedoch nichts ändern. Sich die Haare über einem Eimer zu waschen, war nicht optimal.

Als Nessa auf die Klingel drückte, war sofort Fußgetrappel zu hören.

KAPITEL ZWANZIG

»Mummy!«, kreischte Lily, riss die Tür auf und warf sich Nessa in die Arme.

Nessa kniete sich hin, drückte Lily fest an sich und atmete tief ein. Sie liebte Lilys frischen, süßen Duft. Er war eine willkommene Abwechslung von dem Geruch nach altem Stein und neuer Farbe, der das Cottage durchdrang.

»Mummy, sieh mal!«

Lily befreite sich aus der Umarmung und zog Nessa in den Flur. Ein Paar glänzende rosafarbene Stiefeletten mit goldenen Sternchen stand am Fuß der Treppe.

»Sieh dir meine neuen Schuhe an! Sie sind ein Geschenk von Granny und Grampy.«

»Wow.« Nessa beugte sich vor, um die Stiefel genauer in Augenschein zu nehmen.

Sie mochte gar nicht daran denken, wie viel diese Leuchtkreation gekostet hatte. Sie hätte sie sich niemals leisten können.

»Das war sehr lieb von Granny und Grampy«, sagte sie, als sie sich wieder aufrichtete.

»Und das!«, rief Lily und drehte sich in ihrer Schuluniform im Kreis. »Sieh dir mein Haar an.«

Als Nessa ihrer Tochter sanft über den Kopf strich, bemerkte sie eine hübsche Haarklammer mit einer strassbesetzten Biene, die Lily das dichte Haar aus dem Gesicht hielt.

»Ist das auch von Granny?«, fragte Nessa und schämte sich für den leichten Ärger, den sie empfand. Es war nett von Valerie, Lily mit Geschenken zu überhäufen, aber das würde aufhören, sobald Lily wieder bei ihr wohnte.

»Ja, die hat Granny mir im Souvenirshop gekauft.«

»Das war sehr lieb von Granny«, sagte Nessa und nahm sich vor, Valerie deswegen nicht böse zu sein. Es war wunderbar, dass Lily liebevolle Großeltern hatte, die es sich leisten konnten, sie zu verwöhnen.

Wie aufs Stichwort kam Valerie aus der Küche. Sie trug eine schwarze Hose und war stark geschminkt.

»Oh, du bist schon da«, sagte sie und warf Nessa einen prüfenden Blick zu. Nessa strich sich das Haar glatt und ärgerte sich darüber, dass sie sich etwas eingeschüchtert fühlte. »Lily hat gut geschlafen und ein Riesenfrühstück gegessen, nicht wahr, Liebes?«

Lily nickte heftig. »Schokocornflakes und Orangenlimo. Es war super lecker.«

Nessas Lächeln verschwand. Sie achtete darauf, dass Lily zum Frühstück Obst bekam. Sie straffte jedoch die Schultern und setzte das Lächeln wieder auf. Großeltern waren dafür bekannt, ihre Enkelkinder zu verwöhnen. Außerdem tat Valerie ihr im Moment einen großen Gefallen.

»Hier ist dein Mittagessen, Süße«, sagte Valerie und schob eine neue Lunchbox in Lilys Schulrucksack.

»Ich kann Lily nach der Schule abholen und mit ihr Tee trinken, bevor ich sie zurückbringe«, sagte Nessa voller Vorfreude.

»Oh, das ist nicht nötig«, antwortete Valerie. »Lily ist zum Tee bei Clara, und Claras Mum hat freundlicherweise angeboten, sie anschließend herzubringen. Danach könntest du kurz vorbeikommen, wenn du möchtest, solange du Lily vor dem Schlafengehen nicht zu sehr aufregst. Das wollen wir doch nicht, oder?«

Sie lächelte, aber das nahm ihren Worten nicht den Stachel. Lily war zwar gerade erst hier eingezogen, doch Nessa hatte jetzt schon das Gefühl, im Leben ihres eigenen Kindes überflüssig zu sein.

»Dann los, Lily«, sagte Valerie. »Zieh deine neuen Schuhe an, sonst kommst du noch zu spät.«

Als Lily sich auf die unterste Treppenstufe setzte und die Füße in die neuen Stiefeletten schob, sah Nessa Valerie an und sagte leise: »Ich denke, Lily sollte diese Schuhe besser erst nach der Schule anziehen.«

»Warum?« Valerie legte die Stirn in Falten. »Sie möchte sie ihren Freundinnen zeigen, nicht wahr, Liebes?«

Lily nickte und runzelte konzentriert die Stirn, während sie sich die Schnürsenkel band.

»Natürlich, aber die Schule ist sehr streng, was Uniformen und Schuhe betrifft. Deshalb sind Lilys Schulschuhe auch schlicht und braun.«

»Das eine Mal werden sie bestimmt nichts dagegen haben. Braun ist so langweilig.«

»Ich fürchte, doch. Wir haben vor Kurzem deswegen einen Brief bekommen.«

Lily sah Nessa an und zog eine Schnute. »Ich will sie heute in die Schule anziehen. Granny sagt, ich darf.«

Valerie zuckte die Achseln. »Ich verstehe nicht, was daran schlimm sein soll.«

»Wir wurden ausdrücklich gebeten, nur schlichte Schuhe für die Schule auszuwählen. Sie sind praktischer, und es ist gerechter gegenüber Kindern, deren Eltern sich keine schönen Schuhe leisten können.«

Eltern wie ich, dachte Nessa und sandte Valerie die stumme Botschaft, Vernunft anzunehmen und sie zu unterstützen. Doch ihre Ex-Schwiegermutter presste die Lippen zu einem schmalen Strich zusammen und verschränkte die Arme vor der Brust.

»Mummy, bitte lass mich meine Schuhe anziehen«, flehte Lily.

»Ich fürchte, das ist nicht erlaubt.«

»Bitte, Mummy, bitte!«

»Wie wär's, wenn du sie in einer Tasche mit in die Schule nimmst und sie anziehst, bevor du zu Clara fährst?«, schlug Nessa vor, um einen Wutanfall zu verhindern. Lily war ein liebes Kind, aber sie konnte auch anders.

»Ich will sie nicht in einer Tasche mitnehmen«, quengelte Lily. »Ich will sie jetzt anziehen.«

»Aber ja, Liebling«, mischte sich Valerie ein und legte Lily den Arm um die Schultern. »Ich finde dich ziemlich pedantisch, Nessa. Sieh dir nur an, wie du deine Tochter aufregst.«

»Es geht nicht um mich«, beteuerte Nessa, obwohl sie sich wie eine schreckliche Mutter vorkam, als Lily zu weinen begann. »Es sind die Schulregeln. Ich will nur verhindern, dass Lily Ärger kriegt. Es sind doch nur Schuhe, Herrgott noch mal.«

Valerie schürzte die Lippen, kniete sich hin und löste Lilys Schnürsenkel. »Komm, Süße. Mummy sagt, du darfst deine Schuhe heute nicht anziehen, und Mummy hat das letzte Wort. Aber ich werde dir eine Tasche holen, damit du sie zu Clara mitnehmen kannst.«

Sie nahm Lily an die Hand und ging mit ihr in die Küche, während Nessa versuchte, sich zu beruhigen. Plötzlich war sie in Lilys Augen der große böse Wolf, die strenge Mutter, die keinen Spaß erlaubte – im Gegensatz zu Granny mit ihren Schokocornflakes und Lackschuhen und ihrer Missachtung der Schulregeln.

Nessa gab sich solche Mühe, ein neues Heim für Lily zu schaffen, aber würde ihre Tochter nach Ablauf des Monats überhaupt zu ihr zurückkommen wollen? Was konnte sie ihr schon bieten, abgesehen von ihrer unsterblichen Liebe? Die war für eine Fünfjährige zwar wichtig, aber materielle Annehmlichkeiten, die Nessa ihr nicht geben konnte, waren es auch.

»So, da wären wir«, verkündete Valerie mit übertriebener Fröhlichkeit, als sie in den Flur zurückkamen. Lily neben ihr trug eine Stofftasche mit den neuen Schuhen. Sie ließ sie auf den Boden fallen und stieß mit finsterem Gesicht die Füße in die Schulschuhe.

»Das ist besser. Ich weiß, du bist nicht glücklich darüber,

Lily, aber es ist nicht zu ändern.« Nessa hielt ihr lächelnd die Hand hin. »Wollen wir dann zur Schule gehen?«

»Okay«, sagte Lily und gab ihrer Großmutter einen Abschiedskuss.

Doch sie lief den ganzen Weg zur Schule, ohne die Hand ihrer Mutter zu ergreifen. Es brach Nessa das Herz.

EINUNDZWANZIG

NESSA

Nessa öffnete Gabriel die Tür. »Hallo. Ich bin noch da.« Sie ließ ein Lächeln aufblitzen. »Denken Sie, Sie könnten kurz hereinkommen?«

Gabriel blinzelte in das Licht des frühen Morgens. Argwohn stand ihm ins Gesicht geschrieben.

Sie konnte ihm keinen Vorwurf daraus machen. Sie war jetzt seit einer Woche im Cottage und hatte ihn kein einziges Mal über die Türschwelle gelassen. Doch an seinem Geburtstag hatte sich etwas verändert.

»Ich soll reinkommen?«, fragte er mit seiner leisen, tiefen Stimme.

»Ja, wenn es Ihnen nichts ausmacht. Ich möchte Ihnen etwas zeigen.«

Nessa stöhnte innerlich. Das klang nicht richtig. Sie hatte ohnehin ein ungutes Gefühl und fürchtete, eine Grenze zu überschreiten. Doch es war zu spät. Gabriel war eingetreten und stand mit verschränkten Armen da.

»Sie haben die Wände gestrichen«, bemerkte er und sah sich um.

»Ja.«

Nessa stieg über die Farbeimer auf dem Boden. Sie hatte auch den Schornstein fegen lassen, damit sie Feuer machen konnte, und Sam aus dem Dorf hatte freundlicherweise das Dach geprüft und einzelne Stellen repariert. Das war jedoch nicht der Grund, warum sie Gabriel ins Haus gebeten hatte.

Er ging zu dem Mosaik über dem Kamin und fuhr mit den Fingern darüber. »Jetzt kommt das Kunstwerk ihrer Urgroßmutter noch besser zur Geltung.« Er sah es sich näher an. »Die kleinen Steine hier sind ungewöhnlich. Wissen Sie, woher sie stammen?«

»Soweit ich weiß, hat sie Fundstücke aus der Gegend verwendet.«

»Interessant.«

Gabriel beugte sich vor, um das Mosaik genauer zu betrachten, während Nessa zu einem abgedeckten Haufen in der Ecke ging.

»Kunst ist auch der Grund, warum ich Sie hereingebeten habe.«

Als er aufschaute, zog sie die Decke weg, unter der die Malutensilien ihrer Gran zum Vorschein kamen.

»Was halten Sie davon?«

»Wow.« Gabriel trat neben sie. Er bückte sich, sah die leeren Leinwände und Ölfarben durch und nahm die Staffelei in Augenschein, die über und über mit bunten Farbspritzern bedeckt war. »Ich wusste gar nicht, dass Sie das hatten.«

»Die Sachen haben meiner Gran gehört. Sie sind zu schade, um in Kartons zu liegen, wenn man sie noch benutzen kann.« Nessa schluckte. »Möchten Sie sie vielleicht benutzen?«

Als Gabriel sie ansah, sprach Nessa hastig weiter. »Das müssen Sie natürlich nicht. Aber Sie malen gern – früher jedenfalls –, und Sie finden bestimmt Zeit dafür, solange Sie in Heaven's Cove festsitzen. Betrachten Sie es als ein verspätetes Geburtstagsgeschenk. Wenn es eine dumme Idee ist, vergessen Sie es einfach.«

Sie griff nach einem Farbeimer und stellte ihn aufs Fensterbrett, nur um etwas zu tun zu haben, denn Gabriel sah sie immer noch an.

Warum hatte sie nur etwas von wegen verspätetes Geburtstagsgeschenk gesagt? Ihr kam ein schrecklicher Gedanke. Was, wenn er dachte, sie wolle ihn bestechen, damit er seine Meinung über das Geisterdorf änderte?

Nessa wurde heiß und kalt, doch dann begriff sie, wie unwahrscheinlich diese Idee war. Es würde mehr dazu gehören als ein bunt zusammengewürfelter Haufen alter Farben und Leinwände, um einen erfolgreichen Geschäftsmann zu bestechen.

Er wird mich nur wieder für seltsam halten und finden, dass ich mich lächerlich mache, dachte Nessa. Das machte es nicht besser.

»Vergessen Sie es«, sagte sie erneut. Sie stellte sich in die Tür und spürte die Meeresbrise im Rücken. »Es war eine dumme Idee.«

»Nein.« Gabriel richtete sich auf und runzelte leicht die Stirn. »Sie war überhaupt nicht dumm. Im Gegenteil, es war sehr aufmerksam von Ihnen.«

Als ihre Blicke sich trafen, konnte Nessa nicht wegschauen. Gabriel wirkte heute Morgen nicht mehr ganz so wie ein spießiger Geschäftsmann. Er trug zwar immer noch seinen blöden Anzug – ohne Krawatte –, aber er hatte Bartstoppeln am Kinn, und Strähnen seines dunklen Haares fiel ihm in die Stirn. Das ging eindeutig in Richtung Grunge.

Nessa hörte das leise Rauschen des Meeres und das Kreischen der Möwen nicht mehr.

Sie brach den Blickkontakt als Erste ab. »Wenn Sie Interesse haben, können Sie die Sachen hierlassen, bis Sie sie benutzen wollen. Rosie wird sie bestimmt nicht wieder in Driftwood House haben wollen, weil sie nur Platz wegnehmen. Na jedenfalls, das war alles.«

Sie trat von der Tür weg, und zu ihrer Erleichterung ging er an ihr vorbei hinaus an die frische Luft. Die letzten Minuten waren peinlicher gewesen, als sie gedacht hatte.

Aber Gabriel machte nach ein paar Metern kehrt und kam zurück. »Warum sind Sie plötzlich nett zu mir?«, fragte er mit verwirrt gerunzelter Stirn.

Nessa zögerte, als ihr verschiedene Antworten durch den Kopf gingen.

Weil Sie an Ihrem Geburtstag so traurig ausgesehen haben. Weil es anstrengend ist, das Cottage zu renovieren, und ich nicht die Kraft habe, mich weiter mit Ihnen zu streiten. Weil ich sehen will, ob Sie wirklich malen können.

Jeder dieser Gründe enthielt ein Körnchen Wahrheit, aber der eigentliche Grund für ihre Großzügigkeit war ihre Großmutter.

Ihre Gran fehlte ihr sehr. Doch hier in diesem Cottage, umgeben von den Erinnerungen an eine untergegangene Gemeinschaft, hatte sie das Gefühl, dass die alte Dame noch in der Nähe war. Und eines wusste Nessa: Ruth Paulson, der Sanftmut in Person, hätte es nicht gefallen, wenn ihre Enkelin unfreundlich zu anderen war – Jake einmal ausgenommen.

Außerdem hatte Gabriel etwas an sich, das ihr keine Ruhe ließ. Eine verborgene Traurigkeit, die manchmal an die Oberfläche kam. Ein Fehlen von Freude. Eine Einsamkeit, die vermutlich wenig damit zu tun hatte, dass er hier mit ihr festsaß. Rosie würde wahrscheinlich sagen, dass sie sich zu viele Gedanken mache, aber ihre Gran hätte es verstanden.

»Nun?«, fragte er und legte den Kopf schräg.

»Ich bin nicht nett. Es ist nur alter Kram, der sonst bloß rumliegen würde.«

»Wenn Sie das sagen.«

»Mein Gran würde nicht wollen, dass ihre Farben unbenutzt in einer Kiste liegen.«

»Klar.«

Als er sich nicht von der Stelle rührte, stieß Nessa langsam den Atem aus. Warum ließ sie zu, dass dieser Mann sie so aufregte?

»Hören Sie«, begann sie und verschränkte die Arme vor der Brust. »Ich glaube, Sie irren sich. Sie sind hier und wollen aus reinen Profitgründen etwas Wertvolles zerstören. Aber als ich heute Morgen wach gelegen und an Sie gedacht habe ...«

Er zog eine Braue hoch. »Sie haben wach gelegen und über mich nachgedacht?«

»Eigentlich habe ich über dieses Cottage nachgedacht. Dabei ist mir klar geworden, dass Sie nur Ihre Arbeit tun und ich mein Ziel erreichen kann, indem ich mich einfach für die nächsten drei Wochen nicht von der Stelle rühre. Also ist es nicht nötig, dass wir die ganze Zeit über Feinde sind. Außerdem beanspruchen die Sachen meiner Gran ohnehin schon genug Platz auf Rosies Speicher. Okay?«

Er sah sie einen Augenblick lang an. »Okay. Aber ich werde trotzdem zweimal am Tag vorbeikommen.«

»In der Hoffnung, mich beim Vertragsbruch zu erwischen.«

»Genau.« Schicksalsergeben wandte er die Handflächen dem grauen Himmel entgegen. »Wie Sie gesagt haben, ich mache nur meine Arbeit als Bauunternehmer.«

»Und ich meine als Mutter, die versucht, ihrem Kind ein Zuhause zu schaffen.«

Er nickte ihr fast unmerklich zu, dann drehte er sich um und ging den Pfad entlang zurück zu seinem Wagen.

Sie mochten zwar keine Feinde mehr sein, dachte Nessa, als er davonfuhr, aber sie standen nach wie vor auf Kriegsfuß miteinander und das würde sich in den nächsten drei langen Wochen auch nicht ändern.

ZWEIUNDZWANZIG

VALERIE

Sorrel Cove war ein schönes Fleckchen, das musste Valerie zugeben. Es musste einst ein idyllisches Dorf gewesen sein, geschützt von einer Anhöhe, vor sich das glitzernde Meer.

Doch nun waren die Häuser Ruinen, nur ein Cottage war noch intakt.

Es war Jahre her, dass Valerie Sorrel Cove zuletzt besucht hatte, und seitdem war es noch weiter verfallen. Große, helle Feldsteine übersäten den Boden – Steine, die einst Mauern gewesen waren. Wenn doch nur das letzte verbliebene Cottage auch vom Meer verschlungen worden wäre.

Valerie verspürte einen Anflug von Scham, als sie sich dem kleinen Haus näherte. In jener Nacht waren genug Menschen hier gestorben, auch ohne dass sie sich noch mehr Unglück wünschte.

Wenn die Sturmflut doch wenigstens die Mauern des Cottages erreicht oder der heulende Wind das Dach abgerissen hätte. Dann wäre das Haus inzwischen so verfallen, dass Nessa nie auf die Idee gekommen wäre, es zu übernehmen.

Wie kann sie sich nur einbilden, eine solche Bruchbude

retten zu können?, schoss es Valerie durch den Kopf, und sie fluchte laut, als sie über einen Stein stolperte.

»Valerie! Ist alles in Ordnung? Geht es Lily gut?«

Nessa war neben dem Cottage aufgetaucht und bombardierte sie mit Fragen. Sie hielt eine lange Rolle im Arm, die wie grauer PVC-Bodenbelag aussah, und hatte sich das schulterlange Haar mit einem blauen Tuch hochgebunden.

»Lily ist in der Schule, und es geht ihr gut, soweit ich weiß«, antwortete Valerie und bemerkte, dass Nessa vor Erleichterung die Schultern entspannte.

Nessa setzte den zusammengerollten Bodenbelag ab und wischte sich die Hände sauber. »Warum bist du dann hier? Du hast nicht gesagt, dass du kommst.«

Valerie rümpfte verächtlich die Nase. »Ich dachte, ich komme mal her und sehe mir das Haus an, in dem meine Enkelin wohnen soll, falls deine ...« Sie suchte nach einer Formulierung, die Nessas hirnrissigen Plan am besten zum Ausdruck brachte. Es hatte keinen Sinn, grundlos unhöflich zu sein. »... falls deine unkonventionelle Idee verwirklicht wird.«

»Das ist nett von dir«, erwiderte Nessa, obwohl sie beide wussten, dass Nettigkeit nichts damit zu tun hatte.

Valerie war hier, um sich davon zu überzeugen, wie schrecklich das Cottage war, und um Nessa eine kalte Dusche zu verpassen.

»Dann kommst du am besten herein«, sagte Nessa und nahm die Rolle wieder auf. Sie bemerkte Valeries Blick. »Das ist ein Rest von dem Bodenbelag, mit dem Fred die Küche im Pub ausgelegt hat. Er meinte, ich kann ihn haben. Ich dachte, dass die Küche hier damit vielleicht etwas freundlicher aussieht, wenn ich ihn auf die richtige Größe zuschneide, und Fred hat versprochen zu helfen, wenn ich es nicht hinbekomme. Die Leute im Dorf waren sehr nett und haben mir alles Mögliche gespendet. Selbst Belinda, die eigentlich gar nichts von mir hält, hat mir ein paar Farbreste geschenkt.«

Auch du, Belinda, dachte Valerie finster, zwang sich jedoch zu einem Lächeln. »Das ist wirklich sehr nett von ihnen«, sagte sie und ging zur Tür des Cottages.

Sie musste zugeben, dass es von außen gar nicht so schlecht aussah. Die Mauern und das Dach machten einen recht soliden Eindruck, und irgendjemand – Nessa oder einer der vielen Dorfbewohner, die sie zu unterstützen schienen – hatte die Fensterrahmen strahlend weiß gestrichen und neue Scheiben eingesetzt.

Drinnen sah es weniger gut aus. Die Wände waren zwar weiß getüncht und sauber, aber kahl, abgesehen von einem seltsamen Kunstwerk über dem Kamin. Der Steinboden würde im Winter bitterkalt sein, wenn man barfuß lief.

»Hier müssen ein paar große Teppiche rein«, sagte Nessa, die Valeries Blick gefolgt war. »Dann sieht es gleich wohnlicher aus.«

Valerie entspannte bewusst die geschürzten Lippen. Es war ihr noch nie gelungen, ein Pokerface aufzusetzen. Die Leute schienen oft genau zu wissen, was sie dachte – bis auf Alan, der nichts ahnte von den düsteren Gedanken, die Valerie täglich durch den Kopf gingen. Das war wahrscheinlich auch gut so, denn viele davon betrafen ihn.

»Also, was hast du hier bis jetzt alles gemacht?«, fragte sie und steckte den Kopf in die kleine Küche. Sie sah einen Campingkocher, ein halbes Dutzend Tassen, eine Kiste mit Lebensmitteln und zwei dicke Paar Socken, die über der Rückenlehne eines weißen Plastikstuhls hingen.

»Ich habe gespachtelt, repariert, geputzt und dafür gesorgt, dass das Gebäude sicher ist.«

»Und, ist es das?«, fragte Valerie und stellte sich vor, wie ihre Enkeltochter sich einen Weg zwischen den Stolperfallen bahnte.

Nessa nickte. »Ja. Eddie aus Heaven's Brook ist Baugutachter und kannte meine Gran. Er ist kurz vorbeigekommen, um sich das Cottage anzusehen, und war überrascht, wie gut es in Schuss ist.«

»Das bin ich auch«, murmelte Valerie. »Und wo schläfst du?«

»Am Anfang habe ich hier unten geschlafen, auf einem Feldbett von Rosie. Aber seit ich weiß, dass oben alles sicher ist, schlafe ich in dem Zimmer, das aufs Meer hinausgeht.«

»Und was ist mit Wasser und Strom?«

»Ich koche das Wasser aus dem Brunnen ab, bis die Ergebnisse der Wasserprobe da sind. Strom gibt es nicht, daher nehme ich Kerzen und zwei alte Petroleumlampen, aber Phil wollte sich das Cottage mal ansehen.«

»Phil? Du meinst den Elektriker, der in der Sheep Lane wohnt?«

»Ja, genau. Rosie und Liam waren auch da, um mit anzufassen. Wie gesagt, die Leute waren unglaublich nett.«

Viel zu nett, dachte Valerie. Und zu schnell bereit, Nessa in ihrem Glauben an dieses Hirngespinst zu bestärken.

»Hast du gewusst, dass Magda eine Wohnung über der Eisdiele zu vermieten hat?«, fragte sie so ungezwungen wie möglich. »Ich meine, falls aus dem Cottage nichts wird.«

»Ja, ich habe davon gehört. Lily würde begeistert sein, aber ich habe mir die Anzeige angesehen, und ich könnte mir die Kaution und die Miete nicht leisten.«

»Natürlich könntest du das, bei dem Unterhalt, den Jacob dir zahlt.«

Nessa sah Valerie durchdringend an. »Ich fürchte nein. Deshalb gebe ich mir ja solche Mühe mit diesem Cottage.«

Als sich ein verlegenes Schweigen breitmachte, deutete Valerie auf einen Haufen Kunstutensilien in der Ecke.

»Was ist das?« Es handelte sich um mehrere leere Leinwände, eine alte Staffelei und eine große Holzkiste. Valerie spähte hinein. Die Kiste enthielt verschiedene Aquarellfarben in Näpfchen und angebrochene Tuben mit Ölfarbe. »Ich wusste gar nicht, dass du malst.«

Nessa lächelte. »Das tue ich auch nicht, obwohl ich früher gern in Ausstellungen gegangen bin, bevor ich Jake kennengelernt habe und ... na ja, mein Leben sich verändert hat. Kunst ist nicht so sein Ding, oder?«

Wieder merkte Valerie, dass sie die Lippen schürzte. Es stimmte, dass Jake Rembrandt nicht von Vermeer unterscheiden konnte, aber sie empfand es als Kritik an ihrem Jungen, aus dem Mund der Frau, die ihn aus Heaven's Cove und aus Valeries Leben vertrieben hatte.

»Er hatte auf der Arbeit schon immer zu viel zu tun, um Zeit für Hobbys zu haben. Aber wenn du nicht die Künstlerin bist ...« Sie deutete auf die Leinwände und Farben. »Wer ist es dann?«

Verdächtigerweise röteten sich Nessas Wangen, als sie antwortete. »Das hat früher meiner Gran gehört, sie hat gern gemalt. Es war bei den Sachen, die Rosie für mich in Driftwood House aufbewahrt, und ich habe es hergeholt, falls Gabriel es benutzen möchte. Er hat mir erzählt, dass er gern malt. Früher jedenfalls.«

»Gabriel? Ist das der Mann von der Immobilienfirma? Dem ich kurz begegnet bin und der in Driftwood House wohnt?«

»Mhm.« Nessa nickte.

»Ich habe gehört, dass er zweimal am Tag bei dir vorbeikommt.«

»Das stimmt. Er kommt morgens früh und abends spät her, um zu überprüfen, ob ich noch da bin und nicht abgehauen bin.«

»Denn wenn du es nicht schaffst, dreißig Nächte in Folge hier zu verbringen, würde sich das auf den Mietvertrag auswirken, richtig?«

»Ja, genau«, bestätigte Nessa, deren dunkles Haar ihre Wangen noch röter wirken ließ.

Valerie drehte sich der Magen um. Nessa wollte Gabriel für sich gewinnen, um ihren Willen zu bekommen, genauso wie sie es mit Jacob gemacht hatte. Das bedeutete, dass Lily am Ende vielleicht in diesem schrecklichen Haus leben würde, während sie in Wirklichkeit in Valeries warmem, gemütlichem Heim wohnen sollte.

Die beiden letzten Wochen mit Lily waren wunderbar gewesen. Lily kuschelte gern mit Granny, wenn sie aufwachte, und Valerie war jedes Mal im siebten Himmel, wenn ihre Enkelin nach ihr rief. Lily gab ihr einen Grund, morgens aufzustehen. Die Tage zogen sich nicht mehr so endlos dahin, wenn sie wusste, dass Lily am Nachmittag plappernd aus der Schule zurückkehren würde.

Bei dem Gedanken, wieder mit dem schweigsamen Alan allein zu sein, packte sie das kalte Grauen.

Nessa hingegen würde Gabriel um den Finger wickeln, sämtliche Pläne, Sorrel Cove dem Erdboden gleichzumachen und Luxushäuser zu bauen, würden verworfen werden – und Lily würde Valerie verlassen und in diesem lebensgefährlichen Haus wohnen.

»Alles in Ordnung?«, fragte Nessa sanft und strich Valerie über den Arm. Ihr kaltes Armband streifte die Haut. »Du scheinst heute nicht ganz du selbst zu sein.«

Valerie riss sich zusammen und trat von Nessa weg. »Es geht mir bestens, danke. Sag mir, wie viele Nächte hast du hier jetzt schon geschlafen?«

»Vierzehn. Anfangs war es schwer, aber je gemütlicher das Cottage wird, umso leichter wird es.«

Darauf möchte ich wetten, dachte Valerie und fragte sich, ob Gabriel auch hier schlief. Sie konnte sich die beiden hier zusammen vorstellen, wie Nessa flüsternd auf ihn einredete, während es draußen dunkel wurde.

»Ich muss gehen«, verkündete Valerie. »Danke, dass du mir das Cottage gezeigt hast, Nessa. Du machst das großartig.«

»Danke, das ist lieb.« Nessa schien sich ehrlich über das Kompliment zu freuen, und Valerie empfand einen Anflug von Unbehagen über ihre Doppelzüngigkeit. »Und«, fügte Nessa hinzu, »ich weiß zwar, dass ich es schon einmal gesagt habe, aber ich bin dir sehr dankbar, dass du so gut auf Lily aufpasst, während ich hier renoviere.«

»Das ist überhaupt kein Problem«, beteuerte Valerie und fühlte sich gleich sicherer, weil sie die Wahrheit sagte.

Es war schön, Lily bei sich zu haben. Das wusste sie mit Gewissheit. Was sie nicht wusste, war, wie weit sie bereit war zu gehen, um dafür zu sorgen, dass Lily für immer bei ihr blieb.

Doch es musste einen Weg geben, und Valerie war fest entschlossen, ihn zu finden.

DREIUNDZWANZIG

NESSA

Valerie war offenbar zu dem Schluss gelangt, dass ihre ehemalige Schwiegertochter sich etwas vormachte.

Sie hatte es nicht ausgesprochen, aber das war auch gar nicht nötig gewesen, dachte Nessa, als sie dem sich entfernenden Volvo nachsah. Valerie konnte schon mit einer zitternden Lippe oder einem bebenden Nasenflügel ein hohes Maß an Missbilligung ausdrücken und hatte nahezu unaufhörlich gezittert und gebebt, kaum dass sie über die Schwelle des Cottage getreten war.

Nessa setzte sich auf die breite steinerne Fensterbank und schaute durch die Scheibe.

Sie machte sich nichts vor. Sie hatte hart gearbeitet und war sich vollauf im Klaren über das Ausmaß der Arbeit, die noch vor ihr lag. Es war noch sehr viel zu tun, bis Lily hier würde einziehen können. Wenigstens schien die Kleine sich bei den Großeltern wohlzufühlen.

Das war auch kein Wunder, denn Valerie verwöhnte Lily nach Strich und Faden. Wenn Nessa sie zur Schule brachte, erzählte sie von neuen Spielsachen und als sie zum Tee zu

Rosie nach Driftwood House gegangen waren, war Lily voller Vorfreude auf einen bevorstehenden Kinobesuch gewesen.

Valerie erlaubte Lily auch jeden Tag, Schokolade, Kuchen und Kekse zu essen. Nessa, die bereits in Valeries Schuld stand, weil ihre Tochter bei ihr wohnen durfte, sah sich außerstande, sie deswegen zu kritisieren.

All das würde ein Ende haben, wenn Lily zurückkam. *Falls sie zurückkommt*, sagte die kleine Stimme in Nessas Kopf, die in dem stillen Cottage besonders laut zu sein schien. *Was, wenn Lily lieber für immer bei Valerie bleiben will?*

Nessa zog die Nase hoch. Sie würde nicht noch einmal weinen. Sie hatte ohnehin das Gefühl, keine Tränen mehr zu haben.

Stattdessen würde sie ihre Sorge in etwas Nützliches kanalisieren und den alten Schuppen hinter dem Cottage putzen. Die Spinnen darin würden ihr die düsteren Gedanken schnell austreiben.

Eine halbe Stunde später hatte die Angst Nessas finstere Gedanken restlos verbannt. Sie war zwar ein Mädchen vom Land und an Insekten gewöhnt, aber so große Spinnen hatte sie noch nie gesehen. Sie lauerten ihr mit gekrümmten schwarzen Beinen in dunklen Ecken auf, während die Spinnweben wie silbrige Hängematten an der Decke hingen.

»Igitt!«, kreischte Nessa, rannte aus dem Schuppen und strich sich hektisch übers Haar. »Geh weg!«

»Wirklich?«, erklang eine tiefe Stimme hinter ihr. »Das ist selbst für Ihre Verhältnisse unhöflich.«

Als Nessa herumwirbelte, lehnte Gabriel an der Mauer des Cottages.

»Nein, Sie meine ich nicht«, stieß sie stotternd hervor und rieb sich immer noch den Kopf. »Eine Spinne ist auf mich draufgefallen, und die Viecher da drin sind riesig.« Sie fuhr sich übers Gesicht und merkte zu spät, dass ihre Hände dreckig waren. »Was machen Sie hier?«

Ihre Frage klang scharf, aber Gabriel kam sonst nie tagsüber her.

Er schaute immer noch frühmorgens und spätabends vorbei. In letzter Zeit hatte sich ihr kurzer Wortwechsel (»Hallo.« – »Hallo, ich bin noch da.«) um einen Austausch über das Wetter erweitert.

»Ich dachte ...« Gabriel runzelte die Stirn. »Ich dachte, ich nehme mir eine Stunde frei, um zu malen.«

»Geil!«

Nessa hatte diesen Ausruf noch nie im Leben benutzt, aber irgendwie schien er jetzt passend. Die Kunstutensilien ihrer Gran waren nicht mehr erwähnt worden, seit sie sie ihm vor einer Woche angeboten hatte, doch nun wollte er tatsächlich malen. Der verklemmte Workaholic Gabriel war drauf und dran, etwas Spontanes zu tun.

»Die Malsachen sind noch im Cottage, also ran an den Speck.«

Gabriel verzog das Gesicht, und Nessa konnte es ihm nicht verübeln. Auch diesen Ausdruck hatte sie noch nie benutzt, aber sein plötzliches Erscheinen hatte sie aus dem Konzept gebracht.

»Ich werde Ihnen nicht im Weg sein«, beteuerte er, beugte sich vor und zupfte ihr einen Zweig aus dem Haar. »Ich überlasse Sie Ihren Spinnen.«

Nessa strich sich die Strähne glatt, die er gerade berührt hatte. »Wie überaus reizend von Ihnen.«

»So bin ich nun mal«, erwiderte er und zog dabei ironisch die Brauen hoch. Dann hielt er Wort und überließ sie tatsächlich den Gefahren des dunklen, muffigen Schuppens.

Zwei Stunden später warf Nessa einen Blick durch das Fenster des Cottages. Gabriel hatte die Staffelei wenige Meter vom

Meer entfernt aufgestellt und schien ganz in seine Tätigkeit vertieft zu sein.

Als Nessa sah, wie sein Arm in großen Bögen über die Leinwand fuhr, musste sie an ihre Großmutter denken. Gran hatte Farbtupfer auf die Leinwand gesetzt, aus denen vor Nessas staunenden Augen die Landschaft vor ihnen entstand.

Nessa hatte versucht, es ihr nachzutun, aber ihre Bilder hatten am Ende so ausgesehen wie die von Lily.

Bisher hatte sie der Versuchung widerstanden, nachzusehen, was Gabriel dort trieb, doch jetzt nahm sie ihren Mut zusammen, trat aus dem Cottage und ging zu ihm.

Er hatte die Schuhe und Socken ausgezogen und stand barfuß im Gras.

Es war bestes Malwetter. Die Sonne war hinter einem dünnen Wolkenschleier verschwunden, sodass die Temperatur gefallen war, aber es war trotzdem noch angenehm warm. Das ruhige Meer, das sanft gegen die Felsen plätscherte, war von einem verblüffenden Türkis, und als Nessa näher kam, sah sie, dass Gabriel den Farbton perfekt getroffen hatte.

Kunstkritiker mochten einwenden, dass das Wasser unmöglich diese Farbe haben könne und der Maler sich künstlerische Freiheiten herausnahm. Gabriel hatte das Meer jedoch wirklichkeitsgetreu wiedergegeben, genau wie die verstreuten Steinhaufen im Vordergrund des Gemäldes.

Das Bild war mit breiten Pinselstrichen gemalt und strahlte eine Lebendigkeit aus, die Nessa den Atem verschlug. Er hatte das Wesen des Ortes eingefangen.

Gabriel warf einen Blick über die Schulter, als sie sich ihm näherte. Ein breiter Streifen blauer Farbe zog sich über seine Stirn.

»Nicht hinsehen. Ich bin noch nicht fertig, und es ist nicht besonders gut.«

»Ich finde, Sie sind zu bescheiden.« Nessa betrachtete die

Leinwand. Aus der Nähe war sein Werk noch beeindruckender. »Sie haben echtes Talent.«

»Das denke ich nicht.«

»Meine Gran würde Sie für talentiert halten, wenn sie hier wäre.«

Plötzlich sehnte Nessa sich nach ihrer geliebten Großmutter, deren Asche sie erst wenige Wochen zuvor über dem gleichen türkisfarbenen Meer verstreut hatte, das Gabriel gerade malte.

Er legte den Pinsel auf die Staffelei. »Um ehrlich zu sein, es ist mir egal, wie mein Bild geworden ist. Es ist sehr ...«, er zögerte und suchte nach dem richtigen Wort, »... befreiend, einfach zu malen und zu wissen, dass es keine Rolle spielt, wie gut oder schlecht es ist.«

»Und es ist eine Abwechslung von der ständigen Arbeit«, entgegnete Nessa und schlug nach einer Fliege, die um ihren Hals summte.

Gabriel drehte sich zu ihr um, das Gesicht gerötet von der Hitze. »Genau. Außerdem muss ich bei meiner Arbeit immer ...« Er schüttelte den Kopf. »Es spielt keine Rolle.«

»Was spielt keine Rolle?«

»Stellen Sie immer so viele Fragen?«

»Weichen Sie immer Fragen aus, indem Sie Gegenfragen stellen?«

Nessa wartete und rechnete halb damit, dass der Geschäftsmann Gabriel ihr einen stählernen Blick zuwarf. Doch stattdessen ließ er die Schultern sinken und wischte sich die Hände an dem Lappen ab, mit dem ihre Gran ausgelaufene Farbe aufgewischt hatte.

»Bei meiner Arbeit muss ich immer eine Menge beweisen.«

»Es ist sicher ein Vorteil, dass es ein Familienunternehmen ist.«

»Finden Sie? Ich bin der Sohn des Chefs, daher denken alle, ich hätte die Stelle nur deshalb bekommen.«

»Und stimmt das?«

Nessa wand sich innerlich und fragte sich, ob sie zu weit gegangen war. Doch Gabriel antwortete sofort.

»Nein, eigentlich nicht. Ich arbeite hart und bin gut.« Er warf ihr einen Seitenblick zu. »Es sei denn, jemand macht mir das Leben schwer.« Er hielt inne. Wartete er darauf, dass sie sich entschuldigte? Er zog die Nase kraus. »Ich werde eines Tages die Firma übernehmen, wenn mein Vater in den Ruhestand geht.«

»Dann tragen Sie eine Menge Verantwortung. Freuen Sie sich darauf, der Chef zu sein?«

»Keine Ahnung. Wahrscheinlich schon. Mein Vater erwartet von mir, dass ich in seine Fußstapfen trete.«

»Aber es ist nicht immer leicht, die Erwartungen der anderen zu erfüllen.«

»Mhm.«

Als Gabriel sich daranmachte, Farben und Pinsel einzupacken, half Nessa ihm, ohne noch etwas zu sagen. Er wollte nicht über sein Leben reden. Er wollte nur, dass sie aufhörte, ihm das Leben schwer zu machen.

Sie hatten das Cottage fast erreicht, als Gabriel unvermittelt stehen blieb. Nessa dachte, er hätte etwas fallen lassen, aber er hielt die Leinwand noch in der Hand und die Staffelei unterm Arm.

»Was erwarten die Leute von Ihnen?«, fragte er und scharrte mit den Füßen.

Nessa wandte den Blick ab und schaute aufs Meer zu den Fischerbooten, Farbkleckse am Horizont.

»Vor vielen Jahren, als meine Mum sehr krank war, haben die Leute von mir erwartet, dass ich sie anderen zur Pflege überlasse und zur Schule gehe.«

»Aber das haben Sie nicht getan?«

»Manchmal schon. Aber ich habe damals dauernd

geschwänzt. Ich wusste, dass Mum nicht mehr lange zu leben hatte und wollte so viel Zeit wie möglich mit ihr verbringen.«

»Wie alt waren Sie, als sie gestorben ist?«

»Siebzehn.«

Eine Welle der Trauer raubte Nessa den Atem. Ihre Mutter war jetzt schon lange tot, aber der Schmerz über ihren Verlust hatte sich nie ganz gelegt.

»Das tut mir leid«, sagte Gabriel schroff.

»Was ist mit Ihrer Mum? Sie haben sie nie erwähnt.«

»Meine Eltern haben sich scheiden lassen, als ich noch klein war. Sie lebt jetzt mit einem reichen Banker in einem großen Haus in den Cotswolds. Ich habe sie als Kind nicht oft gesehen.«

Also hatten sie beide Mütter, die sie verlassen hatten, wenn auch auf unterschiedliche Weise. Nessa sah ihn mitfühlend an. »Das muss schwer gewesen sein.«

»Ich habe mich daran gewöhnt. Es bleibt einem ja nichts anderes übrig, als sich an die Umstände zu gewöhnen und weiterzuleben.«

Über dem Meer türmten sich dichte Wolken auf. Nessa zitterte. Der Wind hatte aufgefrischt, und es rollten größere Wellen an Land.

Es war, als ob sich ein Sturm zusammenbrauen würde und die Geister in Sorrel Cove erwachten.

Auch Gabriel schien die Veränderung in der Atmosphäre zu spüren. Er warf einen Blick auf die Armbanduhr und ging weiter in Richtung Cottage.

»Ich muss zurück nach Driftwood House und mich auf ein Zoom-Meeting vorbereiten. Ist es in Ordnung, wenn ich mein Bild erst einmal hierlasse?«

»Natürlich. Ich werde es trocknen lassen.«

»Danke.« Er lehnte die Leinwand und die Staffelei an die Cottagemauer. »Dann sehen wir uns heute Abend um zehn.«

»Ich werde da sein und Ihnen das Leben schwer machen.«

Gabriel sah sie einen Moment lang an. Seine Augen wirkten farblos in seinem Gesicht, das etwas Sonne abbekommen hatte.

»Ich weiß«, sagte er nur, wandte sich um und ging.

VIERUNDZWANZIG

NESSA

Lily drehte sich auf der Stelle im Kreis, bis sie lachend zusammenbrach.

Nessa bückte sich ebenfalls lachend und strich ihrer Tochter das Haar aus den dunklen Augen.

»Dir wird noch schlecht, wenn du weiter so herumwirbelst.«

Lily kicherte und ging auf den Steinplatten in die Hocke. »Als ich ein Baby war, habe ich meinen Teddy vollgekotzt.«

Nessa nickte mit einem Lächeln, obwohl die Erinnerung daran, sich allein um ein krankes Kind zu kümmern, immer noch Panik bei ihr auslöste. Lilys Asthma war damals eine ständige Sorge gewesen, bis der Einsatz verschiedener Inhalatoren für Linderung gesorgt hatte.

Jake hatte das alles verpasst – das Schlafen auf dem Boden vor Lilys Kinderbett, falls sie keine Luft mehr bekam, und die Anrufe beim Arzt gleich morgens, wenn die Praxis aufmachte, um sich Hilfe und Rat zu holen.

Er hatte irgendwo anders seinen Freigeist ausgelebt. Und nun versuchte seine Mutter ihr die Tochter wegzunehmen, die er im Stich gelassen hatte.

Nessa schüttelte sich im Geiste. Die Nächte hier in dem einsamen Cottage spielten ihrem Verstand ganz eindeutig Streiche. Natürlich versuchte Valerie nicht, ihr Lily wegzunehmen.

Sie hielt zwar nichts von Nessa und mochte sie auch nicht – so viel war klar –, doch was Lily betraf, war sie einfach nur eine Großmutter, die ihrer Enkelin jeden Wunsch von den Augen ablas. Außerdem half sie Nessa, und genau darum hatte Nessa sie schließlich gebeten.

»Mummy! Hörst du mir überhaupt zu?«

Nessa riss sich von ihren zerstörerischen Gedanken los. »Was hast du gesagt, Süße?«

»Ich habe gefragt, ob wir Picknicken gehen.«

»Ja, sofort. Ich will nur schnell nachsehen, ob ich auch unser Essen eingepackt habe.«

Nessa stellte eine Wasserflasche in den Korb, den sie sich von Rosie geliehen hatte, und vergewisserte sich, dass sie Lilys Lieblingsriegel nicht vergessen hatte. Auch sie freute sich auf das Picknick am Strand.

Der Sturm, der vor über einer Woche gedroht hatte, war doch nicht gekommen. Die Temperatur war etwas gesunken und der Himmel war bewölkt gewesen, doch heute schien die Sonne. Es war einer dieser herrlichen Tage Anfang Juli, an denen die Luft flimmerte, und Nessa würde den Vormittag mit Lily verbringen.

Ihr wunderbares Mädchen fehlte ihr sehr. Sie musste sich immer wieder ins Gedächtnis rufen, dass ihr Aufenthalt im Cottage langfristig Lily zugutekommen würde. Sie tat es, damit sie beide langfristig ein Zuhause hatten, ein Heim mit Verbindung zu Lilys Vorfahren.

»Wie findest du das Cottage, Lils?«, fragte Lily, während sie die Schnallen des Korbes schloss.

Lily tippte sich an die Nase, genau wie ihr Großvater, wenn er über etwas nachdachte. »Es ist etwas unheimlich. Archie aus meiner Klasse sagt, dass hier Geister leben und so machen.« Sie hob die Arme und wedelte damit herum.

»Hier gibt es nichts Unheimliches«, versicherte Nessa ihr, die Archies Eltern am liebsten geschüttelt hätte. Wahrscheinlich hatte er sie über das Geisterdorf reden hören.

»Aber hast du denn nachts keine Angst?« Lily ließ ihre Hand in die von Nessa gleiten. »Warum schläfst du nicht mit mir bei Granny? Granny hätte nichts dagegen.«

Granny würde eine Menge dagegen haben. Nessa lächelte jedoch und drückte sanft die Finger ihrer Tochter.

»Ich habe es dir doch erklärt: Es ist nur für kurz, bald wohnen wir beide wieder zusammen.«

»Wo?«, fragte Lily, die Augen riesig in ihrem perfekten, sonnengeküssten Gesicht. »Bei Tante Rosie?«

Jetzt war der richtige Zeitpunkt, ihr zu sagen, dass sie zusammen hier in dieses Cottage am Meer ziehen würden. Die harte Arbeit, die Nessa in den vergangenen drei Wochen hineingesteckt hatte, zahlte sich langsam aus und es wurde immer einladender. Doch etwas hielt sie zurück.

War es der Gedanke, Lily falsche Hoffnungen zu machen, falls Gabriel und sein Vater am Ende doch gewannen? Oder die Befürchtung, dass Lily, die jetzt schon Angst hatte, weil es in dem Cottage angeblich spukte, sich weigern und betteln würde, für immer bei Valerie bleiben zu dürfen?

Nessa zögerte, und der Moment verstrich, denn an der Haustür erklang ein lautes Klopfen. Als sie aufschwang, stand Gabriel da. Er blickte mit vor Schweiß glänzender Stirn zwischen Nessa und Lily hin und her.

»Entschuldigung. Ich habe mein Handy verloren und dachte, es wäre vielleicht hier. Es ist in einem schwarzen Etui und enthält mein ganzes Leben.« Er wischte sich über die Stirn. »Es muss mir heute Morgen aus der Tasche gefallen sein, als ich hier war. Ich muss es unbedingt finden, sonst ...«

»Es ist hier«, unterbrach Nessa ihn.

Es tat weh zu sehen, welchen Stress er sich wegen seines Handys machte. Obwohl man wahrscheinlich mehr Grund zur Besorgnis hatte, wenn man ein Handy der Spitzenklasse verlor, das Informationen über lukrative Deals enthielt, als wenn man ein billiges Prepaid-Handy wie ihres verlegte.

»Oh, Gott sei Dank.« Er stieß langsam den Atem aus.

»Ich habe es draußen auf dem Boden gefunden. Es muss Ihnen aus der Tasche gefallen sein. Ich habe in Driftwood House angerufen und eine Nachricht hinterlassen, dass man es Ihnen ausrichten soll.«

»Ich glaube, Rosie ist unterwegs. Danke. Ich brauche es für die Arbeit.«

»Das dachte ich mir. Ich habe mit dem Gedanken gespielt, es ins Meer zu werfen, aber das kam mir dann doch etwas gemein vor.«

Er sah sie durchdringend an, doch dann zuckte sein Mundwinkel in die Höhe. »Sehr gemein, würde ich sagen.« Er richtete die Aufmerksamkeit auf Lily. »Hallo, du.«

»Hi.« Erschrocken von Gabriels Eintreffen war Lily dicht an ihre Mutter gerückt und hatte die Arme um sie geschlungen. »Wohnst du jetzt hier bei Mummy?«

»Nein, überhaupt nicht. Ich komme früh morgens her – dabei habe ich mein Handy verloren – und dann noch mal spät abends. Das ist alles.«

»Warum?«, fragte Lily und drückte die Wange an Nessas Bauch.

»Nur um nachzusehen«, sagte Gabriel, und eine leichte Röte stieg ihm in die Wangen.

»Was nachzusehen?«

Um nachzusehen, ob deine Mutter sich auch ja nicht für die Nacht in ein bequemes Bett davonschleicht, dachte Nessa. Gabriel wirkte verlegen. Sie hatte ihn noch nie nervös erlebt. Es machte ihn sympathischer, menschlicher. Sie ersparte ihm ein weiteres Kreuzverhör.

»Komm, Lily. Kannst du Gabriel sein Handy geben? Es liegt da drüben.«

»Das kann ich«, erklärte Lily. »Mummy verliert ihr Handy andauernd.«

»Ach ja?« Gabriel lächelte. »Sie hat viel zu tun.«

Sein Blick begegnete Nessas, und sie erwiderte ihn kurz, bevor sie wegsah.

»Hier ist es!« Lily nahm Gabriels Handy vom Kaminsims und wedelte triumphierend damit herum. »Ich habe es gefunden.«

»Allerdings.« Gabriel nahm das Handy entgegen und steckte es ein. »Danke, dass du solche Adleraugen hast.« Mit Blick auf den Picknickkorb fragte er: »Hast du heute keine Schule?«

»Nein, heute ist frei, und wir gehen an den geheimen Strand.«

»Ein geheimer Strand? Das klingt ja aufregend. Der Tag ist perfekt dafür.«

»So geheim ist er gar nicht. Es ist eine kleine Bucht in der Nähe«, sagte Nessa. »Der Strand von Heaven's Cove ist zwar schön, aber zu dieser Jahreszeit ist es dort ziemlich voll.«

»Ich verstehe. Na, das klingt ja wunderbar.« Gabriel öffnete den zweiten Knopf seines weißen Hemdes. Die Krawatte schien er gar nicht mehr zu tragen. »Ich hoffe, du hast viel Spaß, Lily.«

»Hast du auch gern Spaß?«, fragte Lily, legte den Kopf schräg und betrachtete ihn nachdenklich.

»Ja, ich denke schon. Ich habe nur nicht oft Spaß.«

»Das ist schade«, erwiderte Lily, und zwischen ihren Brauen entstand eine kleine Falte.

Oha. Lily runzelte nur dann die Stirn, wenn sie eine »Große Idee« hatte, und Nessa beschlich eine schreckliche Ahnung, worum es sich bei dieser Idee handelte. Sie setzte zu sprechen an, doch Lily kam ihr zuvor.

»Du kannst mitkommen. Komm mit an den Strand. Ich kann schwimmen, und du kannst mir zusehen. Das wird lustig.«

»Gabriel muss bestimmt arbeiten und hat viel zu viel zu tun, um mit uns an den Strand zu gehen«, wandte Nessa ein und zog die Brauen hoch, was so viel heißen sollte wie: S*ie versteht nicht, wie beschäftigt und wichtig Sie sind.*

Doch Lily war nicht so leicht von ihrer Idee abzubringen. Manchmal erinnerte sie Nessa an ihre Großmutter. Lily lief zu Gabriel und sah ihn an.

»Mach nicht deine dumme Arbeit. Nimm dir frei und plansch im Meer. Millie hat neulich am Strand einen Delfin gesehen.«

Gabriel hockte sich neben ihre Tochter. »Einen Delfin? Wow. Hast du schon mal einen Delfin gesehen?«

Lily dachte kurz nach, dann schüttelte sie den Kopf. »Nein, einen Delfin habe ich noch nie gesehen. Aber ich habe schon mal eine Robbe gesehen. Sie schwimmt im Hafen und stößt mit dem Kopf gegen die Boote.«

Gabriel stieß ein schnaubendes Lachen aus. »Wirklich? Dann muss sie aber ganz schöne Kopfschmerzen haben.«

Lily nickte ernst. »Bestimmt. Sie ist ein bisschen dumm. Komm mit.« Sie ließ ihre Hand in seine gleiten. »Wir gehen an den Strand.«

Gabriel stand auf, die Hand noch immer in der von Lily. Nessa beobachtete die beiden aufmerksam. Ihre Tochter war Fremden gegenüber oft misstrauisch, aber Gabriel schien sie sehr schnell ins Herz geschlossen zu haben.

»Tut mir leid«, sagte sie und griff nach dem Korb. »Ich weiß, dass Sie arbeiten müssen.«

»Ich muss immer arbeiten.« Gabriel blickte durchs Fenster in das gleißende Sonnenlicht. »Allerdings klingt ein Strandausflug während einer Hitzewelle sehr verführerisch.«

»Bitte«, flehte Lily und sah ihn mit einem kleinen Schmollmund an. »Wir werden Delfine sehen.«

»Lily, lass den armen Mann in Ruhe.«

»Warum?«, fragte Lily.

»Er ist beschäftigt.«

»Zu beschäftigt, um einen Delfin zu sehen?«, schoss Lily zurück.

Gabriel zögerte. »Na schön, ich würde gern mitkommen und mir die versteckte Bucht ansehen, aber nur für eine halbe Stunde.« Er warf Nessa einen Blick zu und runzelte die Stirn. »Das heißt, wenn Sie nichts dagegen haben. Ich möchte Ihren Ausflug nicht stören.«

Als Lily Nessa ihr hoffnungsvolles Gesicht zuwandte, fühlte diese sich komplett in die Ecke gedrängt.

»Ist schon in Ordnung«, sagte sie, bückte sich, nahm eine Flasche Sonnencreme und steckte sie in die Tasche ihrer Shorts. »Je mehr, desto besser.«

Doch es war nicht in Ordnung. Sie wollte Gabriel die versteckte Bucht nicht zeigen. Was, wenn er beschloss, dort ebenfalls Luxushäuser zu bauen, die die Einheimischen sich nicht leisten konnten?

Ihre Sorge war unbegründet, sagte sie sich, während sie an der Küste entlang voranging, bis sie zu einem fast völlig von hohem Ginster überwucherten Pfad kamen. Die Bucht war vor Gabriel und seinem Vater sicher – sie wurde bei Flut überschwemmt und war von Steilfelsen umgeben. Es würde unmöglich sein, dort zu bauen. Wenn es im Geisterdorf doch genauso wäre.

Nessa blinzelte gegen die helle Sonne, nahm Lily an die Hand und bahnte sich einen Weg den schmalen Pfad entlang zu dem Sand, der leuchtete wie gewaschenes Gold.

FÜNFUNDZWANZIG

GABRIEL

Auf dem Weg blieben Gabriels Schuhe immer wieder im Sand stecken, und er schirmte die Augen mit der Hand ab. Er hätte die Sonnenbrille mitnehmen sollen, aber die lag noch im Handschuhfach seines Wagens – der bei seiner Rückkehr die reinste Sauna sein würde.

Insgeheim wünschte er sich, er hätte Lilys Bitte ausgeschlagen. Er wollte ablehnen, bis sie erklärt hatte, es sei traurig, zu beschäftigt zu sein, um einen Delfin zu sehen, und ihm klar geworden war, dass sie recht hatte.

Er war zu beschäftigt, um ein Leben abseits der Arbeit zu haben. Zu beschäftigt, um sich mit Freunden zu treffen, zu malen oder sich zu verlieben. Es hatte ihn erschreckt, wie panisch er geworden war, nachdem er am Morgen sein Arbeitshandy verloren hatte – obwohl ein Teil der Panik mit seinem Vater zu tun hatte, der ihm die Hölle heiß machen würde.

Also hatte er eingewilligt und sich Nessas Ausflug angeschlossen, worüber sie ganz und gar nicht begeistert war. Und nun war er hier in dieser wunderschönen Bucht.

Nessa hatte ihn einen Weg entlanggeführt, den er selbst nie

bemerkt hätte. Er war schmal und überwuchert und führte zu einem perfekten Strand, der von oben nicht zu sehen war.

»Das ist ja traumhaft«, sagte er und betrachtete das tiefblaue Meer, das über den weichen Sand plätscherte. Er war an exotischen Stränden in der Karibik gewesen, die diesem verborgenen Juwel nicht das Wasser reichen konnten.

»Der Strand ist unberührt, weil er kaum bekannt ist«, entgegnete Nessa und nahm ihm den Korb ab, den er für sie getragen hatte. »Die Einheimischen kennen ihn natürlich, aber viele von ihnen arbeiten heute oder sind an den Strand in Heaven's Cove gegangen. Dieser Strand ist schwer zu erreichen und verschwindet bei Flut, sodass man hier auch nicht bauen kann.«

Gabriel runzelte die Stirn. Dachte sie wirklich, dass er die Bucht in Beschlag nehmen und Häuser auf Sand bauen wollte?

Er streifte sich die Schuhe ab und schüttelte gefühlt den halben Strand heraus.

»Lässt du die Socken an?«, prustete Lily, die sich bereits bis auf den Badeanzug, den sie unter den Shorts trug, ausgezogen hatte. »Du siehst witzig aus.«

Wahrscheinlich bot er wirklich einen witzigen Anblick, wie er in dieser Hitze in Anzug und Socken am Strand stand. Nessa war mit blauen Jeansshorts und einem weißen ärmellosen Top wesentlich angemessener gekleidet.

Lily hatte es aufgegeben, auf eine Antwort wegen der Socken zu warten, und rannte zum Meer, um im Wasser zu planschen. Sie blieb kurz stehen und winkte Nessa zu, die breit lächelnd zurückwinkte.

Nessa und ihre Tochter gehörten hierher, und er nicht. Zu Gabriels Überraschung überkam ihn eine Welle der Traurigkeit. Er gehörte hier nicht hin, doch nach London gehörte er eigentlich auch nicht. Was gab es für ihn schon in der Stadt, abgesehen von seiner Arbeit, die ihn rund um die Uhr in

Anspruch nahm, und ständiges Sodbrennen, das in Devon verschwunden zu sein schien?

Auf seine Weise war er genauso obdachlos wie Nessa. Dieser Strandausflug machte nicht so viel Spaß, wie Lily versprochen hatte.

Gabriel ließ sich schwer in den Sand fallen und zog Jackett und Socken aus. Zumindest würde er mit nackten Füßen nicht mehr ganz so fehl am Platz wirken.

Nessa setzte sich neben ihn, zog die Knie an und stützte das Kinn darauf.

»Lily ist gern hier.«

»Das kann ich verstehen.« Gabriel kniff die Augen zusammen und schaute zu Lily, die kreischend ins Meer rannte und durch die kniehohen Wellen hüpfte. »Kann sie schwimmen?«

»Wie ein Fisch.«

»Natürlich, wenn man an der Küste aufwächst.«

»Und Sie? Können Sie schwimmen?«, fragte sie und sah ihn an.

»Ja, aber ich war älter als Lily, als ich es gelernt habe. Ich bin in Wimbledon aufgewachsen, daher bin ich ins Schwimmbad gegangen und nicht ins Meer.«

Er dachte an seinen privaten Schwimmunterricht in dem großen Becken. Zuerst hatte er Angst vor dem Wasser gehabt, aber sein Vater hatte darauf bestanden, dass er jede Woche ging, obwohl seine Augen von dem Chlor brannten und er Albträume hatte, unterzugehen.

Damals hatte er seinen Vater grausam gefunden, aber vielleicht hatte er richtig gehandelt. Gabriel hatte am Ende schwimmen gelernt, obwohl er jetzt nie schwimmen ging. Nicht einmal, wenn er in einer luxuriösen Ferienanlage mit weißem Sand und Meer von der Farbe von Lapislazuli war.

»Was denken Sie gerade?«, fragte Nessa, während sie ihre Sonnenbrille aus dem Korb nahm und aufsetzte. Einmal mehr wünschte Gabriel, er hätte ebenfalls die Sonnenbrille mitgenommen und einen Hut. Es war furchtbar heiß.

Er öffnete einen weiteren Knopf an seinem Hemd, und Nessa lächelte.

»Wenn Sie wollen, können Sie etwas ganz Verwegenes tun und vier Knöpfe öffnen. Ich werde es auch niemandem sagen.«

Sie machte sich über ihn lustig, aber auf nette Art, und es machte ihm nichts aus. Als er zwei weitere Knöpfe seines weißen Hemdes öffnete, warf Nessa einen Blick auf seine Brust und richtete ihn dann aufs Meer, wo Lily immer noch fröhlich herumplanschte.

»Ziehen Sie sich auch manchmal ganz aus?«, fragte sie und wurde prompt rot. »Ich meine, in der Sonne. Trennen Sie sich jemals von Ihrem Anzug?«

»Ich schlafe nicht darin«, gab Gabriel zurück und bemerkte, wie hübsch Nessa aussah, wenn sie errötete. »Zu Hause habe ich mindestens eine Handvoll T-Shirts, und als ich auf Tobago war, habe ich einen Mankini getragen.«

»Machen Sie Witze?«, stieß Nessa atemlos hervor.

»Zum Glück der Bewohner von Tobago, ja, das war ein Witz.«

Es war ein dummer Scherz gewesen, aber er wollte dieser Frau beweisen, dass er entgegen ihrer Annahme nicht nur ein trauriges, humorloses Arschlosch mit Hang zur Selbstzerstörung war. Er verspürte eine gewisse Befriedigung, als sie grinste.

»Solange Sie am Strand von Tobago nicht im Anzug gesessen haben.«

»Ich habe den Anzug während des ganzen Urlaubs nicht getragen.«

»Das muss ein toller Urlaub gewesen sein.«

»Ich denke oft daran zurück«, bestätigte er und beobachtete Lily, die sorglos in den Wellen spielte.

Er dachte tatsächlich oft an diesen Urlaub, aber aus

anderen Gründen: Streitereien mit Seraphina, ihre Angewohnheit, mit den Kellnern zu flirten, seine Angewohnheit, selbst in den Ferien zu arbeiten.

Sie hatte in dem Urlaub auf seinen Antrag gewartet, und er war sich wie ein Mistkerl vorgekommen, weil er sie enttäuscht hatte. Er hatte sie einfach nicht genug geliebt, um eine lebenslange Bindung einzugehen. Wenn sie geheiratet hätten, wäre sie genauso unglücklich geworden wie er.

»*Du hättest Affären haben können. Jeder hat welche.*« Das war die Reaktion seines Vaters gewesen, als er ihm den Grund für die Trennung von Seraphina genannt hatte. Doch Gabriel wollte keine Affären. Er wollte eine richtige Beziehung, eine Beziehung fürs Leben. Vielleicht machte er sich auch lächerlich und erwartete zu viel für einen Mann in seiner Position.

»Gabriel!« Lilys helle Stimme drang in seine Gedanken. Sie winkte ihm von Meer aus zu. »Komm zu mir ins Wasser. Hier sind ganz viele Muscheln. Ich kann sie dir zeigen.«

»Ich fürchte, mit meiner Tochter hat man keine Ruhe«, lachte Nessa. »Aber lassen Sie sich von ihr zu nichts zwingen, was Sie nicht wollen.«

Gabriel winkte Lily ebenfalls zu, die immer noch mit den Armen wedelte. Er konnte auch einfach nur hier im Sand sitzen und Sonne tanken, aber es wurde immer heißer, und es war schwer, Lily zu widerstehen.

»Kurz Wassertreten kann ja nicht schaden, denke ich.«

Er krempelte sich die Hosenbeine bis über die Knie auf – er musste jetzt aussehen wie ein komischer alter Kauz –, erhob sich und schüttelte den Sand ab. Dann öffnete er zwei weitere Knöpfe seines Hemdes und zog es aus der Hose. Als er zum Wasser ging, blähte sich das Hemd in der angenehmen Brise.

»Hurra«, rief Lily, als er die Wellen erreichte, die sanft ans Ufer rauschten. »Das Wasser ist gar nicht kalt.«

Sie log. Gabriel sog scharf die Luft durch die Zähne ein, als eine Welle brach und seine Knöchel umspülte.

»Es ist eisig, Lily«, widersprach er ihr, und sie stieß ein heiseres Kichern aus.

»Ich weiß.« Sie lachte wieder, als sie seinen Gesichtsausdruck aus. »Komm, wir suchen die Delfine.«

Zu zweit gingen sie am Ufer entlang und schauten aufs Meer hinaus.

Nessa ließ sich nach hinten in den weichen Sand sinken, stützte sich auf die Ellbogen und beobachtete ihre Tochter und Gabriel, wie sie durch die Brandung wateten. Sie steckten die Köpfe zusammen und schienen sich über Muscheln zu unterhalten, die Gabriel aufgehoben hatte.

Hier unten am Strand kam er ihr wie ein anderer Mensch vor. Nicht so spießig und förmlich. Er hatte sogar einen schrecklichen Witz gemacht. Er sah ganz anders aus mit hochgekrempelten Hosenbeinen und dem offenen Hemd, das um ihn herumflatterte. Die Brise wehte ihm das dunkle Haar in die Augen.

Er sah gut aus. Er sah aus wie Mr Darcy, wie er nach seinem Bad im See über den Rasen von Pemberley geht.

Das Bild von Gabriel in Unterhose am Fenster von Driftwood House ging Nessa durch den Kopf, gefolgt von dem weniger reizvollen Bild von ihm im Mankini.

Sie grub die Hände in den Sand und konzentrierte sich auf die Körner, die sie durch die Finger rieseln ließ.

Gabriels Attraktivität hatte sie langsam aber sicher in Bann gezogen. Er war ganz anders als Jake, allerdings war diese Beziehung ohnehin eine Katastrophe gewesen.

Sie rieb die Hände aneinander. Es war sinnlos, sich zu Gabriel hingezogen zu fühlen, denn sie war nur ein Hindernis, das seinen Plänen im Weg stand. Es hatte auch keinen Sinn, dass Lily ihn ins Herz schloss, denn bald würde er wieder fort sein, genau wie Lilys Vater.

Nessa stand auf, als Gabriels Handy, das er im Sand liegen gelassen hatte, klingelte. Es hörte sich dringend an und wirkte falsch an diesem friedlichen Ort.

»Hey!« Sie winkte. »Ihr Telefon klingelt. Ich glaube, die Arbeit ruft.«

Gabriel beugte sich zu Lily und sagte etwas zu ihr, dann kam er über den Strand zurück. Seine aufgekrempelten Hosenbeine waren nass von den Wellen.

Er nahm das Handy entgegen und warf einen Blick auf das Display. Das Klingeln hatte aufgehört, aber er verzog die Lippen.

»Verdammt. Das war ein Kunde, den ich sprechen muss. Ich sollte besser gehen.« Er rollte die Hosenbeine herunter und knöpfte sich das Hemd zu. »Ich habe nicht damit gerechnet, der Arbeit längere Zeit entkommen zu können. Würden Sie es Lily erklären und ihr von mir Auf Wiedersehen sagen?«

»Natürlich.«

»Danke, dass ich bei Ihrem Strandausflug mitkommen durfte.«

»Das war Lilys Idee«, antwortete Nessa und bereute es sofort, als seine Züge versteinerten. Es klang, als würde sie es bedauern, dass er sich ihnen angeschlossen hatte, obwohl es in Wahrheit schön gewesen war und Lily sich in seiner Gesellschaft wohlgefühlt hatte.

Doch jetzt war es zu spät, etwas anderes zu sagen, denn Gabriel ging bereits zum Ende der Bucht, wo er sich auf einen Felsbrocken setzte und Socken und Schuhe wieder anzog. Dann stieg er den Pfad hinauf, und als er oben angekommen war, verschwand er, ohne sich noch einmal umzudrehen.

Nessa ließ sich erneut in den Sand sinken und fühlte sich ... Sie war sich nicht ganz sicher, wie sie sich fühlte. Gabriel Gantwich hatte oft diese Wirkung auf sie.

Es wäre viel einfacher und nicht so verwirrend gewesen, wenn sie ihn einfach nur hassen könnte. Als er mit seinem ehrgeizigen Plan, das Geisterdorf niederzureißen, in Heaven's Cove aufgetaucht war, hatte sie ihn tatsächlich gehasst – einen herzlosen Geschäftsmann, dem die Gegend gleichgültig war.

Doch nun kam er ihr umso rätselhafter vor: Einerseits war er immer noch der kompromisslose Immobilienhai, der zerstören wollte, was sie liebte. Da war jedoch auch eine andere Seite an ihm, die gelegentlich durchschien, eine sanfte, kreative Seite und eine Traurigkeit, die ihn wie eine Wolke umgab. Als ob er nicht der Mann sein wollte, der er war.

Sie hatte jetzt mehr als drei Wochen in dem Cottage verbracht – vierundzwanzig lange Nächte –, daher war sie auf dem besten Weg, ihr Ziel zu erreichen und das geliebte Haus zu retten. Doch selbst wenn ihr das am Ende nicht gelang, konnte sie vielleicht an Gabriels Güte appellieren. Vielleicht machte sie sich auch selbst etwas vor, und dieser Mann würde über die einzige greifbare Verbindung hinwegtrampeln, die ihr zu ihrer Familie geblieben war.

Nessa verdrängte Gabriel aus ihren Gedanken und konzentrierte sich auf das, was vor ihr lag. Was auch geschehen mochte, der wichtigste Mensch in ihrem Leben war Lily, und heute konnte sie den Vormittag mit ihr verbringen und Spaß haben.

Sie ging zum Meer, wo ihre Tochter, ohne den Hauch einer Ahnung von den verschiedenen Möglichkeiten in ihrem Leben, zum Horizont schaute und sich Delfine herbeiwünschte.

SECHSUNDZWANZIG

GABRIEL

Gabriel stand im Wohnzimmer von Driftwood House, schaute aus dem Fenster aufs Meer hinaus und fuhr sich mit dem Finger zwischen Kragen und Hals entlang. Er trug ein neues Poloshirt.

Das Wetter war umgeschlagen. Eine dichte graue Wolkendecke hatte sich vor die Sonne geschoben und es war unangenehm schwül und drückend. Die kühle Brise, die für gewöhnlich auf dem Kliff herrschte, war verschwunden. Kein Lüftchen regte sich.

Die Aussicht von Driftwood House war immer noch herrlich und viel besser als die Betonwüste, die er aus seiner Londoner Wohnung sah, doch er vermisste seine Klimaanlage.

Wenigstens waren für heute keine Zoom-Anrufe geplant – es standen überhaupt keine Meetings an. Also hatte er sich dem schwülen Wetter entsprechend etwas legerer gekleidet.

Nach dem Strandausflug vor vier Tagen hatte er die Boutique am Kai besucht und zwei Poloshirts, neue Unterwäsche und eine Jeans gekauft.

Nessas Monat im Cottage war fast um – sie musste nur noch drei Nächte dort verbringen –, dann würde er nach

London zurückkehren. Er hatte jedoch beschlossen, sich die letzten Tage hier so angenehm wie möglich zu machen. Das hatte er verdient, denn er wusste, was ihn im Hauptquartier erwartete.

Sein Vater war außer sich darüber, dass Nessa noch immer in dem Cottage wohnte, und würde seine Wut an ihm auslassen. Dann, nachdem er seinem Sohn eine Standpauke gehalten hatte, würde er einen teuren Anwalt damit beauftragen, gegen Nessa vorzugehen, und er würde gewinnen. Dafür würde er Zeit und Geld aufwenden müssen, was ihn noch mehr ärgern würde, aber am Ende würde er das gewünschte Ergebnis erzielen.

Gabriel schüttelte den Kopf. Vielleicht würde es gar nicht so weit kommen. Es bestand immer noch der Hauch einer Chance, dass Nessa es sich anders überlegte und doch nicht mit Lily dort leben wollte. Oder dass sie einen Fehler machte. Deshalb klopfte er immer noch morgens um sieben und abends um zehn an ihre Tür.

Er betrachtete das aufgewühlte Meer, das mit jeder Minute die Farbe zu wechseln schien. Im Moment war es nahe der Küste moosgrün mit grauen Streifen, die sich bis zum Horizont erstreckten.

Es würde ein wunderbares, stimmungsvolles Gemälde abgeben, dachte er, und es juckte ihn in den Fingern, mit einem Pinsel über eine Leinwand zu streichen.

Er war so in Gedanken versunken, dass er nicht bemerkte, wie Rosie ins Zimmer kam, und fuhr zusammen, als sie ihm auf die Schulter tippte.

»Tut mir leid.« Sie lachte. »Sie waren ganz weit weg. Ich habe von der Tür aus nach Ihnen gerufen, aber Sie haben mich nicht gehört.«

Gabriel lächelte und freute sich, sie zu sehen. Trotz der Umstände genoss er seinen Aufenthalt in ihrem abgelegenen Gästehaus oberhalb von Heaven's Cove. Sein Zimmer war angenehm und tadellos sauber, und Rosie hatte sich größte Mühe gegeben, damit er sich wie zu Hause fühlte. Und da war noch etwas. Hier oben auf dem Kliff hatte er das Gefühl, sich irgendwie freier zu fühlen, weniger belastet durch berufliche Verpflichtungen, trotz der häufigen knappen Textnachrichten seines Vaters.

»Was kann ich für Sie tun?«, fragte er.

»Es geht nicht so sehr darum, etwas für mich zu tun«, antwortete sie und biss sich auf die Unterlippe. »Ich fahre jetzt mit meinem Freund nach Sorrel Cove und dachte, dass Sie vielleicht mitkommen möchten.«

»Warum?«

Rosie zuckte die Achseln. »Ich weiß, dass Sie und Nessa nicht die besten Freunde sind, aber egal wie die Sache ausgeht, sie hat einen schwierigen Monat hinter sich, und wir wollen ihr unsere Unterstützung anbieten. Also werden wir ihr ein wenig dabei zur Hand gehen, das Cottage herzurichten.«

»Ihnen ist aber klar, dass das Zeitverschwendung ist, weil das Cottage trotzdem abgerissen wird? Selbst wenn sie dreißig Tage dort verbringt, wird mein Vater einfach den Mietvertrag anfechten.«

Beim harten Klang seiner Worte zuckte er unwillkürlich zusammen, doch es hatte keinen Sinn, es zu beschönigen.

»Mag sein, aber unterschätzen Sie Nessa nicht. Die Leute haben auch mich unterschätzt, als ich nach dem Tod meiner Mum angefangen habe, Driftwood House zu renovieren, und ich habe ihnen das Gegenteil bewiesen.« Rosie lächelte. »Nessa ist eine Kämpferin, die in ihrem Leben viel durchgemacht hat, und wenn sie denkt, dass sie das Cottage retten kann, um sich und Lily ein besseres Leben zu ermöglichen, dann würde ich es ihr durchaus zutrauen.«

»Sie kennen meinen Vater nicht. Ich fürchte, dass Nessa auf verlorenem Posten kämpft.«

Er schämte sich, das zu sagen, aber es war die Wahrheit,

und es hatte keinen Zweck, deswegen sentimental zu werden. Er konnte es sich nicht leisten, Mitleid mit Nessa zu empfinden oder zuzugeben, dass er sie inzwischen gern hatte. Hinter ihrer Sturheit war sie freundlich und verletzlich. Außerdem hatte er bereits bemerkt, dass er viel öfter an sie dachte, als ihm guttat.

»Es kann sein, dass sie ihre Zeit verschwendet, aber es ist schön, einen Traum zu haben, finden Sie nicht?«, fragte Rosie. »Mein Traum war es, dieses Haus in eine Pension zu verwandeln, und er ist wahr geworden. Na jedenfalls, ich breche in fünfzehn Minuten auf, falls Sie Lust haben, sich uns anzuschließen.«

Sie hatte bereits die Tür erreicht, als Gabriel fragte: »Sie und Nessa sind doch gute Freundinnen. Warum nehmen Sie es mir nicht übel, was ich hier mache?«

Sie betrachtete ihn aus ihren warmen braunen Augen. »Es gefällt mir nicht, aber mir ist klar, dass Sie nur Ihre Arbeit tun. Sie haben Ihre Gründe dafür, das Geisterdorf zerstören zu wollen, und Nessa hat ihre Gründe, es retten zu wollen.«

»Und Sie denken, wenn ich sehe, wie sehr Nessa sich anstrengt, werde ich vielleicht meine Meinung ändern?«

»Möglicherweise. Aber vor allem dachte ich, dass Sie vielleicht einmal etwas anderes tun möchten als zu arbeiten. Sie hatten seit Ihrer Ankunft kaum Freizeit, und Heaven's Cove ist sehr schön.«

»Eine Pause wäre gut«, gab Gabriel zu. »Aber meinen Sie nicht, dass es heuchlerisch von mir wäre, Nessa zu helfen, während ich darauf warte, dass sie scheitert?«

»Ich glaube nicht, dass Ihre Hilfe über Nessas Erfolg oder Misserfolg entscheiden wird, aber Sie brauchen gar nicht zu helfen. Sie brauchen nichts anderes zu tun, als sich zu entspannen. Und ich dachte, Sie möchten vielleicht ein paar andere Leute kennenlernen, während Sie hier sind.«

»Haben Sie Angst, dass ich einsam bin?«, fragte Gabriel mit hochgezogener Braue.

Rosies Wangen röteten sich, und sie nickte. »Vielleicht ein wenig. Jedenfalls, ich lasse Sie nun allein, damit Sie sich entscheiden können.«

Als sie gegangen war, ließ Gabriel sich schwer auf das steinerne Fenstersims fallen. Um ehrlich zu sein, er fühlte sich tatsächlich einsam hier, so ganz allein im tiefsten Devon. Doch er schämte sich dafür, dass Rosie es bemerkt hatte – als habe er Schwäche gezeigt und sei von sich selbst enttäuscht.

Er hatte jedoch hart gearbeitet und war müde. Er weigerte sich, darüber nachzudenken, wie müde Nessa im Moment sein musste.

Bevor er es sich anders überlegen konnte, schrieb er seinem Vater eine Nachricht:

Werde für ein paar Stunden offline sein. Will die Lage am Cottage in Sorrel Cove überprüfen.

Das entsprach vollkommen der Wahrheit. Es war wahrscheinlich das Beste, nicht zu erwähnen, dass er mit einer Gruppe von Leuten dort sein würde, die Renovierungsarbeiten vornahmen. Was sein Vater nicht wusste, würde ihm nicht schaden – und Gabriel auch nicht.

Nessa wirbelte herum und riss die Augen auf, als sie Rosie und Liam ins Cottage treten sah.

»Was macht ihr denn hier? Ich dachte, ihr müsst beide arbeiten.«

»Wir machen heute blau und gehen dir etwas zur Hand«, antwortete Liam, Rosies Verlobter und Landwirt, den sie in Heaven's Cove abgeholt hatten.

Die beiden winkten einer rothaarigen Frau zu, die mit einem Teleskop-Farbroller die Decke strich und ihnen ein breites Grinsen schenkte.

Liam legte das Baumaterial, das er mitgebracht hatte, gerade auf dem Boden ab, als Nessa an ihren beiden Freunden vorbeischaute und ihr Blick auf Gabriel fiel. Sie griff sich erschrocken an den Hals.

»Und warum sind Sie gekommen?«

»Keine Angst. Er ist hier, um zu helfen oder auch nicht. Wie er möchte«, erklärte Rosie. Sie zog die Jacke aus, rollte sie zusammen und warf sie in eine Ecke. »Er nimmt sich eine kleine Auszeit von der Arbeit. Stimmt's?«

Gabriel nickte und wünschte, er wäre an seinem Laptop in Driftwood House geblieben.

»Was muss gemacht werden?«, fragte Rosie und musterte mit einem Grinsen die feinen weißen Farbspritzer auf den Schultern der Rothaarigen. Sie sahen aus wie Schuppen.

»Gabriel, das ist übrigens Lettie. Lettie, Gabriel.«

Lettie hörte auf, die Decke zu streichen, und rieb sich mit dem Handrücken über die Nase. »Sie sind also der Mann, der das Cottage abreißen will, obwohl es Nessa so viel bedeutet.«

»Es ist nichts Persönliches. Es ist eine rein geschäftliche Entscheidung«, verteidigte Gabriel sich. Als sein Blick durchs Fenster fiel, bemerkte er einen dunkelhaarigen Mann. »Wer ist das da draußen?«

»Das ist Corey, mein Freund«, antwortete Lettie. »Er repariert die Rückwand des Cottages.«

»Ist er vorne schon fertig?«, fragte Rosie, und als Nessa den Kopf schüttelte, drückte sie Gabriel eine Bürste in die Hand. »Bitte sehr. Sie können den Zustand der Vorderfront überprüfen. Sie ist dem Meer zugewandt und dem Wetter ausgesetzt.«

Lettie wandte sich wieder der Decke zu. »Corey hat Mörtel für die Fugen«, sagte sie über die Schulter. »Sagen Sie ihm Bescheid, wenn Sie so weit sind.«

Als Gabriel sich nicht von der Stelle rührte, nahm Liam eine Maurerkelle und gab sie ihm. »Legen Sie los, Kumpel.

Wenn Rosie meint, dass Sie helfen müssen, dann gibt es keine Ausreden.«

Er zog lachend den Kopf ein, als Rosie mit dem Tuch in ihrer Hand nach ihm schlug. Gabriel beneidete die beiden um ihre unbefangene Vertrautheit.

Mit Seraphina war es nie so ungezwungen zugegangen. Wenn er sie geneckt hatte, hatte sie stundenlang geschmollt. Er wusste, dass er ohne sie glücklicher war, doch er vermisste sie nachts im Bett.

Er hatte seitdem viele Angebote erhalten – es war erstaunlich, wie attraktiv seine Position als erfolgreicher Geschäftsmann ihn machte. One-Night-Stands waren jedoch nicht sein Ding. Er brauchte etwas Authentisches. Er brauchte ... Er sah zu Nessa hinüber, die gerade den Deckel einer Lackdose mit einem Schraubenzieher aufstemmte.

Unter deinem spießigen Äußeren bist du einfach nur ein alter Romantiker.

Das hatte Seraphina einmal zu ihm gesagt, als er sie mit einem Dutzend rosafarbener Rosen überrascht hatte. Dann hatte sie darüber gejammert, dass sie nicht rot waren und deshalb auf dem Foto, dass sie sofort über Instagram mit der ganzen Welt geteilt hatte, nicht so gut aussehen würden.

Er hatte eine Ewigkeit über das Wort spießig nachgegrübelt. War er in so jungen Jahren wirklich schon ein alter Knacker? Es war das, was man auf der Arbeit von ihm erwartete: Einen alten Kopf auf jungen Schultern.

Manchmal war ihm danach zumute zu schreien: »Das bin ich überhaupt nicht!« Obwohl er es doch war. Zumindest hatte er das geglaubt, bis er an diesen seltsamen Ort gekommen und einer nervigen alleinerziehenden Mutter begegnet war, die wusste, was sie vom Leben wollte.

Plötzlich hatte er eine Vision von langwierigen Grundstücksgeschäften, die sich in seine Zukunft ausdehnten, und schüttelte den Kopf. Nein. Anstatt zu grübeln, würde er jetzt etwas Praktisches tun und bei der Renovierung des alten Cottages helfen.

Es würde das Haus zwar nicht retten, aber es gab ihm das Gefühl, seinem Vater, dem Familienunternehmen und dem Leben, das er lebte, den Stinkefinger zu zeigen, wenn auch nur für kurze Zeit.

Eine halbe Stunde später wischte Gabriel sich über die Stirn. Er war dabei, Mörtel in die Fugen zwischen den Steinen zu streichen. Die Sonne war noch immer von dichten Wolken verdeckt, doch es wurde wärmer.

Er betrachte sein Werk. Er hatte einen großen Bereich unter einem Fenster überprüft und mit Coreys Mörtel ausgebessert, so gut es ging.

Der Fischer Corey hatte sich den Tag freigenommen, um Nessa zu helfen. Er war zugänglicher als seine Freundin und hatte sich gut mit Gabriel unterhalten, bevor er wieder hinters Haus gegangen war, um dort das Mauerwerk zu prüfen.

Gabriel wischte sich Schweißperlen von der Stirn und trat zurück, um sich das Cottage anzusehen. Er musste zugeben, dass Nessa und ihre bunte Helfertruppe während der letzten achtundzwanzig Tage großartige Arbeit geleistet hatten.

Das Cottage sah nicht mehr baufällig und traurig aus. Die Haustür und die Fensterrahmen waren frisch gestrichen, kaputte Scheiben ersetzt und improvisierte Vorhänge aufgehängt worden, und das Unkraut, das schon einen Teil der Mauern überwuchert hatte, war verschwunden.

Im Haus war immer noch viel zu tun, aber Nessa würde es schaffen, das Cottage in ein freundliches Zuhause zu verwandeln. Irgendwie war er sich dessen sicher. Wenn ihr nur mehr Zeit dort bliebe.

»Na, was halten Sie davon?« Nessas Stimme hinter ihm ließ ihn zusammenfahren. Sie hielt ihm eine Tasse hin. »Möchten Sie einen Tee? Lettie hat eine Thermosflasche mitgebracht.«

»Weiß sie, dass Sie mir welchen geben?«

»Sie wird nichts dagegen haben.«

»Sind Sie sicher? Ich habe das Gefühl, sie hat etwas gegen mich.«

»Ganz sicher. Lettie ist eigentlich ein ganz lieber Mensch. Sie will mir nur den Rücken stärken.«

Nessa wartete, während Gabriel die Tasse entgegennahm und einen Schluck Tee trank. Dann sagte sie: »Ich verstehe es nicht. Warum sind Sie hier und helfen mir?«

Ja, warum? Gabriel stieß langsam den Atem aus. »Ich hatte die Wahl zwischen dem hier und zwanzig Seiten über günstige Bauweisen für Passivhäuser unter Verwendung von Schalungselementen aus Neopor.«

»Brrr.« Nessa lächelte. »Klingt nicht gerade spannend.«

»Eben. Und Rosie war sehr überzeugend. Sie meinte, es sei meine Entscheidung, ob ich bei den Renovierungsarbeiten helfe oder nicht, wenn ich hier bin«, erklärte er und zog eine Braue hoch. »Obwohl ich dann ja am Ende keine große Wahl hatte.«

»Das ist typisch Rosie. Ich mag übrigens die neuen Klamotten.«

»Danke.«

Er unterdrückte ein Lächeln und freute sich wie ein Idiot, dass sie es bemerkt hatte.

Nessa schaute übers Meer und gab Gabriel die Gelegenheit, sie richtig zu betrachten. Er sah sie zwar zweimal am Tag, aber das war entweder ganz früh, wenn sie beide nicht in der besten Verfassung waren, oder spätabends, wenn es bereits dunkel wurde und es ihm unangenehm war, an einem so abgelegenen Ort mit ihr allein zu sein.

Jetzt sah er, dass es ihr gutgetan hatte, sich ganz auf ein Projekt zu konzentrieren – auch wenn dieses Projekt vollkommen hoffnungslos war.

Ihre Haut strahlte, als sie sich das dunkle Haar aus den Augen strich, und als sie sich plötzlich zu ihm umdrehte und lächelte, stockte ihm der Atem. Sie war wunderschön.

Er schluckte und starrte auf seine Füße. »Es ist sehr friedlich hier«, bemerkte er, nur um etwas zu sagen.

»Jetzt schon. In der Nacht der Sturmflut muss es anders gewesen sein.«

»Es war sicher beängstigend.« Er stellte sich vor, wie sich hohe dunkle Wellen über ihnen brachen und schauderte. »Aber heute ist es still und düster. Wie geschaffen zum Malen.«

»Und trotzdem haben Sie sich nicht noch mal an die Leinwand getraut, seit Sie die Bucht gemalt haben.«

»Ich hatte zu viel zu tun«, antwortete Gabriel, obwohl das nicht die ganze Wahrheit war.

Er hatte es vermieden, mit Nessa allein zu sein, weil sie zu viele Fragen stellte und er ihr zu viel erzählte. Ihr forschender Blick hatte etwas an sich, das es einem leicht machte, sich zu öffnen.

»Warum sind Sie nicht an die Kunstakademie gegangen?«, fragte sie und bestätigte seinen Grund dafür, sich von ihr fernzuhalten.

»Ich habe mich auf nützlichere Fächer wie Wirtschaftswissenschaften konzentriert.«

»Sie mochten vielleicht nützlich gewesen sein, aber sie werden Ihre Seele nicht so berührt haben wie Kunst.«

Gabriel sah sie überrascht an. Genau das war es. Eine sich verändernde Landschaft mit Pinselstrichen in ein dauerhaftes Kunstwerk zu übersetzen oder staunend das fertige Werk eines Künstlers zu betrachten, das war es, was seiner Seele Nahrung gab. Oder dem, was davon übrig war.

»Für jemanden, der behauptet, kein Talent zu haben, scheinen Sie eine Menge über Kunst zu wissen.«

Nessa grinste. »Im Zeichnen bin ich gnadenlos unbegabt, aber ich bewundere kreative Menschen, die es können. Obwohl ich vermute, dass Sie Ihre kreative Ader stattdessen in die Zerstörung und Erschaffung von Häusern kanalisiert haben.«

Es lag keine Verbitterung in ihrem Ton, nur Resignation, dass es so war.

»Wie geht es Lily?«, fragte er, um das Thema zu wechseln. »War ihr Dad inzwischen mal da, um sie zu besuchen?«

»Nein. Er ist anscheinend zu beschäftigt. Sie verstehen, warum ich die Männer aufgegeben habe.«

Es kam ihm ungerecht vor, alle Männer nach ihrem Ex-Mann zu beurteilen, aber Gabriel ließ es auf sich beruhen. Sie war offenbar schwer verletzt worden.

Stattdessen sagte er: »Lily fehlt Ihnen bestimmt hier draußen.«

Nessa nickte. »Sie fehlt mir sehr, aber Valerie kümmert sich gut um sie.« Sie zögerte, als wolle sie noch etwas hinzufügen, und er füllte das Schweigen nicht aus. »Ich denke ...«, sagte sie schließlich, »das heißt, ich habe Angst, dass Lily ganz zu ihrer Granny ziehen will, anstatt zu mir zurückzukommen und hier mit mir zu leben.«

Sie wird niemals an diesem einsamen Ort leben wollen, nur mit Geistern als Gesellschaft. Das war es, was er hätte sagen sollen. Er hätte sich ihre Sorgen zunutze machen und sie aus dem Cottage vertreiben sollen. Doch er tat es nicht. Er konnte es nicht. Stattdessen schenkte er ihr ein mitfühlendes Lächeln.

»Ich vermute, dass ihre Granny sie verwöhnt.«

»Und wie. Neue Schuhe, neue Haarspangen, abends lange aufbleiben und Schokocornflakes zum Frühstück.«

»Wow. Da würde ich auch einziehen.«

Nessa brach in Gelächter aus. Er hatte sie noch nie lachen hören, und der Klang hob seine Stimmung.

Als sie sich das windzerzauste Haar glatt strich, schimmerte ihr goldener Armreif auf ihrer gebräunten Haut. Es war eine Schlange, die sich in den eigenen Schwanz biss.

»Ihr Armband ist sehr ungewöhnlich.«

Er widerstand dem Drang, die Hand auszustrecken und das Metall zu berühren, sie zu berühren.

»Meine Gran hat es mir geschenkt, und sie hat es von ihrer Mutter bekommen, die es hier gefunden hat. Zumindest erzählt man sich das in der Familie.«

»Wo gefunden?«

»Tief im Schlamm vergraben, als sie ihrem Vater geholfen hat, hinter dem Cottage ein Gemüsebeet anzulegen. Sie konnten die Besitzerin nicht finden, daher hat sie es behalten.«

»Und es ist ein Familienerbstück geworden.«

»Er bedeutet mir viel.« Nessa strich über den Armreif. »Oh, haben Sie das gesehen?« Sie zeigte aufs Meer. »Da, schon wieder!«

Als Gabriel zum Horizont schaute, zuckte ein Blitz ins Wasser, dann folgte ein leises Donnergrollen. Der Himmel war gelblich gefärbt und Gabriel bemerkte einen leichten Schwefelgeruch in der Luft.

»Ich glaube, wir kriegen doch noch ein Unwetter«, sagte Nessa. »Aber wenn wir Glück haben, zieht es an uns vorbei aufs Meer.« Sie drehte sich zu ihm um. »Hören Sie, ich sollte besser drinnen weitermachen. Ich weiß, dass Sie Ihre Arbeit hier draußen für Zeitverschwendung halten, aber ich danke Ihnen trotzdem dafür.«

Gabriel nippte an seinem Tee, während sie ins Cottage zurückging, und eine sonderbare Mischung von Gefühlen machte sich in ihm breit. Es war bedauerlich, dass er und Nessa sich auf diese Weise kennengelernt hatten, denn in einem anderen Leben wären sie vielleicht Freunde geworden.

Oder mehr als Freunde, sagte die kleine Stimme in seinem Kopf. Dieselbe Stimme, die ihm zuflüsterte, dass er sein Leben vergeudete, während er in seinem schicken Büro saß.

Doch die Stimme, sein Unterbewusstsein oder was auch immer es war, irrte sich, denn Nessa würde nichts mit einem spießigen Bauunternehmer wie ihm zu tun haben wollen, weder in diesem noch in einem anderen Leben.

Seufzend machte er sich wieder an die vollkommen sinnlose Aufgabe, eine Mauer instand zu setzen, die schon bald nicht mehr sein würde.

SIEBENUNDZWANZIG

GABRIEL

Es war ein ungemütlicher Abend. Das Gewitter war nicht aufs Meer gezogen. Es tobte sich über Heaven's Cove aus und machte keine Anstalten, sich vom Fleck zu rühren.

Gabriel hämmerte an die Tür des Cottages und spähte durch ein verregnetes Fenster. Es war lächerlich, dass er während des Unwetters hier draußen war. Es war lächerlich, dass Nessa allein hier draußen war.

Der Wind heulte, und Gabriel hörte die Wellen gegen die nahen Felsen donnern.

»Du meine Güte!« Nessa hatte die Haustür geöffnet und kniff die Augen zusammen, da das Unwetter ihr sofort nadelspitze Regentropfen ins Gesicht trieb. »Ich hätte nicht gedacht, dass Sie heute Abend kommen würden. Sie müssen völlig durchnässt sein. Kommen Sie herein.«

Während ein weiterer Regenguss auf das Cottage niederprasselte, packte sie ihn an der Jacke, zog ihn ins Haus und schlug die Tür zu.

Gabriel war erleichtert, aus dem peitschenden Regen zu kommen, und trat zitternd vor das Feuer, das in dem gemauerten Kamin flackerte. Darüber, an der dunklen Wand, leuchtete das Mosaik von Nessas Urgroßmutter bunt im Feuerschein.

Die Flammen hatten den Raum gewärmt, doch sie warfen gespenstische Schatten, und bei dem Brüllen des Meeres und dem Heulen des Windes schien es, als sei das Cottage von Geistern erfüllt – den Geistern all jener, die in einer Nacht wie dieser ihr Leben verloren hatten.

Gabriel schüttelte sich innerlich, um seine Gedanken in vernünftige Bahnen zu lenken. Nessa war diejenige, die zu Fantastereien über die Vergangenheit neigte, nicht er.

Sie war eine gestresste alleinerziehende Mutter, die davon träumte, hier an diesem einsamen Ort zu leben. Er hingegen war ein nüchterner Geschäftsmann – auch wenn er gerade in einem Sturm in einem alten Cottage stand, um sich seinem Vater zu beweisen.

Reiß dich zusammen, dachte er, während Nessa ihm aus der Wachsjacke half.

»Es ist verrückt, in so einer Nacht herzukommen«, sagte sie, während sie einen hölzernen Klappstuhl vors Feuer zog und seine nasse Jacke darüberhängte.

»Ich bin früher da als sonst. Es ist erst halb zehn.«

»Die Uhrzeit spielt keine Rolle. Sie hätten mir doch sicher eine Nacht vertrauen können, vor allem bei diesem Wetter. Ich bin so nah dran, die Bedingungen des Mietvertrages zu erfüllen, dass ich wirklich nirgendwo hingehen werde.«

»Das ist mir klar«, antwortete Gabriel. »Aber ich wollte ...« Als er verlegen zögerte, beugte Nessa sich zu ihm vor.

»Sie wollten was?«

»Ich wollte nachsehen, ob es Ihnen in einer so schrecklichen Nacht allein hier draußen gut geht. Nach dem Schicksal Ihrer Urgroßmutter und der anderen Bewohner von früher dachte ich, Sie hätten vielleicht Angst.«

Nessas Gesicht wurde weicher in dem flackernden Licht des Feuers. »Das war nett von Ihnen, aber ich komme klar. Ich wollte gerade etwas essen. Möchten Sie auch etwas, während Ihre Jacke trocknet? Lettie hat mir selbstgemachten Eintopf gebracht, aber es ist viel zu viel für eine Person.«

Gabriel zögerte. Er hatte bis in die späten Abendstunden seinen Posteingang geleert und wollte Rosie bei seiner Rückkehr um ein Sandwich bitten.

Nessa zuckte die Achseln. »Sie müssen nicht, falls Sie schon gegessen haben.«

»Nein, ich habe noch nichts gegessen.« Er lächelte und traf eine Entscheidung. »Danke. Das wäre großartig, wenn Sie wirklich genug haben.«

Nessa nickte und bedeutete ihm, sich auf den Campingstuhl zu setzen, der dem Feuer am nächsten war. Dann nahm sie einen Kochlöffel vom Kamin und rührte in dem Kessel, der über den Flammen hing.

»Was ist aus dem Campingkocher geworden?«

»Ich habe eine Grundregel für den Aufenthalt in einem einsamen, verfallenen Cottage gebrochen: Achte darauf, dass du genug Gaskartuschen dabei hast. Aber da ist ein Haken über dem Feuer, und ich habe diesen Topf in einem Küchenschrank gefunden. Es hat einiges an Muskelschmalz erfordert, ihn sauber zu kriegen, aber es hat sich gelohnt. Es wirkt alles sehr authentisch, finden Sie nicht? Ein Sprung in die Vergangenheit.«

Er schaute zu, während sie in dem Eintopf rührte. Ihr langes dunkles Haar fiel ihr über die Schultern, und das Licht des Feuers beleuchtete ihr Gesicht. Sie sah aus wie eine Hexe, dachte er. Eine junge, sexy Hexe, die Zauber wob, während der Himmel seine Schleusen öffnete.

Ein Donnergrollen über dem Meer riss ihn aus seiner Betrachtung.

»Das ist ein ganz schönes Gewitter«, bemerkte Nessa, während sie zwei Schalen mit dampfendem Eintopf füllte. »Hoffentlich hat Lily keine Angst.«

»Fürchtet sie sich vor Blitz und Donner?«, fragte Gabriel und nahm die Schale und den Löffel entgegen, die Nessa ihm hinhielt.

»Ein wenig, aber ich mache aus solchen Gewittern immer ein Spiel. Wir zählen zum Beispiel die Sekunden zwischen Blitz und Donner.«

Sie runzelte die Stirn und tauchte den Löffel in den Eintopf.

»Valerie wird sicher gut auf Lily aufpassen«, sagte er und nahm einen Bissen. Lettie würde sich wahrscheinlich bei dem Gedanken verschlucken, dass er ihren Eintopf aß, aber er war wirklich köstlich.

»Meinen Sie?«, fragte Nessa, als ein Luftzug durch den Raum fuhr und die Kerze auf dem Fenstersims flackern ließ.

»Es ist nicht zu übersehen, dass sie ihre Enkelin liebt und alles tun wird, damit sie sich sicher und geborgen fühlt.«

Nessa nickte. »Ich weiß, dass Sie recht haben, aber Valerie ist nicht ihre Mum, oder?« Sie stellte die Schale auf den Kamin, als ein weiterer Blitz den Raum erhellte. »Tut mir leid. Sie haben mich in einem schlechten Moment erwischt. Warum bin ich hier? In so einer Nacht sollte ich bei meiner Tochter sein. Was sagt das über mich als Mutter aus?«

Über ihnen krachte ein Donnerschlag, und als Nessa ins Feuer sah, glänzten Tränen in ihren Augen.

»Sie wollen das Beste für Ihre Tochter«, antwortete Gabriel sanft.

Nessa stieß ein hartes Lachen aus. »Indem ich sie für endlose Nächte bei ihrer Großmutter lasse und in ein verfallenes Cottage ziehe? Ich dachte, es könnte unser Zuhause werden, aber in Nächten wie heute ist es stürmisch hier draußen, und Lily würde Angst haben. Vielleicht mache ich mir bei der ganzen Sache einfach nur etwas vor.«

Gabriel schloss die Augen. Er sah seinen Vater neben sich stehen. *Jetzt ist der richtige Zeitpunkt, bei ihr Zweifel zu säen.*

Natürlich macht sich die Frau etwas vor. Weiß sie denn nicht, dass ich immer gewinne?

Als er die Augen wieder aufschlug, sah sie ihn an. Sie wirkte so niedergeschlagen, so erschöpft, dass er es nicht noch schlimmer machen konnte. Sie war eine alleinerziehende Mutter ohne seine Privilegien und wollte nur das Beste für ihr Kind.

»Sie machen sich nichts vor. Sie tun, was Sie für das Richtige halten, aber es ist ziemlich ... ehrgeizig.«

»Ehrgeizig?« Nessas Mundwinkel zuckte in die Höhe. »Das ist freundlich ausgedrückt. Im Wesentlichen habe ich meine Tochter allein gelassen und bin in ein baufälliges Cottage gezogen, in dem mich ein Mann, den ich kaum kenne, zweimal am Tag kontrolliert.«

Gabriel lächelte. »Zugegeben, das ist eine unkonventionelle Einstellung zur Mutterschaft, aber Sie scheinen mir auch nicht der konventionelle Typ zu sein.«

»Da hat mein Ex aber etwas anderes gesagt. Jake fand, er sei der Freigeist in unserer Beziehung, während ich langweilig und bieder war.«

»Ich vermute, dass Lily eher Stabilität brauchte statt einen ...« Gabriel schwieg. Er hatte sagen wollen: »Statt einen Mistkerl als Dad.« Aber er war sich nicht sicher, ob das angemessen gewesen wäre.

Nessa grinste schief, als wisse sie genau, was Gabriel sagen wollte.

»Jedenfalls ...« Gabriel riss sich zusammen. »Wie gesagt, Sie kommen mir nicht besonders konventionell vor.«

»Ich bin unkonventioneller als Sie, so viel steht fest.«

»Das sind die meisten Menschen«, entgegnete er, doch seine Worte gingen fast in einem gewaltigen Donnerschlag unter, der unmittelbar auf einen Blitz folgte.

Nessa zuckte zusammen und wartete darauf, dass der Lärm verklang. »Haben Sie eine Privatschule besucht? Entschuldigung. Ich weiß, dass ich neugierig bin, aber es interessiert mich.«

Er nickte. »Ich bin auf eine kleinere Privatschule gegangen, habe es aber trotzdem geschafft, meine Eltern zu enttäuschen. Und Sie?«

»Ich war auf der Gesamtschule im Dorf. Dort habe ich Rosie und Liam kennengelernt. Obwohl ich wie gesagt sehr viel Unterricht versäumt habe. Deshalb ist es für mich auch so schwer, einen anständigen Job zu finden. Außerdem muss er mit Lilys Betreuung vereinbar sein, und das macht es noch komplizierter.«

»Wie ging es nach dem Tod Ihrer Mum mit Ihnen weiter? Und wo war Ihr Dad?«

Nessa nahm die Schale mit Eintopf wieder in die Hand, und der Armreif glitzerte im Feuerlicht.

»Nachdem meine Mum gestorben war, habe ich bei meiner Gran gelebt, bis ich geheiratet habe. Mein Dad ist gestorben, als ich noch klein war. Ich erinnere mich leider kaum an ihn. Was ist mit Ihnen? Erzählen Sie mir von Ihrer Familie.«

Gabriel aß noch einen Löffel Eintopf und streckte die Beine auf dem unbequemen Campingstuhl aus.

»Ich bin in London aufgewachsen, und meine Eltern haben sich scheiden lassen, als ich acht war. Ich bin bei meinem Dad geblieben, als meine Mum zu ihrem Scheidungsgrund, einem Banker, gezogen ist. Jetzt arbeite ich, wie Sie wissen, im Familienunternehmen, zusammen mit meinem Cousin James. Und das ist im Grunde auch schon alles.«

»Waren Sie mal verheiratet? Sie haben nie eine Frau erwähnt.«

Sie tat, was sie immer tat, und brachte ihn sanft dazu, mehr zu sagen, als er eigentlich wollte. Doch was spielte das für eine Rolle, hier in der tiefsten Provinz, mit einer Frau, die er bald nie wiedersehen würde?

»Nein. Ich war einmal fast verlobt, aber die Beziehung hat nicht funktioniert.«

»Das tut mir leid. Dann haben Sie keine Kinder?«

Gabriel schüttelte den Kopf. »Gott, nein. Ich sehe mich nicht als Dad.«

»Warum nicht? Lily hat oft Angst vor neuen Menschen, aber sie mag Sie. Sie gehen gut mit ihr um.«

Wirklich? Gabriel hatte sich in der Gesellschaft der Fünfjährigen zunehmend wohlgefühlt, aber normalerweise ging er Kindern aus dem Weg, genau wie sein Vater, der kein Interesse an ihm gezeigt hatte. Er hatte seine Mum einmal gefragt, warum sie nur ein Kind bekommen hatte, und ihre Antwort hatte gelautet: »Wir haben nur eins gebraucht.« Es hatte seine Annahme bestätigt, dass der einzige Zweck seines Daseins darin bestand, das Familienunternehmen weiterzuführen.

»Was ist mit Ihnen?«, fragte er. »Wie lange waren Sie mit Lilys Dad verheiratet?« Als er Nessas Gesichtsausdruck sah, zog er eine Braue hoch. »Sie haben damit angefangen, persönliche Fragen zu stellen.«

Nessa lachte. »Na schön. Zu Valeries großem Entsetzen waren Jake und ich vier Jahre verheiratet. Ich habe keine Ahnung, warum er überhaupt heiraten wollte. Er ist in einer Mittelklassefamilie groß geworden, mit allem häuslichen Komfort, aber er sieht sich selbst gern als Bad Boy.«

Gabriel kannte den Typ. Meistens stellten sie sich als Idioten heraus.

»Ich glaube, anfangs hat mich die Tatsache angezogen, dass es ihm egal war, was andere dachten«, sagte Nessa, wie zu sich selbst, während sie ins Feuer schaute. »Das war damals für mich etwas Neues. Aber es hat sich gezeigt, dass ein Leben als Freigeist und Kindererziehung nicht zusammenpassen. Er meinte, ein Kind sei für ihn ein Klotz am Bein.«

»Das muss hart gewesen sein. Wie alt war Lily, als Sie sich getrennt haben?«

»Vierzehn Monate. Er hatte einen One-Night-Stand mit einer Frau namens Gemma, dann hat er sich aus dem Staub gemacht, und seitdem glänzt er durch Abwesenheit.«

Eindeutig ein Mistkerl, dachte Gabriel und spürte, wie er sich anspannte. Er stieß den Atem aus und bemerkte gelassen: »Wenigstens ist seine Mutter auf Ihrer Seite.«

»Ist sie das?« Nessa fuhr sich durchs Haar. »Sie vergöttert ihren Sohn und hält mich für die böse Frau, die ihn erst umgarnt und dann in den eisigen Norden verbannt hat. Aber sie liebt Lily von ganzem Herzen und wollte schon immer an ihrem Leben teilhaben. Alan, ihr Mann, liebt Lily auch, er ist nur eher zurückhaltend. Ich schätze, im Grunde habe ich Glück gehabt.«

Glück? Gabriel bewunderte Nessas positive Einstellung angesichts der Fakten. In Wirklichkeit war sie eine alleinerziehende Mum mit einem nutzlosen Ex-Partner und stand ohne Job und ohne Zuhause da.

Nessa schob einen Holzscheit, der aus dem Kamin gefallen war, mit dem Fuß zurück. »Ich bin mir ziemlich sicher, dass Valerie Lily ganz zu sich nehmen will. Sie hält es für das Beste.«

»Sie und Lily?«

Nessas hübsche Augen wurden groß. »Nein! Nur Lily. Ich glaube nicht, dass Valerie und ich im selben Haus miteinander auskommen würden.«

»Sie sollten Lily nicht hergeben.« Gabriel hob die Stimme, um den draußen heulenden Wind zu übertönen.

»Nein, auf keinen Fall. Aber manchmal, wenn es ganz schlimm ist, frage ich mich, ob sie in Valeries schönem Haus nicht doch besser aufgehoben wäre.« Nessa wischte sich hastig eine Träne weg, die ihr über die Wange rann.

»Ein schönes Haus ist nicht alles.«

»Das ist auch gut so, wenn Lily am Ende doch mit mir hier im Cottage lebt.«

Gabriel dachte an das makellos gepflegte Haus, in dem er aufgewachsen war. Sein Vater hatte eine grimmige Haushälterin und diverse Au-pair-Mädchen beschäftigt, und er hatte Angst davor gehabt, drinnen zu spielen, falls etwas kaputtging. Was das Malen betraf, das kam wegen der damit verbundenen Schweinerei überhaupt nicht in Frage.

»Egal, wo Sie am Ende leben, wenn Lily bei Ihnen ist, wird sie glücklich sein.«

»Meinen Sie? Es ist nett von Ihnen, das zu sagen.«

»Ich kann durchaus nett sein.«

»Selbst zu Menschen wie mir?« Nessa strich sich das Haar hinter die Ohren.

»Besonders zu Menschen wie Ihnen.«

Gabriel merkte plötzlich, dass sein Herz klopfte. Als Nessa ihn unter Tränen anlächelte, fiel ihm das Atmen schwer. Er sollte nicht hier sein, in diesem Cottage voller Geister, wo Vergangenheit und Gegenwart miteinander verwoben zu sein schienen.

Er war halb aufgestanden, als ein Windstoß die Haustür aufdrückte und gegen die Wand knallen ließ. Sturmtrümmer wirbelten in den Raum und die Kerzen flackerten und erloschen.

Nessa stürzte vom Kamin zur Tür und schlug sie zu. Auf dem Weg zurück zu ihrem Stuhl wäre sie beinahe gestolpert, doch Gabriel fing sie am Ellenbogen auf und hielt sie fest.

»Huch, Entschuldigung.« Sie landete mit dem Gesicht an seiner Brust. »Danke.«

Sie trat einen Schritt zurück, aber er hielt sie immer noch an den Armen fest. Er wollte sie nicht loslassen.

»Nessa«, sagte er leise, seine Stimme kaum hörbar im Tosen des heftigen Regens, der gegen die Fenster prasselte.

Sie stand reglos da und sah ihm in die Augen. Sie waren sich in diesem schattendunklen Raum so nah, dass er sie würde küssen können. Wollte sie, dass er sie küsste? Sie wich nicht zurück.

Die Gedanken, die ihm durch den Kopf schossen, verschwanden, als er den Kopf senkte. Ihr emporgewandtes Gesicht wurde von einem Blitz erhellt – ihre fragenden Augen, ihre sommersprossige Haut, ihr voller Mund. Und als er ihre warmen Lippen küsste, erschütterte ein Donnerkrachen das Cottage bis auf die Grundmauern.

Sie schmiegte sich an ihn, während der Kuss sich in die Länge zog und die Fenster im Sturm klapperten. Es klang wie der Weltuntergang, aber Gabriel war es egal. Er zog sie an sich, hielt sie umfangen und spürte, wie sie ihm die Arme um den Hals legte.

Das schrille Klingeln seines Handys in der Tasche seiner trocknenden Jacke durchbrach das Gewitter. Er schloss die Arme fester um Nessas Taille, entschieden, das Telefon zu ignorieren, doch sie löste sich von ihm, und ihr Gesicht war gerötet.

»Musst du da rangehen?«, fragte sie und biss sich auf die Unterlippe.

Er schüttelte den Kopf und küsste die weiche Haut in ihrem Nacken. Das Handy hatte inzwischen aufgehört zu klingeln, doch gerade als seine Lippen zu ihrem Mund zurückkehren wollten, begann es von Neuem. Schrill. Ablenkend. Wenn es sein Vater war, würde er so lange anrufen, bis Gabriel abhob.

»Entschuldige«, sagte er, als Nessa sich erneut von ihm löste. »Achte nicht darauf.«

Er zog sie wieder an sich, doch sie verkrampfte sich in seinen Armen, und als das Telefon verstummte und wieder zu klingeln begann, war der Kuss nicht mehr so leidenschaftlich und eher unbeholfen.

Diesmal war er derjenige, der sich löste. »Ich schätze, ich sollte besser ...«

»Ja, natürlich«, sagte Nessa, ohne ihn anzusehen.

Sie setzte sich ans Feuer und starrte in die sterbenden Flammen, während er das Handy aus der Jackentasche angelte.

»Da bist du ja. Ich dachte schon, du würdest mir ausweichen«, blaffte sein Vater. Nur wenige Menschen ließen Billy Gantwich warten.

»Ganz und gar nicht. Ich war beschäftigt.«

Nessa warf ihm einen kurzen Blick zu und richtete ihn dann wieder aufs Feuer.

»Wo bist du?«

»Ich bin in Sorrel Cove.«

»Um diese verdammte Frau zu kontrollieren?«

»Ganz recht«, bestätigte Gabriel gepresst und fragte sich, ob Nessa hören konnte, was sein Vater sagte. Er hatte eine laute Stimme, und der Sturm war etwas abgeflaut. Der Wind klang nicht mehr wie eine heulende Banshee.

»Wohnt sie immer noch da?«

»Ja«, antwortete Gabriel. Er bemühte sich, die Antworten kurz zu halten. Er hätte mutiger sein und das Handy ausschalten sollen, aber jetzt war es zu spät.

»Also, wie sieht's aus?«, verlangte sein Vater zu erfahren. »Irgendein Anzeichen, dass sie aufgibt, damit wir mit dem Projekt loslegen können, oder müssen wir erst diese lächerliche Dreißig-Tage-Scharade beenden?«

»Unverändert«, sagte Gabriel, um vor Nessa nicht zu deutlich zu werden.

»Dann solltest du besser in die Puschen kommen und etwas dagegen unternehmen, und zwar pronto. Ich bin sehr enttäuscht von dir, dass es so weit kommen konnte, und es gefällt mir gar nicht, noch mehr Geld und Zeit darauf verschwenden zu müssen, um sie rauszuschmeißen.« Er hielt inne, um Luft zu holen. »Ach, und vergiss nicht, morgen die Jacksons anzurufen wegen des Chelmsford-Deals. James hat in deiner Abwesenheit im Büro gute Arbeit geleistet, aber die

Jacksons sind deine persönlichen Kunden. Also, ruf sie an und mach ein wenig Konversation. ›Es ist alles bestens, Ihr Geld ist sicher, ich arbeite an nichts anderem als an Ihrem Projekt ...‹ Bla, bla, bla ... Du weißt schon.«

»Ich werde sie morgen früh gleich als Erstes anrufen.«

»Gut. Und wenn du diese Frau nicht aus dem Cottage bekommst, werde ich persönlich nach Devon fahren, vielleicht schicke ich auch James, damit er es erledigt.«

»Das wird nicht nötig sein«, entgegnete Gabriel steif. Er wusste nicht, was schlimmer wäre – wenn sein Vater auftauchte, um ihm die Leviten zu lesen, weil er dem Job nicht gewachsen war, oder wenn James erschien, um ihm zu zeigen, wie man es richtig machte. Keiner der beiden würde Verständnis für Nessas Lage haben.

»Wir werden sehen«, sagte sein Vater und beendete das Gespräch, bevor Gabriel antworten konnte.

»Ich nehme an, das war dein Dad?«, sagte Nessa.

»Ja.« Er ließ das Telefon wieder in die Jackentasche fallen. »Er wollte ein Update. Kein gutes Timing.«

Als Nessa schwieg, sagte Gabriel ebenfalls nichts, denn er wusste nicht, was er als Nächstes tun sollte. Hatte er den Kuss begonnen oder sie? Wollte sie, dass er sie noch einmal küsste, oder bereute sie bereits, was geschehen war?

Dann kam ihm ein schrecklicher Gedanke. Vielleicht hatte sie ihn manipuliert, hatte sich bei ihm eingeschmeichelt, damit er sie gewinnen ließ. Oder vielleicht dachte sie, dass er aus demselben Grund sie manipulierte.

Als sie in seinen Armen gelegen hatte, war alles klar gewesen. Er wollte sie, und sie wollte ihn. Doch jetzt, nach dem Anruf seines Vaters, schwirrte ihm der Kopf, und seine Gefühle waren ein einziges Durcheinander.

»Ich sollte wohl besser gehen«, murmelte er und hoffte verzweifelt, dass sie ihn bitten würde zu bleiben. Doch sie nickte im Schein des Feuers. Sie wollte, dass er ging.

Das hatte er wirklich gründlich vermasselt, dachte Gabriel, während er die Arme in die Jacke stieß. Er riss die Haustür auf, doch dann klappte ihm die Kinnlade herunter, als er sah, was ihn draußen erwartete. Donner und Blitz waren zwar weitergezogen, aber es regnete immer noch, und das schwarze Meer toste. Gischt spritzte ihm ins Gesicht, und er schmeckte Salz auf den Lippen.

Nessa war neben ihn getreten. »Du kannst da nicht rausgehen. Die Kliffstiege zu Driftwood House ist unmöglich zu schaffen.«

Was würde sie vorschlagen? Gabriel hielt den Atem an.

»Ich schlafe jetzt oben auf dem Feldbett, aber der Schlafsack und die Isomatte, die ich am Anfang benutzt habe, liegen noch in der Ecke. Du solltest besser hier unten schlafen, wenn dir eine Nacht auf dem Fußboden nichts ausmacht.«

Gabriel warf einen weiteren Blick nach draußen. Das Erdreich hatte sich in dem unablässigen Regen in einen Sumpf verwandelt, und die weiße Gischt tanzte im Wind. Seine Chancen, die Pension zu erreichen, waren gleich null. Vor allem aber konnte er Nessa in einer so stürmischen Nacht nicht in diesem einsamen Haus allein lassen. Nicht nach dem, was vor fünfundsiebzig Jahren hier geschehen war.

»Eine Nacht werde ich es wohl aushalten, wenn man bedenkt, dass du schon siebenundzwanzig geschafft hast.«

Er schloss die Tür und ging zu dem Schlafsack, während Nessa die noch halbvollen Schalen mit Eintopf wegräumte. Sie mied seinen Blick.

»Ich werde früh zu Bett gehen«, bemerkte sie und blieb mit einer Sturmlaterne in der Hand am Fuß der Treppe stehen. »Hör zu, was da gerade passiert ist ...« Sie zögerte. »Ich denke, wir vergessen das besser. Ich meine, wir wissen beide, dass es nichts bedeutet hat. Es darf nichts bedeuten, weil wir so unterschiedliche Leben führen.«

»Wir haben uns dazu hinreißen lassen, weil wir hier in einem Sturm festsitzen.«

»Genau! Ich wusste, dass du es auch so sehen würdest.« Ihr Gesicht wirkte geisterhaft im Schein der flackernden Lampe. »Ich hoffe, du schläfst gut. Das Feuer wird langsam verlöschen, sodass es noch eine Weile warm bleiben sollte.«

Sie stieg die Treppe hinauf, und Gabriel hörte über sich die Balken knarren, als sie ihr Zimmer betrat.

Er beschloss, vollständig bekleidet zu schlafen, damit ihm warm blieb, kroch in den Schlafsack und zog den Reißverschluss zu.

Was würden James und sein Vater von ihm halten, wenn sie wüssten, dass er auf dem Boden eines baufälligen Cottages schlief, um die Frau zu beschützen, die er eigentlich loswerden sollte? Die Frau, die es sichtlich bereute, ihn geküsst zu haben. Was um alles in der Welt würden sie denken, wenn sie von dem Kuss erfuhren?

Gabriel schloss die Augen und fühlte sich plötzlich hundemüde. Bisher hatte er alles gründlich vermasselt, auch seine Beziehung zu Nessa, falls man es denn so nennen konnte.

Er saß zwischen den Stühlen, zwischen einer Frau, für die er sinnlose Gefühle empfand, und einem Vater, den er trotz seiner Fehler liebte. Sein Ruf in der Firma würde arg leiden, wenn das Projekt in Sorrel Cove nicht wie geplant über die Bühne ging.

»Idiot«, flüsterte er, öffnete die Augen und starrte zur Decke empor, an der dunkle Schatten des sterbenden Feuers tanzten. »Warum bin ich so ein Idiot?«

Gabriel beschloss, so bald wie möglich nach London zurückzukehren. Das war die einzige Lösung. Er würde noch zwei Tage in Heaven's Cove festsitzen, bis Nessa die dreißig Nächte im Cottage voll hatte. Er würde jedoch Abstand halten, so gut er konnte, und dann in sein geordnetes Leben zurückkehren. Weg von einer Frau, die er wollte, aber nicht haben konnte, weil ihre Lebensumstände zu unterschiedlich waren und sie ihn nicht wollte.

Sein Vater würde ihm die Schuld daran geben, dass Nessa weiter das Cottage besetzt hielt. Das war unvermeidlich. Er würde schweres Geschütz auffahren, um sie zu vertreiben. Doch vielleicht, ganz vielleicht, würde der Mietvertrag Gültigkeit haben, und sein Vater würde verlieren.

Gabriel war sich nicht sicher, wie er dazu stand. Er war sich seiner selbst nicht mehr sicher, denn das Geisterdorf war ihm unter die Haut gegangen und brachte ihm den Verstand durcheinander. Er schimpfte mit sich selbst, dass er so unrealistisch war. Es war lächerlich. Doch so schien es ihm in dem alten, abgelegenen Cottage, während draußen der Sturm tobte.

Er schloss die Augen, um ein wenig zu schlafen. Er musste immer wieder an den Kuss denken und hörte im Kopf Nessas Stimme: *Es hat nichts bedeutet.*

ACHTUNDZWANZIG

VALERIE

Valerie saß auf der Kante von Lilys Bett und strich ihrer Enkelin sanft über das weiche Haar.

Sie hatte schlecht geträumt, vermutete Valerie. Irgendetwas hatte sie tief in der Nacht aufschrecken lassen, obwohl sie das Gewitter verschlafen hatte.

Vielleicht lag es daran, dass sie erkältet war und schlecht Luft durch die Nase bekam? Valerie beugte sich vor und lauschte auf ihre Atmung, ein und aus. Wenigstens war ihr Asthma, das sie als Kleinkind gequält hatte, inzwischen im Griff.

Was auch immer sie aus dem Schlaf gerissen hatte, es hatte sie nach ihrer Mutter rufen lassen. Doch ihre Mutter war nicht da. Sie lebte in einem heruntergekommenen Cottage in diesem unheimlichen Dorf, von dem Lily ganz sicher Albträume bekommen würde.

Zumindest war Valerie bei Lily. Sie würde immer für ihr geliebtes Mädchen da sein.

Sie schaute auf den Wecker mit Nachtlicht, der das Schlafzimmer in einen bernsteinfarbenen Schein tauchte. Fast zwei Uhr morgens. Mitten in der Nacht.

Valerie zitterte unwillkürlich, als ein kalter Luftzug unter der Tür hindurchkroch und sich um ihre Knöchel schlängelte.

Durch die Wand konnte sie Alan leise schnarchen hören. Sie würde stundenlang wach liegen, selbst nachdem sie sich davon überzeugt hatte, dass Lily wieder fest schlief. Solang Alan neben ihr schnarchte und grunzte, würde sie kein Auge zutun.

Sie hatte ihn gebeten, wegen des Schnarchens zum Arzt zu gehen, denn es wurde immer schlimmer. Doch er sagte, sein Schnarchen sei kein Problem. Das stimmte tatsächlich, da er nicht auf Valeries sanfte Tritte gegen die Schienbeine reagierte. Inzwischen trat sie weniger sanft zu, aber er schlief und schnarchte trotzdem weiter.

Seufzend strich Valerie behutsam über Lilys perfekte, aber verstopfte Nase.

»Heirate niemals einen Schnarcher«, flüsterte sie in das Halbdunkel.

Oder einen Mann, der sein eigenes Kind im Stich lässt.

Der Gedanke kam aus dem Nichts, wie manchmal in letzter Zeit, während sie Lily wachsen und sich verändern sah. Wie konnte Jacob es ertragen, das Leben seiner Tochter zu versäumen? Was konnte wichtiger sein als die Familie?

Valerie drängte die negativen Gedanken dorthin zurück, wo sie hergekommen waren. Tagsüber, wenn sie viel zu tun hatte, konnte sie sich Jacobs Verhalten schönreden: Er war jung; Nessa hatte ihm das Kind angedreht; seine Arbeit war in dieser Phase seines Lebens wichtig.

Doch wenn sie nachts vor Hitze und mit Herzklopfen aufwachte und bis auf Alans Schnarchen alles still war im Haus, überkam sie manchmal eine Welle der Enttäuschung über ihr einziges Kind. Enttäuschung, dass er nicht der Mann geworden war, den sie sich erhofft hatte. Und die unbequeme Erkenntnis, dass er in mancher Hinsicht wie sein Vater war.

Alan war zwar nicht ausgezogen, als sie Jacob bekommen

hatte, aber er hatte ihr die Betreuung überlassen. Jeden Windelwechsel, jede schlaflose Nacht, jedes aufgeschürfte Knie. *Doch damals, vor dreißig Jahren, waren die Zeiten anders gewesen*, redete sie sich ein.

Als Lily leise im Schlaf röchelte, lächelte Valerie und strich ihrer Enkelin das Haar aus den Augen. Wenigstens hatte sie dieses Kind, das seine Granny liebte.

Doch wie lange noch? Kalte Furcht machte sich in Valerie breit. Bald würde dieses Kind, das sie so liebte, wieder bei Nessa sein und in dem schrecklichen Cottage wohnen, und Valeries Haus würde wieder still und unendlich langweilig sein.

Trotz ihrer Fehler schien Nessa gut in dem Cottage zurechtzukommen. Sie war vermutlich auch während des schrecklichen Sturms diese Nacht dort geblieben, und wenn sie das schaffte, konnte sie nichts erschüttern. Die dreißig Tage und Nächte würden bald um sein. Und Lily würde sie wieder verlassen.

Wenn sie sie doch nur für immer behalten könnte. Valerie würde ihr das geben, was ihre Mutter ihr nicht geben konnte. Und Jacob würde sicher öfter zu Besuch kommen, wenn seine Tochter hier leben würde. Wegen seiner Mutter kam er nicht nach Hause, aber für sein Kind würde er es tun.

Wenn Nessas Plan doch nur scheitern würde.

Mein Leben ist voller Sätze, die mit Wenn doch nur *anfangen*, dachte Valerie traurig.

Lily und Nessa konnten jedoch nicht ewig in Driftwood House leben, und es war nicht leicht, eine anständige Bleibe zu finden, weil so viele Häuser in der Umgebung jetzt zu Ferienwohnungen umgebaut wurden.

Paula aus dem Dorf zufolge waren Touristen bereit, Spitzenpreise für die Übernachtung in einer schäbigen Zwei-Zimmer-Wohnung mit schlechter Internetverbindung zu zahlen. Sie hatte eine solche Wohnung von dem Geld, das sie von ihrer Mutter geerbt hatte, gekauft und hoffte auf ein gutes Geschäft.

Es gab doch die Wohnung über der Eisdiele, aber Nessa hatte behauptet, sie käme nicht in Frage, weil sie sie sich nicht leisten könne. Das war ja wohl absurd.

Valerie stieß ein Schnauben aus und drehte den Hals von einer Seite zur anderen. Sie bekam langsam Nackenschmerzen, weil sie so lange über Lilys Bett gebeugt dagesessen hatte.

Wenn Lily dauerhaft hier wohnen würde, würde Valerie dieses langweilige Gästezimmer für Besucher, die doch nicht kamen, in ihr Kinderzimmer verwandeln.

Wenn doch nur Nessas Plan, sich das Cottage zu sichern, scheitern würde.

Eine Idee schlich sich in Valeries Kopf, während sie in dem stillen Raum saß und zusah, wie Lilys Brust sich hob und senkte. Es war eine schreckliche, unverzeihliche Idee, die sie zu verscheuchen versuchte.

Doch nachdem sie zu dem schnarchenden Alan zurück ins Bett gestiegen war und versucht hatte, einzuschlafen, war die Idee wiedergekommen. Nach einer schlaflosen Stunde traf Valerie eine Entscheidung. Lilys Zukunft zu sichern war das Wichtigste in ihrem Leben. Und das würde sie mit allen notwendigen Mitteln tun.

NEUNUNDZWANZIG

GABRIEL

Das ferne Schrillen eines Handys riss Gabriel aus dem Schlaf. Im ersten Moment dachte er, er sei in Driftwood House. Sein schmerzender Rücken und die kalten Füße holten ihn jedoch schnell in die Wirklichkeit zurück – er lag auf dem Boden eines alten Cottages an der Küste von Devon. Und Nessa, die Frau, die er nur wenige Stunden zuvor geküsst hatte, schlief in dem Raum über ihm.

Es war stockfinster, und als er nach seinem Handy tastete, leuchtete es in einem gespenstischen Licht auf. Es war halb vier Uhr morgens und ein Handy klingelte, aber es war nicht seins. Wer um alles in der Welt rief Nessa zu dieser Uhrzeit an?

Er zog den Reißverschluss des Schlafsacks auf und wollte gerade in dem kalten Zimmer aufstehen, als er in dem Raum über sich Schritte hörte. Dann leuchtete der Strahl einer Taschenlampe die Treppe hinab und wurde heller. Dahinter erschien Nessa wie ein dunkler Schatten.

Sie hatte es eilig. Sie lief zur Tür und stieß die Füße in die Turnschuhe.

»Was ist los?«, fragte er und rieb sich den Schlaf aus den Augen.

Nessa fuhr vor Schreck zusammen. Sie hatte offenbar vergessen, dass er da war. Während er ewig in dem kalten Schlafsack wach gelegen und an die Frau gedacht hatte, die nicht weit von ihm schlief, hatte sie ihn vollkommen vergessen.

»Wer war das am Telefon?«, fragte er mit leiser, krächzender Stimme.

»Valerie«, sagte Nessa knapp und fluchte, als sie mit den Schnürsenkeln kämpfte. »Lily geht es sehr schlecht, ich muss zu ihr.«

»Jetzt?«

Nessa richtete sich auf. »Ja, jetzt. Ich bin ihre Mum und sollte bei ihr sein. Valerie klang wirklich besorgt. Sie überlegt, sie in die Notaufnahme zu bringen, falls ihre Atemnot nicht besser wird.«

»Ich komme mit.«

Gabriel stand auf und streckte die Beine aus, aber Nessa schüttelte den Kopf.

»Nein. Das ist nicht nötig. Valerie würde nur ausflippen, wenn ich mitten in der Nacht mit dir zusammen auftauche.«

»Aber wie willst du dorthin kommen?«

»Rosie hat ihr Auto hiergelassen, als gestern alle nach Hause sind.«

»Die alte Rostlaube?« Gabriel schob die Hand in die Jeanstasche. »Hier. Nimm meinen Wagen.«

Er hielt ihr die Schlüssel hin, die im Licht seines Handys glänzten.

»Rosies Wagen ist völlig in Ordnung«, lehnte Nessa sein Angebot ab, während sie in die Jacke schlüpfte und nach ihrer Handtasche griff.

»Nein, ist er nicht. Der Sturm hat sich gelegt, aber die Straßen werden immer noch gefährlich sein, und Rosie hat gesagt, ihr Auto bleibt ständig liegen. Was ist, wenn du auf dem Weg zu Lily mitten im Nirgendwo eine Panne hast?«

»Du willst mir dein Auto nicht leihen.«

»Doch, also nimm es. Du musst zu deiner Tochter.«

Nessa zögerte für den Bruchteil einer Sekunde, dann eilte sie zu ihm, nahm die Schlüssel, wobei ihre Finger seine streiften, und war nach einem schnellen »Danke« verschwunden.

Er hörte in der Dunkelheit, wie die Haustür zuschlug, und wenige Minuten später das leise Summen des Motors, als sein Wagen angelassen wurde und in der Ferne verschwand.

Gabriel setzte sich wieder auf die dünne Isomatte und stützte den Kopf in die Hände. Er hoffte, dass es Lily gut ging. Es war ein schrecklicher Gedanke, dass das Kind krank war, und es war richtig von Nessa, zu ihm zu fahren.

Sie hatte es getan, obwohl sie so kurz davor war, den vorgeschriebenen Monat im Cottage zu vollenden. Jetzt hatte sie die Bedingungen des Mietvertrags nicht erfüllt. Damit waren ihre Anstrengungen umsonst gewesen.

Sein Vater würde wie immer gewinnen, und das Cottage würde dem Erdboden gleichgemacht werden, um Platz zu schaffen für Luxuswohnungen, die sich Leute wie Nessa nicht leisten konnten.

Doch Geschäft war Geschäft. Es war nicht immer schön, und es war nicht immer nett, aber so war es nun mal. Wenn er diesen Deal unter Dach und Fach brachte, würde es seinem Vater beweisen, dass er würdig war, die Familienfirma zu übernehmen. Ausnahmsweise einmal würde er keine Enttäuschung sein.

Ringsum schien die Dunkelheit von den Geistern der Vergangenheit erfüllt zu sein. Gabriel schüttelte sich in Gedanken dafür, solche Angst vor Gespenstern zu haben, schlüpfte wieder in den Schlafsack und zog den Reißverschluss zu.

Der Verlust des Cottages würde Nessa hart treffen, aber sie würde es überleben, sagte er sich. Sie war der Typ Frau, der weiterkämpfen würde, um das Beste für ihr Kind zu tun.

Er konzentrierte sich auf das Rauschen der nahen Wellen

und versuchte einzuschlafen. Doch als zwei Stunden später die Strahlen des frühen Morgenlichts über den Steinboden glitten, schaute er immer noch zur Decke empor und dachte an ihren Kuss.

DREISSIG

NESSA

Nessa fluchte, als ein Fuchs vor ihr über den dunklen Feldweg lief. Die Augen des Tieres glitzerten im Scheinwerferlicht des Wagens. Sie nahm den Fuß vom Gas. Im Sturm waren Äste heruntergekracht und die Feldwege waren glitschig von Schlamm. Nessa wollte dringend zu Lily und es wäre niemandem geholfen, wenn sie im Graben landete.

Es waren zwar nur wenige Meilen bis zu Valeries Haus am Rande von Heaven's Cove, aber der Weg kam ihr endlos vor, während sich in ihrem Kopf Worst-Case-Szenarien abspielten.

Sie neigte normalerweise nicht zu Panik. Sie hatte im Laufe der Jahre viel durchgemacht und gelernt, mit der Angst vor dem Unbekannten umzugehen. Doch der Gedanke, Lily könne krank sein, schnürte ihr die Kehle zu, und tiefe Verzweiflung machte sich in ihr breit. Valerie hatte sehr beunruhigt geklungen.

Bitte, komm sofort, Nessa. Ich mache mir große Sorgen wegen Lilys Atmung. Sie braucht dich.

Natürlich brauchte sie ihre Mutter. Nessa machte sich schwere Vorwürfe, dass sie ihre Tochter dreißig Nächte lang Valeries Obhut überlassen hatte. Hatte sie wirklich gedacht, sie könne in nur einem Monat ein baufälliges Cottage renovieren und ihr Leben verändern?

Es war ein dummer Traum gewesen, und sie wusste, dass er jetzt vorbei war. Sie hatte das Cottage mitten in der Nacht verlassen und damit war der Mietvertrag null und nichtig.

Obwohl Gabriels Vater vielleicht nicht davon erfahren würde, wenn sein Sohn es ihm nicht verriet.

Nessas Gedanken gingen zurück zu dem Kuss nur wenige Stunden zuvor. Sie konnte immer noch Gabriels Hände spüren, und ihr wurde heiß, während sie knirschend einen niedrigeren Gang einlegte und die nächste Kurve auf zwei Rädern nahm.

Es war wunderbar gewesen, bis sein Vater angerufen hatte und die Wirklichkeit über sie hereingebrochen war. Während sie Gabriel geküsst hatte, hatte ihre Tochter nur wenige Meilen entfernt krank im Bett gelegen – ernsthaft krank, wenn Valerie recht hatte. Vielleicht hatte Valerie auch damit recht, dass Lily besser dran wäre, wenn sie für immer bei ihr leben würde.

»Hör auf zu denken!«, sagte Nessa laut und drosselte das Tempo, als sie den Rand von Heaven's Cove erreichte. Wenn sie so durch die schmalen Straßen des Dorfes raste, würde sie noch einen Unfall bauen.

Die Straßenlaternen waren aus, und in den Fenstern der alten Cottages brannte kein Licht. So schnell, wie sie es wagte, fuhr Nessa zu Valerie. Mit quietschenden Reifen hielt sie vor dem Haus, sprang aus dem Wagen und rannte den Gartenweg entlang.

Sie klingelte an der Tür, einmal, zweimal, dreimal, bis Valerie aufmachte. Ohne Make-up wirkte sie bleich wie ein Gespenst.

»Du bist also gekommen«, sagte sie, und über ihre Züge glitt ein undeutbarer Ausdruck.

»Natürlich bin ich gekommen.« Nessa trat in den Flur und schloss die Tür hinter sich. »Wo ist sie? Geht es Lily gut?«

»Sie ist im Bett. Es scheint ihr etwas besser zu gehen als

vorhin, als ich angerufen habe. Ich hoffe, das war in Ordnung, aber ich habe mir solche Sorgen gemacht.«

»Schon gut, ich bin froh, dass du angerufen hast. Ich gehe rasch nach oben und sehe nach ihr.«

Nessa stürmte mit großen Schritten die Treppe hinauf und ins Gästezimmer. Ihre geliebte Tochter lag schlafend im Bett, die Decke bis ans Kinn hochgezogen.

Nessa kniete sich mit Tränen in den Augen neben das Bett und fühlte Lily die Stirn. Sie war warm, aber nicht übermäßig heiß. Nessa beugte sich vor und hielt das Ohr an Lilys Mund. Die Kleine röchelte im Schlaf, und beim Ausatmen erklang ein leises Pfeifen. Nessa sackte erleichtert in sich zusammen. Das Pfeifen war kaum zu hören und würde sich nach ein oder zwei Zügen aus dem Inhalator legen.

Lily bewegte sich, als Nessa ihr das Haar aus dem Gesicht strich, und schlug die Augen auf.

»Mummy«, murmelte sie verschlafen und berührte Nessa an der Wange.

»Mummy ist da, Süße.« Nessa küsste Lily auf die Stirn. »Fühlst du dich krank?«

»Hab eine Erkältung«, antwortete Lily und gähnte ausgiebig. »Granny hat mir Medizin gegeben. Warum bist du hier?«

»Ich wollte nachsehen, wie es dir geht.«

»Mir geht's gut, Mummy.«

Als ihre Tochter sich nach einem weiteren Zug aus dem Inhalator wieder unter die Decke kuschelte, lehnte Nessa sich zurück und versuchte, sich zu beruhigen. Lily schien es nicht allzu schlecht zu gehen, und sie fing sich immer irgendwo eine Erkältung ein. Die Schule war die reinste Bazillenschleuder.

Nessa blieb noch eine Weile bei Lily sitzen, atmete ihren süßen, schläfrigen Duft ein und streichelte ihr das weiche Haar, bis sie sicher war, dass ihre Tochter wieder schlief.

Valerie blickte aus dem Fenster oben im Flur, als Nessa aus dem Zimmer kam.

»Ist alles in Ordnung?«, fragte sie und zog den Vorhang zu.

»Ich denke schon«, antwortete Nessa leise und vergewisserte sich, dass Lilys Tür geschlossen war. »Sie fühlt sich nicht heiß an, und als sie kurz aufgewacht ist, schien es ihr gut zu gehen. Sie pfeift ein wenig. Hat sie den braunen Inhalator benutzt, bevor sie ins Bett gegangen ist?«

»Natürlich!« Valerie schnaubte und bohrte die nackten Zehen in den dicken Teppich. »Es tut mir leid, falls ich dich umsonst gestört habe, aber ich habe mir große Sorgen um sie gemacht.«

»Ich bin nur froh, dass es ihr gut geht. Du hast so panisch geklungen, als du angerufen hast, und als du gesagt hast, du wolltest sie ins Krankenhaus bringen, bin ich auch in Panik geraten.«

»Lily wirkte so krank, dass es mir nötig erschien. Aber seit ich dich angerufen habe, ist ihre Temperatur gefallen, und Gott sei Dank kann sie auch wieder leichter atmen. Vorhin war es ganz schlimm.«

»Wirklich?« Nessa biss sich auf die Unterlippe, als erneut Schuldgefühle und Sorgen in ihr aufstiegen.

»Ja. Sie hat nach dir gerufen und war ganz außer sich, weil du nicht da warst.«

Nessas Magen krampfte sich zusammen. Ihr krankes Kind hatte nach ihr gerufen, und sie war meilenweit entfernt gewesen.

»Ich hoffe, es war richtig, dich anzurufen.«

»Ja, natürlich.« Nessa legte Valerie die Hand auf den Arm. »Danke. Ich bin froh, dass du angerufen hast. Ich war sowieso wach und habe an Lily gedacht.«

Ich bin eine schreckliche Mutter, dachte Nessa, denn sie hatte nicht an Lily, sondern an Gabriel gedacht. Sie hatte sich gefragt, ob sie den Mut haben würde, ihn zu sich einzuladen und ihr Herz für ein paar Stunden in den Armen eines Mannes aufs Spiel zu setzen – eines Mannes, der Heaven's Cove schon bald verlassen würde und der vorhatte, das Geisterdorf dem Erdboden gleichzumachen.

Alles war so kompliziert. Sie hatte gelogen und ihm gesagt, der Kuss habe nichts bedeutet. Vielleicht hatte er ihm ja wirklich nichts bedeutet. Doch als er ihr die Lippen auf den Mund gedrückt hatte, waren Gefühle hochgekommen, die sie schon lange nicht mehr gespürt hatte – Sehnsucht, Verlangen, Verbundenheit. Der Mensch, den sie hinter der Fassade des Geschäftsmannes entdeckt hatte, bedeutete ihr etwas. Sie wollte ihn besser kennenlernen.

Doch dann hatte Valeries Anruf sie so erschreckt, dass sie vollkommen vergessen hatte, dass er im Cottage war, als sie die Treppe hinuntergestürmt war.

»Bleibst du hier?«, fragte Valerie mit sorgenvollem Gesicht. »Es wäre mir lieber, falls Lilys Zustand sich noch einmal verschlechtert. Es wird sie aufmuntern, wenn du hier bist, wenn sie aufwacht und du mit ihr frühstücken kannst. Ich kümmere mich zwar gern um Lily, aber manchmal braucht ein Kind seine Mutter, meinst du nicht auch?«

Nessa nickte, und ihre Schuldgefühle, eine schlechte Mutter zu sein, gingen durch die Decke. »Absolut, und es tut mir sehr leid, dass du dir solche Sorgen gemacht hast.

»Ist schon gut. Jetzt ist ja alles in Ordnung.« Valerie lächelte und öffnete die Tür zu Jakes altem Zimmer. »Du kannst hier schlafen. Das Bett ist immer frisch bezogen, falls Jacob uns spontan besucht.«

Schön wär's, dachte Nessa. Sie war zu erschöpft, um sich zu weigern, im Bett ihres Ex-Mannes zu schlafen, und folgte Valerie ins Zimmer.

»Wie bist du eigentlich so schnell hergekommen?«, fragte Valerie und strich die Bettdecke glatt. »Das Auto draußen kommt mir bekannt vor, aber ich kann es nicht so recht einordnen.«

»Es gehört Gabriel«, antwortete Nessa, die auch zu müde

war, um sich eine überzeugende Lüge auszudenken. »Er ist gestern Abend vorbeigekommen, um zu kontrollieren, dass ich im Cottage war, und musste über Nacht bleiben, weil der Sturm so heftig war.« Als Valeries Augenbrauen unter dem Pony verschwanden, fügte Nessa hinzu: »Er hat unten im Schlafsack geschlafen.«

»Verstehe. Nun, was für ein glücklicher Zufall, angesichts der Umstände.«

Ohne auf eine Antwort zu warten, verließ Valerie das Zimmer und schloss die Tür hinter sich.

Nessa schob die Hand in die Jeanstasche und drehte Gabriels Autoschlüssel in den Fingern.

Sie lag auf dem Bett, konnte aber nicht schlafen. Valerie schlief wahrscheinlich auch nicht, so wie Alans ohrenbetäubendes Schnarchen durchs Haus hallte. Obwohl sie nach fünfunddreißig gemeinsamen Jahren vielleicht daran gewöhnt war.

Nessa betrachtete die Poster an den dunklen Wänden – Iron Maiden, Metallica und ein gerahmter Druck von Che Guevara. Videospiel-Figuren aus Jakes Teenagerjahren standen auf einem Bücherregal unterm Fenster.

Dieser Raum war ein Schrein, dachte Nessa und fragte sich, wo der verlorene Sohn wohl gerade sein mochte. Um seine Tochter sorgte er sich jedenfalls nicht, so viel stand fest.

Weil der Schlaf immer noch nicht kommen wollte, stand Nessa auf und setzte sich auf die Fensterbank. Am Ende der schmalen Gasse erhaschte sie einen Blick auf das ferne Meer. Der Himmel wurde langsam heller, färbte sich von Schwarz zu Dunkelblau, und der Horizont erglühte in den ersten Strahlen der aufgehenden Sonne. Das Gewitter hatte alles reingewaschen, und es würde ein wunderschöner Tag in Heaven's Cove und im Geisterdorf werden.

Sie nahm Gabriels Autoschlüssel aus der Tasche und strich über das Metall.

Zumindest hatte Valeries Anruf ihr Herz und ihre Würde gerettet. Was, wenn sie Gabriel nach oben eingeladen hätte und er ihr Angebot abgelehnt hätte, nachdem sein Vater ihn an den Grund erinnert hatte, warum er dort war? Oder schlimmer noch, was, wenn er angenommen und sie dann wie Jake verlassen hätte?

Sie schauderte. Die Aufregung ihrer wilden Fahrt über Feldwege ließ den Kuss vom vergangenen Abend unwirklich erscheinen: Eine bizarre Annäherung, die nie geschehen war.

Gabriel würde bald fort sein und sie schnell vergessen. Vielleicht würde er gelegentlich an sie denken, an die Verrückte, die erfolglos versucht hatte, das Geisterdorf zu retten. Vielleicht hatte er seinen Vater bereits angerufen, um zu berichten, dass ihr Anspruch auf das Cottage hinfällig war: Die lästige Frau, die ihre Pläne durchkreuzen wollte, war doch nicht dreißig Tage und Nächte in dem Cottage geblieben. Sie war an der letzten Hürde gescheitert.

Nessa griff nach dem Handy und schickte Gabriel eine kurze Nachricht.

Lily geht es gut. Danke für das Auto. Soll ich es nach Driftwood House bringen?

Seine Antwort kam fast sofort.

Bin erleichtert, dass es Lily gut geht. Auto nach Driftwood ist okay. Danke.

Nessa starrte das Handy an, absurderweise enttäuscht. Was hatte sie denn von ihm erwartet? Er hatte mit keinem Wort erwähnt, was zwischen ihnen geschehen war, aber sie auch nicht. Die Verwirrung, die sie wegen der ganzen Sache empfand, bescherte ihr langsam Kopfschmerzen.

Sie konnte Gabriel anflehen, nicht zu verraten, dass sie gegen die Bedingungen des Mietvertrages verstoßen hatte, falls er es nicht bereits getan hatte. Sie war jedoch nicht der Typ, der bettelte, und er schuldete ihr nichts. Für ihn war der Kuss bedeutungslos gewesen.

Nessa legte das Handy beiseite und schloss die Augen, während die ersten Strahlen der aufgehenden Sonne durchs Fenster fielen. Sie war unheimlich müde.

Als ihr Telefon klingelte, riss sie die Augen auf, und beim Blick auf das Display stockte ihr der Atem. Der Kuss hatte ihm also doch etwas bedeutet.

Es war eine Nachricht von Gabriel. Sie lautete schlicht:

Falls es dich interessiert, ich werde nichts sagen.

EINUNDDREISSIG

NESSA

Nessa rieb an einem Fleck auf ihrem Kleid. An diesem Morgen hatte sie Lily Orangensaft zum Frühstück eingegossen und es geschafft, alles vollzuspritzen, als sie den Karton geöffnet hatte.

Deshalb zog sie selten gute Sachen an. Manche Menschen trugen Seidenblusen und Samthosen – Erwachsene, die Rotwein tranken, ohne zu kleckern, und die Spaghetti Bolognese aßen, ohne überall Soße zu verteilen. Nessa gehörte nicht zu ihnen.

»In dem Schrank unter der Spüle ist Fleckentferner«, sagte Rosie, die mit einem Arm voll frisch gewaschener Handtücher an ihr vorbeiging.

»Danke. Du bist die Beste.«

Rosie war wirklich die Beste, das wusste Nessa mit Sicherheit.

Sie hatte sie und Lily wieder zu sich nach Driftwood House eingeladen. Eigentlich hatte Nessa sich ihr nicht noch einmal aufdrängen wollen, aber die Verlockung einer heißen Dusche und eines weichen Bettes für einige Tage war nach ihrem einmonatigen Aufenthalt im Geisterdorf einfach zu groß gewesen.

Am Ende war es doch ein ganzer Monat geworden. Nessa hatte zwar vor ihrer Rettungsfahrt zu Valerie nur siebenundzwanzigeinhalb Nächte im Cottage übernachtet. Doch schon am nächsten Tag war sie dorthin zurückgekehrt und hatte noch die drei folgenden Nächte dort verbracht, um die geforderten dreißig Tage vollzumachen – wenn auch mit einer kurzen Pause.

Gabriel hatte versprochen, Stillschweigen über ihre mehrstündige Abwesenheit zu bewahren, obwohl sie nicht mehr von ihm gehört hatte, seit sie bei Valerie seine Nachricht gelesen hatte. Er war nicht da gewesen, als sie seinen Wagen nach Driftwood House gebracht hatte, und er hatte noch am selben Morgen seine Sachen gepackt und war abgereist.

Seine Flucht hatte Nessa gleichermaßen enttäuscht und erleichtert – und sie hatte befürchtet, dass er sie aufgegeben hatte und seinem Vater trotzdem alles erzählen würde.

Rosie war jedoch anderer Ansicht gewesen, nachdem sie Nessa die ganze traurige Geschichte entlockt hatte.

»Ich wusste einfach, dass Gabriel dich mochte«, hatte sie gesagt. »Das habe ich daran gemerkt, wie er dich in letzter Zeit angesehen hat. Und er hat bei der Renovierung geholfen. Warum sollte er das tun, wenn er dich nicht insgeheim süß fand? Er ist nur deshalb vor Ende der dreißig Tage verschwunden, weil du ihn verzaubert hast und er von seinen Gefühlen verwirrt ist. Er wird irgendwo die Füße stillhalten, bis er wieder ins Büro zurückkehren und behaupten kann, du hättest deine Aufgabe erfolgreich abgeschlossen.«

Obwohl Nessa sich sicher war, noch nie jemanden verzaubert zu haben, war ihr Rosies Erklärung ein Trost. Auch wenn Gabriel ihr seitdem keine Nachricht mehr geschickt hatte und sie zu feige gewesen war, sich bei ihm zu melden.

Doch heute Vormittag, dachte Nessa nervös und strich das mit Orangensaft bekleckerte Kleid glatt, würde sie ihn wiedersehen. Und obwohl es keinen Grund gab, deswegen aufgeregt zu sein, hatte sie sich trotzdem schön gemacht.

Gabriel war in sein Londoner Luxusleben zurückgekehrt, wo er sich mit Frauen wie Seraphina traf, die Designermarken trugen. Ihr Kleid war kein Designerstück. Sie hatte es im Schlussverkauf bei Primark erstanden, aber es sah gut aus, und sie wollte ihm zeigen, dass sie nicht nur alte Turnschuhe und Cargohosen trug.

»Du hast dich aber hübsch gemacht«, bemerkte Rosie und kam mit den Handtüchern wieder zurück. »Ist das das Kleid, das du zur Beerdigung deiner Gran getragen hast?«

»Ja«, bestätigte Nessa und zupfte verlegen an ihrem Haar, das sie zu einem schicken Pferdeschwanz gebunden hatte. »Es ist das einzige Kleid, das ich besitze. Zu schwarz?«

»Überhaupt nicht. Es sieht sehr elegant aus.« Rosie lächelte. »Hast du dich für Mr Gantwich senior oder junior in Schale geworfen?«

»Weder noch«, antwortete Nessa und gab sich alle Mühe, nicht zu erröten. »Aber ich fand, dass ich für die erste Begegnung mit Billy Gantwich angemessen gekleidet sein sollte. Es ist wahrscheinlich das Beste, erwachsen zu wirken und ... und ...«

»Begehrenswert?« Rosie zog lachend eine Braue hoch. »Es kommt mir vor wie eine Ewigkeit, dass Gabriel abgereist ist, obwohl es noch keine Woche her ist, und du kannst es nicht erwarten, ihn wiederzusehen. Gib's endlich zu.«

»Ich gebe nichts dergleichen zu«, protestierte Nessa und wich Rosies Blick aus, denn diese würde genau wissen, dass sie log.

»Sei einfach vorsichtig, Ness«, sagte Rosie und war plötzlich ernst. »Eine kleine Knutscherei hinter dem Cottage ist in Ordnung, aber vergiss nicht, dass er in sein Londoner Leben zurückkehren wird. Pass auf dein Herz auf.«

»Zum Knutschen ist gar keine Zeit. Ich werde zu beschäftigt damit sein, mit Mr Gantwich senior die letzten Einzelheiten über meinen und Lilys endgültigen Einzug in das Cottage zu klären. Obwohl ich kaum glauben kann, dass es wirklich passiert.«

»Ich auch nicht. Ich bin überrascht, dass Billy Gantwich einen Rückzieher gemacht hat, obwohl Gabriel vielleicht etwas damit zu tun hatte. Was stand noch mal in Billys Nachricht?«

Nessa nahm das Handy aus der Tasche und rief die Textnachricht auf, die sie völlig unerwartet vor zwei Tagen erhalten hatte. Sie las sie Rosie laut vor.

Ich schreibe Ihnen bezüglich des Cottages in Sorrel Cove. Sie sollen nach Ihrem Aufenthalt in der Immobilie dauerhaftes Wohnrecht erhalten haben. Ich werde am Donnerstag in der Gegend sein und wäre Ihnen dankbar, wenn wir uns vormittags um halb elf am Cottage treffen könnten, um zu besprechen, wie das in Zukunft funktionieren soll. Mein Sohn wird ebenfalls anwesend sein. Billy Gantwich

Nessa schaute von ihrem Display auf. »Er schreibt, dass ich dauerhaftes Wohnrecht habe und dass er die Einzelheiten besprechen will. Für mich klingt das positiv.«

»Mhm. Gabriel muss eingegriffen und ihn umgestimmt haben. Aber bist du dir ganz sicher, dass du für länger in das Cottage ziehen willst, Ness? Noch kannst du einen Rückzieher machen. Lily schien mir nicht gerade begeistert von der Idee zu sein.«

»Sie wird ihre Meinung schon noch ändern«, antwortete Nessa mit mehr Überzeugung, als sie empfand.

Sie hatte vor zwei Tagen mit Lily das Cottage besucht, aber es war kein großer Erfolg gewesen. Lilys Unterlippe hatte gezittert, als Nessa davon gesprochen hatte, dort einzuziehen. In der Nacht hatte sie einen Albtraum gehabt und war weinend aufgewacht.

Doch das war zu erwarten gewesen, sagte Nessa sich. Die Aussicht auf ein neues Zuhause war beunruhigend, wenn man schon so viele Veränderungen durchgemacht hatte. Sie würde sich bald an den Gedanken gewöhnen.

Valerie hatte nichts davon gehalten, dass Nessa mit Lily vorübergehend wieder in Driftwood House eingezogen war.

»Sie könnte genauso gut hier bei uns bleiben, bis ihr wirklich in das Cottage einzieht, um die Aufregung möglichst gering zu halten«, hatte sie gesagt und Nessa den Arm getätschelt. Nessa hatte sich nichts sehnlicher gewünscht, als dass ihre Tochter wieder bei ihr war. Als sie zögerte, hatte Valerie hinzugefügt: »Wir müssen tun, was das Beste für Lily ist.«

Doch war es nicht das Beste für Lily, wieder bei ihrer Mutter zu sein? Es sah so aus, als hätten sie jetzt ein Cottage, das sie ihr Eigen nennen konnten. Sobald die letzten Arbeiten erledigt waren, konnten sie einziehen. Phil, der Elektriker aus dem Dorf, hatte versprochen, bei der Wiederherstellung der Stromversorgung auf dem Grundstück zu helfen, bevor die Herbstkälte Einzug hielt. Vielleicht ließ sich auch das Brunnenwasser, das inzwischen als trinkbar eingestuft worden war, irgendwie ins Cottage leiten.

Nessa dachte weiter über Billys Besuch nach, während sie in Rosies Mini ins Geisterdorf fuhr. Er würde wahrscheinlich trotzdem versuchen, sie zu überreden, auf das Cottage zu verzichten, damit er seine Baupläne in die Tat umsetzen konnte. Eigentlich sollte ihm jedoch klar sein, dass es ihr ernst damit war, dort zu leben, nachdem sie dort dreißig aufeinanderfolgende Nächte verbracht hatte.

Siebenundzwanzigeinhalb aufeinanderfolgende Nächte, beharrte die pedantische Stimme in ihrem Kopf, doch sie achtete nicht darauf.

Nessa öffnete die Tür des Cottages mit dem Schlüssel aus dem Schatzkästchen ihrer Großmutter und sah sich um. Sie war stolz auf die Arbeit, die während des letzten Monats hier geleistet worden war. Das Cottage wirkte nicht mehr leer und traurig. Es war sauberer und heller, und das Mosaik ihrer Urgroßmutter über dem Kamin strahlte in dem Sonnenlicht, das durchs Fenster fiel.

Nessa holte tief Luft, nicht sicher, was sie nervöser machte: das Treffen mit Billy oder das Wiedersehen mit seinem Sohn.

Sie wusste, dass es sinnlos war, aber sie konnte nicht aufhören, an Gabriel zu denken. Sie hatte Fantasien, wie er mit großen Schritten Driftwood House betrat und sie mit der Erklärung, sie habe ihn verzaubert, und einer schwungvollen Umarmung von den Füßen riss.

Nessa legte kopfschüttelnd eine Decke über die Malutensilien, die Gabriel zurückgelassen hatte. Wann hatte sie sich von einer pragmatischen alleinerziehenden Mutter in eine Frau verwandelt, die nur noch romantischen Unsinn im Kopf hatte?

Gabriel hatte sein Leben, sie hatte ihres, und so würde es bleiben. Es verband sie nichts als ein Kuss in einer stürmischen Nacht in einem einsamen Cottage. Dieser Kuss bedeutete ihnen beiden zwar etwas, doch nicht genug.

»Ms Paulson, nehme ich an?«

Ein untersetzter Mann in einem dunkelgrauen Anzug stand in der Tür und kam auf sie zu. Seine ochsenblutroten Schuhe klatschten auf die Steinplatten. »Ich habe von meinem Sohn schon viel über Sie gehört. Wie schön, Sie endlich persönlich kennenzulernen.« Er nahm ihre Hand in seine und schüttelte sie.

»Sie müssen Mr Gantwich sein«, sagte Nessa und zog ihre Hand zurück.

»Billy, bitte. Lassen wir die Förmlichkeiten. Darf ich Sie Nessa nennen?«

»Ja, natürlich.«

»Großartig.«

Nessa schaute an Billy vorbei, enttäuscht, dass er allein war. »Ich dachte, Ihr Sohn wollte Sie begleiten.«

Billy sah sie aus seinen dunklen Augen durchdringend an. »Er wird in Kürze hier sein. Ich selbst bin gestern schon angekommen, um mir Heaven's Cove anzusehen. Ein ganz bezauberndes Dorf. Dadurch habe ich den morgendlichen Berufsverkehr in London vermieden. Gabriel steckt wahrscheinlich im Verkehr fest.«

Dann war sie hier also mit Billy Gantwich allein.

Er war ein bulliger Mann, aber nicht so furchteinflößend wie erwartet. Vielleicht war es die äußerliche Ähnlichkeit mit seinem Sohn, die ihr die Nervosität nahm. Sie hatten die gleiche Nase und die gleichen Locken über den Ohren, obwohl Billys Haar stahlgrau war und Gabriels dunkelbraun.

Gabriels Attraktivität war konventioneller als die seines Vaters, aber Billy besaß eine Ausstrahlung, die den ganzen Raum einzunehmen schien.

»Also, wie ich höre, hat dieses Cottage früher Ihrer Familie gehört.«

»Richtig. Meine Familie hat hier gelebt, bis meine Urgroßmutter vor fünfundsiebzig Jahren bei einer schrecklichen Sturmflut ums Leben gekommen ist.«

»Ah, ja. Und was für eine Tragödie das war.«

Nessa sah Billy an. Es war schwer zu sagen, ob seine Antwort mitfühlend oder spitz gemeint war. »Und jetzt wollen Sie mit Ihrer Tochter hier leben.«

»Ja. Lily ist fünf.«

Er verzog die Lippen. »Es ist nicht gerade der beste Ort für ein Kind, oder?«

»Im Moment noch nicht, aber sobald die Renovierungsarbeiten abgeschlossen sind, schon.«

»Hmm.« Billy ging langsam durch den Raum und blieb vor dem Bild stehen, das Gabriel gemalt hatte. Nessa hatte es auf die Fensterbank gestellt. Die leuchtenden Farben und kräftigen Pinselstriche ließen den Raum fröhlicher wirken. »Sind Sie Künstlerin, Nessa?«

»Nein. Das Bild stammt von Ihrem Sohn. Es ist toll, nicht? Er hat ein gutes Auge für Landschaften.«

Billy beugte sich vor und betrachtete die Leinwand genauer. »Es ist sehr ...« Er holte tief Luft, und ohne den Satz zu beenden, richtete er sich wieder auf und schaute hinaus aufs Meer.

Nessa wünschte, Gabriel würde endlich kommen. Sein Vater war zwar höflich – sogar charmant –, aber sie fühlte sich in seiner Gegenwart nicht wohl. Er verströmte eine Energie, die die Atmosphäre im Cottage veränderte.

Er wandte sich vom Fenster ab. »Die Aussicht hier ist prachtvoll, vorne das Meer und hinten die Landzunge. Es ist die perfekte Lage für die Bebauung, die ich mir vorstelle, sobald dieses Cottage abgerissen worden ist.«

»Aber Sie haben geschrieben ...«

»Es spielt keine Rolle, was ich geschrieben habe. Ich wollte nur sichergehen, dass Sie heute Morgen herkommen.«

Nessa drehte sich der Magen um. Er hatte also doch nicht akzeptiert, dass sie hier einziehen wollte. »Es gibt sicher viele andere Stellen an der Küste, wo Sie bauen könnten«, sagte sie und bemühte sich, mit fester Stimme zu sprechen. »Stellen ohne besondere Geschichte.«

»Die gibt es bestimmt, aber ich habe mich nun mal für diese hier entschieden.«

»Dann tut es mir sehr leid, Sie enttäuschen zu müssen, aber meine Familie hat schon sehr lange die Erlaubnis, hier zu leben.«

»Oh, ich bin nicht enttäuscht, Ms Paulson.« Als Billy vortrat, widerstand Nessa dem Drang, vor ihm zurückzuweichen. »Ich fürchte, Sie sind diejenige, die enttäuscht sein wird, weil Ihr Mietvertrag für dieses Cottage das Papier nicht wert ist, auf dem er geschrieben steht.«

»Aber ich habe einen ganzen Monat hier gewohnt, wie der Vertrag es verlangt.«

»Einen ganzen Monat? Sind Sie sich sicher?«

Als Billy ihr ein kaltes Lächeln schenkte, wurde Nessa übel. Er wusste Bescheid.

»Der Mietvertrag war klar und eindeutig formuliert und enthielt eine recht eigenartige Klausel«, fuhr er fort. »Obwohl ich, das können Sie mir glauben, in den vielen Jahren meiner Tätigkeit in der Immobilienbranche schon eigenartigere Dinge erlebt habe. Es gab mal einen Fall, da ...« Er hielt inne. »Aber ich schweife vom Thema ab. Der fragliche Vertrag sah vor, dass Sie verpflichtet waren, hier dreißig Nächte zu verbringen. Dreißig Nächte ohne Unterbrechung.«

»Aber das habe ich doch«, begehrte Nessa auf.

Billy zog die Nase kraus und schnalzte mit der Zunge. »Nicht ganz. Wie ich höre, waren Sie in der Nacht des zwölften Juli nicht in diesem Cottage anwesend.«

Nessa fühlte, wie aller Mut aus ihr wich. Das konnte Billy nur wissen, wenn sein Sohn es ihm gesagt hatte.

»Ich war nicht die ganze Nacht fort«, sagte sie, während es ihr die Kehle zuschnürte. »Meine Tochter war bei ihrer Großmutter und ich habe in den frühen Morgenstunden einen Anruf erhalten, dass meine Tochter sehr krank sei. Ich musste zu ihr.«

»Natürlich. Das würde jede gute Mutter tun. Doch ich fürchte, dass der Mietvertrag keine Ausnahmen für familiäre Notfälle vorsieht.« Er runzelte die Stirn, als er Staub an seinem Hosenbein entdeckte, und wischte ihn weg. »Nehmen Sie es sich nicht zu Herzen, Ms Paulson. Es ist eine reine Geschäftsangelegenheit. Sie haben gegen die Mietbedingungen verstoßen und daher kein Recht auf dieses Haus, falls der Mietvertrag vor Gericht überhaupt Bestand gehabt hätte.

Verstehen Sie mich nicht falsch. Ich bewundere Ihren Mut und Ihre Entschlossenheit wirklich. Das sind genau die Eigenschaften, die mich dorthin gebracht haben, wo ich heute stehe. Doch in diesem Fall haben sie nicht gereicht, und ich fürchte,

Sie haben verloren. Ich hoffe sehr, dass Sie eine gute Verliererin sind.«

Er stieß die Luft aus. »Sie könnten natürlich vor Gericht ziehen. Aber dafür brauchen Sie Geld, das Sie wahrscheinlich nicht haben, und am Ende würden Sie verlieren, weil die Klausel schwarz auf weiß im Vertrag steht und ich unwiderlegbare Beweise dafür habe, dass Sie dagegen verstoßen haben.«

Nessa fühlte sich vollkommen überrumpelt. Die ganze Mühe, die sie und ihre Freunde in die Renovierung gesteckt hatten, war umsonst gewesen. Die ganze harte Arbeit, die Opfer und die Hoffnungen und Träume waren zunichte gemacht. Billy hatte recht. Ihr fehlten die finanziellen Mittel, um ihn vor Gericht zu bringen, und selbst wenn sie sie gehabt hätte, würde sie verlieren. Sie hatte verloren.

Es tut mir leid, Gran. Sie biss sich auf die Unterlippe, um die drohenden Tränen zurückzudrängen. Sie würde nicht vor diesem Mann weinen. Die Befriedigung würde sie ihm nicht gönnen.

Kein Wunder, dass Gabriel kein vertrauenswürdiger Mensch war, nachdem er mit diesem kalten, skrupellosen Kerl aufgewachsen war. Kein Wunder, dass er nach all den Jahren immer noch versuchte, sich Respekt zu verdienen und dass er sie verraten hatte, um einen Geschäftsabschluss zu erzielen.

»Wer hat es Ihnen gesagt?«, fragte sie leise, als draußen der Wind auffrischte und die offene Haustür gegen den Rahmen schlug. »War es Gabriel?«

Sie hegte immer noch ein Fünkchen Hoffnung, dass Gabriel nicht gelogen hatte, als er ihr versprach, nichts zu verraten.

Billy fixierte sie mit einem harten Blick. »Wer sonst?« Er schaute über ihre Schulter. »Wenn man vom Teufel spricht.«

Als Nessa sich umdrehte, stand Gabriel hinter ihr. Er war glatt rasiert und trug einen Anzug. Das war der Gabriel, der ihr vor mehr als einem Monat in Driftwood House zum ersten Mal begegnet war.

»Ich dachte, wir würden uns erst in einer Viertelstunde treffen.« Er nickte Nessa zu und suchte ihren Blick. »Hallo.«

Sie sah weg. Er hatte es seinem Vater erzählt, obwohl er wusste, warum sie das Cottage mitten in der Nacht hatte verlassen müssen.

Blut ist dicker als Wasser. So sagte man doch, oder? Gabriel hatte seinen Vater und seine Arbeit Nessa vorgezogen. War ja klar.

Nessa schob sich wortlos an ihm vorbei. Sie war bitter enttäuscht darüber, dass das Cottage nicht ihr gehörte, und vollkommen aufgebracht, dass das Haus und das Geisterdorf dem Erdboden gleichgemacht werden würden. Doch es brach ihr das Herz, dass der Mann, in den sie sich langsam verliebt hatte, sie so im Stich gelassen hatte. Er musste über sie und ihre dummen Träume gelacht haben. Träume, die für Menschen wie sie nicht in Erfüllung gingen.

Sie marschierte den Pfad entlang und stieg den Hang hinauf, wo Rosies Wagen stand. Sie drehte sich kein einziges Mal um, nicht einmal, als sie Gabriel aus der Tür des Cottages wieder und wieder ihren Namen rufen hörte.

ZWEIUNDDREISSIG

GABRIEL

Nessa drehte sich nicht um. Er rief immer wieder nach ihr, aber sie stieg weiter den Weg hinauf, und ihr Pferdeschwanz baumelte von einer Seite zur anderen. Was hatte sein Vater jetzt wieder angerichtet?

Er hätte wissen müssen, dass etwas nicht stimmte, als sein Vater darauf bestanden hatte, dass sie beide herfahren und sich mit Nessa treffen sollten. Gabriel hätte klar sein müssen, dass Billy nicht kampflos aufgeben würde. Trotzdem hatte er gehofft, dass sein Vater das Richtige tun würde. Und Billy hatte Gabriel ja tatsächlich gesagt, dass er bereit sei, mit Nessa über die Situation zu sprechen, um eine Lösung für alle Beteiligten zu finden.

Gabriel ging zurück in das Cottage. Sein Vater stand an der Stelle, an der Gabriel Nessa während des Sturms geküsst hatte, und strich mit der Hand über den steinernen Kaminsims.

»Was hast du ihr gesagt?«, fragte er scharf.

Billy drehte sich langsam zu ihm um. »Die Wahrheit.«

»Und die wäre?«

Er schnaubte, als könne er nicht glauben, dass Gabriel überhaupt fragte.

»Sie hat die Vertragsbedingungen nicht erfüllt und muss daher den Anspruch auf das Cottage unverzüglich aufgeben. Ich glaube, so etwa würden es meine Anwälte formulieren, und so werden sie es auch formulieren, falls sie beschließt, die Sache weiterzuverfolgen. Ich bezweifle allerdings, dass sie über die dafür nötigen Mittel verfügt.« Er lächelte. »Sie ist eine beeindruckende junge Frau. Sie hat mir fast leidgetan.«

»Fast?« Gabriel schüttelte den Kopf. »Sie hat einen vollen Monat hier verbracht. Wieso hat sie damit die Vertragsbedingungen nicht erfüllt?«

Sein Vater bedachte ihn mit einem einschüchternden Blick. »Warum sagst *du* es mir nicht, Gabriel? Oder vielmehr, warum hast du es mir nicht gesagt?«

Gabriel spürte, wie ihm die Hitze in die Wangen schoss, und ärgerte sich, dass er Schwäche zeigte. »Ich weiß nicht, was du meinst.«

Billy schüttelte den Kopf. »Du warst nie ein guter Lügner, Gabriel, schon als Kind nicht. Natürlich weißt du es. Offenbar hat Ms Paulson in der achtundzwanzigsten Nacht das Cottage für einige Stunden verlassen. Und wie ich höre, warst du in dieser Zeit hier.«

Gabriel nickte. Sein Vater hatte ihm den Wind aus den Segeln genommen. »Das ist richtig.«

»Du kannst zwar nicht lügen, fällst aber auf ein hübsches Gesicht und eine Jammergeschichte herein.« Sein Vater seufzte. »Hast du gewusst, dass sie das Cottage verlassen hat, um zu ihrem kranken Kind zu fahren?«

Gabriel richtete sich zu seiner vollen Größe auf. »Ja.«

»Und doch hast du es mir nicht gesagt. Du hast mich in dem Glauben gelassen, dass sie die Bedingungen des Mietvertrags erfüllt und dadurch einen rechtmäßigen Anspruch auf das Cottage hat. Du hättest mich eine Menge Zeit und Geld kosten können.« Er trat vor, bis sein Gesicht nur noch Zentimeter von Gabriels entfernt war. »Warum hast du das getan? «

Gabriels Herz klopfte. Er fühlte sich wieder wie ein kleines Kind, das wie immer die Erwartungen seines Vaters nicht erfüllte.

»Es war ein Notfall, und Nessa hat den größten Teil der Nacht hier verbracht. Ich hielt es für nicht relevant.«

»Du hieltest es für nicht relevant?« Billy schüttelte den Kopf. »Wie soll ich dir vertrauen, wenn du mir etwas verschweigst? Ich kann mir nicht vorstellen, dass James das tun würde.«

Gabriel hob eine Braue. Sein Vater spielte James ständig gegen ihn aus. Kein Wunder, dass er sich mit seinem Cousin nicht verstand. Es war unfair. Doch Billy war nun einmal nicht fair, wenn es um die Familie ging. Er erwartete zu viel und gab nur wenig zurück, abgesehen von einem guten Gehalt. Geld war wichtig, aber Gabriel war jetzt klar, dass er jeden Penny gegen einen Dad eintauschen würde, der ihn um seiner selbst willen liebte und nicht erst, wenn er seinen Erwartungen entsprach.

»Dir geht es doch gar nicht um diesen Bauplatz«, konterte Gabriel. »Er ist dir egal, weil du ein Stück weiter an der Küste bauen kannst. Ich habe einige andere Stellen gefunden, die genauso geeignet wären. Das habe ich dir gesagt, und ich dachte, du wärst interessiert.«

»Ich will nicht ein Stück weiter an der Küste bauen«, entgegnete Billy mit leiser und tiefer Stimme.

»Liegt es daran, dass dies das bessere Grundstück ist, oder führst du hier einen Kampf, den du gewinnen musst? Jemand fordert dich heraus, und das gefällt dir nicht.«

»Es gefällt mir nicht, wenn du so mit mir redest.«

Gabriel hatte noch nie so mit seinem Vater gesprochen. Es schnürte ihm die Kehle zu, aber der Gedanke an Nessa, wie sie von ihm wegging, spornte ihn an.

»Wie hast du erfahren, dass Nessa nicht die ganze Nacht hier war?«

»Sie wurde gesehen. Ich habe meine Spione, selbst an einem unbedeutenden Ort wie diesem.«

»Wer?«

»Es spielt keine Rolle, wer es war. Ich weiß aus verlässlicher Quelle, dass die Bedingungen des Mietvertrages nicht erfüllt sind.«

»Und denkt Nessa, ich sei derjenige, der sie verraten hat?«

Sein Vater zuckte die Achseln. »Du wüsstest, dass du nichts vor mir verbergen kannst, wenn diese Frau dir nicht den Kopf verdreht hätte.«

»Was soll das heißen?«

»Du warst in der Nacht bei ihr, und mir ist nicht entgangen, wie du sie angesehen hast. Du hast dich in Ms Paulson verliebt, nicht wahr? Die viele Zeit, die ihr hier draußen gemeinsam verbracht habt, während die Wellen ans Ufer krachten. Oh, Gabriel.« Er stieß einen leisen Pfiff aus. »Ich hätte nicht gedacht, dass du auf so eine Frau hereinfallen würdest.«

»Wie meinst du das, so eine Frau?«, begehrte Gabriel auf, kochend vor Wut.

»Eine alleinerziehende Mutter aus der tiefsten Provinz, mit dem lächerlichen Traum, dieses Cottage zu renovieren und bis ans Ende ihrer Tage glücklich hier zu leben.«

»Wir alle brauchen Träume.«

»Genau.« Billy breitete die Arme aus. »Und die werden wir hier zusammen bauen. Traumhäuser für müde Führungskräfte, die ein Vermögen für eine schöne Aussicht bezahlen werden.«

»Es geht nicht immer ums Geld.«

Billy machte ein Gesicht, als hätte Gabriel ihm einen Kinnhaken verpasst. »Mach dich nicht lächerlich«, blaffte er. »Natürlich dreht sich alles ums Geld.«

»Selbst wenn es bedeutet, das Falsche zu tun?«

Sein Vater schüttelte den Kopf. »Manchmal frage ich mich, ob du wirklich das Zeug dazu hast, die Firma zu übernehmen.«

»Das frage ich mich auch«, entgegnete Gabriel leise. Er

schaute aus dem Fenster auf die Wellen, die unaufhörlich ans Ufer rollten. Würde er es wirklich tun? Es wirklich sagen? Er holte tief Luft. »Ich denke nicht, dass ich bei solchen Geschäftsmethoden zur Firma passe.«

»Unsere Geschäftsmethoden haben sich bewährt, ich werde nichts daran ändern.«

»Dann ist es bei mir vielleicht Zeit für etwas Neues.«

Sein Vater lachte. »Etwas Neues? Wir sind ein Familienunternehmen, Gabriel, und du wirst die Firma übernehmen, wenn ich mich zur Ruhe setze. Dann profitierst du von meiner harten Arbeit, die du so schrecklich findest.«

»Aber was ist, wenn ich sie nicht übernehmen will, wenn du aufhörst?«

Billy öffnete den Mund und schloss ihn wieder.

»Was ist, wenn mir das Bauunternehmen keine Freude mehr macht und ich lieber etwas anderes tun möchte?«

»Etwas wie Malen?« Billy nahm Gabriels Gemälde und wedelte ihm damit vor dem Gesicht herum. »Sei realistisch, Herrgott noch mal. Willst du wirklich ein hungernder Künstler werden, der in Devon in einer Dachkammer haust?«

»Nein, das will ich nicht. Ich mache mir keine Illusionen, dass ich vom Verkauf meiner Kunst leben kann. Es ist ein Hobby. Aber wie wäre es, wenn ich die Werke anderer Künstler ausstellen und verkaufen würde?«

»Einen Laden?« Billy stieß ein ungläubiges Schnauben aus. »Du willst auf die Gelegenheit verzichten, mein Immobilienimperium zu leiten, um einen Laden zu führen?«

Der Spott seines Vaters war zu erwarten gewesen, aber er tat trotzdem weh. Gabriel ließ die Schultern sinken. »James ist für den Posten viel besser geeignet. Ich weiß es, und du weißt es auch.«

Billy sprach weiter, als hätte sein Sohn nichts gesagt. »Also, was ist der Plan? Du eröffnest in Heaven's Cove einen Laden und ziehst mit Ms Paulson und ihrer Tochter zusammen und ihr werdet ruckzuck zu einer glücklichen Familie?«

Gabriel schüttelte den Kopf. »Sie wird mich nicht haben wollen. Du wirst dieses Cottage und das untergegangene Dorf zerstören, das ihr so viel bedeutet. Und egal, was ich sage, sie wird denken, dass ich dir verraten habe, dass sie in der Nacht für ein paar Stunden fort gewesen ist. Nein, die Wochen hier in der Abgeschiedenheit, fern von dem Stress des normalen Lebens, haben mir Zeit zum Nachdenken verschafft.«

»Nichts ist so gefährlich wie übermäßiges Nachdenken«, entgegnete sein Vater, der jetzt sichtlich verärgert war. »Du bist erschöpft von deiner Zeit hier. Du kannst nicht mehr klar denken.«

»Vielleicht kann ich zum ersten Mal seit Langem wieder klar denken.«

Ein Schatten huschte über Billys Züge. War es Angst? Gabriel hatte seinen Vater noch nie ängstlich erlebt.

Billy stellte das Gemälde behutsam zurück auf die Fensterbank. Dann bedachte er Gabriel mit einem gepressten Lächeln.

»Ich verstehe jetzt, dass die vergangenen Wochen nicht leicht für dich waren, als du hier festgegessen hast. Warum nimmst du nicht eine Woche Urlaub? Mach eine Reise an einen tropischen Strand, um den Kopf frei zu kriegen und wieder zur Vernunft zu kommen.«

»Das wird meine Meinung nicht ändern.«

»Wir werden sehen«, versetzte sein Vater und tätschelte Gabriel den Arm wie einem aufsässigen Kind. »Wir werden weitersehen, wenn du Zeit gehabt hast, darüber nachzudenken, was du zu verlieren hast. Ich erwarte dich in einer Woche zurück im Büro.«

Mit diesen Worten rauschte er aus dem Cottage und schlug die Tür hinter sich zu. Kurz darauf war das Geräusch quietschender Reifen zu hören, das sich entfernte.

Gabriel ging ans Meer und setzte sich ins Gras. Es war so

friedlich hier, doch bald würde das Dröhnen der Bagger, die die Erde aufrissen, die Luft erfüllen.

Er schloss die Augen und ging in Gedanken noch einmal das Gespräch mit seinem Vater durch. Hatte er recht, hatte sein Aufenthalt hier ihm den Verstand durcheinandergebracht? Würde sich alles wieder normalisieren, sobald er mehr Zeit in London verbrachte?

Er rieb sich die Schläfen, um drohende Kopfschmerzen abzuwehren. Sein Vater war ein schwieriger Mann, aber Gabriel wollte nicht, dass es zu einem Bruch in der Familie kam. Dennoch fühlte er sich zu diesem Ort und zu Nessa hingezogen, obwohl sie glaubte, dass er sie an seinen Vater verraten hatte. Das tat mehr weh als alles andere.

Gabriel hatte das Gefühl, nicht mehr der Mann zu sein, der vor sechs Wochen in Driftwood House eingetroffen war. Die Begegnung mit Nessa hatte ihn verändert. Er hegte inzwischen tiefe Gefühle für sie und hatte vorgehabt, heute mit ihr über den Kuss zu reden, um herauszufinden, ob der Kuss ihr wirklich nichts bedeutete oder ob sie, wie er, gelogen hatte. Er glaubte – hoffte –, dass sie gelogen hatte. Doch jetzt wollte sie nichts mehr mit ihm zu tun haben. Dafür hatte sein Vater gesorgt.

Er öffnete die Augen, drehte sich um und betrachtete das Cottage, bei dessen Renovierung er Nessa geholfen hatte.

»Es tut mir leid«, sagte er laut, als eine salzgeschwängerte Brise ihm das Haar zerzauste.

Er bedauerte, dass das Cottage und das Geisterdorf mit seiner Geschichte zerstört werden würden. Und er bedauerte es sehr, dass eine mögliche Zukunft mit Nessa sich in Luft aufgelöst hatte. Ohne sie hatte er nicht den Mut, sein ganzes Leben umzukrempeln.

»Alles, was ich noch habe, sind meine Arbeit und meine Familie«, murmelte er vor sich hin. Seine Worte gingen im sanften Rauschen der Wellen unter. Das alles hinter sich zu lassen, um Kunst zu verkaufen und um mit Nessa zusammen zu sein, war nichts als ein Traum.

Also würde er sich eine Woche freinehmen, um sich die Wunden zu lecken, und dann würde er zu seiner Arbeit und in sein echtes Leben zurückkehren. Er würde sich große Mühe geben, der Mann zu sein, den seine Familie sich wünschte. Und die Erinnerung an seine Zeit in Heaven's Cove und an Nessa würde allmählich immer unschärfer werden, bis sie nur noch ein weiterer Traum war, der verging.

DREIUNDDREISSIG

NESSA

»Ich will Gabriel vom Strand sehen«, verlangte Lily und schob die Unterlippe vor. »Er kann mir helfen, Delfine zu suchen.«

Nessa seufzte. Sie wollte Gabriel auch sehen. Hauptsächlich, um ihn anzubrüllen, weil er bei seinem Vater gepetzt und ihr Leben zerstört hatte. Sie hatte seit der Auseinandersetzung mit Billy vor drei Tagen keinen Kontakt zu ihm gesucht. Wozu auch?

Obwohl sie es nur ungern zugab, wollte sie ihn auch einfach deshalb sehen, weil sie ihn vermisste – seinen Hang dazu, während einer Hitzewelle Anzug zu tragen, und die Art, wie er Farbe auf eine Leinwand tupfte, seine Angewohnheit, mit den Füßen zu scharren, wenn man ihm persönliche Fragen stellte, und die Verletzlichkeit in seinem Gesicht, als er sie geküsst hatte.

Sie schaute immer wieder nach oben und erwartete, seine große, schlanke Gestalt durch die Tür von Driftwood House treten zu sehen.

Doch er hatte sie im Stich gelassen, und jetzt war er fort. Es war gut, dass sie ihn los war, sagte sie sich streng.

Sie würde aufhören, an Gabriel zu denken, denn sie musste

sich um viel dringendere Angelegenheiten kümmern – zum Beispiel darum, dass ihr Kind ein Dach über dem Kopf bekam.

Am Morgen hatte sie sich eine kleine Wohnung angesehen, die sie sich leisten konnte, jetzt wo sie eine Zusage für einige Schichten in dem Souvenirshop in der Harbour Lane bekommen hatte. Die Wohnung war jedoch schrecklich gewesen. Im Bad waren schwarze Schimmelflecken, die Nachbarn waren laut und weit weg von Lilys Schule war die Wohnung auch. Wenn Nessa allein gewesen wäre, hätte sie sich damit abgefunden – in der Not frisst der Teufel Fliegen –, aber mit Lily kam sie nicht infrage. Dann wäre ihre Tochter bei Valerie wirklich besser aufgehoben.

Plötzlich fühlte Nessa sich von Traurigkeit schier erdrückt. Vielleicht würde sie ihre Tochter am Ende doch gehen lassen müssen. Sie würde in eine grässliche Ein-Zimmer-Wohnung ziehen, und Lily konnte bei ihren Großeltern leben.

»Bitte«, bedrängte Lily sie und schob ihre Hand in die von Nessa. »Können wir zu Gabriel gehen?«

»Nein, ich fürchte nicht.« Nessa schlang die Finger um die ihrer Tochter. »Gabriel ist in sein Leben in der großen Stadt zurückgekehrt.«

»Und er kommt nie wieder her?«

»Wahrscheinlich nicht. Die Firma von seinem Dad wird hier Abrissarbeiten durchführen und ...« Nessa hielt inne und schüttelte den Kopf. »Es spielt keine Rolle, was sie tun, aber ich denke nicht, dass Gabriel noch einmal herkommen wird. Das wird nicht nötig sein.«

»Ich habe seinen Daddy gesehen«, sagte Lily abwesend und zog ihre Hand aus der ihrer Mutter, um an einem Niednagel zu knabbern. »Können wir zu Magda's Eis essen gehen? Bitte, Mummy.«

»Ja, ich denke schon«, entgegnete Nessa und rechnete in Gedanken aus, dass sie sich einen Ausflug in die Eisdiele leisten konnte, wenn Lily ein Eis am Stiel bekam und sie selbst nichts.

»Hurra!«

Lily sah ihre Mutter mit glänzenden Augen an, und Nessa staunte einmal mehr darüber, wie schnell ihre Tochter von etwas, das sie bedrückte, zu etwas übergehen konnte, das ihr Freude machte. Wenn sie doch nur die gleiche Fähigkeit besitzen würde.

Sie bückte sich und schloss die Schnallen an Lilys Sandalen. Irgendetwas ließ ihr keine Ruhe. Etwas, das Lily gerade gesagt hatte.

Sie richtete sich auf. »Wie meinst du das, du hast Gabriels Daddy gesehen?«

»Ich war im Garten, aber ich habe ihn wirklich gesehen.«

»In welchem Garten?«

»In Grannys Garten natürlich.« Lily bedachte ihre Mutter mit einem ungehaltenen Blick, weil sie so begriffsstutzig war. »Nachdem Granny mich von der Schule abgeholt und mir meinen Tee gemacht hat, als du mit der Frau über deinen neuen Job gesprochen hast.«

»Als ich mein Vorstellungsgespräch in dem Souvenirshop hatte?«

»Ja. Ich habe im Garten gespielt, aber ich habe ihn gesehen.«

»Woher weißt du, dass es Gabriels Daddy war?«, fragte Nessa. Sie konnte kaum atmen. Ihre Tochter musste sich irren.

»Das hat Grampy Alan gesagt, als er böse auf Granny Val geworden ist.«

»Er war böse auf Granny?«

»Er hat gesagt ...« Lily dachte kurz mit schräg gelegtem Kopf nach. »Grampy hat gesagt, Granny würde mischen, und sein Gesicht wurde ganz rot, wie eine Tomate.« Sie kicherte bei der Erinnerung.

»Sie würde mischen?« Nessa runzelte die Stirn, dann klappte ihr der Unterkiefer herunter. »*Ein*mischen? Hat Grampy gesagt, Granny würde sich einmischen?«

»Weiß nicht«, sagte Lily. Dann fasste sie Nessa am T-Shirt und zog sie zur Tür von Driftwood House. »Ein Eis, Mummy. Kann ich ein Eis haben?«

»Ja, warte«, bat Nessa und griff nach ihrer Handtasche. Ihre Gedanken überschlugen sich. »Wie hat Gabriels Daddy ausgesehen?«

»Ähm.« Lily zog die Augen zusammen. »Er war groß und hatte rote Schuhe und graue Haare, die an den Ohren abgestanden haben. Es sah lustig aus.«

Das klang wirklich nach Billy, dachte Nessa, aber was machte er bei Valerie? Es sei denn …

Nein. Sie schüttelte den Kopf. Valerie würde niemals Nessas Zukunft sabotieren und vor allem nicht die ihrer Enkelin. Nessa biss sich auf die Lippe. Es sei denn, Valerie war der Meinung, zu wissen, was das Beste für Lily war.

»Na, wo wollt ihr denn hin?«, fragte Rosie, die mit einer dampfenden Tasse Kaffee für den Gast im Wohnzimmer durch den Flur ging.

»In die Eisdiele!«, rief Lily fröhlich.

»Oh, du Glückspilz.« Dann sah sie Nessa an. »Ist alles in Ordnung mit dir, Ness? Du siehst ziemlich blass aus.«

Nessa riss sich zusammen. »Ja, es geht mir gut, danke. Wir werden nicht lange weg sein, und wenn ich zurück bin, helfe ich dir beim Putzen.«

Es war verrückt, sagte sie sich, während sie und Lily Hand in Hand die Kliffstiege in Richtung Dorf hinabgingen. Lily musste Alan falsch verstanden haben. Billy Gantwich hätte keinen Grund gehabt, bei Valerie aufzutauchen, und es war ausgeschlossen, dass sie Nessa verriet, um deren Träume zu durchkreuzen. So sehr sie auch wollte, dass Lily bei ihr einzog, so weit würde Valerie nicht gehen.

Heaven's Cove breitete sich vor ihnen aus. Graue Kissenwolken hatten den Himmel verdeckt, und das Meer war rau.

Lily plapperte unterwegs über die Schule und ihre Freundinnen und ob sie lieber ein Orangeneis oder ein Erdbeereis wollte.

Nessa hörte nur mit halbem Ohr zu. Ihr fielen Valeries spitze Seitenhiebe über ihre Fähigkeiten als Mutter ein und dass sie davon überzeugt war, ihr heiß geliebter Sohn sei nur Nessas wegen aus Heaven's Cove geflohen.

Es war klar, dass sie Nessa nicht mochte, aber hasste sie sie so sehr, dass sie ihr die Chance auf ein richtiges Zuhause mit Lily verderben würde?

»Mummy, du hörst mir wieder nicht zu.«

Nessa riss sich zusammen, konzentrierte sich auf die Gegenwart und lächelte ihre Tochter an.

»Entschuldige, Lils. Mummy hat über Erwachsenenkram nachgedacht. Jetzt gehöre ich ganz dir.«

Doch sie fragte sich, wie lange das noch der Fall sein würde.

VIERUNDDREISSIG

VALERIE

Valerie schob die Tasche hoch – das blöde Ding rutschte ihr immer wieder von der Schulter – und wedelte eine Wespe weg, die vor ihrem erhitzten Gesicht herumschwirrte.

Es war ihr ein Rätsel, warum Nessa ein Treffen im Wald auf der Landzunge vorgeschlagen hatte. Sie hätten in ein Café in der Stadt gehen können, wenn sie über Lily reden und nicht zu ihr kommen wollte.

Sie hätten sich auch im Smugglers Haunt treffen können, obwohl es mit dem Pub in letzter Zeit bergab ging. An einem Tag wie diesem in der Hochsaison war er immer randvoll mit sonnenverbrannten Touristen.

Das ganze Dorf wimmelte von Fremden, und Valerie hatte länger als gewöhnlich gebraucht, um sich einen Weg durch die Straßen zu bahnen.

Sie ging durch die Bäume, die die unteren Hänge der Landzunge flankierten, und wünschte, sie hätte Schuhe mit weniger Absatz angezogen.

Aber, dachte sie, und ihre Laune hob sich, vielleicht war heute der Tag, an dem Nessa sie endlich bitten würde, Lily ganz zu sich zu nehmen.

Sie kniff die Augen zusammen und spähte in die Ferne. Dort, unter einem Baldachin von Bäumen, der einen natürlichen Schirm gegen die grelle Sonne bildete, entdeckte sie Nessa. Sie saß an einem Picknicktisch und schaute ins Weite, obwohl sie von dort nichts als Bäume sehen konnte, zwischen denen das blaue Meer schimmerte.

Valerie beschleunigte den Schritt und war plötzlich aufgeregt. Nessa hatte offenbar endlich Vernunft angenommen und würde Lily für immer zu ihr ziehen lassen. Warum sollte sie sonst ein Treffen unter vier Augen wollen?

Alan würde sich beschweren, wenn Lily ständig im Haus war, aber da er keinen Finger krumm machte, wenn sie zu Besuch war, würde sein Leben sich dadurch nicht sonderlich verändern.

Der Gedanke, Lily bei sich zu haben, munterte Valerie ungeheuer auf, und sie brachte ein Lächeln zustande, als sie den Picknicktisch erreichte.

»Hallo.« Nessa drehte den Kopf zu Valerie, als sie näher kam.

Die junge Frau hatte dunkle Ringe unter den Augen, bemerkte Valerie, und wirkte schwach und krank. Sorge regte sich in ihr, aber sie gab nicht viel darauf. Dies war die Frau, die ihren Sohn aus Heaven's Cove vertrieben hatte und für ihr gebrochenes Herz und ihre Einsamkeit verantwortlich war.

Alan war zwar immer zu Hause, außer wenn er Golf spielte, aber sie fühlte sich trotzdem schon so lang allein.

»Du hast mich also gefunden«, sagte Nessa tonlos und rutschte auf der Bank zur Seite, damit Valerie sich setzen konnte. »Tut mir leid, dass du hier heraufkommen musstest, aber ich wollte nicht, dass uns jemand belauscht.«

»Alan und ich haben früher mit Jacob hier Picknick gemacht«, antwortete Valerie. Ihre Gedanken schweiften in die Vergangenheit. Damals hatten sie als Familie etwas unternommen – Ausflüge an den Strand und in den Zoo und lange Wochenenden in London.

Doch im Laufe der Jahre waren die Ausflüge immer seltener geworden. Plötzlich erinnerte sie sich, Alans Bitten um einen Spaziergang am Meer ausgeschlagen zu haben. Sie hatte immer zu viel Hausarbeit zu tun, selbst als sie nur noch zu zweit gewesen waren.

Vielleicht hätte sie Alans Vorschläge öfter annehmen und den Staub einfach Staub sein lassen sollen. Doch er fragte nicht mehr, und jetzt war es zu spät. Bald würde sie noch mehr Hausarbeit haben, wenn Lily ganz bei ihnen wohnte.

Das würde Valerie nichts ausmachen. Sie spürte, dass sie ihre mittleren Jahre bald hinter sich haben würde, und Lily würde ihr helfen, jung zu bleiben.

»Wie geht es dir, Nessa?«, fragte sie, um das Gespräch in Gang zu bringen. »Ich nehme an, mit Lily ist alles in Ordnung?«

»Ja, sie ist heute Nachmittag bei ihrer Freundin Clara.« Nessa setzte sich so, dass sie Valerie zugewandt war. Sie sah so jung aus. »Ich habe dich seit meinem Treffen mit Billy Gantwich nicht mehr gesehen, daher wirst du nicht wissen, dass ich die Chance verloren habe, in das Cottage in Sorrel Cove zu ziehen. Er hat erfahren, dass ich in der Nacht, in der Lily krank war, das Haus für einige Stunden verlassen habe.«

Valerie gab sich größte Mühe, einen neutralen Gesichtsausdruck zu bewahren. »Nein, das wusste ich nicht. Es tut mir sehr leid. Aber Lily war wirklich krank und brauchte ihre Mutter.«

»Natürlich.« Nessa kniff die Augen zusammen, sagte aber nichts mehr. Sie schaute an Valerie vorbei zu den hohen Eichen, deren Blätter sich in der sanften Brise wiegten.

Als sie weiter schwieg, hakte Valerie nach: »Was hast du jetzt vor? Was ist mit Lily? Ihr könnt nicht ewig in Driftwood House wohnen.«

»Du hast vor einer Weile erwähnt, dass es dir nichts ausmachen würde, Lily dauerhaft bei dir aufzunehmen.«

Valeries Herzschlag beschleunigte sich. »Das ist richtig.«

Sie unterdrückte ein aufkeimendes Schuldgefühl. Das war es, was sie wollte. Es würde besser für Lily sein, und es hatte keinen Zweck, Mitleid mit Nessa zu haben. Sie konnte sie schließlich jederzeit besuchen.

Nessa nickte. »Lily hat mir etwas von dem Tag erzählt, als sie neulich bei euch war, das ich nicht ganz verstanden habe.«

»Ach wirklich?«, fragte Valerie mit einem unbehaglichen Kribbeln im Nacken. »Was denn?«

»Sie hat erzählt, dass Billy Gantwich bei euch war.«

»Tatsächlich?« Valerie stieß ein hartes Lachen aus. »Sie hat sich geirrt.«

»Das habe ich auch erst gedacht, aber dann hat sie mir Dinge über ihn erzählt, die sie nicht hätte wissen können, wenn sie nicht gesehen hätte, wie er sich mit dir unterhielt. Und plötzlich ergab alles einen Sinn.«

Valerie seufzte. Billy Gantwich hatte sie unerwartet angerufen, nachdem er ihre E-Mail gelesen hatte, und ihr mitgeteilt, dass er gern vorbeikommen würde. Alan hatte nur dafür sorgen müssen, dass Lily sie solang nicht störte, aber nicht einmal das hatte er fertiggebracht. Er war mit Lily spazieren gegangen – ziemlich widerstrebend, musste man sagen –, war aber zu früh zurückgekommen und hatte sie zum Spielen in den Garten geschickt.

Valerie hatte angenommen, dass Lily trotzdem nicht verstehen würde, was los war. Ihr hätte jedoch klar sein müssen, dass die aufgeweckte Kleine es spitzbekam. In der Hinsicht kam sie ganz nach ihrem Vater.

Nessa schaute sie an, die Augen groß vor Enttäuschung.

»Warum hast du das getan, Valerie? Ich kann es mir nur so erklären, dass du Lilys Zustand übertrieben hast, um mich aus dem Haus zu locken, und dann hast du Mr Gantwich davon erzählt.«

Valerie öffnete den Mund, um zu sprechen, wusste aber nicht, was sie sagen sollte, und schloss ihn wieder.

»Du streitest es also nicht ab?«

»Das wäre wohl zwecklos, oder?«

»Ich weiß, dass du nicht viel von mir als Mutter hältst, aber war dein Wunsch so groß, mir Lily wegzunehmen, dass du unsere Chance zerstört hast, uns ein besseres Leben aufzubauen?«

Entrüstung erstickte die Schuldgefühle, die Valerie verspürte. »Ein besseres Leben?«, zischte sie. »Du wolltest mit meiner Enkelin in eine Bruchbude ziehen, und das konnte ich nicht zulassen.«

»Ich wollte Lily ein richtiges Zuhause geben, das man uns nicht wegnehmen konnte. Du hast das Cottage schon länger nicht mehr gesehen. Es ist jetzt in einem viel besseren Zustand als bei deinem Besuch.«

»Sie wollte aber trotzdem nicht dort leben. Das hat sie mir gesagt.«

»Wenn es ihr dort wirklich nicht gefallen hätte, hätten wir etwas anderes für uns gefunden. Ich denke aber, sie hätte sich mit dem Cottage angefreundet, weil es sehr schön geworden ist. Ich hatte viel Hilfe aus dem Dorf.«

»Und von Mr Gantwichs Sohn«, ergänzte Valerie mit hochgezogener Braue.

Das war der Auslöser für Valeries wachsende Verzweiflung gewesen, die schließlich zu dem Verrat an Nessa geführt hatte. Nessa hatte Gabriel um den Finger gewickelt – hatte ihm Malutensilien geschenkt und weiß Gott was noch alles –, daher hätte er ihr wahrscheinlich ihren Willen gelassen, wenn es um das Cottage ging. Das konnte Valerie nicht zulassen. Er hatte sogar in der Nacht des Sturms dort übernachtet, seinem Vater aber nichts von Nessas Abwesenheit gesagt, wie Valerie es schon vermutet hatte.

»Gabriel.« Nessa lächelte traurig. »Ich dachte, er hätte seinem Vater verraten, dass ich das Haus verlassen hatte, aber in Wirklichkeit bist du es gewesen, der ich eigentlich hätte vertrauen sollen. Sag mir, Valerie, warum hasst du mich so?«

Nessas Direktheit verschlug Valerie den Atem.

»Ich hasse dich nicht«, brachte sie heraus. Ringsum raschelten die Blätter, als würden die Bäume über ihr Verhalten sprechen und es nicht gutheißen.

»Warum versuchst du dann, mich bei jeder Gelegenheit fertigzumachen? Ich weiß, dass du den Leuten im Dorf erzählt hast, ich sei eine schlechte Mutter.« Als Valerie etwas sagen wollte, hob Nessa die Hand, um sie daran zu hindern. »Und damit könnte ich umgehen. Worte verletzen mich nicht, aber du hast mich an Billy Gantwich verraten, und das hat mich und meine Tochter verletzt. Wenn Lily dir wirklich etwas bedeuten würde, warum hast du dann nie angeboten, mir zu helfen, ihr ein Dach über dem Kopf zu bezahlen? Ich will dein Geld nicht, aber darum geht es nicht – du hast es nie auch nur angeboten.«

»Du bekommst genug von Jacob.«

Ein Ausdruck des Schocks ging über Nessas Gesicht. »Du hast echt keine Ahnung, was? Du weißt nicht, wie dein Sohn wirklich ist.«

Das war zu viel. Ab jetzt wurde mit harten Bandagen gekämpft. Valerie zischte: »Ich werde dir nie verzeihen, was du Jacob angetan hast.«

»Was ich ihm angetan habe?« Nessa schüttelte den Kopf. »Dein Sohn hat unsere Tochter und mich nach einem One-Night-Stand mit einer anderen verlassen. Er ist Hunderte von Meilen weit weggezogen, als sie gerade mal ein Jahr alt war, und er kommt sie nie besuchen. Als Vater ist er ein hoffnungsloser Fall, und er zahlt nicht einmal regelmäßig Unterhalt.«

»Natürlich tut er das«, stammelte Valerie.

»Nein, tut er nicht. Er wechselt ständig den Job und schützt Armut vor, obwohl er eine schöne Wohnung hat und sich gerade ein Auto gekauft hat. Man braucht sich ja nur seinen Instagram-Account anzuschauen. Er nagt bestimmt nicht am Hungertuch, aber ich kann mich nicht darauf verlassen, dass sein Unterhalt pünktlich kommt. Wie soll ich regelmäßig Miete zahlen, wenn er das Geld, dass er für den Unterhalt seiner Tochter versprochen hat, oft zu spät oder manchmal gar nicht überweist?«

»Er hat viel zu tun«, sagte Valerie, schwer getroffen von Nessas Kritik.

»Oh, ich weiß, dass er zu tun hat, zu viel, um ein guter Vater oder ein guter Sohn zu sein.« Nessa hielt inne und fuhr sich mit der Hand über die Augen. »Ich weiß, dass du ihn liebst, Valerie. Früher habe ich ihn auch geliebt. Und ich weiß, dass er dein Sohn ist und dass du alles für ihn tun würdest, so wie ich für Lily. Aber deine Liebe hat dich blind dafür gemacht, wie er andere behandelt. Wie er mit Lily und mir umgeht und mit dir und seinem Vater.«

»Du hast ihn aus Heaven's Cove vertrieben«, konterte Valerie, überrumpelt von Nessas Worten. Sie wollte und konnte nichts Schlechtes über ihren Sohn glauben. Ihr Junge würde sich nicht so benehmen und seine Tochter im Stich lassen. Sie hatte ihn besser erzogen.

»Wie soll ich ihn denn aus dem Dorf vertrieben haben? Erklär es mir«, bat Nessa leise und traurig.

»Du hast ihn zu einer Ehe gedrängt, die er nicht wollte, und du hast ihm ein Kind angedreht.«

»Ich habe ihm Lily nicht angedreht. Er hat gesagt, er wolle ein Kind, und hat versprochen, ein guter Vater zu sein. Er war derjenige, der mich zum Heiraten überredet hat, obwohl ich nie gedacht hätte, dass wir es wirklich tun, weil Jake doch ein selbsternannter ...« Sie seufzte. »... Freigeist ist.«

»Es ist nicht nötig, sarkastisch zu werden«, entgegnete

Valerie und unterdrückte Erinnerungen an Jacob, wie er ihr erklärte, er sei ein zu großer Freigeist, um sein Zimmer aufzuräumen oder Miete zu zahlen, als er noch zu Hause wohnte. »Er geht seinen eigenen Weg. Er war schon immer überdurchschnittlich und zu gut für die Leute hier.«

Nessa lachte. »Du meinst, zu gut für mich? Die Frau, die hiergeblieben ist, um seine Tochter großzuziehen, die nachts zu ihr fährt, wenn sie krank ist, die einen Monat in einem baufälligen Cottage schläft, um ihr ein Dach über dem Kopf zu verschaffen, und die für dich und Alan eingekauft hat, als ihr beide die Grippe hattet? Die all das getan hat? Das war bestimmt nicht dein perfekter Sohn.«

»Er liebt uns«, stieß Valerie hervor. Ihre Welt geriet aus den Fugen.

Nessas Züge wurden weicher und sie ergriff Valeries Hände.

»Ich bin mir sicher, dass er euch wirklich liebt. Ich schätze, er liebt auch Lily, auf seine eigene Art. Aber er ist nicht da, um für sie zu sorgen und ihr Glück und Geborgenheit zu schenken. Das war meine Aufgabe als Mutter, und ich liebe Lily mehr als alles andere auf der Welt. Vielleicht war das mit dem Cottage eine dumme Idee, aus der nichts geworden wäre. Aber ich war verzweifelt, und ich tue, was ich kann. Es ist nur nicht so leicht.«

Als Nessas Unterlippe zitterte und ihr eine dicke Träne über die Wange rollte, fühlte Valerie sich noch mehr überrumpelt. Für sie war Nessa an allem schuld. Sie gab ihr schon lange die Schuld, aber die Frau vor ihr war verletzlich und brauchte Hilfe.

Valerie war keine harte Frau, oder etwa doch? Vielleicht war sie es im Laufe der Jahre geworden. Alan sagte manchmal, sie habe sich verändert, aber wie hätte sie dieselbe bleiben können, wo jetzt so vieles anders war? Ihr Sohn war weit fort, sie war sich nicht sicher, ob ihr Mann sie noch liebte, sie arbeitete nicht mehr in dem Job, der ihr Spaß gemacht hatte, und selbst ihr Körper fühlte sich in letzter Zeit fremd an – manchmal wurde ihr plötzlich heiß, manchmal kalt, manchmal tat ihr wie aus dem Nichts alles weh.

Gedanken und Erinnerungen, die sie lange weggesperrt hatte, wirbelten ihr durch den Kopf: Alan, der am Tag ihrer Hochzeit so entzückend nervös gewesen war; wie sie mit ihrem neugeborenen Sohn aus dem Krankenhaus heimgekommen waren; der erwachsene Jacob, der ihr mit vor Stolz glänzenden Augen sagte, dass er Vater wurde.

Dann, als Lily erst ein Jahr alt war, hatte Jacob ihnen mitgeteilt, dass er zweihundert Meilen entfernt einen neuen Job hatte und Heaven's Cove verlassen werde. In den vier Jahren seither hatten sie ihn nur ein Dutzend Mal gesehen. Er war beschäftigt damit, seine Karriere voranzutreiben. Außerdem wusste Valerie etwas, das Nessa offensichtlich nicht wusste.

»Jacob kommt dieses Wochenende nach Hause«, sagte sie. Sie widerstand dem Drang, Nessa zu trösten, reichte ihr aber trotzdem ein sauberes Taschentuch. »Er hat uns völlig unerwartet eine Nachricht geschickt und angekündigt, dass er zu Alans Geburtstag kommen und Samstag und Sonntag bei uns übernachten möchte.« Als Valerie Nessas Gesichtsausdruck sah, fügte sie hinzu. »Er hat wirklich versprochen, zu kommen, und kann es kaum erwarten, Lily zu sehen.«

»Hat er das wirklich gesagt?«, fragte Nessa mit einem Anflug von Erschöpfung in der Stimme.

»Natürlich«, antwortete Valerie und versuchte, sich die Textnachricht ihres Sohnes ins Gedächtnis zu rufen.

Sie war sich sicher, dass er Lily erwähnt hatte. Von Alans Geburtstag hatte er zwar nicht gesprochen, aber die Feier musste der Grund sein, warum er ausgerechnet an diesem Wochenende kam. Alan wurde achtundfünfzig, und Jacob wollte seinem Vater persönlich zum Geburtstag gratulieren.

Alan hatte nicht viel über den Besuch seines Sohnes gesagt, aber Valerie spürte, dass er sich darüber freute.

Nessa schaute auf ihre Armbanduhr. »Hör zu, ich muss gehen. Ich arbeite heute für einige Stunden in Sallys Souvenirshop. Ich weiß, dass die letzten fünf Minuten schwierig waren, aber ich musste zwischen uns reinen Tisch machen.«

Hatte sie das? Valerie war es mehr wie eine Strafpredigt vorgekommen, gefolgt von Rufmord gegen ihren Sohn. Doch zumindest wussten sie jetzt beide, wo sie standen – weiter voneinander entfernt denn je, wie es schien.

Nessa erhob sich, ging aber nicht fort. Sie räusperte sich und schwieg.

Valerie schaute auf. »Wolltest du noch etwas sagen?«

»Ja. Ich war mir nicht sicher, ob ich es schaffen würde, aber ...« Sie brach ab, riss sich zusammen und fuhr dann ruhig fort: »Ich kann keinen Job finden, den ich mit der Betreuung von Lily vereinbaren kann und bei dem ich genug verdienen würde, um ihr das Zuhause zu geben, das sie verdient. Aber du und Alan könnt ihr das geben. Also, wenn dein Angebot noch gilt, könntet ihr sie vielleicht bei euch aufnehmen? Es wäre nicht für immer«, fügte sie hinzu, und wieder zitterte ihre Unterlippe, »aber es könnte eine Weile dauern, bis ich alles geregelt habe. Ich weiß, dass es eine Zumutung ist, vor allem nach unserer Meinungsverschiedenheit, und ich bin immer noch sauer, dass du mit Gabriels Vater gesprochen hast, aber ...«

»Es ist in Ordnung«, unterbrach Valerie sie. »Lily kann bleiben, so lange sie möchte.«

»Danke«, antwortete Nessa mit gepresster Stimme. »Ich werde dich nach der Arbeit anrufen, damit wir alles besprechen können. Ich würde sie gern noch bis zu Beginn der Schulferien bei mir in Driftwood House lassen, wenn das möglich ist, damit wir noch etwas mehr Zeit miteinander haben.«

Als Nessa davonging, sah Valerie der jungen Frau nach, bis sie zwischen den Bäumen verschwand.

KAPITEL VIERUNDDREISSIG 271

Sie lehnte sich auf der unbequemen Picknickbank zurück und versuchte, die warme Sonne auf dem Gesicht zu genießen. In der Ferne erklang ein Schiffshorn, als die kleine Fähre vorbeikam, die von Heaven's Cove aus an der Küste entlang verkehrte.

Jacob kam zum Geburtstag seines Vaters nach Hause, und Lily würde für wer weiß wie lange bei ihnen einziehen. Das Haus würde voller Leben sein, und Valerie würde wieder eine Aufgabe haben. Plötzlich war in ihrer Welt alles in Ordnung. Warum war sie dann so unglücklich?

FÜNFUNDDREISSIG

NESSA

Nessa starrte auf ihr Handy, dann schob sie es wieder in die Tasche. Sie konnte es nicht, dachte sie, während sie auf dem Kliff auf und ab ging. Sie konnte ihn nicht anrufen, nicht, nachdem sie so auseinandergegangen waren. Es war alles zu kompliziert.

Komplikation Nummer eins: Sie hatten sich geküsst. Sie und Gabriel hatten sich während des Sturms geküsst, und sie hatte keine Ahnung, wie er dazu stand. Um ehrlich zu sein, wusste sie selbst nicht einmal genau, wie sie dazu stand.

Sie fürchtete, dass er den Kuss inzwischen bereute, denn sie bezweifelte, dass sie sein Typ war. Er bevorzugte Frauen mit Namen wie Seraphina, die wahrscheinlich einen Personal Shopper hatten und nie ungeschminkt aus dem Haus gingen.

Vielleicht hatte er ja aus geschäftlichen Gründen versucht, sich ihre Zuneigung zu erschleichen, um sie leichter überreden zu können, den Kampf zur Rettung des Cottages und des Geisterdorfes aufzugeben.

Diese Möglichkeit beunruhigte sie mehr als die Vorstellung, er könne ihre spontanen Knutscherei bereuen. Die Tatsache, dass sein anschließendes Verhalten – als er seinem Vater verschwiegen hatte, dass sie sich aus dem Cottage entfernt hatte – dieses Argument entkräftete, war ein schwacher Trost.

Komplikation Nummer zwei: Seit ihrer ersten Begegnung hatte sie nichts anderes getan, als ihm das Leben noch komplizierter zu machen. Die letzten Tage des In-sich-Gehens hatten ihr einiges klargemacht.

Gabriel hatte lediglich ein Bauprojekt voranbringen wollen, um seinen furchteinflößenden Vater zu beeindrucken, und sie hatte von Anfang an nichts anderes als Ärger verursacht. Zugegeben, es war ein schreckliches Projekt mit verstörenden Folgen für sie, aber ihm bedeutete das Geisterdorf nicht das Gleiche wie ihr, also konnte es ihm egal sein.

Komplikation Nummer drei: Sie hatte seit dem Kuss und dem Treffen mit seinem Vater nichts mehr von Gabriel gehört. Wenn er echte Gefühle für sie hegte, hätte er sich doch sicher gemeldet. Sie erwartete zwar nicht, dass er sie um ein Date bat, schon gar nicht jetzt, aber er hätte ihr wenigstens eine Textnachricht schreiben oder anrufen oder eine Brieftaube schicken können oder sonst etwas.

Und Komplikation Nummer vier, die größte von allen: Sie hatte geglaubt, er habe seinem Vater von ihrem unerlaubten Entfernen aus dem Cottage berichtet, obwohl es in Wirklichkeit Valerie gewesen war.

Wie sich herausstellte, hatte Gabriel für Nessa geschwiegen, was äußerst selbstlos von ihm gewesen war. Sie hingegen hatte automatisch angenommen, dass er geplaudert hatte.

Sie war gar nicht auf die Idee gekommen, dass es anders gewesen sein könnte. Sie hatte den Mann vergessen, der er war, als er barfuß in der Sonne gemalt hatte, und nur den distanzierten, formell gekleideten Mann gesehen, der er am Tag ihrer ersten Begegnung gewesen war.

Nessa hatte einen schrecklichen Fehler gemacht und schätzte, dass ihre Großmutter im Moment wohl nicht besonders stolz auf sie gewesen wäre.

»Tut mir leid, Gran«, sagte sie laut zu den Möwen, die hoch über ihr kreisten, und kam sich dann dumm vor. Es war nicht ihre tote Großmutter, bei der sie sich entschuldigen musste, sondern Gabriel.

Sie griff wieder nach dem Handy, scrollte durch die Kontakte und tippte auf »Gabriel Gantwich«, bevor sie noch den Mut verlor.

Hoffentlich nahm er das Gespräch nicht an, sodass sie ihm stattdessen eine Nachricht hinterlassen konnte. Oder eine SMS! Warum schickte sie ihm keine SMS? Das war der Ausweg des Feiglings, aber sie fühlte sich heute feige, daher wäre eine Entschuldigung per SMS genau das Richtige.

Sie wollte gerade auflegen, als sie Gabriels tiefe Stimme hörte.

»Hallo.«

Als Nessa schweigend das Handy ansah, fragte er: »Bist du das, Nessa?«

»Mhm, jepp, ich bin's, Nessa. Ich wollte dich nur kurz auf der Arbeit anrufen.« Nessas Schultern sackten herab. Sie klang wie ein Idiot. »Hast du zu tun?«

»Im Moment nicht, nein. Ist alles in Ordnung?«

»Ja, das heißt, nein, nicht wirklich.« Das Gespräch wurde nicht leichter. Nessa holte tief Luft und versuchte, das Bild von Gabriel auszublenden, das ihr gerade durch den Kopf geschossen war: wie er sich in dem vom Blitz erhellten Cottage zu ihr vorbeugte, um sie zu küssen. »Ich rufe an, um mich zu entschuldigen, obwohl ich vielleicht besser eine Nachricht geschickt hätte.«

»Nein, kein Problem.«

»Gut.« Nessa zögerte, holte tief Luft und sagte dann schnell: »Ich habe erfahren, dass du deinem Vater nichts davon erzählt hast, dass ich das Cottage verlassen habe, als Lily krank war, und wollte mich dafür entschuldigen, dass ich dachte, du wärst es gewesen, und mich dafür bedanken, dass du nichts gesagt hast, obwohl du es hättest tun können. Ich weiß, wie schwierig Familiendynamiken sein können, und auch wenn ich es schrecklich finde, was eure Firma mit dem Geisterdorf vorhat, hoffe ich, dass du keinen Ärger mit deinem Vater bekommen hast, weil du es ihm verschwiegen hast, denn das würde ich nicht wollen.«

Sie machte eine Pause, zum Teil, weil sie bemerkte, dass sie in Plappern geraten war, aber vor allem, weil sie Luft holen musste. Sie wartete darauf, dass Gabriel etwas sagte, aber es kam nichts. Nur Schweigen. Hatte das Handy plötzlich keinen Empfang mehr? Hatte sie ihre aufrichtige Entschuldigung ins Leere gesprochen?

»Hallo?«, fragte sie mit schriller Stimme. »Bist du noch da?«

»Ja, ich bin noch dran«, antwortete Gabriel. »Tut mir leid. Ich habe nicht damit gerechnet, dass du anrufen würdest, und ich wusste nicht, dass du wusstest, dass ich meinem Vater nichts verraten habe.«

»Warum hast du mir keine SMS geschrieben, um zu sagen, dass du es nicht warst?«

»Hättest du mir geglaubt?«

Nessa betrachtete das Meer und den blauen Himmel, über den sich Kondensstreifen von Flugzeugen zogen, die unterwegs zu fernen Orten waren.

»Wahrscheinlich nicht«, gab sie zu. »Aber jetzt habe ich die Wahrheit erfahren.«

»Und, wer war es? Wer hat meinem Dad erzählt, dass du nicht die ganze Nacht im Cottage warst?«

Nessa zögerte. Sollte sie es ihm sagen? Was spielte es schon für eine Rolle? Gabriel würde nicht nach Heaven's Cove zurückkehren. Er würde seine Lakaien schicken, um das Geisterdorf abzureißen und dort Luxuswohnungen hochzuziehen. Es war unwahrscheinlich, dass sie und Gabriel sich jemals wiedersehen würden.

»Es war Valerie, Lilys Großmutter. Ich habe erfahren, dass

sie Kontakt zu deinem Vater aufgenommen und ihn zu sich eingeladen hat, und dann hat sie ihm alles erzählt.« Nessa schaute sich um, ob jemand sie belauschte, obwohl sie die Einzige auf dem windigen Kliff war.

»Deine Ex-Schwiegermutter, Valerie? Meine Herren.« Gabriel stieß einen Pfiff aus. »Das ist hart. Ich hatte sie in Betracht gezogen, aber ich konnte es nicht glauben. Denkst du ... ich meine, war Lily überhaupt krank?«

»Sie hatte eine Erkältung, aber es ging ihr nicht so schlecht, wie Valerie es dargestellt hat.«

»Könnte Valerie es von Anfang an geplant haben?«

»Gut möglich. Sie mag mich nicht, und wenn es nach ihr ginge, würde Lily ganz bei ihr wohnen. Sie hält das Cottage nicht für ein geeignetes Heim für ihre geliebte Enkelin, und ...«

Nessa holte tief Luft, denn sie stand im Begriff, etwas laut zuzugeben, was sie sich erst kürzlich selbst eingestanden hatte. »Sie hat recht. Selbst wenn es mir gelungen wäre, das Cottage für Lily bewohnbar zu machen, wären wir weit weg von ihren Freundinnen gewesen und hätten an einem abgelegenen Ort inmitten von Geistern gelebt. Es wäre nicht gut gegangen, aber ich war verzweifelt.«

»Und bist du immer noch verzweifelt?«, fragte Gabriel mit so viel Mitgefühl in der Stimme, dass es fast zu viel war.

Nessa bohrte sich die Fingernägel in die Handfläche, um nicht zu weinen. »Nein. Ich bin zur Vernunft gekommen. Lily wird zu Valerie ziehen, und ich werde mir eine billige Einzimmerwohnung suchen und einen besseren Job als die paar Stunden die Woche, die ich in einem Souvenirshop arbeiten kann. Wenn Lily bei ihren Großeltern lebt, kann ich irgendwo Nachtschicht machen und mehr verdienen. Es wird also alles gut.« Sie versuchte, sich das Zittern in der Stimme nicht anmerken zu lassen, als sie hinzufügte: »Und eines Tages wird Lily zu mir zurückkommen.«

»Ich hoffe es.«

Nessa schluckte. »Darf ich dich um einen Gefallen bitten, falls du die Gelegenheit dazu bekommst?«

»Was ist das für ein Gefallen?«

»Falls es irgendeine Möglichkeit gibt, das Mosaik meiner Urgroßmutter zu retten, wenn das Cottage abgerissen wird, wäre ich sehr dankbar dafür. Es bedeutet mir viel.«

»Ich weiß. Ich werde mein Bestes tun.« Er hielt inne. »Dann hast du also deine Träume aufgegeben?«

»Mit Träumen kann man keine Rechnungen bezahlen, und ich muss praktisch denken. Lily wird besser dran sein, wenn sie in einem ordentlichen Haus lebt.«

»Und was ist mit Sorrel Cove und dem Geisterdorf?«

»Es wird mir das Herz brechen, wenn das Dorf verschwindet. Ich weiß, dass du und dein Dad mich für zu sentimental haltet, und vielleicht bin ich das auch, aber es ist eine Verbindung zu der Familie, die ich verloren habe, und eine Erinnerung an die schreckliche Tragödie, die dort stattgefunden hat. Aber wer bin ich, dem Fortschritt im Weg zu stehen?«

Klang das verbittert? Nessa war nicht verbittert, sie hatte einfach nur resigniert. Sie versuchte es noch einmal. »Ich meine, dein Dad hat gewonnen, aber wie du gesagt hast, er gewinnt immer. Das ist auch okay. Menschen wie ich gewinnen eigentlich nie. Es war dumm von mir zu denken, dass ich es kann. Aber es ist nicht deine Schuld, Gabriel, und ich danke dir dafür, dass du deinem Vater nichts von meiner Abwesenheit von dem Cottage erzählt hast. Ich rufe an, weil ich nicht möchte, dass wir im Schlechten auseinandergehen. Das war's auch schon. Das wollte ich nur sagen.«

»Okay.« Nessa hörte Stimmen im Hintergrund. »Hör zu, ich muss gleich in eine Besprechung, aber danke für deinen Anruf, und ich bin froh, dass du die Wahrheit kennst.«

»Dann lege ich jetzt besser auf, aber Gabriel ...«

»Ja?« Die Stimmen wurden lauter.

»Ich wünsche dir, dass du beruflich viel Erfolg hast, aber

vor allem wünsche ich dir, dass du glücklich wirst. Vergiss nicht, dir Zeit zum Malen zu nehmen. Du bist ein wirklich guter Maler, und es ist gut für die Seele.«

»Und das brauchen wir alle. Pass auf dich auf, Nessa.«

»Leb wohl, Gabriel.«

Nessa beendete das Telefonat, ging an den Rand des Kliffs, so weit sie sich traute, und sah hinab. Tief unter ihr donnerte das Meer gegen die Felsen und warf Gischtfontänen in die Luft. Weiter die Küste entlang konnte Nessa den hübschen Strand ausmachen, der Heaven's Cove seinen Namen gegeben hatte, und die ins Wasser ragende Landzunge, wo sie sich gestern mit Valerie getroffen hatte.

Sie setzte sich ins Gras, dann schaute sie hinter sich, zu Driftwood House. Die weißen Mauern und das rostrote Dach hoben sich scharf gegen den blauen Himmel ab. Das Fenster, in dem sie Gabriel in Unterwäsche hatte stehen sehen, glitzerte in der Sonne.

Ein Gefühl des Verlustes überkam sie, die Erkenntnis, dass er ihr fehlte. Eine Beziehung mit Gabriel würde nie funktionieren. Dafür waren ihr Leben und ihre Herkunft zu unterschiedlich. Doch sie hatte sich während der vergangenen Wochen an seine Anwesenheit gewöhnt, und trotz ihres negativen ersten Eindrucks hatte sie ihn ins Herz geschlossen.

Es gab so viele Menschen, die ihr fehlten – ihre Mum und ihr Dad, ihre Großmutter, selbst Jake, wenn Lily weinend aus der Schule kam, weil ihr Vater nicht in der Nähe wohnte. Gabriel würde einfach in die Liste aufgenommen werden.

Nessa hob das Handgelenk an den Mund und rollte den goldenen Armreif über die Lippen. Das Gefühl des kalten Metalls war seltsam tröstlich, genau wie die schöne Aussicht.

Die Sonne würde am Morgen aufgehen, das Meer würde ans Ufer branden und ihr eigenes kleines Leben würde weitergehen wie immer.

SECHSUNDDREISSIG

GABRIEL

Gabriel legte das Handy in den Schatten des Sonnenschirms und lehnte sich auf dem Liegestuhl zurück. Die laute Familie verschwand in Richtung Strandbar, und alles war wieder still.

Er wischte sich über die Stirn. Die Hitze war gnadenlos, und vor Nessas Anruf hatte er gerade überlegt, sich unter den Sonnenschirm zu setzen.

Warum hatte er gelogen und es so klingen lassen, als sei er auf der Arbeit?, fragte er sich, während er die Augen gegen das grelle Licht zusammenkniff und den weißen Sand und das aquamarinblaue Wasser betrachtete, das sanft ans Ufer plätscherte.

War es, weil ihr Anruf ihn aus dem Gleichgewicht gebracht hatte? Oder hatte er ein schlechtes Gewissen, dass er hier im Paradies faulenzte, während sie darum kämpfte, ihrem Kind ein Dach über dem Kopf zu verschaffen? Einen Kampf, den sie, wie es schien, nur gewonnen hatte, indem sie ihre Tochter hergab.

Gabriel schluckte und stellte sich vor, wie schwer das für Nessa sein musste, obwohl sie sich tapfer zeigte.

Sie war tapfer, während er hier lag und Urlaub machte, »um den Kopf freizukriegen«, wie sein Vater es vorgeschlagen hatte, und sich jetzt schon darauf vorbereitete, in wenigen Tagen wieder mit der Arbeit zu beginnen. Denn Arbeit war das Einzige, was er in seinem Leben hatte.

Je wärmer ihm in der Mittelmeersonne wurde, umso mehr dachte er an Sorrel Cove und die Hitzewelle dort, die so oft von einer kühlen Meeresbrise gemäßigt wurde. Der böige Wind hier war mehr wie die Luft aus einem Föhn.

Er schloss die Augen und stellte sich vor, wieder im Geisterdorf zu sein, als Nessa noch im Cottage gelebt und gegen Riesenspinnen gekämpft hatte und mit Farbe im Haar herumgelaufen war.

Er hätte mehr Zeit mit ihr verbringen können, wenn er nicht so übereilt abgereist wäre. Nach ihrer Rettungsfahrt an Lilys Bett hatte er eigentlich vorgehabt zu bleiben. Er wollte die dreißig Tage abwarten und seinem Vater dann mitteilen, sie habe die Bedingungen erfüllt. Doch nach ihrem Kuss war die Atmosphäre zwischen ihnen so geladen, so peinlich gewesen, dass er beschlossen hatte, stattdessen zu fahren. Er belog seinen Vater sowieso, was spielte es daher für eine Rolle?

Die Lüge war nach hinten losgegangen, und das Cottage würde bald verschwunden sein. Nessa hatte ihn bei ihrem Telefonat nur darum gebeten, das Kunstwerk ihrer Urgroßmutter zu retten – das schöne, kleinteilige Mosaik, das im Licht erstrahlte. Er sah es im Geiste vor sich – das komplizierte Muster, die leuchtenden Farben, die Steinsplitter und Glasscherben.

Es lohnte sich, das Mosaik zu retten, denn es hatte etwas Besonderes an sich – er hatte so etwas schon einmal gesehen, konnte aber nicht so recht sagen, wo.

Gabriel riss die Augen auf und schwang die Füße aus dem Liegestuhl. Er ging in den Schatten, nahm das Handy und begann online zu recherchieren. Zwanzig Minuten später, als ein Kopfschmerz hinter seinen Schläfen zu pochen begann, war er auf viele interessante Informationen und einen ganz bestimmten Namen gestoßen. Amelia Fulden.

KAPITEL SECHSUNDDREISSIG

Ms Fulden könnte es ihm ermöglichen, sein Versprechen Nessa gegenüber, das Mosaik zu retten, zu erfüllen. Sie könnte allerdings auch die Granate sein, die sein Leben in Stücke riss.

Gabriel saß gedankenverloren da, während Urlauber neben ihm sich die heiße Haut mit Sonnencreme einrieben und an kalten Drinks nippten, die das Hotelpersonal servierte. Wenn er wollte, könnte er dieses privilegierte Leben ewig so weiterführen.

Er lächelte, als etwas Gelbes vor dem blauen Himmel aufblitzte – ein Vogel, der vorbeiflog –, und dachte an das, was Nessa einmal zu ihm gesagt hatte: *Manchmal muss man etwas Verrücktes tun, um sein Leben zum Besseren zu verändern.* Er wählte Ms Fuldens Nummer.

Nach dem Telefonat schob Gabriel das Handy in die Tasche seiner Schwimmshorts und atmete einige Male tief durch. Seine Hände zitterten, und sein Magen schien Achterbahn zu fahren, aber er bereute nicht, was er gerade getan hatte. Zumindest noch nicht.

Weit draußen auf dem Meer gewährten Glasbodenboote einen Blick auf die Wunder der Tiefe, während näher am Ufer von Motorbooten gezogene Paraglider hoch in die Luft stiegen. Doch Gabriel interessierte sich nicht für sie.

Er ging zügig über den glühend heißen Sand, bis er die Wellen erreichte, die sanft schäumend seine Füße umspülten. Allein stand er da, schaute aufs Meer und wünschte sich Delfine.

SIEBENUNDDREISSIG

VALERIE

Valerie lächelte. Sie konnte kaum glauben, dass ihr geliebter Sohn wieder in seinem Elternhaus war. Seit seinem letzten Besuch waren einige Monate vergangen, und er sah schlanker aus, als habe er trainiert. Oder als würde er nicht richtig essen.

»Es ist so schön, dass du da bist, Jacob.«

Sie zerzauste ihm das Haar, als sie an dem Küchenhocker vorbeiging, auf dem er saß.

»Du kennst mich doch, Mum«, sagte er und strich sich das Haar glatt. »Ich komme gern zu Besuch.«

»Dann solltest du es vielleicht öfter tun.«

Sie ärgerte sich über sich selbst und biss sich auf die Lippe. Sie hatte sich vorgenommen, ihm den Besuch nicht durch Nörgelei zu verderben, aber sie schimpfte bereits mit ihm, obwohl er erst seit einer halben Stunde da war.

»Was ich sagen wollte, ist«, fügte sie schnell hinzu, »dass dein Dad und ich dich vermissen, und Lily natürlich auch. Hast du dich mit Nessa abgesprochen, um sie zu sehen?«

Jacob legte das Handy beiseite und griff nach einem weiteren Schokoladenkeks. »Ja, ich werde etwas mit Nessa ausmachen.«

»Lily kommt zur Teegesellschaft deines Dads, da wirst du sie dann auch sehen.«

Jacob hielt mit dem Keks auf halbem Weg zum Mund inne. »Teegesellschaft?«

»Sie freut sich schon sehr darauf, morgen mit Grampy seinen Geburtstag zu feiern. Sie hat ihm eine Karte gebastelt und ihm von ihrem Taschengeld ein Geschenk gekauft. Ist das nicht süß?«

»Mhm.« Jacob nahm einen großen Bissen von seinem Keks und kaute. »Ich wusste nicht, was ich Dad besorgen soll, daher dachte ich, ich gebe ihm Geld, damit er sich kaufen kann, was er will. Und du kennst mich ja, ich halte nichts von Geburtstagskarten. Es geht gegen meine Prinzipien, ein Vermögen für ein Stück Pappe auszugeben. Das ist kapitalistische Abzocke.«

Valerie nickte und räumte die Teller vom Mittagessen in die Spülmaschine. Es war klar, dass er den Geburtstag seines Vaters vergessen hatte. Doch wie der Zufall so wollte, hatte er seine Familie so vermisst, dass er just an diesem Wochenende nach Hause gekommen war. Es war eine glückliche Fügung.

»Um wie viel Uhr ist morgen Dads Geburtstagsfeier?«, fragte Jacob und strich über Valeries blitzsaubere Arbeitsplatte aus Granit.

»Um vier Uhr.« Als er das Gesicht verzog, fragte sie: »Ist das ein Problem?«

»Um ehrlich zu sein, vier Uhr ist ganz schlecht. Da bin ich schon auf dem Heimweg. Ich will nicht zu spät los, du weißt ja, wie das mit der Bahn ist. Ich wäre selbst gefahren, aber die Straßen hier sind einfach furchtbar.«

Valerie streckte den schmerzenden Rücken. »Du fährst morgen schon wieder nach Manchester? Ich dachte, du bleibst bis Montag.«

»Ja, eigentlich wollte ich auch ein langes Wochenende daraus machen, aber ich muss zurück zur Arbeit. Wir haben im

Moment ein großes Projekt, bei dem ich eine wichtige Rolle spiele, daher kann ich nicht lange bleiben.«

»Wie schade«, sagte Valerie gelassen und belud weiter die Spülmaschine.

»Ja, aber Dad wird es sicher nichts ausmachen, und vielleicht kann ich Lily morgen früh kurz besuchen, falls Nessa keine Schwierigkeiten macht. Wohnen sie immer noch bei Nessas Gran?«

Valerie stellte eine verschmierte Schüssel auf die Arbeitsplatte und drehte sich zu ihrem Sohn um. »Nein. Nessas Großmutter ist vor einiger Zeit gestorben, und sie mussten ausziehen.«

»Ach ja, natürlich. Sie hat mir das mit ihrer Gran erzählt, aber ich hatte es vergessen.« Er griff nach dem Handy und scrollte durch Instagram. »Und wo sind sie hingezogen?«

»Sie wohnen in Driftwood House, abgesehen von dem Monat, den Lily bei uns war. Hat sie dir das nicht auch erzählt?«

»Kann sein. Ich schalte immer ab, wenn Ness eine lange E-Mail schickt.« Er schloss seine sozialen Medien und griff nach einem weiteren Keks. »Driftwood House? Rosies Pension soll ja ein großer Erfolg sein. Ich hätte nicht gedacht, dass sie im Sommer in der Hochsaison genug Platz hat, um Ness und Lily aufzunehmen.«

»Hat sie auch nicht. Es ist nur vorübergehend, während Nessa nach einer passenden Wohnung sucht. Es ist nicht leicht.«

Valerie wollte ihm eigentlich von Nessas verrücktem Plan erzählen, seine Tochter in einem baufälligen Cottage unterzubringen, und ihm versichern, dass sie in zwei Tagen zu ihr und Alan ziehen würde, aber wozu?, fragte sie sich. Welchen Sinn hatte es, wenn ihr Sohn nicht einmal wusste, dass seine Tochter in einer Pension am Meer wohnte? Es schien ihn auch nicht besonders zu interessieren.

Während seiner kurzen Anrufe im vergangenen Monat war er nicht auf Lilys Wohnsituation eingegangen, und Valerie hatte angenommen, dass er so krank vor Sorge gewesen war, dass er nicht darüber sprechen wollte. Also hatte sie auch nichts gesagt, denn sie wollte ihm nicht noch mehr Stress machen und ihre seltenen Gespräche nicht verderben. Doch wie es schien, hatte er sich überhaupt keine Sorgen gemacht, weil er gar nichts davon wusste.

Valerie entspannte die hochgezogenen Schultern. »Wie wär's, wenn wir aus Dads Teetafel morgen ein Geburtstagsessen heute Abend machen? Lily könnte vielleicht für zwei Stunden herkommen, wenn ich Nessa eine Nachricht schicke. Es gibt Lammbraten, dein Lieblingsessen.«

Jacob schwang sich vom Hocker und streckte sich.

»Ich würde ja gern, Mum, aber Karl erwartet mich um halb sieben zum Vorglühen, bevor wir uns mit der Gang im Smugglers treffen. Danach wollen wir noch schnell ein Curry essen.«

»Ich ... ich wusste gar nicht, dass du heute Abend ausgehst«, sagte Valerie enttäuscht. Sie hatte nicht nur Lamm gekauft, sie hatte auch einen süßen Brotauflauf gemacht, weil sie wusste, dass ihr Sohn ihn gern aß. Am Ende würde sie sich damit trösten, den ganzen Auflauf allein zu essen, und noch mehr zunehmen.

»Es ist Karls Dreißigster, er feiert groß. Ich dachte, das hätte ich dir gesagt.«

»Nein«, antwortete Valerie und fühlte sich steif und hölzern. »Dann würde ich mich daran erinnern.«

Sie hätte sich bestimmt daran erinnert, dass er bei seinem ersten Besuch seit Monaten zum Geburtstag seines Freundes und nicht dem seines Vaters kam. Er war offenbar lieber mit seinen Freunden als mit seinen Eltern zusammen. Oder mit seiner Tochter, was das betraf.

Wie hatte Nessa es nur so lange mit ihm ausgehalten? Als Valerie dieser Gedanke kam, raubte er ihr den Atem. Sie schaute wieder ihren Sohn an und hatte das Gefühl, als sehe sie ihn zum ersten Mal.

Jacobs Sachen sahen neu aus, sein Haarschnitt verriet einen teuren Friseur und er trug Markenturnschuhe. Nessa hingegen trug gebrauchte Kleidung auf und kümmerte sich darum, ihrer Tochter ein Dach über dem Kopf zu schaffen.

Sie war tatsächlich eine gute Mutter, die ihr Kind liebte, dachte Valerie, während sie Salat von einem Teller in den Mülleimer kratzte. Nessas Liebe zu Lily war so selbstlos, dass sie bereit war, sie herzugeben. Sie war damit einverstanden, dass Lily bei Valerie einzog, obwohl klar war, dass es ihr das Herz brach.

»Zahlst du Unterhalt für Lily?«, fragte sie und ließ den Deckel mit einem Knall zuschlagen.

Jacob zog einen Schmollmund. »Wieso fragst du? Natürlich zahle ich Unterhalt, und zwar ein Vermögen. Nessa hat mich ausgezogen bis aufs Hemd.«

»Wie viel? Und zahlst du regelmäßig?«

»So regelmäßig ich kann. Manchmal bin ich vielleicht etwas spät dran.«

»Und vergisst du auch mal eine Zahlung?«

Jacobs Gesicht verfinsterte sich. »Was hat Nessa gesagt? Es ist eine private Vereinbarung zwischen uns, und ich kann ihr kein Geld geben, das ich nicht habe. Hat sie über mich hergezogen?«

Valerie schüttelte den Kopf. »Nein. Sie spricht nur selten über dich.«

Und was sie erzählt hatte, hatte Valerie als unwahr abgetan. Doch jetzt wurde ihr auf einmal ganz schwindelig, als sie erkannte, dass Nessa wahrscheinlich recht hatte. Jacob war an diesem Wochenende nur hergekommen, um sich mit seinen Freunden zu treffen. Er machte sich nicht einmal die Mühe, sich mit seiner Familie zu unterhalten oder seine Tochter zu sehen. Warum also sollte er sich die Mühe machen, rechtzeitig Geld für den Unterhalt seines Kindes zu überweisen?

»Ein Glück, dass Nessa nicht über mich redet«, antwortete Jacob mit einem Lachen, das ihr durch und durch ging. »Sie kann eine ziemliche Nörgeltante sein.«

»Ich könnte es ihr nicht verdenken. Es ist nämlich nicht leicht, eine alleinerziehende Mutter zu sein.«

»Ich brauche keine Predigt, Mum. Ich schicke Geld, wenn ich kann, okay?«, gab Jacob in einem unangenehmen Jammerton zurück.

»Aber mit ›wenn ich kann‹ bezahlt man keine Rechnungen oder die Miete, nicht wahr?«

Jacob sah seine Mutter an, als überlege er, ob er mit ihr streiten solle oder nicht. Dann schaute er auf seine Armbanduhr. Sie schien neu zu sein. Valerie hatte sie noch nie zuvor an ihm gesehen.

»Ich sollte jetzt auspacken und Karl anrufen, um unsere Pläne für heute Abend abzusprechen. Wir sehen uns später, Mum.« Er ging zu ihr und küsste sie auf den Kopf. »Du machst dir einfach zu viele Sorgen.«

Er verließ die Küche, während Valerie an der Spüle stehen blieb. Sie blickte aus dem Fenster auf die Gräser, die sich in der Brise wiegten, und die weiß gekrönten Wellen in der Ferne auf dem grauen Meer.

Sie war so dumm. Ihre Augen füllten sich mit Tränen, und sie musste sich an der Spüle festhalten. Sie liebte Jacob. Er war ihr Sohn. Doch er war nicht der perfekte Mensch, den sie in ihm sehen wollte. Er konnte, um es in Nessas Worten auszudrücken, manchmal ein bisschen hoffnungslos sein.

»Arme Lily«, murmelte Valerie leise. Ihrem Vater war sie egal, aber zumindest hatte sie eine Mutter, deren Liebe für zwei reichte.

Und außerdem, dachte Valerie, während sie sich mit dem

Handrücken über die Augen wischte, hatte Lily eine Großmutter, die immer das tun würde, was wirklich das Beste für ihr geliebtes Enkelkind war.

ACHTUNDDREISSIG

NESSA

Es war furchtbar peinlich. Nessa saß auf der Sofakante, hatte die Knöchel überkreuzt und nippte an dem Prosecco, den Valerie ihr in die Hand gedrückt hatte, kaum dass sie eingetroffen war.

Ihr gegenüber saß Jake. Er schluckte und massierte sich mit den Fingern die Schläfen. Valerie hatte ihr erzählt, er sei mit Kopfschmerzen aufgewacht. Wohl eher ein Kater, dachte Nessa. Sie kannte die Anzeichen. Seine Haut war blass und die Lider schwer, aber wenigstens verbrachte er Zeit mit seiner Tochter.

»Daddy, komm mit in den Garten«, bettelte Lily und hüpfte vor ihm auf und ab. »Komm mit und schau, wie ich die Rutsche runterrutsche. Und ich kann Handstand machen.«

»Wow!«, antwortete Jake halbherzig. »Geh du in den Garten, ich kann von hier aus durchs Fenster zusehen.«

»Es wäre viel besser, wenn du mit ihr nach draußen gehen würdest«, sagte Valerie in einem Ton, der keine Widerrede duldete.

Jake stand mit finsterer Miene auf und schwankte leicht,

dann folgte er seiner aufgeregten Tochter durch die Terrassentür.

Was hatte sie nur in ihm gesehen?, fragte Nessa sich, während sie beobachtete, wie er sich auf einen Gartenstuhl fallen ließ. Er hatte so lebendig, so voller endloser Möglichkeiten gewirkt, als sie sich kennengelernt hatten. Jetzt wirkte er einfach nur egoistisch und abgestumpft.

»Danke, dass du deine Pläne geändert und Lily zu einem Geburtstagsessen hergebracht hast«, unterbrach Valerie ihre Gedanken.

»Das war kein Problem. Dann habt ihr euch also gegen eine Teegesellschaft entschieden?«

Valeries Gesicht erstarrte. »Jacob muss zurück nach Manchester«, sagte sie, ohne die Lippen zu bewegen. »Anscheinend hat er sehr viel zu tun.«

»Klar.«

Nessa setzte sich anders hin. Sie hatte vorgehabt, Lily vorbeizubringen und wieder zu gehen, und war überrascht gewesen, als Valerie darauf bestanden hatte, dass sie hereinkam. Sie war nach der Aussprache auf der Landzunge sogar so überrascht gewesen, dass sie Valerie gehorsam ins Haus gefolgt war.

»Ich bin froh, dass Lily ihren Dad sieht, und wir wollten Alan beide zum Geburtstag gratulieren«, sagte Nessa und nahm einen großen Schluck Prosecco.

Alan gab ein dankbares Grunzen von sich. Er saß in der Ecke, einen von Lily gebastelten Papphut auf dem Kopf, und las seine Sonntagszeitung. Er nippte an der Tasse mit der Aufschrift *Bester Grandad der Welt*, die Lily ihm gekauft hatte.

Die Tasse war billig und geschmacklos, aber es hatte Nessa gerührt, wie bewegt Alan gewesen war, als er das Geschenk ausgepackt hatte. Sonst eher ein zurückhaltender Mann, hatte er Lily in den Arm genommen und sie auf die Wange geküsst.

Es hatte Nessa mit Hoffnung erfüllt – Hoffnung, dass es ihm nicht zu viel ausmachen würde, wenn Lily dauerhaft bei ihnen einzog. Doch schon beim bloßen Gedanken daran tat ihr das Herz weh.

Sie stand auf und strich sich über die Jeans. »Ich sollte besser los. Danke, dass Lily Jake sehen durfte, und dir ein schönes Geburtstagsessen, Alan. Ich komme Lily nachher abholen, und dann ...« Sie schluckte. »Ich bringe sie dann morgen wie geplant wieder her.«

Lily hätte heute schon zu ihren Großeltern ziehen können, aber Nessa wollte noch eine weitere Nacht zusammen mit ihrer Tochter in Driftwood House verbringen.

»Ich komme noch mit zur Tür«, sagte Valerie. Sie nickte ihrem Mann zu und er nickte zurück.

Nessa ging in die Küche und stellte das Sektglas auf das Abtropfbrett neben der Spüle. Durch das Fenster konnte sie sehen, wie Lily wie ein Wasserfall auf ihren Vater einredete, der immer noch in sich zusammengesunken auf dem Gartenstuhl saß und bleicher wirkte denn je.

»Das Curry gestern Abend scheint ihm nicht gut bekommen zu sein.« Valerie war neben sie getreten und betrachtete ihren Sohn. »Es ist schade, wo er Lily doch nur so selten sieht.«

»Ja«, pflichtete Nessa ihr bei und verkniff sich all die anderen Dinge, die sie über Valeries Sohn hätte sagen können.

Sie hatte neulich wirklich genug zu Valerie gesagt, und es hatte auch keinen Sinn. Es war besser, das Unvermeidliche zu akzeptieren, statt sinnlos darüber zu schimpfen. Das war Gabriels Meinung gewesen, und Nessa war so erschöpft von ihrem ständigen Kampf, über die Runden zu kommen, dass sie langsam glaubte, dass er recht hatte.

Sie hatte bitter darüber geklagt, dass ihre Mutter so jung gestorben war, aber ihre Mum war trotzdem gestorben. Sie hatte gekämpft, um das Geisterdorf und das Cottage vor der Zerstörung zu retten, aber es würde bald abgerissen werden. Und sie hatte darum gekämpft, ihre Tochter bei sich behalten zu können – hatte dafür sogar einen Monat in einem baufälligen Cottage verbracht, in der trügerischen Hoffnung, es könne vielleicht die Lösung sein. Doch sie musste Lily hergeben, ohne zu wissen, ob ihre Tochter jemals wieder zu ihr zurückkehren würde.

Nessa sah sich in Valeries schöner, sauberer Küche um. Eine Fünfjährige hätte niemals in einem einsamen verfallenen Cottage leben wollen. Sie würde auch nicht in einer feuchten Einzimmerwohnung leben wollen, die meilenweit von Heaven's Cove entfernt war. Nicht, wenn sie stattdessen hier leben konnte.

»Ich habe etwas für dich«, sagte Valerie leise und griff mit den Fingern in einen Vorratstopf. Sie nahm zwei silberne Schlüssel heraus, die sie vor Nessa auf die Arbeitsplatte legte.

»Was ist das?«

»Das sind die Schlüssel für die Wohnung über der Eisdiele. Du hast mir gesagt, dass Lily dort gern wohnen möchte.«

»Ich verstehe nicht ...«, murmelte Nessa, abgelenkt von Lilys Begeisterungsschreien, als sie die Rutsche hinunterschoss. »Sie soll sehr schön sein, aber ich kann mir die Kaution nicht leisten.«

»Du nicht, aber wir. Wir legen jeden Monat etwas Geld zurück für Lily, das sie bekommen soll, wenn sie älter ist und es braucht. Ich habe gestern Nachmittag mit Alan darüber gesprochen. Wir haben uns richtig unterhalten, wie früher.« Valeries Wangen röteten sich. »Und er ist wie ich der Meinung, dass Lily das Geld jetzt braucht. Sie braucht ein anständiges Zuhause mit ihrer Mutter. Also war ich heute Morgen bei Magda und habe mir die Wohnung angesehen. Sie ist perfekt für euch. Ich habe die Kaution bezahlt und alles geregelt. Ihr könnt nächste Woche einziehen.«

Nessa hielt den Atem an. Sie konnte kaum glauben, was sie da von Valerie hörte – der Frau, die ihr vorwarf, ihren geliebten Sohn vertrieben zu haben, und die Lily für sich haben wollte.

»Ich verstehe nicht«, sagte sie noch einmal. »Du willst doch, dass Lily zu dir und Alan zieht.«

Valeries Lächeln war unerträglich traurig. »Am liebsten ja, aber damit hätte ich nicht nur Lily geholfen, sondern auch mir. Manchmal ... manchmal ...« Sie holte tief Luft. »Es ist so, dass ich hier manchmal einsam bin und das Gefühl habe, dass das Leben an mir vorbeigeht. Ich vermisse meine Arbeit, meinen Sohn, meine Jugend und mein Leben mit Alan, so wie es früher war. Wenn Lily hier ist, wird alles besser. Sie kritisiert mich nicht, regt mich nicht auf und findet auch nicht, dass ich eine große Enttäuschung bin.«

»Sie liebt dich, Valerie«, sagte Nessa gerührt. »Woher dieser Sinneswandel? Habe ich dich verärgert, als wir neulich im Wald miteinander gesprochen haben? Vielleicht hätte ich nicht ...«

Valerie brachte sie mit einer Handbewegung zum Schweigen. »Es musste gesagt werden. Es war Zeit, dass ich es hörte. Und ich bereue inzwischen, dass ich dich bei Mr Gantwich verraten habe.«

Sie schaute aus dem Fenster zu Jake. Er schubste Lily mit einer Hand auf der Schaukel an, beachtete sie jedoch kaum und sah auf das Telefon in der anderen Hand.

»Er ist ganz anders geworden, als ich dachte. Ich wollte es nicht wahrhaben, aber jetzt ...« Sie seufzte. »Sein Verhalten als Vater ist enttäuschend, aber ich liebe ihn trotzdem, und ich schätze, als Mutter bin ich auch eine Enttäuschung für ihn. Als Schwiegermutter war ich das auf jeden Fall.« Sie drehte sich zu Nessa um und schluckte. »Ich möchte mich dafür entschuldigen. Es kann nicht leicht sein, ein Kind allein großzuziehen, und meine Haltung dir gegenüber hat es nicht besser gemacht.«

Sie schniefte, und in ihren Augen glänzten Tränen.

»Du bist mir eine sehr große Hilfe«, sagte Nessa und ergriff Valeries Hände. »Lily liebt dich und Alan. Ihr seid die einzigen Verwandten, die sie hat – die einzige Familie, die ihr die Liebe geben kann, die sie braucht, jetzt, da meine Gran tot ist.« Sie blinzelte selbst gegen Tränen an. »Ehrlich, Valerie, ohne dich würde ich das nicht schaffen. Du holst Lily von der Schule ab, gibst ihr zu essen, machst Ausflüge mit ihr und lässt sie bei dir übernachten. Du bist eine fantastische Großmutter, und ich bin dir und Alan sehr dankbar. Wir beide sind es.«

»Das ist lieb von dir.« Valerie zog sanft die Hände weg. »Aber Alan und ich sind uns einig, dass wir mehr tun müssen, weil Jacob so unzuverlässig ist, und deshalb gehört die Wohnung dir, wenn du sie möchtest. Ich hätte Lily wirklich gern hier bei mir, aber mir ist klar geworden, dass das besser für mich wäre, nicht für sie. Sie muss bei dir sein.

Und wenn Jacob mit den Unterhaltszahlungen wieder im Rückstand ist, sag mir Bescheid, dann werden wir einspringen, so gut es geht. Er hat dir in der Vergangenheit Armut vorgeschützt, und ich weiß, dass er in den letzten Jahren einen Job nach dem anderen hatte und zwischendurch auch mal arbeitslos war, daher könnte es sogar stimmen.« Sie presste die Lippen zusammen, als falle es ihr schwer zu sprechen. »Aber ich denke, im Moment hat er einen festen Job und mehr Geld, als er zugibt. Daher könnten wir dich unterstützen, indem wir den Unterhalt einklagen und gerichtlich festsetzen lassen. Aber das ist Zukunftsmusik. Jetzt habt ihr erst einmal die neue Wohnung.«

Nessa schwirrte der Kopf. »Vielen Dank, Valerie. Ich weiß es zu schätzen, was du gesagt hast«, stieß sie hervor, »aber ich kann euer Geld nicht annehmen.«

Sie rührte die Wohnungsschlüssel auf der Arbeitsplatte nicht an. Sie waren zwar die Lösung für ein großes Problem, das sie nachts wach hielt, aber sie konnte sie nicht annehmen.

»Doch, für Lily kannst du es. Und in gewisser Weise ist es ohnehin nicht unser Geld. Es war immer für unsere süße Enkelin bestimmt. Ehrlich«, fügte Valerie hinzu, als Nessa sie zweifelnd ansah. »Wir wollen, dass du und Lily die Wohnung im Dorf bekommt. Aber ich hoffe, dass Lily trotzdem manchmal hier übernachten darf.«

»Ganz oft«, beteuerte Nessa und tat etwas, was sie nie für möglich gehalten hätte. Sie trat vor Valerie und nahm sie in den Arm.

Als Valerie sich versteifte, fragte Nessa sich, ob sie zu weit gegangen war. Doch dann entspannte sich die ältere Frau und erwiderte die Umarmung. Und während Nessa dastand, mit der Wange an Valeries Schulter, erinnerte sie sich daran, wie es war, als ihre Mum sie vor einer halben Ewigkeit im Arm gehalten hatte.

»Danke«, murmelte sie.

Valerie drückte sie schweigend noch fester an sich.

»Was ist denn hier los?«, fragte Jake scharf, als er in die Küche gestürmt kam. Er verzog schmerzhaft das Gesicht, als die Hintertür gegen die Wand knallte. »Ist jemand gestorben oder so?«

»Meine Gran ist vor zwei Monaten gestorben«, antwortete Nessa, ohne sich aus Valeries Umarmung zu lösen.

»Das weiß ich.« Jake blinzelte, als könne er nicht klar sehen.

Lily kam hinter ihm in die Küche gerannt. Kichernd lief sie zu ihrer Mum und ihrer Großmutter und schlang die Arme um die beiden.

»Alles in Ordnung, Süße?«, fragte Valerie und strich ihr übers Haar. »Hast du Spaß mit Daddy?«

»Daddy ist schlecht, deshalb musste er wieder rein«, murmelte Lily an Nessas Taille. »Dummer Daddy.«

Ein wirklich dummer Daddy, dachte Nessa, während Jake in der Ecke der Küche stand und sich die Umarmung der kleinen Gruppe ansah, ohne daran teilzunehmen. Er wusste nicht, was er hätte haben können und was er verpasste.

NEUNUNDDREISSIG

GABRIEL

Sie ist hier. Bei Nessas Anblick beschleunigte sich Gabriels Herzschlag.

Er hatte ihr am vergangenen Tag eine SMS geschickt:

Morgen fangen die Arbeiten im Geisterdorf an. Sei bitte um zehn dort. G

Es war ein kurzer Text, aber er hatte fünf Minuten gebraucht, um ihn zu schreiben, hatte Worte hinzugefügt und gelöscht und überlegt, ob er dazuschreiben sollte, warum er ihre Anwesenheit wünschte.

Ihr Anruf neulich hatte wie ein Schlussstrich geklungen. *Ich habe mich entschuldigt, um mein Gewissen zu erleichtern, und jetzt schaue ich nach vorn.*

Sie hatte die Nase voll von Männern aus London, die völlig unerwartet auftauchten und ihr Leben auf den Kopf stellten, Männern, die keinen Zugang zu ihren Gefühlen hatten und nicht wussten, was im Leben wirklich wichtig war.

Doch er wollte sie dabeihaben, also hatte er seine Nachricht abgeschickt, und sie hatte sie gelesen und mit nur vier Worten geantwortet:

Wenn ich es schaffe.

Sie hatte nicht gegen den Beginn der Bauarbeiten gewettert oder gefragt, warum sie kommen sollte, und das machte ihn traurig. Die Enttäuschungen und Verluste in Nessas noch jungem Leben hatten sie so zermürbt, dass sie sich mit weiteren Rückschlägen abgefunden zu haben schien.

Sie war hier, um sich zumindest von dem geliebten Geisterdorf zu verabschieden. Vielleicht hoffte sie auch, dass er eine Möglichkeit gefunden hatte, das Mosaik ihrer Urgroßmutter vor der Abrissbirne zu retten.

So oder so, sie war da, und er war dankbar dafür, sie ein letztes Mal zu sehen.

Sie saß oberhalb von Sorrel Cove im Gras, die Knie bis ans Kinn gezogen. Ihr langes dunkles Haar flatterte in der Brise, die vom Meer her wehte.

Nessa betrachtete das funkelnde blaue Wasser und bemerkte ihn erst, als er sie fast erreicht hatte.

»Wo kommst du denn her?«, fragte sie und stand auf. Ihre Wangen nahmen einen entzückenden Rosaton an, als sie sich das Haar aus den Augen strich.

»Ich habe in Heaven's Cove geparkt und bin über die Landzunge gegangen«, antwortete er und bemerkte das goldene Schlangenarmband, das auf ihrer sonnengebräunten Haut glänzte.

Es war gut, dass Nessa hier war, wenn Amelia Fulden eintraf. Amelia, die Frau, die er von dem Strand am Mittelmeer aus angerufen hatte, könnte vielleicht alles ändern.

Er warf einen Blick auf die Armbanduhr und spähte in die Ferne. Sie sollte bald hier sein.

Er hatte Nessa nichts von Amelia oder von seinem Plan erzählt, falls man ihn so nennen konnte. Er befürchtete, dass sie wieder von ihm enttäuscht sein würde, wenn es schiefging. *Falls* es schiefging, sagte er sich und versuchte, positiv zu denken.

»Du solltest dich nicht so anschleichen. Du hast mir einen Mordsschrecken eingejagt«, sagte Nessa vorwurfsvoll.

»Tut mir leid.« Er schenkte ihr ein schiefes Grinsen. »Du bist also gekommen.«

»Ja. Ich habe mich über deine SMS gefreut.«

»Warum?«, fragte er und hielt die Luft an. Hatte sie an ihn gedacht? Ihn vielleicht vermisst?

»Ich wollte mich vom Geisterdorf verabschieden und war mir nicht sicher, wann es mit dem Abriss losgehen würde.«

Enttäuscht stieß Gabriel langsam den Atem aus. Sie hatte überhaupt nicht an ihn gedacht. Sie interessierte sich nur für das Cottage und das zerstörte Dorf, das bald dem Erdboden gleichgemacht werden würde.

»Also, was passiert jetzt hier?«, fragte sie. »Werden die Bagger kommen und anfangen, alles abzureißen?«

Er nickte und der Kummer in ihren Augen war ihm unerträglich. »Ich denke schon. Ich war letzte Woche nicht im Büro, daher hatte ich mit der Bauplanung nichts zu tun. Ich habe mich allerdings gefragt, ob du mit einem Protestplakat herkommen oder dich vor die Bagger werfen würdest«, versuchte er sie aufzuheitern.

Nessa lächelte. »Ich habe tatsächlich daran gedacht, aber als ich mit Rosie über Plakate gesprochen habe, hat sie mir einen Vortrag über das Loslassen gehalten, dass man das Unvermeidliche akzeptieren müsse, anstatt dagegen anzukämpfen. Ich glaube, das hat mir schon mal jemand gesagt.« Sie warf ihm einen Seitenblick zu. »Jedenfalls bin ich jetzt hier, ohne Plakat. Ist auch besser so, weil ich Lily nachher von der Schule abholen muss, und das geht ja schlecht, wenn ich wegen Nötigung in einer Arrestzelle sitze. Dein Dad scheint mir der Typ zu sein, der Anzeige erstattet.«

»Da hast du wahrscheinlich recht.«

Gabriel ließ seinen Blick über die Bucht schweifen. Er hatte seinen Vater seit dem Streit im Cottage nicht mehr gesehen, aber er wusste, dass er gern am Tag des Baubeginns vor Ort war. Der Rausch der Jagd war vorbei, der Deal war unter Dach und Fach, und es konnte losgehen.

Billy Gantwich stand in einer Warnschutzjacke inmitten der Ruinen des Geisterdorfes und sprach mit seinem Vorarbeiter.

Gabriel warf einen weiteren Blick auf die Armbanduhr. Die ersten Bagger konnten jeden Moment eintreffen, daher musste er sich beeilen. Wo um alles in der Welt blieb Amelia? Sie hätte längst hier sein sollen.

Nessa trat neben ihn und räusperte sich.

»Ich habe es zwar schon am Telefon gesagt, aber es tut mir leid, dass ich gedacht habe, du hättest deinem Dad gesagt, dass ich in der Nacht das Cottage verlassen habe.«

»Mein Vater hat vermutlich angedeutet, dass ich es war.«

»Das stimmt, aber ich hätte ihm nicht so ohne Weiteres glauben dürfen. Nicht, nachdem wir ... ich meine ...« Sie schwieg und presste die Lippen zusammen. Die Lippen, die Gabriel geküsst hatte. Starrte er auf ihren Mund? Er starrte eindeutig auf ihren Mund.

»Ist schon gut«, sagte er schroff, riss den Blick los und betrachtete den Staub auf seinen Schuhen. Er tat alles, um sich von Nessa abzulenken, denn er wollte nichts lieber, als sie in die Arme zu nehmen und ihr die Sorgenfalten auf der Stirn wegzuküssen.

Er musste jedoch einen Plan ausführen und mit seinem Vater sprechen, und seine Gefühle für Nessa waren nichts als eine absurde Idee.

Ihre Meinung über ihn mochte sich zwar etwas gebessert haben, seit sie wusste, dass er sie nicht an seinen Vater verraten hatte. Doch jedes Mal, wenn sie später die Luxuswohnungen sah, wo einst das Geisterdorf gestanden hatte, würde sie an ihn als einen Eindringling von außerhalb denken, der ihre Hoffnungen und Träume zerstört hatte.

Was sie nicht wusste, war, dass sie in ihm Hoffnungen und Träume geweckt hatte, die jahrelang unter beruflichen Verpflichtungen begraben gewesen waren. War er mutig genug, stark zu sein und ihnen nachzugehen?

»Sind sie das?«, fragte Nessa und zeigte auf zwei Laster, die in die schmale, schlaglochübersäte Straße nach Sorrel Cove eingebogen waren.

»Ja.«

Gabriels Herz begann zu klopfen. Sein Plan ging von Anfang an schief. Es würde überhaupt nichts daraus werden, wenn Amelia ihn versetzte.

»Dann war es das also«, murmelte Nessa und ließ die Schultern hängen. »Denkst du, dass du zumindest das Mosaik retten kannst?«

»Ich bin mir nicht sicher«, entgegnete Gabriel. Seine Gedanken rasten. Was konnte er tun, wenn Amelia ihn hängen ließ? Er konnte sich immer noch vor die Bagger legen. Sein Vater würde ihn nicht verhaften lassen ... oder doch? Wahrscheinlich nicht. Aber er würde ihn stattdessen in irgendein vermeintliches Wellnesshotel schicken und ein psychologisches Gutachten erstellen lassen.

Nessa trat von einem Fuß auf den anderen. »Ich fürchte, ich kann mir das nicht mit ansehen. Ich dachte, ich würde es aushalten, aber es ist zu schlimm. Ich muss gehen.«

»Bitte, bleib«, sagte Gabriel und hielt sie, ohne nachzudenken, am Arm fest. Ihre glatte Haut war warm, und er wollte sie nicht loslassen.

»Gabriel, bist du das?«

Der Ruf seines Vaters hallte durch die Luft, während das Brummen der Laster, die die Bagger transportierten, näher kam.

Gabriel ließ Nessa los. Es war zu spät. Zu spät für das Geisterdorf und Nessas geliebtes Cottage. Zu spät für ihn, ein anderes Leben zu führen.

»Wer ist das?«, fragte Nessa und spähte in die Ferne.

Ein Auto näherte sich in einer Staubwolke. Es blieb neben den Lastern stehen, die inzwischen angehalten und die Motoren ausgeschaltet hatten.

Eine kleine grauhaarige Frau stieg aus dem Wagen und kam mit energischen Schritten die Anhöhe hinter dem Cottage hinauf. »Mr Gantwich? Bitte entschuldigen Sie die Verspätung, aber ich habe im Verkehr festgesteckt. Es ist zwar wunderbar, in Devon zu leben, aber im Sommer will uns die ganze Welt besuchen.« Sie hielt ihm die Hand hin.

»Nennen Sie mich bitte Gabriel, und danke, dass Sie gekommen sind.«

Gabriel schüttelte ihr die Hand und war sich nicht sicher, ob das Gefühl in seiner Brust von Nervosität oder Aufregung herrührte. Jetzt gab es kein Zurück mehr. Was immer in den nächsten zehn Minuten geschah, sein Leben würde sich unwiderruflich ändern. Und egal, wie die Sache ausging, sein Vater würde ihm nie verzeihen.

»Was hat das zu bedeuten?«, fragte Nessa und schaute zwischen Amelia und Gabriel hin und her.

Er sah ihr in die Augen, wollte es hinter sich bringen. »Vertrau mir einfach. Bitte.«

Würde sie ihm vertrauen? Schweigend folgte Nessa ihm und Amelia in das zerstörte Dorf zu seinem Vater.

Billy beendete das Telefonat, das er führte, und grinste Gabriel selbstzufrieden an. »Ich wusste, dass du zurückkommen würdest, nachdem du dich beruhigt hast.« Er schaute an seinem Sohn vorbei und machte ein finsteres Gesicht. »Was will sie denn hier, und wer ist das?«

Gabriel holte tief Luft. »Das ist Amelia Fulden. Ich habe sie hierher eingeladen. Sie ist Archäologin.«

»Archäologin? Warum ist ...« Die Stimme seines Vaters verlor sich, und es war ihm anzusehen, dass es ihm dämmerte. Er schaute wieder zu Gabriel. »Wirklich?«

»Ja. Ich fand, sie sollte sich das Mosaik in dem Cottage ansehen, bevor es abgerissen wird.«

»Das bizarre Ding an der Wand? Warum?« Billy wandte sich an Amelia und schenkte ihr ein breites Lächeln. »Ms Fulden wird sicher Wichtigeres zu tun haben, ernsthafte Arbeit, statt sich fragwürdige Kunstwerke von einer Frau anzusehen, die schon lange tot ist.«

Doch Amelia Fulden war keine Frau, die sich von Männern wie Billy Gantwich beirren ließ. Sie erwiderte sein Lächeln mit einem stählernen Blick in den blauen Augen. »Das ist kein Problem. Ich brauche nur ein paar Minuten.«

»Folgen Sie mir«, sagte Gabriel und ging zum Cottage voraus. Er spürte bei jedem Schritt, wie der Blick seines Vaters sich ihm in den Rücken bohrte.

»Meine Güte, die Renovierung ist Ihnen aber gelungen«, rief Amelia aus, als sie über die Türschwelle trat. »Was für eine Schande, dass es abgerissen wird. Dann will ich mir mal das Mosaik ansehen, von dem Sie mir erzählt haben, Gabriel.«

Nessa schob sich neben Gabriel, während Amelia sich vor das Mosaik stellte und die bunten Steine und das glatte Meerglas aus nächster Nähe betrachtete.

»Was machst du?«, flüsterte sie.

»Ich folge einer Ahnung«, antwortete er mit halb verschlossenem Mund.

»Was für eine Ahnung?«

Amelia stand immer noch so dicht vor dem Mosaik, dass sie es beinahe mit der Nase berührte. Gabriel zog Nessa in die Küche.

»Deine Großmutter sagte, ihre Mum habe in ihren Kunstwerken Fundstücke verarbeitet, und als du mich gebeten hast, das Mosaik zu retten, bin ich ins Nachdenken gekommen. Ich hatte eine Woche frei und konnte ein wenig nachforschen. Das Kunstwerk sieht sehr alt und ungewöhnlich aus.«

»Es ist alt. Meine Urgroßmutter wäre weit über hundert, wenn sie noch am Leben wäre.«

»Nein, noch viel älter. Je länger ich darüber nachgedacht habe, umso mehr habe ich mich gefragt, ob sie die Steine und das Glas hier im Geisterdorf gefunden hat.«

Nessa öffnete verwirrt den Mund und schloss ihn wieder. »Also, was denkst du? Glaubst du ...«

Sie kam nicht dazu, den Satz zu beenden, denn Amelia verkündete plötzlich laut: »Mich laust der Affe! Das ist wirklich eine Überraschung.«

Gabriel und Nessa eilten zurück ins Wohnzimmer.

»Eine gute Überraschung?«, fragte Gabriel, während er die schweren Schritte seines Vaters hörte, als er hinter ihm das Cottage betrat.

»O ja, sehr gut sogar. Ich dachte, Sie müssten sich irren, als Sie mich angerufen und hergebeten haben. Doch auf den ersten Blick würde ich sagen, dass das Material, das die Künstlerin verwendet hat ... War es Ihre Urgroßmutter?«, fragte sie Nessa, die nickte. »Bei einem großen Teil des verwendeten Materials scheint es sich auf den ersten Blick um Tesserae-Fragmente zu handeln. Das sind Steine und Glasstücke, aus denen die Römer Mosaike für ihre prächtigen Häuser hergestellt haben. Wussten Sie, dass die Römer sich im ersten Jahrhundert in Devon niedergelassen haben? Exeter hatte damals eine Stadtmauer.«

»Und was bedeutet das, wenn es sich um Tesserae-Fragmente handelt?«, fragte Nessa mit zitternder Stimme.

Amelia klatschte in die Hände. »Es bedeutet, dass hier unter der Erde etwas sehr Aufregendes verborgen sein könnte.

Ist das nicht wunderbar? Wir dachten nicht, dass es in diesem Gebiet bedeutende Siedlungen gibt, aber es sieht so aus, als hätten wir uns geirrt.« Sie drehte sich zu Billy um, der das Gespräch verfolgte. »Was genau haben Sie hier vor?«

»Wohnbebauung. Luxusapartments. Haben Sie gesehen, wo wir hier sind? Die Leute werden ein Vermögen für diese Aussicht bezahlen.«

Amelia zog eine Braue hoch. »Haben Sie eine Baugenehmigung?«

»Noch nicht«, entgegnete Billy aufgebracht. »Aber man hat mir inoffiziell versichert, dass ich grünes Licht bekommen werde. Solche Wohnungen werden überall an der Küste gebaut.«

»Nun, angesichts dessen, was ich gerade gesehen habe, werde ich auf einer umfassenden Erkundung bestehen, bevor irgendeine Genehmigung erteilt wird, um sicherzugehen, dass sich im Boden nichts Wertvolles befindet.«

»Das bedeutet Verzögerungen«, schnaubte Billy mit roten Wangen. »Und das alles wegen ein paar alter Steine, die vielleicht sowieso nicht von hier stammen.«

»Meine Urgroßmutter hat sich nie weit vom Dorf entfernt«, sagte Nessa und trat vor. »Sie hat für ihre Kunstwerke Fundstücke aus dieser Bucht benutzt.«

»Verdammte Künstler«, stieß Billy hervor und starrte Gabriel an, der sich bemühte, unter dem feindseligen Blick seines Vaters nicht zusammenzuzucken. »Wenn man nicht weiß, woher das Material stammt, sehe ich nicht ein, dass ich meine Pläne wegen ein paar alter Steine und Glasstückchen ändern sollte.«

»Was tragen Sie da am Arm?«, fragte Amelia unvermittelt und sah Nessa an.

Das Gesicht der Archäologin hatte einen sehr eigenartigen Ausdruck angenommen. Ihre Wangen waren leuchtend rot geworden, und ihre Augen waren weit aufgerissen. Sie sah aus, als würde sie gleich explodieren.

Als sie durch den Raum stürzte und in ihrer Hast beinahe gestolpert wäre, trat Nessa einen Schritt auf Gabriel zu. Doch Amelia packte sie am Arm und zog sie zu sich heran.

»Woher haben Sie das?«, fragte sie scharf und betrachtete den Armreif, der Nessas Handgelenk umschloss. Die goldene Schlange glitzerte in dem Licht, das durchs Fenster fiel.

»Es war ein Geschenk meiner verstorbenen Großmutter, und sie hatte es von ihrer Mutter.«

»Von der Frau, die dieses herrliche Mosaik gemacht hat? Und woher hatte sie es?«, fragte Amelia und streifte den Armreif vorsichtig über Nessas Finger.

»Ich bin mir nicht ganz sicher. Sie hat den Armreif gefunden.«

»*Wo* hat sie ihn gefunden?«, verlangte Amelia zu erfahren und hielt den Reif so behutsam in der Hand, als sei er ihr Erstgeborenes.

»Meine Gran hat immer geglaubt, ihre Mum habe ihn beim Umgraben im Garten gefunden.«

»Und wo war dieser Garten?«, fragte Amelia, ohne den Blick von der goldenen Schlange in ihrer Hand abzuwenden.

»Hier, hinter dem Cottage. Durch die Landzunge war er windgeschützt.«

»In dem Fall werden wir diesen Bereich tatsächlich einer Untersuchung unterziehen, Mr Gantwich, denn ...« Amelia schluckte, und ihre Wangen wurden noch röter. »Wenn ich recht habe, handelt es sich hier um einen seltenen römischen Armreif aus dem ersten Jahrhundert nach Christus. So etwas kenne ich bisher nur aus Büchern.« Sie sah Nessa mit glänzenden Augen an. »Wussten Sie, was Sie da am Handgelenk getragen haben?«

»Nein. Ich meine, das ist ...« Nessa brach ab, wie betäubt von Amelias Enthüllung. »Ich habe den Armreif immer geliebt, aber meine Familie hielt es für ein billiges Schmuckstück, das ein früherer Bewohner verloren und vergessen hatte. Jemand, der kurz vor ihnen hier gelebt hat, nicht vor zweitausend Jahren. Meine Gran hat mir gesagt, es sei vergoldetes Messing.«

»Da hat Ihre Großmutter sich geirrt«, erwiderte Amelia. »Ich glaube, dass dieser Armreif aus massivem Gold besteht und halte ihn historisch und in finanzieller Hinsicht für sehr wertvoll. Es ist ein bemerkenswertes Stück.« Sie drehte den Armreif hin und her. »Würden Sie mir erlauben, den Armreif von einem Experten für römischen Schmuck untersuchen zu lassen?«

»Natürlich. Ich würde gern mehr darüber erfahren, weil er meiner Gran so viel bedeutet hat.«

»Das ist ja alles gut und schön«, mischte Billy sich ein. »Aber was wird aus mir? Die Bagger sind da und die Männer wollen mit der Arbeit anfangen.«

Amelia drehte sich zu ihm um, und ihre Züge verhärteten sich. »Ich möchte Ihnen dringend raten, sämtliche Bauarbeiten hier auf Eis zu legen, bis wir mehr über die Bedeutung dessen herausgefunden haben, was ich heute gesehen habe.«

»Und wenn ich das nicht tue?«

Amelia griff in die Handtasche, zog einen Ausweis hervor und hielt ihn Billy vor die Nase. »Wie Sie sehen, bin ich Professorin für Archäologie, und ich fungiere in der Gemeinde gelegentlich als Beraterin für Planungsfragen. Wenn bekannt wird, dass sich unter unseren Füßen eine Stätte von nationaler Bedeutung befindet und Ihre Bagger sie beschädigt haben, könnte das Sie und Ihr Unternehmen in Teufels Küche bringen.« Sie stemmte die Hände in die Hüften. »Denken Sie nur an die schlechte Publicity.«

Amelia Fulden meinte es ernst, merkte Gabriel, und sein Vater wusste es.

Billy drehte Amelia den Rücken zu und sagte mit gefährlich tiefer und leiser Stimme zu seinem Sohn: »Ich möchte mit dir unter vier Augen sprechen, Gabriel. Vielleicht könnten Ms Fulden und Ms Paulson uns allein lassen?«

»Selbstverständlich«, antwortete Amelia. »Ich kann es gar nicht erwarten, mich mit dieser jungen Dame über ihre Urgroßmutter und die Herkunft des Armreifs zu unterhalten. Ich vertraue darauf, dass Sie nicht mit den Bauarbeiten anfangen werden, nicht wahr, Mr Gantwich?«

Billys Kopf zuckte, als würde er zum Sprechen gezwungen werden, aber er antwortete: »Wie es scheint, sind mir die Hände gebunden, daher wird es für den Moment keine Arbeiten geben.«

»Soll ich hierbleiben?«, flüsterte Nessa Gabriel zu, als Amelia das Cottage verließ.

Er schüttelte den Kopf. »Nein, geh nur und unterhalte dich mit Amelia. Ich komme auch gleich.«

Als die Haustür hinter ihnen zuschlug, wurde der Raum in Halbdunkel getaucht.

»Nun, Gabriel.« Billy ging zum Fenster und strich mit dem Finger über das Steinsims. »Anscheinend habe ich dich unterschätzt.«

»Du hast mich immer unterschätzt«, entgegnete Gabriel ruhig.

»Mag sein. Du hast Rückgrat gezeigt, als du die Archäologin heute eingeladen hast. Dir muss klar gewesen sein, wie es enden würde, egal was sie von dem absurden Kunstwerk an der Wand hielt.«

»Ja«, bestätigte Gabriel traurig. »Betrachte es als mein Kündigungsschreiben.«

Billy hielt inne und rieb sich Steinstaub vom Zeigefinger. Dann drehte er sich zu seinem Sohn um.

»Deine Kündigung? Für ein zerstörtes Dorf und eine junge Frau, die es nicht wert ist?«

»Doch, sie ist es wert«, entgegnete Gabriel. »Sie ist der anständigste und entschlossenste Mensch, der mir je begegnet ist. Aber ich tue es nicht nur für sie. Ich tue es auch für mich.«

Billy schnaubte. »Sag mir nicht, dass du ...«, er zeichnete Anführungszeichen in die Luft, »... ›dich selbst finden willst‹.«

»Wenn du so willst«, antwortete Gabriel, überrascht von der Gelassenheit, die ihn erfüllte. Es war schwer, das zu sagen, was er zu sagen hatte, doch er wusste, dass es das Richtige war. »Ich wollte dich nicht enttäuschen, Dad, aber ich habe dich enttäuscht und werde es auch weiter tun, denn ich bin nicht für deine Welt geschaffen. James hingegen ist aus dem richtigen Holz geschnitzt. Er ist dein Nachfolger, nicht ich, und das weißt du.«

Billy sah seinen Sohn einen Augenblick lang an, dann ließ er sich schwer auf das Fenstersims fallen. Sein Kampfgeist war erloschen.

»Dann verlässt du mich also. Es sieht so aus, als hättest du am Ende doch gewonnen.«

»Es geht nicht ums Gewinnen und Verlieren. Aber wenn ich in deiner Firma bleibe, werden wir beide verlieren. Ich werde unzufrieden sein, und du wirst enttäuscht sein. Aber wenn ich gehe, hoffe ich, dass ich mir mit einer Arbeit, für die ich besser geeignet bin, ein glücklicheres Leben aufbauen kann, und vielleicht wirst du eines Tages nicht mehr enttäuscht von mir sein.«

»Herrgott noch mal.« Billys Gesicht verzerrte sich plötzlich, und er wischte sich über die Augen. »Bin ich dir ein so schrecklicher Vater gewesen?«

»Aber nein.« Gabriel ging zu seinem Vater und legte ihm unbeholfen die Hand auf die Schulter. »Du hast mich großgezogen, nachdem Mum uns verlassen hatte, und mir die Möglichkeit gegeben, ein so komfortables und privilegiertes Leben zu führen wie du. Aber ich bin ein anderer Mensch als du, und das hier ist nicht das Leben, das ich will.«

»Bevor du in dieses gottverlassene Kaff gekommen bist und diese Frau kennengelernt hast, ging es dir gut.«

»Nein. Ich habe mir große Mühe gegeben, mich anzupassen, und ärgerte mich über mich selbst, dass ich unzufrieden war, obwohl ich so viel hatte. Durch die Wochen an diesem schönen Ort, wo ich gesehen habe, wie Nessa ihr Leben lebt, habe ich erkannt, warum ich so unglücklich war. Ich bin zu der Überzeugung gelangt, dass ich vielleicht etwas anderes haben, ein anderer Mensch sein kann.« Er fuhr sich durchs Haar. »Verstehst du das? Es geht nicht um dich. Es geht um mich.«

Es war eine gefühllose Bemerkung, wie man sie bei einer Trennung machte, und Gabriel wappnete sich gegen den Spott seines Vaters. Doch Billy nickte nur, zog ein weißes Taschentuch hervor und rieb sich damit die Nase.

»Dann wirst du also kündigen«, sagte er barsch. »Bleibst du in London?«

Gabriel schüttelte den Kopf. »Das glaube ich nicht. Ich werde verkaufen und wegziehen. Ich muss ganz neu anfangen.«

»Ohne deine Familie.«

»Ohne das Familienunternehmen, aber nicht ohne meine Familie. Wir können uns immer noch sehen, wenn du willst.«

»Bleibst du in Heaven's Cove?«

»Nein, das glaube ich nicht. Es wäre zu hart ... ich meine, mit Nessa ... sie interessiert sich nicht ...« Gabriel schwieg kurz, dann riss er sich zusammen und sprach weiter. »Jedenfalls, ich hoffe, dass du mich besuchen kommst, egal wo ich lande.«

Billy drehte sich um und schaute aus dem Fenster auf die Steinhaufen, wo einst Häuser gestanden hatten, bevor das Meer den Bewohnern die Träume entrissen hatte.

»O doch, das tut sie«, sagte er leise.

»Was hast du gesagt?« Gabriel trat näher.

Sein Vater drehte sich wieder zu ihm um. »Ich sagte, dass die junge Frau sich sehr wohl für dich interessiert. Ich mag zwar keinen Zugang zu meinen Gefühlen haben oder wie man das heutzutage nennt, aber mir ist nicht entgangen, wie sie dich ansieht. Es gab mal eine Zeit, da hat deine Mutter mich genauso angesehen.«

Gabriel schluckte, von Gefühlen übermannt. Konnte sein Vater recht haben? Sein distanzierter, emotionsloser Vater – der gerade eine Seite von sich zeigte, die Gabriel noch nie an ihm gesehen hatte.

»Wirst du hier bauen?«, wechselte Gabriel das Thema, weil er nicht wusste, was er sonst sagen sollte.

Billy schüttelte den Kopf. »Das bezweifele ich. Deine Archäologin wird für eine Verzögerung sorgen, und ich habe die Lust an dem Projekt verloren. Ich werde irgendwo anders bauen.«

»Ich habe eine neue Stelle entdeckt, einige Meilen weiter die Küste entlang. Sie ist perfekt – eine umwerfende Aussicht und keine Mieter mit Wohnrecht, die alles verkomplizieren«, berichtete Gabriel und verzog den Mund zu einem Grinsen.

»Ach ja? Vielleicht solltest du bleiben und das Projekt übernehmen?«

Gabriel schüttelte den Kopf. »Nein, das denke ich nicht. Aber ich werde dir die Einzelheiten per E-Mail schicken, und dann kann James übernehmen und einen Mordsgewinn machen.«

Billy betrachtete seine Füße. »Ohne dich wird es nicht mehr dasselbe sein, Gabriel. Ich wollte immer nur das Beste für dich.«

»Ich weiß. Aber auf lange Sicht wird es besser für uns beide sein, du wirst schon sehen.«

Er hielt seinem Vater die Hand hin. Für einen flüchtigen Moment dachte er, sein Dad würde ihn umarmen. Manche Dinge änderten sich jedoch nie. Billy schloss die Finger um die seines Sohnes und schüttelte ihm die Hand.

»Nun«, sagte er schroff. »Du solltest besser gehen und mit der jungen Frau sprechen, und dann kannst du meinen Leuten sagen, dass sie mit den Baggern wieder fahren sollen. Ich werde noch ein Weilchen hier im Haus bleiben.«

Gabriel zögerte. Sollte er noch etwas sagen? Doch sein Vater hatte ihm den Rücken zugewandt und schaute durch das Fenster auf das Treibgut, das von den grauen Wellen ans Ufer gespült wurde.

VIERZIG

NESSA

Nessa ging außer Sichtweite des Cottages zwischen den Steinen auf und ab. Sie wollte nicht, dass Billy dachte, sie würde ihm nachspionieren, obwohl er seinen Sohn damit beauftragt hatte, ihr nachzuspionieren.

O ja. Er hatte seinen Sohn dazu überredet, sie Tag und Nacht im Auge zu behalten, und das gab ihr ja wohl mindestens das Recht, zu erfahren, was er jetzt im Schilde führte. Außerdem war ihr der Gedanke unerträglich, dass Gabriel sich dem Zorn seines Vaters allein stellen musste.

Sie konnte kaum glauben, was Gabriel getan hatte. Sie strich über den Armreif an ihrem Handgelenk. Gabriel hatte seinen Job und seine Beziehung zu seinem Vater aufs Spiel gesetzt. Billy Gantwich war ihm sicher böse, und sie würde herausfinden, was los war, selbst wenn sie dafür an der Hintertür lauschen müsste.

Nessa wollte gerade hinter das Cottage gehen, als die Vordertür sich öffnete und Gabriel mit großen Schritten herauskam.

Er wirkte wie unter Schock, das Gesicht bleich und die Augen müde. Er ging ans Wasser und blickte über das Meer.

Wollte er allein sein? Nessa stand reglos da, nicht sicher, was sie tun sollte. Er sah so einsam aus, wie der da vor den Wellen stand, dass sie es nicht ertragen konnte.

Sie ging zu ihm hin und stellte sich neben ihn. »Ist alles in Ordnung mit dir?«, fragte sie. Die Brise, die vom Meer her wehte, spielte in ihrem Haar.

Gabriel nickte, den Blick weiter starr auf den Horizont gerichtet. »Ja.«

»War es schlimm mit deinem Dad?«

»Eigentlich nicht. Ich dachte, dass er ausrasten würde, aber er war einfach nur traurig. Das war noch schwerer zu ertragen.«

Als Gabriel sich Nessa zuwandte, brach es ihr das Herz. Verletzlichkeit stand diesem rätselhaften Mann ins Gesicht geschrieben. Er hatte sie wahnsinnig gemacht. Er hatte sie unmöglich gefunden, und doch hatte er sie geküsst. Und heute hatte er alles Wichtige in seinem Leben zerstört, um das zu retten, was ihr wichtig war.

»Was ist mit deinem Job?«

»Ich habe das Familienunternehmen im gegenseitigen Einvernehmen mit sofortiger Wirkung verlassen.«

Nessa stockte der Atem. »Er hat dich gefeuert?«

»Nein, ich habe gekündigt. Im Prinzip hatte ich schon gekündigt, als ich Amelia angerufen und ihr von meiner Vermutung erzählt habe.«

»Ich kann nicht glauben, dass du das getan hast.« Nessa trat näher an ihn heran, bis ihr Arm seinen berührte. »Warum hast du das getan?«

»Wegen Sorrel Cove, weil ich nicht wollte, dass etwas Schönes unter der Erde zerstört wird, weil es für mich Zeit für einen Neuanfang war. Wegen ...« Er brach ab und wandte das Gesicht wieder zum Meer.

»Und was willst du jetzt tun?«

»Ich bin mir nicht sicher. Etwas mit Kunst, aber nicht in

London. Ich kann meine Wohnung verkaufen, das würde mich eine Weile über Wasser halten.«

»Es tut mir leid.«

»Warum?«

»Es tut mir leid, dass du einen so hohen Preis dafür bezahlen musstest, für mich und das Geisterdorf einzutreten.«

Gabriel zuckte die Achseln. »Es war Zeit für eine Veränderung. Und du hast mir dabei geholfen.« Er scharrte mit den Füßen im Gras. »Was ist mit dir? Wie ich sehe, trägst du immer noch den römischen Armreif.«

Nessa grinste. »Amelia schickt eine Sicherheitsfirma her, um den Armreif abzuholen und zu dem Experten für römischen Schmuck zu bringen. Sie hat Zustände gekriegt, weil ich ihn immer noch trage, aber ich habe ihr versprochen, ihn nicht aus den Augen zu lassen. Es hat sie beruhigt, dass ich schon so lange darauf aufpasse. Ich sollte ihn bloß nicht versehentlich ins Meer fallen lassen.«

Gabriel schnaubte. »Dann würde Amelia dich buchstäblich umbringen.«

»Wahrscheinlich. Sie ist ziemlich einschüchternd. Meine Gran hätte nie geglaubt, dass ihr geliebter Armreif zweitausend Jahre alt war. Ich kann es selbst kaum glauben.«

»Ich auch nicht. Das war die absolute Krönung.«

»Hast du gewusst, woraus das Mosaik meiner Urgroßmutter wirklich bestanden hat?«

»Nein, aber ich hatte so ein Gefühl.«

»Eine Ahnung?«

Seine Mundwinkel zuckten. »Ja, eine Ahnung. Ich wurde als Kind von einer Reihe gelangweilter Au-pair-Mädchen durch Dutzende von Museen geschleift, also hat sich der Kulturzwang am Ende vielleicht doch ausgezahlt. Die Recherchen, die ich im Urlaub angestellt habe, haben meine Vermutungen bestätigt. Aber ganz sicher war ich mir erst, als Amelia so aufgeregt darauf reagiert hat.«

»Und wie.«
»Mhm.« Gabriel nickte. »Wie geht es Lily?«
»Gut. Du fehlst ihr.«
»Wirklich?«

Als er sie anlächelte, machte ihr Herz einen Sprung. Er würde ihr auch fehlen.

»Sie ist glücklich, weil Valerie uns völlig überraschend mitten in Heaven's Cove eine schöne Wohnung besorgt hat.«

Er strahlte. »Wow, das ist toll. Hatte Valerie ein schlechtes Gewissen, nachdem sie sich mit meinem Dad verbündet hatte?«

»Kann sein.« Nessa dachte an die Umarmung in Valeries Küche, während Jake daneben gestanden hatte. »Ich denke, ihr ist endlich klar geworden, dass ihr Jake kein Heiliger ist. Sie war jedenfalls nett zu mir, genau wie du.«

Gabriel zog eine Braue hoch. »Ich war nicht immer nett zu dir.«

»Ich denke, wir waren beide nicht nett zueinander, aber du hast es wiedergutgemacht. Ich bin mir nicht sicher, ob ich das Gleiche von mir behaupten kann.«

Er sah sie mit ernstem Ausdruck an. »Du hast mein ganzes Leben verändert, Nessa.«

»Genau das meine ich. Bevor du mir begegnet bist, hattest du einen Spitzenjob und beste Aussichten. Jetzt hast du nichts davon.« Schuldgefühle und Scham machten sich in ihr breit. »Ich war so darauf fixiert, das Beste für Lily und mich zu tun, dass ich nicht genug an dich gedacht habe. Es tut mir leid.«

Er sah ihr in die Augen. »Du musst wirklich aufhören, dich zu entschuldigen. Ich bin ein erwachsener Mann, Nessa, und ich war mir der Folgen meiner Entscheidungen bewusst. Es war ein gutes Gefühl, selbst über mein Leben zu bestimmen, anstatt sie mir abnehmen zu lassen.«

»Und was passiert jetzt mit dem Cottage und dem Geisterdorf?«

»Gar nichts. Unabhängig davon, was Amelia unternimmt,

hat mein Dad das Interesse an dem Projekt verloren und sucht sich einen neuen Bauplatz.«

»Dann hast du das Dorf gerettet?« Nessa schrie fast, doch das war ihr egal. Gabriel hatte etwas Wunderbares vollbracht. »Ich kann nicht glauben, was du getan hast, Gabriel. Du bist einfach toll.«

Ohne nachzudenken, schlang sie ihm die Arme um den Hals und zog ihn in eine Umarmung, die Wange an seiner Schulter und die Lippen an seiner Halskuhle.

Ich könnte ihn küssen, dachte sie. Doch er würde Heaven's Cove verlassen, daher musste sie aufpassen, ihr Herz nicht zu verschenken.

Sie wollte sich von ihm lösen, aber er fasste sie um die Taille.

»Nessa«, sagte er heiser. Sein Kinn ruhte auf ihrem Haar. »Ich kann nicht aufhören, an dich zu denken. Als wir uns das erste Mal begegnet sind, hast du mich in den Wahnsinn getrieben, und jetzt tust du es wieder, wenn auch aus ganz anderen Gründen. Ich weiß, dass ich nicht dein Typ bin, aber du hast mich geküsst, und ich muss wissen, ob du diesen Kuss bereust, bevor ich für immer fortgehe. Ich muss wissen, was du für mich empfindest.«

Nessa stieß langsam den Atem aus und genoss die Wärme von Gabriels Haut an ihrer Wange. Dann schaute sie ihm in die Augen. »Ich empfinde ... ich empfinde ...« Es gab keine Worte, um den Wirbel der Gefühle in ihrem Inneren zu beschreiben. Also küsste sie ihn stattdessen.

Gabriels Lippen waren warm, und sie spürte, wie er ihr die Finger ins Haar schob.

Sie küssten sich, während über ihnen Möwen kreisten und die Sonne durch die Gischt schien und die Tröpfchen in kleine Regenbögen verwandelte.

Schließlich lösten sie sich voneinander.

»Das empfinde ich für dich«, sagte Nessa schlicht.

Als sie ihm den Kopf an die Schulter legte, zog er sie eng an sich und sie standen da und schauten aufs Meer hinaus.

Das Wasser, hellblau am Horizont, war in Ufernähe klar. Nessa beobachtete Fische, die zwischen den Steinplatten hindurchschossen. Einst hatten sie zu Häusern gehört, bevor die große Sturmflut gekommen war und das Schicksal ihrer Familie für immer verändert hatte.

Heute jedoch waren die Wellen sanft, und es herrschte Ruhe im Geisterdorf. Nessa empfand inneren Frieden, als sie dastand, mit Gabriels Arm um den Schultern.

»Meinst du, du könntest es eventuell in Betracht ziehen, in Heaven's Cove zu bleiben?«, fragte sie nach einer Weile.

»Es gibt keinen Ort, an dem ich lieber wäre«, antwortete Gabriel, dann neigte er den Kopf und küsste sie wieder.

EPILOG

VIER MONATE SPÄTER

NESSA

»So, bitte schön«, sagte Nessa und verschloss die Verpackung mit einem Streifen Klebeband. »Damit wird Ihr Bild heil zu Hause ankommen. Haben Sie weit zu fahren?«

»Ziemlich«, antwortete die Frau und warf einen stirnrunzelnden Blick zu ihren beiden Kindern, die sich in einer Ecke des Ladens zankten. »Wir wollen heute Nachmittag zurück nach Leicester, aber das hier ...« Sie nahm das große, in Packpapier eingeschlagene Bild und klemmte es sich unter den Arm. »Das wird mich an unseren Besuch hier in Heaven's Cove erinnern.«

»Sie hatten Glück mit dem Wetter.«

»Ja, großes Glück«, bestätigte die Frau und scheuchte ihre Söhne durch die Ladentür. Das Glockenläuten der Dorfkirche, das die Menschen zum Gottesdienst am Sonntagmorgen rief, schallte herein. Die Frau schloss die Tür und winkte Nessa zu, dann trieb sie ihre Jungen die Straße entlang.

Nessa hörte, wie sich die Hintertür zum Laden öffnete und Gabriels vertraute Schritte näher kamen. Zwei Arme schlangen sich um ihre Taille, dann drückte er ihr einen Kuss auf den Hals.

»Hallo, meine Schöne«, sagte er mit seiner tiefen Stimme.

Sie drehte sich in seinen Armen um und küsste ihn auf den Mund. »He, du bist voller Farbe.«

»Tut mir leid.« Er verzog das Gesicht und gab sie aus der Umarmung frei, dann betrachtete er sein weißes T-Shirt, das mit bunten Spritzern übersät war. »Ich bin fast fertig mit dem Bild von der Burg. Das Licht stimmt noch nicht ganz, aber es wird.«

»Da wir gerade von Bildern reden, ich habe gute Nachrichten. Rate mal, welches ich gerade verkauft habe.«

Gabriel ließ den Blick über die Wände des Ladens wandern, an denen Gemälde in allen Größen ausgestellt waren. Bunte Wildblumen, Seestücke in gedeckten Farben, weite Dartmoor-Landschaften, die mit dem purpurnen Horizont verschmolzen, und Pastellbilder von idyllischen Cottages.

Im hinteren Teil des Ladens bemerkte er eine Lücke an der Wand, und ihm klappte der Unterkiefer herunter.

»Du machst Witze!«

»Nein.« Nessa hakte ihn unter, aus dem einfachen Grund, dass sie ihm gern so nah wie möglich war. »Über so etwas würde ich doch keine Witze machen.«

»Wer hat es gekauft?«

»Eine Frau aus Leicester. Sie fand es kraftvoll und schön und meinte, es sei eine Erinnerung an das Dorf.«

»Ich kann nicht glauben, dass sie bei dieser Auswahl ausgerechnet das genommen hat.«

Gabriel deutete mit einer ausholenden Handbewegung auf die anderen Bilder, die von talentierten Malern aus Devon stammten. Dann schenkte er Nessa ein strahlendes Lächeln, dass es ihr bis in die Zehen kribbelte.

Das Leben als Galerist und Maler war genau das Richtige für Gabriel. Er hatte sich das Haar wachsen lassen, die Anzüge gegen Jeans und Sweatshirts eingetauscht und war viel entspannter. »Mehr ich selbst«, erklärte er Nessa, wenn sie über seine Verwandlung staunte.

Doch er hatte sich auch als kluger Geschäftsmann erwiesen, seit er das Ladenlokal von Shelley's übernommen und dort eine Kunsthandlung und Galerie eröffnet hatte.

Es war harte Arbeit – der Laden war die ganze Woche geöffnet, auch sonntagmorgens. Gabriels erste Handlung als Galerist hatte darin bestanden, Nessa einzustellen, mit deren Hilfe er Ausstellungen und Galerieabende veranstaltete und Malworkshops organisierte.

Er war jetzt schon fester Bestandteil von Heaven's Cove geworden, und Nessa konnte sich ein Leben ohne ihn nicht mehr vorstellen.

»Ich finde, wir sollten ausgehen und feiern«, sagte er, hob Nessa hoch und wirbelte sie herum, bis sie ihn anflehte, sie wieder abzusetzen.

Sie lachte, den Kopf an seiner Brust. »Was ist mit Lily?«

»Sie kann mitkommen, oder vielleicht möchte Valerie sie gern zum Mittagessen dahaben? Wir könnten sie bei ihr absetzen, wenn wir nachher schließen. Was meinst du? Kannst du ihr eine SMS schicken?«

»Du kannst sie selbst fragen«, sagte Nessa, als die Ladentür aufging und Valerie hereinkam. Sie lächelte die beiden an, die eng umschlungen hinter der Theke standen.

»Was treibt ihr zwei da?«

»Wir feiern«, berichtete Nessa. »Heute ist eins von Gabriels Bildern verkauft worden.«

»Das sind ja großartige Neuigkeiten. Welches denn?«

»Das Bild von Sorrel Cove, mit dem Cottage im Hintergrund«, verkündete Nessa stolz, bevor Gabriel antworten konnte. »Auf dem ein Sturm übers Meer heranzieht.«

»Das überrascht mich nicht«, entgegnete Valerie mit einem breiten Lächeln. »Es war sehr atmosphärisch.«

Valerie lächelte neuerdings viel öfter. Der Grund dafür sei

ihr Teilzeitjob in der Kunsthandlung, sagte sie. Er gebe ihr eine neue Aufgabe. Außerdem habe Alan nach einem offenen Gespräch mit ihr endlich den Hintern hochbekommen und helfe jetzt mehr im Haushalt.

Nessa hatte den Eindruck, dass Valeries Stimmung auch durch die Hormone besser wurde, die sie einnahm, seit sie sich endlich hatte überreden lassen, mit ihrem Hausarzt zu sprechen.

»Ich wollte nur kurz Bescheid sagen, dass Jacob nächstes Wochenende zu Besuch kommt«, sagte Valerie, während sie den jüngsten Neuzugang des Ladens betrachtete – ein farbenfrohes Gemälde der Landschaft Devons mit ihren schmalen, von hohen Hecken gesäumten Straßen. »Meine Güte, ich wusste gar nicht, dass es so viele Grüntöne gibt.«

»Das wird Lily freuen«, sagte Nessa, obwohl sie erst glauben würde, dass ihr Ex nach Heaven's Cove kam, wenn sie ihn mit eigenen Augen sah.

Jake war Lily nach wie vor ein unzuverlässiger Vater, aber Gabriel füllte langsam die Lücke in ihrem Leben aus. Lily liebte ihn heiß und innig, und die beiden waren dicke Freunde.

Zuerst hatte Nessa sich Sorgen gemacht, Gabriels aufkeimende Beziehung zu Lily könne Valerie verärgern. Jake hingegen würde es kaum etwas ausmachen.

Doch als sie ihre Sorgen einmal vorsichtig zur Sprache gebracht hatte, hatte Valerie nur gesagt: »Lily braucht eine Vaterfigur, und Jacob hat das Nachsehen. Eines Tages wird es ihm leidtun.« Sie hatte traurig gewirkt, bis Lily zu ihr gelaufen war, sie umarmt und ihr versichert hatte, sie sei die »besteste Granny von der ganzen Welt«. Das hatte sie aufgeheitert.

»Ich gehe schnell zu Olive, um Lily abzuholen. Sie war heute Vormittag zum Spielen da«, sagte Nessa und schlüpfte in ihren Wintermantel. »Ich habe überlegt, das heißt, wir haben überlegt ...«

»Ob sie wohl heute bei euch zu Mittag essen darf?«, vollendete Gabriel den Satz.

Er sah Valerie mit seiner schönsten Armesündermiene an, und sie lachte, denn sie konnte ihm nicht widerstehen. »Ich freue mich immer, Lily zu sehen, und heute gibt es zufällig Hühnchen, ihr Lieblingsgericht. Es wäre schön, wenn sie kommen könnte, und vielleicht ...?« Sie sah Nessa an. »Vielleicht könnte Lily bei uns schlafen, wenn sie möchte, und ich bringe sie morgen früh zur Schule?«

»Ich werde sie fragen, aber sie möchte bestimmt«, antwortete Nessa. Sie plante bereits, Lilys Abwesenheit auszunutzen und bei Gabriel zu übernachten.

Er wohnte allein über der Galerie, und Nessa und Lily fühlten sich sehr wohl in der Wohnung, die Valerie ihnen besorgt hatte. Gabriel und Nessa übernachteten jedoch oft beieinander.

Manchmal, wenn der Wind nachts durch Heaven's Cove pfiff, lag Nessa neben Gabriel wach und dachte daran, wie sie in den Wochen für ihn empfunden hatte, als er im Geisterdorf ihre Anwesenheit kontrolliert hatte. Bevor er sein Leben und auch ihres umgekrempelt hatte.

Dann schmiegte sie sich an ihn, den Kopf auf seiner Brust, und dankte ihrem Glücksstern, dass er doch ihr Typ war und sie seiner.

Eine Stunde, nachdem Nessa und Gabriel Lily zu Valerie gebracht hatten, blieben sie oben an dem Weg stehen, der zum Geisterdorf führte. Nessa zog sich den Schal fester um den Hals. Es war ein heiterer Tag, aber die salzige Luft, die sie einatmete, war kalt.

»Meinst du, sie haben noch etwas gefunden?«, fragte sie und hakte sich bei Gabriel ein. »Da drüben scheinen sie immer noch zu arbeiten.«

Sie zeigte auf einen Graben, der von dem Cottage ihrer Urgroßmutter bis zur Anhöhe führte.

Bisher war die Sichtung und Ausgrabung ein großer Erfolg gewesen. Hinter dem Cottage war ein schönes Fußbodenmosaik zum Vorschein gekommen. Eine Schar Archäologiestudenten hatte es sorgfältig mit Pinseln von der Erde befreit.

Amelia war völlig aus dem Häuschen gewesen, als sie das freigelegte Mosaik gesehen hatte. Sie hatte Nessa und Gabriel eingeladen, es sich anzuschauen, und hatte ihnen mit Tränen in den Augen die große historische Bedeutung des Fundes erklärt. Ihre Augen hatten auch feucht geglänzt, als sie Nessa mitgeteilt hatte, dass es sich bei ihrem Armreif tatsächlich um ein kostbares römisches Schmuckstück handelte.

Der Armreif nahm inzwischen einen Ehrenplatz im Museum in Exeter ein und glänzte im Vitrinenlicht. Auf einem Schild daneben stand:

Leihgabe. Herzlichen Dank an Nessa, Ruth und Marina Paulson aus Sorrel Cove.

Nessa hatte dem Museum den Armreif gern als Dauerleihgabe zur Verfügung gestellt, hatte jedoch auf dem Wortlaut bestanden.

»Schau mal, da ist Amelia«, sagte Gabriel und winkte der Archäologin zu.

Nessa hatte festgestellt, dass Amelia eine harte Schale und einen weichen Kern besaß. Genau wie Gabriel, der jahrelang den harten Geschäftsmann gemimt hatte und nun langsam sein weiches Herz offenbarte.

Auch Nessa fühlte sich in letzter Zeit weicher, nachdem sie sich selbst über die Jahre eine harte Schale zugelegt hatte. Gabriels Liebe zu ihr glättete ihre Ecken und Kanten. Ihrer Großmutter hätte es gefallen.

Als Amelia sie bemerkte, winkte sie ihnen mit einer Kelle in der Hand zu.

»Ich bin mir ziemlich sicher, dass sie nur deshalb ins Cottage gezogen ist, weil sie sich nicht von der Grabung trennen kann«, meinte Gabriel.

Nessa sah Rauch aus dem Schornstein aufsteigen und lächelte. »Ich hoffe es sehr. Es ist ein schöner Gedanke, dass dort jemand lebt.«

»Wie stehen die Chancen, dass sie bald nach Hause zu ihrem gemütlichen Bett zurückkehrt?«

»Ziemlich hoch, würde ich sagen«, antwortete Nessa und wollte Gabriel in den Arm kneifen, scheiterte jedoch an der dicken Wolle seiner Caban-Jacke. »Nur ein Idiot würde dort länger leben wollen.«

»Jepp. Nur ein süßer Idiot.« Gabriel beugte sich vor und küsste sie auf die kalte Nasenspitze.

Nessa grinste. »Ich weiß, dass es unterm Strich nur ein Haus ist.«

»Wirklich?« Gabriel zog die Brauen hoch.

»Ja, ich sehe das alles jetzt klarer. Jetzt, wo das Leben nicht mehr so ...«, sie suchte nach dem richtigen Wort, »schrecklich ist. Aber ich bin immer noch froh, dass das Cottage nicht abgerissen wird.«

Amelia hoffte, die Fundstätte eines Tages der Öffentlichkeit zugänglich machen zu können. In dem Fall würde das Cottage auch als Besucherzentrum dienen. Falls sich eine Öffnung für Besucher als nicht praktikabel erwies, würde der Mosaikboden dokumentiert und wieder zugeschüttet werden, um ihn vor den Elementen zu schützen.

Nessa war beides recht, sie hoffte jedoch, dass das kunstvolle Mosaik dem Boden zurückgegeben werden würde. Ihr gefiel der Gedanke, dass es dort ungestört war, ein Echo lang verstorbener Menschen. Genau wie die eingestürzten Mauern und das schöne Kunstwerk ihrer Urgroßmutter an der Wand des Cottages, die von einer jüngeren Zivilisation kündeten, die ebenfalls verschwunden war.

»Übrigens, ich habe Neuigkeiten«, sagte Gabriel. »Kurz bevor wir hergefahren sind, hat mein Dad mir eine E-Mail geschickt. Er schrieb, dass er nächste Woche geschäftlich in der Gegend sei und gern in die Galerie kommen würde, wenn wir nichts dagegen haben.«

Nessa sah Gabriel an, dessen Wangen von der Kälte rosig waren. »Hast du etwas dagegen?«

»Nein, ich glaube nicht. Er gewöhnt sich langsam an die Vorstellung, dass ich jetzt ein anderes Leben führe, und er hat mir erzählt, dass James sich gut macht. Ich würde ihm gern meine Arbeit und den Laden zeigen.« Er gab Nessa einen weiteren Kuss auf die Nase. »Er hat auch etwas für dich geschickt.«

»Für mich?«

»Da ist ein Anhang, schau.«

Nessa nahm Gabriels Handy und überflog die E-Mail seines Vaters. Sie war so kurz, dass sie fast schon schroff war, aber Nessa bemerkte, dass er der Unterschrift »Dad« ein X hinzugefügt hatte. Billy hatte seinem Sohn einen Kuss geschickt. Es war ein Anfang.

Das PS unter der E-Mail lautete:

Der Anhang ist für diese Nervensäge.

»Nett«, murmelte Nessa mit gehobener Braue. »Ich bin mir nicht sicher, ob dein Vater sich an die Vorstellung gewöhnt, dass wir zusammen sind.«

Doch als sie den Anhang öffnete und das Dokument las, das Gabriels Vater ihm geschickt hatte, schlug sie sich die Hand vor den Mund.

»Worum geht es? Ich wusste, dass ich den Anhang hätte lesen sollen. Was hat er jetzt wieder angestellt?«

»Etwas Wunderbares«, stotterte sie und gab Gabriel das Handy zurück. »Er hat das Grundstück Amelias archäologischer Stiftung als Schenkung vermacht.«

»Als Schenkung? Umsonst?« Gabriel las das Dokument mit gerunzelter Stirn, dann grinste er. »Nun, wer hätte das gedacht? Der alte Knabe hat also doch ein Herz. Obwohl, wenn ich recht darüber nachdenke, kann er die Schenkung wahrscheinlich von der Steuer absetzen oder etwas Ähnliches. Ich wette, sein Buchhalter ...«

»Es spielt keine Rolle«, unterbrach Nessa ihn schnell. »Es ist mir egal, warum er es getan hat. Wichtig ist nur, dass er es getan hat.«

Nessa ließ den Blick über das Geisterdorf schweifen, das sich in die Bucht schmiegte. Sie konnte es kaum glauben. Ihr geliebter Ort war jetzt für immer in Sicherheit. Sie schob die Hand in die von Gabriel, und er schloss seine Finger um ihre.

Der Wind frischte auf. Er wirbelte um sie herum und trug ein Flüstern der Vergangenheit heran.

»Wir haben es geschafft«, wisperte sie den Geistern von Sorrel Cove zu. »Schlaft gut.«

MEHR VON BOOKOUTURE DEUTSCHLAND

Für mehr Infos rund um Bookouture Deutschland und unsere Bücher melde dich für unseren Newsletter an:

deutschland.bookouture.com/subscribe/

Oder folge uns auf Social Media:

 facebook.com/bookouturedeutschland

 twitter.com/bookouturede

 instagram.com/bookouturedeutschland

EIN BRIEF VON LIZ

Liebe Leser:innen,

vielen Dank, dass ihr *Der Schlüssel zum Cottage am Meer* gelesen habt. Es hat mir großen Spaß gemacht, Nessa und Gabriel zusammenzubringen – und natürlich das Geisterdorf zu retten –, und ich hoffe, das Buch hat euch gefallen.

In diesem Fall könnt ihr euch gern über meine Neuerscheinungen informieren, indem ihr euch über folgenden Link anmeldet:

deutschland.bookouture.com/subscribe/

Eure E-Mail-Adresse wird nicht weitergegeben (ihr braucht euch also keine Sorgen wegen Spam zu machen) und ihr könnt euch jederzeit wieder abmelden.

Darf ich euch noch um einen Gefallen bitten? Es wäre schön, wenn ihr eine Rezension von *Der Schlüssel zum Cottage am Meer* schreiben könntet – kurz oder lang, wie es euch gefällt. Ich möchte gern eure Meinung erfahren. Rezensionen sind außerdem eine große Entscheidungshilfe für neue Leser:innen, die noch unentschlossen sind, ob sie in die Heaven's Cove-Reihe eintauchen wollen oder nicht.

Da ich gerade von der Reihe spreche: Falls dies euer erster Besuch in Driftwood House ist, es gibt drei weitere Romane aus Heaven's Cove, die ihr vielleicht gern lesen möchtet: *Das Geheimnis vom Cottage am Meer, Sehnsucht nach dem Cottage am Meer* und *Ein Wiedersehen im Cottage am Meer*. Es sind eigenständige Romane voller Geheimnisse und Romantik mit vielen neuen Figuren und auch ein paar bekannten Gesichtern, die ihr vielleicht wiedererkennt.

Ich bin oft in den sozialen Medien unterwegs – manchmal, wenn ich eigentlich schreiben sollte –, und ihr dürft euch gern bei mir melden. Unten stehen die Links zu meinen Accounts bei Facebook, Twitter und Instagram und zu meiner Website. Ich freue mich darauf, von euch zu hören.

Liz x

www.lizeeles.com

facebook.com/lizeelesauthor

twitter.com/lizeelesauthor

instagram.com/lizeelesauthor

DANKSAGUNG

Ein neues Buch herauszubringen bedeutet viel mehr als es nur zu schreiben. Ich danke allen Mitarbeiter:innen von Bookouture, die sich solche Mühe gegeben haben, dieses Buch zur Veröffentlichung zu bringen. Ein ganz besonderer Dank geht an meine wunderbare Lektorin Ellen Gleeson, deren Erfahrung und Ermutigung so viel ausmachen. Ebenso dankbar bin ich für die Unterstützung, die mir von meiner Familie und meinen Freunden entgegengebracht wird, und von jedem, der eins meiner Bücher zur Hand nimmt und liest, was ich schreibe.

www.ingramcontent.com/pod-product-compliance
Lightning Source LLC
LaVergne TN
LVHW041620060526
83820OLV00040B/1361